John Banville

# GEISTER

John Banville

# GEISTER

ROMAN

Aus dem Englischen
von Christa Schuenke

Kiepenheuer & Witsch

1. Auflage 2000

Titel der Originalausgabe: *Ghosts*

Aus dem Englischen von Christa Schuenke

Umschlaggestaltung: Rudolf Linn, Köln
Umschlagmotiv: Super Stock Bildagentur
Gesetzt aus der Garamond Stempel (Berthold)
bei Kalle Giese, Overath
Druck und Bindearbeiten: Franz Spiegel Buch GmbH, Ulm
ISBN 3-462-02874-X

für Robin Robertson

Und Geister kehrten wieder auf die Erde
und lauschten seinen Weisen
*Wallace Stevens*

# I

Da sind sie. Es sind ihrer sieben. Oder sagen wir mal, gut ein halbes Dutzend, das läßt uns mehr Spielraum. Sie schleppen sich über die Dünen, stolpern im Sand, zanken sich, jammern, wollen Mitleid, wollen woanders sein. Das vor allem: woanders sein. Es gibt kein Woanders, nicht für sie. Nur das Hier, hier in diesem kleinen Rund.

»Schlagseite!«

»Schwer Schlagseite!«

»Leck wie eine –«

»Hab ich ja gleich gesagt.«

»Alles so seltsam.«

»Dieser Kapitän, der sogenannte.«

»Hab ich ja, hab ich ihm ja gesagt.«

»Kythera, daß ich nicht lache.«

»Schöne Vergnügungsfahrt.«

»Hört doch mal!«

Hinter ihnen das gekrängte Boot, es sitzt auf einer Sandbank fest, trunken nach Steuerbord geneigt, dickbäuchig, muschelbepflastert, fehlgeleitet von einer übergeschnappten Welle oder einem Trick der Tiden und einem besoffenen Käpten, der sich verrechnet hat. Sie mußten ans Ufer waten. So fangen Dinge an. Es ist ein Morgen Ende Mai. Fröhlich scheint die Sonne. Wie der Wind bläst! Eine kleine Welt beginnt zu sein.

Wer spricht? Ich. Der kleine Gott.

Lux mit seinen scharfen Augen hatte sie schon von weitem erspäht. Es war so lange her, daß er solche wie sie gesehen hatte, und darum wußte er im ersten Moment gar nicht recht, wer und was sie waren. Er stürmte hinauf ins Turmzimmer ganz oben im Haus, wo der Professor immer öfter seine Zeit verbrachte, vor sich hin grübelte oder gelangweilt durch das Messingfernrohr, das auf seinem Schreibtisch stand, den Himmel observierte. Lux trat ein, doch dann blieb er, auf einmal unentschlossen, an der Tür stehen. So ist das immer bei ihm, erst stürzt er Hals über Kopf los, dann bleibt er stehen. Der Professor sah langsam von dem großen Buch hoch, das aufgeschlagen vor ihm lag, und musterte Lux mit einem so glasigen, so abwesenden Blick, daß dieser es mit der Angst zu tun kriegte und fast vergaß, warum er hergekommen war und was er dem Professor hatte sagen wollen. Ob so der Tod ist, fragte er sich, ob so die Menschen anfangen zu sterben, indem sie jedesmal ein bißchen weiter hinausschwimmen, bis sie irgendwann kein Land mehr sehen, niemals mehr? Schließlich kam der Professor wieder zu sich und blinzelte und legte die Stirn in Falten und zog einen Flunsch, denn es verdroß ihn, daß Lux ihn ertappt hatte, so abwesend. Lux stand keuchend da mit seinem beflissenen, leicht verschwiemelten Lächeln.

»Was denn?« zischte der Professor. »Was? Wer sind diese Leute?«

»Ich weiß es nicht«, erwiderte Lux atemlos, »aber egal, wer sie sind, ich glaube, sie kommen hierher.«

Der arme Lux. Er ist irgendwo zwischen fünfundzwanzig und fünfzig. Mit seinen gelblichweißen Locken und den spindeldürren Beinchen hat er etwas Altväterliches an sich, als müßte er eigentlich eine Perücke und Kniehosen tragen.

Braune Augen, breite Stirn mit zwei sanften Dellen an den Schläfen, als hätte der, der ihn geformt hat, ihm diesen großen Kopf als letztes aufgesetzt und ihn dort oben, an dieser Stelle, liebevoll zwischen Daumen und Zeigefinger zusammengedrückt. Lux ist nie still. Jetzt klopfte er mit dem Fuß auf den Boden des Turmzimmers und schloß und öffnete in einem fort die Faust in seiner Hosentasche. Er zeigte auf das Fernglas.

»Haben Sie sie gesehen?« sagte er. »Schafe, hab ich erst gedacht. Schafe auf zwei Beinen!«

Er lachte dreimal leise, rasch und keuchend. Der Professor drehte ihm den Rücken zu und zog abweisend eine schwarze Schulter hoch; sein Kapitänsdrehstuhl ächzte unter ihm. Lux trat ans Fenster und schaute hinab.

»Tatsächlich, sie kommen hierher«, sagte er leise. »O ja, ich bin mir ganz sicher, sie kommen hierher.«

Er schüttelte den Kopf und runzelte die Stirn und gab sich alle Mühe, angesichts der drohenden Invasion ein ängstliches Gesicht zu machen, doch er mußte sich auf die Unterlippe beißen, damit er nicht grinste.

Meine fußlahmen Geschöpfe sind inzwischen nicht sehr weit gekommen. Sie haben noch den Seemannsgang, und im Sand läuft es sich schwer. Es sind ein alter Knabe mit einer Kreissäge auf dem Kopf, eine hübsche junge Frau, die natürlich Flora genannt wird, und eine Blondine mit schwarzem Rock und schwarzer Lederjacke, die einen Fotoapparat über der Schulter hängen hat. Dazu diverse Kinder: genauer gesagt, drei. Und ein dünner, geschmeidiger, bläßlicher Mann mit schlechten Zähnen, schwarzgefärbtem Haar und düster-wachsamem Blick. Er heißt Felix. Und irgendwie scheint er das Ganze lustig zu finden, denn er lächelt grimmig vor sich hin und saugt dabei an seinem abgebrochenen Augenzahn. Er treibt die anderen an, wenn sie stehenbleiben, besonders Flora, der er zwei lange, knochige Finger unter den Ellbogen schiebt. Sie will ihn nicht ansehen. Sie hat so ein komisches Gefühl, sagt sie, als ob sie hier schon mal gewesen sei. Er runzelt die hohe, glatte Stirn und lenkt mit großem Ernst das ganze Gewicht seiner Aufmerksamkeit auf ihre Worte. Vielleicht, sagt er im nächsten Augenblick, vielleicht erinnere sie sich ja der Kindheitsausflüge ans Meer: die salzige Brise, das Geräusch der Wellen, der Katzengeruch des Sandes, dieses sonnenflirrende, funkelnde Licht, in dem es scheint, als ginge alles sanft in etwas anderes über.

»Was meinst du«, sagte er. »Könnte das der Grund sein?«

Sie zuckte die Achseln, lächelte, warf das Haar zurück, machte der Sache ein Ende. Sie dachte darüber nach, wie sonderbar und wie bedrohlich es klang, wenn sich jemand so gewählt ausdrückte und mit so einem seltsamen Pathos.

Leise.

Die Jungen – es gibt zwei – beobachteten die Szene und stießen einander feixend in die Seite.

»So komisch«, sagte Flora gerade. »Irgendwie alles so ...«

»Ja?« soufflierte Felix.

Sie schwieg einen Moment, sie schauderte.

»Einfach ... komisch«, sagte sie. »Ich weiß auch nicht.«

Er nickte, und sein Blick verlor etwas an Düsterkeit.

Felix und Flora.

Am Ende der Dünen kamen sie an eine dunkelgrüne Rasenfläche, wo das sandige Gras unter ihren Schritten knirschte und wo es ganz kleine Gänseblümchen gab, deren Blütenblätter rosa Spitzen hatten, und Schöllkraut, das blüht, wenn die Schwalben kommen, obwohl ich noch keine Schwalbe entdecken kann, und hie und da ein zartes, im Windhauch bebendes Veilchen. Gleichsam verwundert blieben sie stehen und blickten um sich, voller Erwartung. Der Boden war von Kaninchenlöchern zerklüftet, vor deren Eingängen jeweils ein Häufchen ausgescharrter Erde lag, und die Kaninchen bewegten sich wie aufgezogen, machten Männchen, guckten sie an, hoppelten ein kleines Stück und guckten wieder.

»Was ist das?« sagte die Blondine, die Sophie heißt. »Was ist das für ein Geräusch?«

Alle horchten mit angehaltenem Atem, sogar die Kinder, und jeder konnte es hören, dieses ferne, tiefe, formlose Singen, das aus der Erde selber aufzusteigen schien.

»Wie Musik«, sagte der Mann mit dem Strohhut verträumt. »Wie ... Gesang.«

Felix runzelte die Stirn und drehte den Kopf langsam hierhin und dorthin, schaute mit zusammengekniffenen Augen, und seine spitze Nasenspitze zuckte, Vogelmensch, Greif, ergriffen.

»Hier müßte eigentlich ein Haus sein«, murmelte er. »Ein Haus auf einem Hügel und eine kleine Brücke und eine Straße, die dort hinaufführt.«

Sophie musterte ihn spöttisch lächelnd.

»Sie waren schon mal hier?« sagte sie, und dann honigsüß: »Aia, nicht wahr?«

Er sah sie aus dem Augenwinkel an und lächelte sein grimmiges, schmallippiges Lächeln. Sie sind einander gerade erst begegnet und schon alte Feinde. Er summte, nickte versonnen und machte einen Schritt von ihr weg, langsam, wie einer, der im Traum ausschreitet, und hob, den Blick noch immer auf sie gerichtet, seine schwarze Tasche von der Wiese auf. »Ja«, sagte er mit stahlharter Erheiterung, »ja, Aia, und Sie werden sich hier wie zu Hause fühlen, bestimmt.«

Sie riß ihre Kamera hoch wie ein Gewehr, nahm ihn ins Visier und drückte ab. Die Art, wie sie mit dem Fotoapparat umgeht, verrät mir, daß sie Profi ist. Sie ist sogar eine kleine Berühmtheit, ihr Name steht in teuren Magazinen und auf den Rücken von Prachtbänden mit silber-schwarzen Hochglanzfotos. Ihr Medium ist das Licht, sie bewegt sich darin wie in einer klaren, schimmernden Flüssigkeit und hält die kostbare Phiole ihres Ich ganz hoch, zu hoch, als daß die schnöde Welt sie je erreichen könnte.

Sie zauderten noch immer, blickten sich um, und auf einmal, völlig unerwartet, wehte sie alle miteinander etwas an, das beinah schon Glück war, obgleich dieses Etwas bei jedem eine andere Form hatte, und jeder hielt, was er empfand, für etwas Einmaliges, etwas, das nur ihm allein widerfuhr, so daß sie sich dieses kurzen Augenblicks der Eintracht gar nicht bewußt wurden. Dann war es vorbei, der Gott der Inspiration war entfleucht, und alles war wieder wie zuvor.

Ich bin wohl heut ein bißchen abgeklärt.

Das Haus. Es ist groß und aus einem anderen Zeitalter. Es steht auf einer grünen Anhöhe, ist aus Holz und Stein gebaut, hoch, schmal, unschön, und jedes Stockwerk scheint sich in eine andere Richtung zu neigen. Vor langer Zeit war es rot gestrichen, doch durch die Jahre und die salzigen Winde ist es inzwischen hellrosa geworden. Das Dach ist steil und hat hohe Schornsteine und unterhalb der Traufen üppige Verzierungen. Der schlanke, achteckige Turm mit der Wetterfahne ist eine Überraschung; schon von weitem sehen die

Menschen seine hohen, schmalen Fenster blitzen, und dann sagen sie Ah! und lächeln. Im ersten Stock ist ein Balkon, der über alle vier Seiten geht und auf den man durch gläserne Türen gelangt und wo gewiß, noch eh der Tag sich neigt, eine Frau stehen und verträumt, die Hand im Haar, in die Sonne schauen wird. Darunter ist die Veranda, einer tiefen, düsteren Höhle gleich, und die Eingangstür hat zwei breite rubinrote Glasscheiben und einen angelaufenen Messingklopfer in Form einer Löwenpranke. Details, Details: nur weiter so. Die Fenster sind leer. Die Stufen führen von der Veranda hinunter zu einer Kiesfläche und einem grünen Hang, der jäh zu einem steinigen, vielfach gewundenen Fluß hin abfällt. Stechginster und Weißdorn wachsen am Ufer, alles in voller Blüte, das Blaßrosa, das Weiß, ein herrliches Jahr, bei solch einem Mai. Hinterm Haus ist eine hohe Hügelkette mit Bäumen, alten Eichen, glaub ich, über denen die Möwen kreisen und herabstoßen. (Eichen und Möwen! Das muß man sich mal vorstellen! So ist unsere Insel.) Und über allem thront die bewaldete Anhöhe, bisweilen finster und ablehnend, bisweilen fast hochmütig, ja, fast schon heroisch.

Das Haus ist ein Sommerhaus; zu anderen Jahreszeiten, besonders im Herbst, keucht es und ächzt, und seine Gelenke knarren. Aber wenn es draußen warm wird, wie jetzt, im Mai, und die linde Luft selbst in die hintersten Räume eindringt, dann regt sich's im Herzen des Hauses, als erwachte es aus langem Schlummer, als entfaltete es die wächsernen Flügel, und plötzlich strebt alles nach oben, und man sieht nur noch die Decken und die weitgeöffneten Fenster und die Vorhänge, die sich im Seelicht bauschen. Ich lebe hier, in dieser schimmernden, salzgetränkten Welt, in diesen ausgeblichenen Zimmern, mitten in dieser Stille. Und sie lebt in mir.

Sophie zielte mit ihrer Kamera, schnell und geschickt.

»Sieht aus wie ein Hotel«, sagte sie.

»Oder jedenfalls ein Gasthaus«, bemerkte Croke skeptisch.

Es ist weder das eine noch das andere. Es ist das Haus von Professor Silas Kreutznaer und seinem treuen Gefährten Lux. Ha.

Sie waren an der kleinen hölzernen Brücke angelangt, doch dort zögerten sie, selbst Felix, und mochten nicht hinübergehen, sie wußten selber nicht, warum, und schauten unsicher nach oben zu dem teilnahmslosen Haus. Croke nahm seine Kreissäge ab, oder meine ich eher seinen Panamahut, ja, Croke nahm seinen Panamahut ab und wischte sich die Stirn und schimpfte leise vor sich hin. Der Hut, das gestreifte Jackett und die Krawatte, die weiße Segeltuchhose, zu Anfang hatte er das alles ganz in Ordnung gefunden, so ein Hauch Verwegenheit, genau das richtige für einen Tagesausflug, jetzt aber kam er sich lächerlich vor, lächerlich und alt.

»Wie lange sollen wir denn noch hier rumstehn?« sagte er und guckte Felix böse und anklagend an, als wäre der an allem schuld. »Ob ich mal nachsehn gehe?«

Er sah die anderen an, doch die schauten nur matt zur Seite, mieden seinen Blick, auf einmal gleichgültig und nicht imstande, sich noch um irgendwas zu kümmern.

»Ich hab Hunger«, sagte Hatch. »Ich will mein Frühstück.«

Pound, der dicke, bebrillte Junge, murmelte beifällig und sah die Erwachsenen finster an.

»Wo bleibt denn das Picknick, das man uns versprochen hat?« sagte Croke unwirsch.

»Das is ins Wasser gefallen«, kicherte Hatch schadenfroh.

»Pfff! So 'n blöder Ausflug aber auch.«

»Nun hör dir das an«, sagte Felix leise zu Flora und setzte ein weiches, nachsichtiges Lächeln auf. »Rhabarberrhabarber.«

Sein Lächeln wurde schmeichlerisch, er neigte den Kopf zur Seite, beinahe flehentlich, als ob er sie um etwas bitten wollte, sie aber tat zerstreut und runzelte die Stirn und guckte weg. Ihr war so komisch.

Sophie drehte sich mit ungeduldiger Miene herum und nahm Croke beim Arm.

»Kommen Sie«, sprach sie. »Wir gehen fragen.«

Und so machten sie sich auf den Weg über die Brücke, Sophie schritt energisch aus, und der alte Knabe tapperte vorsichtig neben ihr her und gab sich Mühe, mit ihr Schritt zu halten, und seine sandigen, durchnäßten Hosenumschläge schleiften über die Holzbohlen. Der Fluß gurgelte.

Lux im Turmfenster beobachtete sie, die kleine Schar der Zurückgebliebenen – hatten sie Angst? – und den alten Mann und die Frau, die über die Brücke näher kamen. Wie klein sie aussahen, wie fern und klein. Die beiden auf der Brücke bewegten sich steif, rasch und dennoch würdevoll, als argwöhnten sie, daß sich irgendwo irgendwer über sie lustig machen könnte. Er schämte sich für sie. Sie waren wie Schauspieler, die man zum Extemporieren zwingt. (Einer von ihnen ist tatsächlich Schauspieler, und er extemporiert.) Er drückt die Stirn ans Fensterglas und spürt, wie sein Herz rast. Seit dem Moment, als er sie erspäht hatte, wie sie sich den Hügel hinaufschlängelten, hatte er sich wiederholt ermahnt, nur ja nichts von ihnen zu erwarten, allerdings ohne Erfolg, er war ganz närrisch. Irgendwie sahen diese Leute so aus wie er selber, wie das Bild, das er von sich hatte: verirrt, beflissen, verdrossen und töricht. Das Fensterglas kühlte ihm die Stirn, in der ein Äderchen pochte. Stille, tiefer Wald, ein jäher Windzug. Er blinzelte: Sollte er einen Augenblick eingenickt gewesen sein? Er schlief schlecht in letzter Zeit. Heute früh war er um drei aufgewacht und durchs Haus gewandert, hatte die ungewissen Tiefen der schattigen Stille auf den Treppen durchmessen und kaum zu atmen gewagt inmitten dieses Schweigens, in dem andere schlummerten. Als er hinausschaute, hatte er am bleigrauen Horizont einen Lichtspalt gesehen. War das immer noch die Abenddämmerung, oder war es schon das Morgengrauen? Er lächelte traurig. So war es jetzt, sein Leben, genau so ein trübes Flackern zwischen einer Vergangenheit, die nach und nach im Nebel verschwand, und einer Zukunft, die unvorstellbar war.

Die Frau auf der Brücke strauchelte. Eben ging sie noch aufrecht, und im nächsten Moment knickte sie ein und kippte nach der Seite um wie eine Puppe, bestand nur noch aus Armen und Knien, und ihre Haare flatterten, und der Fotoapparat baumelte an seinem Riemen. Lux erschrak, ein leichter Schauder durchfuhr ihn. Hätte sie der alte Knabe nicht mit verblüffender Schnelligkeit und Kraft am Ellbogen ihres auf einmal unendlich lang erscheinenden Armes festgehalten, wäre sie gefallen. Der Mann verlor seinen Hut. Aus einem Gebüsch flog eine Amsel auf und stieß mehrmals hintereinander den gleichen schrillen Warnschrei aus. Die Frau stand auf einem Bein und zog ihren durchnäßten Schuh vom Fuß und sah ihn sich an: Der Absatz war abgebrochen. Sie streifte den anderen Schuh auch noch ab und war drauf und dran, barfuß weiterzugehen, doch in dem Moment stellte Felix, der sich plötzlich auf seinen Autoritätsanspruch besonnen zu haben schien, seine Tasche ab und kam förmlich angeschossen, flog geradezu an ihr vorbei und stürmte den Hang hinauf, wobei er sich im Gehen die Jacke seines engen, braunen Anzugs zuknöpfte.

»Wer ist das?« zischte der Professor. »Weg da, ich will auch mal gucken.«

Lux fuhr erschrocken herum: Er hatte vergessen, daß er nicht allein war. Der Professor hatte mit dem Fernrohr gekämpft und vergeblich versucht, es so einzustellen, daß er sich Felix, der den Weg heraufkam, genauer ansehen konnte. Jetzt stieß er das Instrument beiseite und schlurfte, unfroh vor sich hinsummend, zum Fenster hinüber. Lux sah ihn an, sah ihn gleichsam mit den Augen dieser Fremden, die da unten näher kamen, und zum erstenmal fiel ihm auf, wie verlottert der Professor mittlerweile war. Das formlose schwarze Jackett war an den Ellbogen durchgescheuert und hatte ausgebeulte Taschen, die Fliege war nicht richtig geknotet und glänzte schmierig. Mit seinem mächtigen, fast kahlen Schädel, dem breiten, bleichen Gesicht und den blassen, glasigen Basedowaugen sah er aus wie eine große, alte, regenfleckige Statue von irgendeinem Cäsar. Lux lächelte ohne Hoffnung vor sich hin: Wie konnte er hier weg, wie konnte er hier jemals wieder weg?

Felix kam zügig den Hang hinauf, mit weit ausholenden Schritten und schlenkernden Armen.

»Nun gucken Sie sich den an«, gluckste Croke. »Gucken Sie doch bloß mal, wie der läuft.«

Von der Brücke sah es so aus, als kröche Felix auf allen vieren. Und je näher er dem Haus kam, desto weiter schien es vor ihm zurückzuweichen. Lux verrenkte sich den Hals nach ihm. Der Professor wandte sich ab, klopfte sich auf die Taschen und summte weiter wie aufgezogen vor sich hin.

Und dann erscholl von unten das gebieterische Klopfen der Löwenpranke – einmal, zweimal, dreiviermal.

Das ist er, das ist er, der Augenblick, da Welten einstürzen, und das einzige, was ich wahrnehmen kann, ist ein Lachen, ein fernes, leises, skeptisches Lachen.

Bei diesem forschen, munter synkopischen Klopfen schien das Haus einen Moment lang in starres Schweigen zu sinken, als ahnte es all die Störungen voraus, die nunmehr kämen. Lux harrte traumverloren am Turmfenster aus und beobachtete die anderen unten an der Brücke. Dann klopfte es von neuem und diesmal noch lauter, und er schrak auf und fuhr herum, schob sich an dem Professor vorbei und polterte armerudernd und knieschlenkernd die Treppe hinunter. In der Halle blieb er stehen; er sah Felix' Silhouette auf dem rubinroten Glasfeld der Tür, ein angespannter, gespenstisch regloser, leicht nach vorn geneigter Schatten. Als die Tür aufging, brachte Felix augenblicklich ein strahlendes Lächeln zustande, im Nu hatte er sich seitwärts in die Halle geschlängelt, und da redete er auch schon, die dünne Hand nach vorn gestreckt.

»... Schiffbrüchig!« sagte er lachend. »Ja, geworfen hier an dies Gestade. Ich kann Ihnen das gar nicht erklären!« Lux war so aufgeregt, daß er kaum verstand, was der Mann sagte. Er trat einen Schritt zurück, stammelte hilflos irgend etwas vor sich hin und nickte. Felix ließ seinen scharfen Blick in der Halle umherhuschen. »Was für ein reizendes Haus«, sagte er leise und warf den Kopf in den Nacken und lächelte verschlagen, wobei sein abgebrochener Augenzahn zu sehen war. Seine ganze Erscheinung wirkte wie Stückwerk, irgendwie provisorisch, als wäre er hastig aus lauter Teilen von anderen Menschen zusammengesetzt worden. Und er schien fast zu platzen von unterdrücktem Lachen, als hätte er heimlich einen Witz verschluckt. Mit diesem eingefrorenen Grinsen und diesen glänzenden, gierig umherhuschenden Augen erinnert er mich an die Puppe eines Bauchredners; nur daß dann er derjenige gewesen wäre, der sprach, indes der Mund seines Herrn auf- und zuklappte wie eine kaputte Falle. »Ja, reizend, ganz reizend«, sagte er. »Also ich fühl mich schon fast wie zu Hause.«

Lux war sich später nie ganz sicher, ob all das wirklich passiert war, oder wenigstens, ob es so passiert war, wie er es in Erinnerung hatte. Mit Sicherheit erinnerte er sich nur daran, daß er auf einmal das Gefühl gehabt hatte, von etwas Hellem, etwas Überwältigendem umgeben zu sein. Es war nicht allein Felix, vor dem er zurückwich, es war das Heer von Möglichkeiten, das sich hinter diesem Mann hereinzudrängen schien und unsichtbar durch die Halle torkelte und hüpfte. Er sah sich selber in blendendem Licht, heroisch und zugleich absurd, und plötzlich war es ihm, als wäre diese Eingangshalle der Paß von Roncesvalles. Ich sollte nicht spotten: Auch ich habe mir insgeheim immer vorgestellt, ich wäre ein Held, ich stürbe mit dem Gesicht nach Spanien, wenngleich ich nicht annehme, daß ein dienstbarer Engel oder eine Schar von Heiligen angeschwebt kommt und mich mit sich fortträgt, wenn ich dereinst meine letzten Tropfen Herzblut verröchele.

Felix erzählte, wie das Schiff auf Grund gelaufen war. Zierlich und mit spitzen Fingern lüpfte er seine Hosenbeine wie einen Rock und zeigte seine knochigen, nackten, bläulichweißen Fesseln und die vor Nässe dunklen Schuhe. Den Kopf zur Seite geneigt und mit diesem spaßigen, sich selber nicht recht ernst nehmenden Lächeln auf den Lippen.

»Professor Kreutznaer«, sagte Lux mit einer Mischung aus Unbehagen und Verzweiflung, »Professor Kreutznaer ist ... beschäftigt.«

Felix hatte eine Augenbraue hochgezogen und sah ihn scharf an.

»Soso, beschäftigt«, sagte er leise. »Na, dann wollen wir ihn mal nicht stören, was?«

Mittlerweile waren auch die anderen über die Brücke geschlurft, hatten sich widerwillig im Kielwasser von Felix' raschem Aufstieg zum Haus geschleppt, fast so, als wären sie irgendwie von fern mit ihm verbunden; sie ließen sich Zeit, sie warteten auf ein Zeichen. Sophie setzte sich auf einen Stein und knetete ihren verstauchten Fuß. Hatch griff sich an den Bauch und rollte mit den Augen – Gebärden, die zeigen sollten, daß er Hunger hatte –, während Pound dastand und kicherte und Alice skeptisch lächelte. Haben wir Alice schon vorgestellt? Sie ist elf. Sie hat einen dicken, glänzenden braunen Zopf. Hübsch ist sie nicht. Sophie musterte ohne Begeisterung den koboldhaften Hatch, sein schmales weißes Gesicht und diesen Mund, rot wie eine Wunde; jede Truppe hat ihren Hanswurst.

»Nach dem Krieg«, sagte sie zu ihm, »als ich noch nicht mal so alt war, wie du jetzt bist, da hatten wir gar nichts zu essen. Tagein, tagaus, monatelang, viele Monate lang hab ich gehungert. Meine Mutter hat die Herdplatte mit Kerzenwachs eingerieben –«, sie ließ die eine Hand langsam und weit ausholend in der Luft kreisen, »– und Kartoffeln drauf gebraten, und wenn die Kartoffeln alle waren, hat sie die Schalen gebraten, und die haben wir dann auch noch gegessen.«

Hatch schlang mit trauriger Miene die Arme um den Oberkörper und ließ sich ermattet ins Gras sinken, wo er zuckend liegenblieb.

»Ach, kümmern Sie sich doch nicht um diese Leute, Gräfin«, sagte Croke kriecherisch und sah sie kopfschüttelnd an. »Wir sind hier nicht im schönen alten Wien.«

Sie faßte ihn kühl ins Auge. Grinsend entblößte er die großen gelben Pferdezähne, und die Haut über seinen Wangenknochen spannte sich, und der Schädel unter der straff gespannten Haut schien ebenfalls zu grinsen, aber anders. Gräfin: Letzte Nacht in der Hotelbar, als er beschwipst gewesen war, hatte er angefangen, sie so zu nennen, hatte ihr zugezwinkert und versucht, sie betrunken zu machen; sie hatte die düstere Ahnung, daß der Name haftenbleiben würde.

»Ihr seid so was von komisch«, sagte sie. »Ihr alle, so was von komisch.«

Die Jungen lachten – wie schnell die Erwachsenen einander heutzutage wütend machen konnten! –, aber ihnen selber war auch nicht wohl in ihrer Haut. Für sie war Sophie schon jetzt Gegenstand tiefsinniger und geheimer Spekulationen, diese launische Frau in Schwarz, die zwar das Alter einer Mutter hatte, aber ganz anders war als alle Mütter, die sie kannten, die Gier, mit der sie Zigaretten rauchte, und wie sie dasaß, die Knie weit auseinander, wie ein Mann, unbekümmert (Hatch, der am Boden lag, versuchte gerade, ihr unter den Rock zu gucken), dieser scharfe, faszinierende Geruch nach Schweiß in der Luft, wenn sie vorüberging.

Croke, der sie noch immer mit gebleckten Zähnen angrinste, sang verhalten mit zittriger Stimme:

*Wien, Wien, nur du allein!*

Dann lachte er, mußte husten, in seiner Kehle schepperte eine Schleimsaite, und Alice funkelte ihn böse an. Sie fand Croke widerlich, weil er so ungehobelt war und weil er alt war.

»Ich bin ja noch nicht mal Wienerin«, sagte Sophie wehmütig und sah sich bekümmert ihren Fuß an.

»Aber von Rechts wegen müßten Sie eine sein, Gräfin«, erwiderte Croke in einem Ton, den er für galant hielt. »Von Rechts wegen müßten Sie eine sein.«

Flora hatte sich vorsichtig und mit gesenktem Kopf entfernt. Sophie beobachtete sie mit zusammengekniffenen Augen. In Floras Blick lag eine künstlich zur Schau gestellte Geistesabwesenheit; sie dachte wohl, falls etwas Unangenehmes passierte, müßte sie so tun, als würde sie es nicht bemerken. Wie schön sie war, ein richtiges Modigliani-Mädchen, mit dem schweren schwarzen Haar, diesen schrägen Augen, ihrer ein wenig linkischen Anmut, ihrem onkelnden Gang. Sophie hatte den Verdacht, daß sie letzte Nacht mit Felix zusammengewesen war. Scheinheilige kleine Fotze.

Wien. Ach Gott! Sie zündete sich eine Zigarette an. Ihr Fuß hatte eine dicke Hornhaut, und der Nagel des kleinen Zehs war fast völlig eingewachsen. Sie schloß die Augen. Sie hatte sich so satt. Warum hatte sie diesen Unsinn mit den Kartoffelschalen gesagt? Für wen spielte sie eigentlich diese Rolle, daß sie immer weiter so tun mußte als ob, wo sie ging und stand? Eine Komödie, natürlich, alles nur eine gräßliche

Komödie. Da draußen in der fasrigen, mottendurchschwirrten Finsternis saß ein unsichtbares Publikum und lachte sich scheckig über sie. Sie stand auf, plötzlich wütend auf sich selber und auf alles andere, und tappte vorsichtig los, die Schuhe in der Hand, machte sich auf den Weg hinüber zum Haus, wo Felix jetzt wieder aufgetaucht war und die Gruppe mit Besitzermiene auf der Veranda erwartete, die Hände vor der Brust wie ein Brahmane – ein lächelnder Mann, der voller Geheimnisse war.

Man hätte ihn glatt für den Hausherrn halten können, so herzlich hieß er sie willkommen, strich dem einen über den Arm, klopfte dem anderen auf die Schulter, zwinkerte den Jungen fröhlich zu, die seine schwarze Tasche gemeinsam hochgetragen hatten. Und als er sie mit großer Geste willkommen hieß, ergriff sie plötzlich allesamt, sogar Sophie, völlig überraschend ein Gefühl der Dankbarkeit für seine hilfreiche Gegenwart; sie dachten an das schreckliche Schlingern und wie speiübel ihnen geworden war, als das Schiff plötzlich kenterte, wie lauter Sachen umfielen und eine große Kiste von Deck rutschte und ins Wasser glitt, und an das Fluchen des betrunkenen Käptens, und da wurde ihnen bewußt, daß sie doch schließlich Überlebende waren, in gewisser Weise, trotz des heiteren Aussehens, das sie sich so hartnäckig bewahrten, und auf einmal empfand sie eine große Zärtlichkeit für ihr eigenes Ich und war voller Selbstmitleid. Und während sie eintraten, stand Lux unentschlossen im Schatten der Tür, lächelte hilflos, nickte ihnen zu und hauchte stumme Begrüßungsfloskeln.

»Tag, Harpo«, rief Hatch vergnügt, und Pound, der hinter ihm kam, prustete los.

Die Halle war geräumig, der Boden unregelmäßig schwarz und weiß gefliest. Es gab einen pockennarbigen Spiegel in einem vergoldeten Rahmen und einen Schirmständer, in dem sich diverse Spazierstöcke und ein kaputter Jagdstuhl befanden. Die Wände waren unten mit einer Art Relieftapete beklebt, die dank etlicher Schichten Tünche dick und zäh wirkte und die Farbe von Milchbonbons angenommen hatte, während sich oberhalb der Sockelleiste weite Flächen von schattigem Grau erstreckten, das vor langer Zeit einmal weiß gewesen war. Es roch nach Äpfeln, die gerade im Begriff waren, in Fäulnis überzugehen. Und nun eine höflich schockierte Geste, eine Hand, die vor Staunen ob des ganzen Lärms, ob dieses Überfalls, vor den Mund geschlagen wurde. Lux war außer sich.

Sie standen verlegen da, drängten sich aneinander und wußten nicht, was sie tun sollten.

Und da geschah etwas, ich weiß nicht genau, was. Sie drängten sich also aneinander, unsicher, ob sie weitergehen oder lieber warten sollten, und diese Unsicherheit erzeugte eine wogende Bewegung, versetzte sie in ein ganz leichtes rastloses Schwanken, wie wenn der Tag sich verdüstert und plötzlich aus dem Nichts ein Wind durch die Bäume bläst und sie schüttelt. Sehr hübsch, das hat was von Vergil. Croke blinzelte zur Decke hoch, wo er etwas entdeckt zu haben schien; er trat zurück und Sophie auf den Fuß, auf den, mit dem sie umgeknickt war. Sie schrie auf, und ihr Schrei zog ein unmittelbares, tiefernstes Schweigen nach sich, und alle waren auf einmal starr wie Statuen. Ich hätte sie dort stehenlassen können, ich hätte jetzt gehen und sie für immer dort zurücklassen können. Das Schweigen dauerte ein Halbdutzend Herzschläge, und dann, langsam, als ob es langsam versickerte, fing Alice an zu weinen.

»Oh«, sagte Lux erschrocken, »mein armes ... mein liebes ...«

Er berührte mit zitternder Hand ihre Schulter, doch sie entwand sich ihm mit einem Ruck und einem lauten, matten Schluchzen. Sie wußte selber nicht, was mit ihr war. Die Jungen starrten sie mit unverhohlener Neugier an.

»O Gott«, sagte Pound mit gespielter Empörung in der Stimme, »die nun wieder.«

Alice hat nah am Wasser gebaut.

Lux brachte die Leute in die Küche, einen großen, hohen Raum mit blankgescheuertem Fichtenholztisch, zusammengewürfelten Holzstühlen und einem Tohuwabohu von schmutzigem Geschirr im Abwaschbecken. In einer rußgeschwärzten Nische kauerte der riesige, haferschleimfarbene Herd mit dem schwarzen Rauchfang. Vor dem Fenster abschüssige Felder und eine baumbewachsene Anhöhe, so daß sie ein sonderbares Gefühl von Untergetauchtsein hatten, als schauten sie durch das silbrige Wasserlicht eines tiefen, stillen Teiches dort hinauf. Lux beugte sich über den Herd, öffnete die kleine Feuertür und guckte hinein.

»Aus, natürlich«, sagte er angewidert und rief: »Der Herd!« Doch es kam keine Antwort. Er wandte sich mit nachsichtheischendem Lächeln an sie: »Sind Sie naß?«

Sie waren naß. Sie waren müde. Sie sagten nichts. Sie hatten bei Tagesanbruch ein Schiff bestiegen, um eine kleine Vergnügungsfahrt zu unternehmen, und jetzt waren sie hier gestrandet, in diesem fremden Haus auf dieser Insel mitten im Nichts.

Lux stand noch immer über den Herd gebeugt und blickte mit dem vergessenen Lächeln im Gesicht zu ihnen hoch. Es war, als wären sie seinen geheimsten Sehnsüchten entstiegen. Tagelang hatte er von genau so einer Invasion geträumt, Lärm und unbekannte Stimmen in der Halle und eine Küche voller Fremder, und er mittendrin, grinsend wie ein Idiot. Er kam vom Herd herüber und nötigte sie eifrig, doch bitte Platz zu nehmen und die nassen Schuhe auszuziehen, er bot ihnen Tee an, huschte bald hierhin, bald dorthin, selig erhitzt von der Angst, daß sie sich im nächsten Augenblick doch noch als Sinnestäuschung erweisen könnten und einfach verschwänden. Sophie fragte ihn nach den Ruinen oben auf den Hügeln, doch er konnte sich nicht konzentrieren, sagte immer nur ja, ja, und lächelte sein verschwommenes, aufgescheuchtes Lächeln. Als Flora matt vom Tisch aufsah und ihn anschaute und ihm ihre warmen, nassen Schuhe reichte, spürte er in seinem Innern ein Ziehen, als wäre etwas in die Höhle seines Herzens gefallen und hinge dort sachte baumelnd an einem Gummifaden. Ihr sei so komisch, sagte sie zu ihm, so komisch, fast als ob sie Fieber hätte. Ihre Stimme war leise. Sie blickte unter ihren langen Wimpern zu ihm hoch, hilflos und gleichzeitig berechnend, er konnte sehen, wie sie ihn abschätzte; es war ihm egal, nur daß er sich wünschte, er wäre jünger, größer, überhaupt ganz anders. Er stand vor ihr und hielt ihre Schuhe, in jeder Hand einen, und da erhob sich in ihm ein trunkener Schwarm von gänzlich unerfüllbaren Sehnsüchten. Er begleitete sie nach oben, damit sie sich ausruhen konnte, und blieb unentschlossen in der Schlafzimmertür stehen, drehte wieder und wieder den Türknauf in der Hand. Sie ließ sich langsam auf der Bettkante nieder, schlang die Arme fest um ihren Oberkörper und sah blicklos zu Boden.

»Sind Sie im Urlaub?« fragte er zaghaft.

»Was?« Sie starrte weiter dumpf und benommen vor sich hin, sie runzelte die Stirn. Dann richtete sie sich ein wenig auf und schüttelte den Kopf. »Nein, ich betreue sie.« Sie machte eine verächtliche Geste zur Treppe hin. »Sollte ich jedenfalls.« Sie lachte höhnisch auf.

»Wie?«

Sie schaute gereizt zu ihm hoch.

»Na, die Kinder«, sagte sie. »Das ist bloß so ein Sommerjob, im Hotel.« Sie biß sich auf die Unterlippe und zog ein mürrisches Gesicht.

»Ach so«, sagte er. So eine Art Dienstmädchen also; er fühlte sich ermutigt. Er wartete auf mehr, doch es kam nichts. »Das Schiff«, sagte er nach ein paar Sekunden, »ist es tatsächlich auf Grund gelaufen, das Schiff?«

Sie schien nicht zuzuhören. Sie starrte mit leerem Blick zu Boden. Hinter ihr schob sich verstohlen eine gewaltige bleiblaue Wolke ins Fenster, feucht und aufgedunsen, gleichsam die Illustration seiner unterdrückten Wünsche. Dieses Mädchen war so entzückend, daß es ihm weh tat, sie anzusehen, die schmalen, leicht einwärts gedrehten Füße, die riesengroßen Augen, die feinen Härchen über der Oberlippe. Eine Erinnerung regte sich in ihm, das Gefühl von etwas Glattem, Geschmeidigem und sacht, sehr sachte Abstoßendem. Ja, das Hasennest im Gras, das er eines Tages in den Dünen gefunden hatte, als kleiner Junge, die zwei Hasenbabys, die zusammengerollt darin lagen, ganz eng aneinandergeschmiegt, eines mit dem Kopf am Rumpf des anderen, wie ein Wappen. Er hatte sie mit nach Hause genommen, unter seiner Jacke, aber Mutter hatte ihm nicht erlaubt, sie zu behalten. Wie leise ihre Herzen getickt hatten, ganz nah an seinem, das plötzlich schwer gewesen war! Das war so typisch für ihn – immer suchte er etwas, das er lieben konnte, das ihn wiederlieben würde, und fand es nie. Oder fast nie. Die arme Mama. Als er in die Dünen zurückkehrte, konnte er das Nest nicht mehr finden und mußte die Häschen unter einem schützenden Stein zurücklassen, auf einer Unterlage aus Blättern und mit Grashalmen und Löwenzahnstengeln als Futter. Am nächsten Tag waren sie weg gewesen. Spurlos verschwunden. Die Stengel nicht angerührt. Weg. Und doch, wie wenig hatte ihm das ausgemacht, als er dort stand, im grauen Morgen, und über dieses Verschwinden nachdachte, während das Meer jenseits der Dünen murmelte und der Wind das dunkle Gras um ihn herum blankrieb. Jetzt seufzte er, sprachlos über sich selber, wie immer.

»Ich glaub, ich würde mich gern ein bißchen hinlegen«, sagte Flora.

»Aber natürlich, natürlich.«

»Nur ein Weilchen.«

»Natürlich.«

Er war hin- und hergerissen, er wollte hierbleiben, schlaflos an seinen Schild gelehnt, und gleichzeitig wollte er die Treppe hinunterrennen, um sich zu vergewissern, daß die anderen nicht verschwunden waren. Doch statt dessen ertappte er sich dabei, wie er, nachdem sie sich gähnend und seufzend auf dem Bett ausgestreckt und er zögernd die Tür hinter sich zugezogen hatte, in gleichsam ahnungsvoller Verzückung ziellos durch die oberen Stockwerke wanderte, hin und wieder stehenblieb und lauschte, er wußte selbst nicht, worauf: auf das Knistern von Deckflügeln vielleicht, auf das Geräusch, mit dem das neue Leben seinen Kokon abstreift. Flüchtig, durch die halboffene Toilettentür, sah er von der

Treppe aus Sophie kerzengerade mit hochgezogenem Rock und um die Knie baumelndem Schlüpfer auf der Kloschüssel sitzen und mit finster-verträumter Miene geradeaus starren, während ihr Wasser fröhlich ins Becken plätscherte. Er rannte vorbei, den Blick abgewandt, rot im Gesicht, tumb lächelnd vor Verlegenheit, und dabei murmelte er vor sich hin.

Oh, Narretei, Narretei!

Die Möwen wecken mich beizeiten. Ich höre sie oben auf den Schornsteinhauben mit den Flügeln schlagen und merkwürdig tiefe, kehlige Schreie ausstoßen. Fast wie Menschenbabys. Vielleicht ist es das Junge, das ich höre, das noch nicht flügge ist und das gefüttert werden will. Naturkunde war nie meine Stärke. Wie schön das Sommerlicht um diese frühe Morgenstunde ist, ein grenzenloses, weiches Grau, durchsetzt mit Wasserfunkeln. Ich liege eine ganze Weile einfach da, ohne an etwas zu denken. Ich kann das, ich kann machen, daß mein Kopf ganz leer ist. Ein Kniff, den ich mir antrainiert habe in einer Zeit, als der Gedanke daran, was alles durchgestanden werden mußte, bevor es wieder dunkel wurde und das Vergessen kam, kaum zu ertragen war. Und so, vollkommen leer, schwerelos wie ein Papierschiffchen, mache ich mich auf die Reise, hinaus, weit, weit hinaus, bis an die äußerste Kante, wo eine Scheibe Wasser wie geschmolzene Münzen vor einem münzenfarbenen Himmel glänzt und alles aufwärts steigt und Himmel und Wasser unmerklich ineinander übergehen. Das ist der Ort, wo ich mich jetzt am wohlsten fühle, am fernen, blassen Rand der Dinge. Wenn ich das Wohlfühlen nennen kann. Wenn ich das Da-Sein nennen kann.

Eine Insel, natürlich. Die zuständigen Stellen, als sie mich entließen, hatten sich mit dem ihnen eigenen Argwohn erkundigt, wohin ich denn jetzt gehen wolle, und ich hatte sogleich geantwortet: »Auf eine Insel natürlich, wohin denn sonst?« Mein einziger Wunsch, versicherte ich ihnen, sei es, an einen stillen, abgeschiedenen Ort zu kommen, wo ich den langen Prozeß des Wiederangewöhnens an die Welt in Angriff nehmen und meine Studien über einen berühmten Maler fortsetzen könne, dessen Name ihnen wohl nichts sagen werde. Ich staunte selber, wie plausibel sich das anhörte. (Aber ja doch, Herr Direktor, sagt der alte Knastbruder, wenn er in seinem gestreiften Anzug vor dem großen Schreibtisch steht und die Mütze in der Hand dreht, diesmal halt ich mich anständig, da können Sie sich drauf verlassen, ich werd Sie nicht enttäuschen, ganz bestimmt nicht!) Inseln haben etwas, das mich fasziniert, das Gefühl des Eingegrenztseins, vermute ich, daß ich sicher bin vor der Welt – und daß die Welt sicher ist vor mir, ja, das auch. Das gefiel ihnen, oder jedenfalls kam es mir so vor; mir scheint, sie waren froh, mich loszuwerden. Wirklich erstaunlich, wie zartfühlend sie mich behandelt haben, wie sie auf meine Wünsche eingegangen sind. Aber das war ja die ganze Zeit so gewesen, mehr oder minder. Sie hatten schlimmere Fälle als mich, Burschen, die man für ihre Taten gehängt, gerädert und gevierteilt hätte, wenn sie nicht in so einem heiklen Alter gewesen wären, mich aber hielten sie wohl für etwas Besonderes. Vielleicht lag es einfach daran, daß ich mein Verbrechen so bereitwillig gestanden hatte, daß ich mich nicht herausgeredet, sondern sogar ein gewisses forensisches Interesse an meinen Motiven gezeigt hatte, die mir selber kaum weniger rätselhaft waren als ihnen. Aus irgendeinem Grunde verhielten sie sich mir gegenüber so, als hätte ich etwas ganz Großartiges und Gewichtiges getan, als wäre ich, sagen wir mal, ein Bote, der von einer sehr schwierigen, sehr fernen Mission zurückkehrt und so schreckliche Neuigkeiten für sie hat, daß ihnen allein schon die Tatsache, die Empfänger dieser Neuigkeiten zu sein, ein Gefühl der Stärke und Erhabenheit gibt. Freilich kann es auch sein, daß dieses feierliche Gehabe nur eine Form war, ihren Haß und ihren Ekel zu verschleiern. Ich denke, sie hätten mir vielleicht ganz gern Gewalt angetan, wollten sich aber die Hände nicht schmutzig machen. Oder hatten sie gar gehofft, meine Mithäftlinge würden mir schon die Strafe zumessen, die sie selber sich zu verhängen scheuten? Wenn ja, dann wurden sie enttäuscht; ich genoß ein ziemliches Ansehen dort drinnen, ich war da sozusagen der Einäugige unter lauter Blinden. Und nun hatte ich meine Zeit abgesessen und war draußen.

Ich war durchaus nicht mehr derselbe, der ich vor einem Jahrzehnt gewesen war (ist denn der alte Mann in seiner senilen Kindsköpfigkeit noch derselbe, der er als kleiner Junge war, als er im Strampelanzug in seinem Kinderbettchen lag?). Mit mir war eine langsame, aber gewaltige Veränderung vor sich gegangen. Ich bin davon überzeugt, daß ich mich während dieser zehn Jahre des Eingesperrtseins – das heißt lebenslänglich abzüglich der Zeit, die mir erlassen wurde wegen guter, wegen musterhafter Führung – in einen unendlich viel komplexeren Organismus verwandelt habe. Damit ist nicht gesagt, daß ich mich für besser hielt als früher – Strafe als Läuterung, diese Lehre zerschellte an den Klippen meiner durch nichts zu sühnenden Schuld –, aber es hieß auch nicht, daß ich schlechter war: nur eben anders. Das Ganze war verworrener, undurchdringlicher und gedankenschwerer geworden. Durch mein Verbrechen hatte es sich verästelt; es hockte in mir wie ein zweites, parasitisches Ich und umschlang meine Zellen mit seinen Tentakeln. Meine Sünde hatte mich fett gemacht; ich kam mir vor, als waberte ich aufgedunsen und blaurot angelaufen umher wie eine mutierte, mit Gift gefüllte Qualle. Schlaff, formlos also, immer noch bösartig, wenn auch nicht mehr so schlimm wie früher, nicht mehr so achtlos oder so kalt. Auch verwundert, natürlich, immer noch nicht imstande zu glauben, daß ich wirklich getan hatte, was ich getan hatte. Ich rede mich nicht heraus; das ist das einzige, dessen ich mich rühmen darf, daß ich nie versucht habe, mich für meine Ungeheuerlichkeiten zu rechtfertigen. Und darum bin ich auf diese Insel der Sühne gekommen (auf den Hügeln gibt es Hütten, die Bienenkörben gleichen), um zwar nicht Erlösung zu suchen, denn das wäre zuviel verlangt gewesen, aber doch so etwas wie eine Aussöhnung mit mir selbst und meinem armen, schwärenden Gewissen.

Es heißt, ich sei zu hart zu mir; als ob das überhaupt möglich wäre.

Hierhergebracht, oder vielleicht sollte ich besser sagen, transportiert, ja, hierhertransportiert wurde ich mit dem Schiff. Das war ganz reizend. Ich war darauf gefaßt gewesen, daß ich eines tristen, grauen Morgens mit einem in Packpapier eingewickelten Paket unterm Arm vorm Tor stehen würde, käsebleich und ganz benommen angesichts der großen, breiten Straßen, doch statt dessen schaukelte ich lustig auf den kleinen Wellen dahin, hatte den Wind im Gesicht und den teerigen Geruch des Meeres in der Nase. Es war ein heller, sonniger Morgen, das Licht wie Glas. Wolkenschatten trieben übers Wasser auf uns zu, verdunkelten die Luft um uns herum für einen Augenblick und huschten weiter. Als wir in den Windschatten der Insel kamen, legte sich die Brise, und der Käpten stellte den Motor ab, und dann glitten wir sanft vorwärts, mitten hinein in eine weite, tonlose Stille. Das Wasser war im Sonnenschein so herrlich klar, daß ich bis auf den Grund sehen konnte, wo es grüne Steine gab und üppiges kaffeebraunes Seegras und Schwärme pfeilschnell dahinschießender Fische, schlammgrau, und hier und da ein platinweißes Aufblitzen. Die kleine Mole war menschenleer, der Strand ebenfalls und der grüne Hügel dahinter. Am Kai standen bunt durcheinander ein paar verfallene Steinhäuser mit löchrigen Dächern; als ich sie erblickte, durchlebte ich, ich weiß selbst nicht, warum, mal wieder einen Lidschlag lang die schwarze Angst. Ich habe mich schon fast an sie gewöhnt, an diese kurzen Attacken, diese kleinen Zitteranfälle. Sie dauern nur einen Augenblick. Manchmal, besonders nachts, halte ich sie irrtümlicherweise für einen stechenden körperlichen Schmerz und frage mich, ob irgend etwas in meinem Innern krank ist, kein wichtiges Organ, nicht das Herz oder die Leber, aber vielleicht die Milz oder die Galle, irgendwas in der Richtung, irgend so eine angeschlagene kleine blaue Pflaume oder eine Orchideenfalte von bösartigem Gewebe, an der ich womöglich eines Tages unter heftigsten Qualen eingehen könnte.

Und dann hörte ich zum erstenmal dieses seltsame, leise, heulende Geräusch, das die Insel macht, es kam ganz deutlich übers Wasser zu mir, eine Sirenenstimme.

»Wie Musik«, sagte ich. »Wie … Gesang.«

Als ich den Käpten fragte, was das sei, zuckte er die Achseln.

»Ach, da kümmern Sie sich mal gar nicht drum«, sagte er. »Wird wohl irgendwo ein altes Zugloch sein, wo die Flut die

Luft durchdrückt. Da kümmern Sie sich mal gar nicht drum.«

Und dann dieser schwankende Moment des Rutschens und Schaukelns und das sanfte Aufprallen des Schiffs am Kai: Landfall.

Ich habe diese Insel von der ersten Minute an geliebt, und ihre Schroffheit fand ich angemessen. Das kommt mir sehr zupaß. Sie ist gut fünfzehn Kilometer lang und knapp acht Kilometer breit (oder ist sie acht Kilometer lang und fünfzehn Kilometer breit? – diese Geschichte mit der Länge und der Breite habe ich nie so recht verstanden), hat an der einen Seite Klippen und an der anderen eine Steilküste. Das Meer um die Insel herum ist tückisch, überall unsichtbare Strömungen und Ripptiden, so daß die Yachten und Vergnügungsdampfer meistenteils einen Bogen um uns machen, was erfreulicherweise bedeutet, daß wir nicht von Tagesausflüglern gestört werden oder von irgendwelchen munteren Gesellen mit Mützen und grobgestrickten Pullovern, die im Hafen herumlaufen und Grog wollen und irgendwas von Klüvern faseln und von Besansegeln und so weiter und so fort. Diese Insel ist zum Glück kein bißchen pittoresk. Sicher, es gibt weißgetünchte Häuser und Weiden mit kleinen Trockenmäuerchen und Schafe und sogar hier und da einen Schäfer in Tweedzeug. Wir haben auch größere Dinge zu bieten, die Hügelkette, den Blick aufs Meer, die schimmernden, lavendelblauen Weiten und nachts das lichtbetupfte Firmament. Das einzige, was fehlt, ist eine steinerne Feste – sturmerprobt, von Entbehrungen gezeichnet –, wie sie eine echte Insel der Außenwelt zukehrt, um den beiläufigen Gast mit Ehrfurcht zu erfüllen und gleichermaßen zu verwirren. Die Sache ist die, daß diese Insel hier im Grunde gar nicht wie eine Insel ist, eher wie ein Stück Festland, das sich vor kurzem losgerissen hat. Es gibt öde Flächen und geheimnisvolle, mit Vorhängeschlössern verrammelte Schuppen, aus denen es nach Dieselöl riecht, und Teerstraßen, die entschlossen aufwärts in die Hügel führen, als harrten ihrer dort draußen große Autobahnen wie ein Verhängnis. Das Dorf liegt, bald zwei Kilometer landeinwärts vom Hafen entfernt, in einer Talsenke versteckt und sieht doch so verloren aus wie eine Ortschaft mitten auf dem platten Land. Man hat den Eindruck, daß dort ausschließlich Idioten leben. (Da sollte ich hinziehen, ich könnte der Dorfgelehrte sein; an dieser Stelle müssen Sie sich ein trauriges Kichern denken.) Es gibt einen Krämerladen, ein Postamt, eine Kneipe, in die ich keinen Fuß setze. Inzwischen leben hier fast nur noch alte Leute; die Jungen sind geflohen, fort aufs Festland, wo sie sich das Leben vermutlich einfacher vorgestellt haben. Als ich ankam, hatte ich mir überlegt, ob ich eine kleine Schule aufmachen sollte, wie der arme Ludwig am Schneeberg, und die paar noch verbliebenen Kinder unterrichten, aber daraus ist nichts geworden, wie aus so vielen Projekten, die ich hatte. Ich und Schulmeister! Was für eine Idee. Trotzdem, es war ein mildtätiger Gedanke, und von der Sorte habe ich nicht allzu viele. Die sozialen Einrichtungen auf der Insel sind eher bescheiden. Der nächste Arzt ist auf dem Festland und nur mit dem Boot zu erreichen, was eine Weile dauern kann und manchmal regelrecht gefährlich ist. Darum fühlte ich mich, als ich hier ankam, gleich mehr oder minder wie zu Hause. Hört sich das komisch an, zu sagen, daß ich mich in dieser scheinbar so gar nicht zu mir passenden Umgebung heimisch fühlte? Aber die Armut, wissen Sie, die Dumpfheit und der fehlende Enthusiasmus, das alles hätte ja schließlich auch eine Form von Raffinesse sein können. Dramatik war das letzte, worauf ich erpicht war, außer in Gestalt von Eichen und darüber kreisenden Möwen oder einem Schiff, das auf eine Sandbank läuft, oder eben einem Trupp von Fremden, die eines Tages über die Dünen gewandert kommen und an einem Hang ein altes Haus erspähen.

Bei meiner ausgiebigen Lektüre – was hatte ich denn weiter zu tun in jenen ersten Tagen der sogenannten Freiheit, außer lesen und träumen? – war ich auf folgendes gestoßen: *Mir ist für gewöhnlich, als sei mein wirkliches Leben zu Ende, als führte ich ein posthumes Dasein.* Ich hatte alle Brücken abgebrochen, die Jahre waren wie Asche übers Wasser verstreut. Hier hatte ich Ruhe, in der Flaute, unter der großen Woge der Welt. Ja, ich fühlte mich heimisch – ich, der geglaubt hatte, er werde sich nie wieder irgendwo heimisch fühlen. Das heißt nicht, daß ich mir nicht gleichzeitig auch wie ein Außenseiter vorgekommen wäre. Ich war hier geduldet, mehr nicht. Ich meinte eine gewisse Verächtlichkeit zu spüren, als wiche mir hier alles tunlichst aus, mit abgewandtem Blick. Besonders das Haus wirkte finster und verkniffen. Aber vielleicht irre ich mich auch, vielleicht war das, was ich spürte, nicht Verachtung, ja nicht einmal Ablehnung, sondern etwas ganz anderes: Taktgefühl zum Beispiel – die leblosen Gegenstände scheinen immer irgendwie Angst zu haben, sie könnten stören – oder einfach ein generelles Bedürfnis, die Form zu wahren. Und doch, wohin ich auch ging, selbst wenn ich einen leeren Raum betrat, immer hatte ich das unheimliche Gefühl, daß die Dinge plötzlich verstummten, wenn ich kam. Ich weiß natürlich, daß das alles Unsinn war, daß sich diese Insel einen feuchten Kehricht um mich scherte, nein, wirklich, daß ich mich – Ping! – in Luft hätte auflösen können, und alles wäre seelenruhig so weitergegangen wie bisher, als ob nichts geschehen wäre. Und doch konnte ich mich nicht von der Überzeugung frei machen, daß ich irgendwie – wie soll ich sagen – gebraucht wurde.

Und ich war allein, trotz der Anwesenheit der anderen. Selbst noch mitten im größten Gedränge allein zu sein – auch so ein Kniff, den ich mir in den Jahren der Haft antrainiert hatte. Das hat etwas mit innerer Ruhe zu tun, damit, daß man sich in sich selbst zurückzieht wie ein Tier, das sich verkriecht, bis die Meute vorbeigeprescht ist. Oh, ich weiß nur zu gut, was für einen Eindruck das erwecken muß: daß ich mich in die Einsamkeit flüchte, daß ich in einer Phantasiewelt lebe, einer Welt der Bilder und gemalten Gestalten und so weiter und so fort. Aber so ist es nicht, nein, so ist es ganz und gar nicht. Ich habe nur versucht, so weit als möglich Abstand zu gewinnen von allem. Auch von mir selber versuchte ich Abstand zu gewinnen, aber vergebens. Bei den Chinesen, oder vielleicht waren's auch die Florentiner zu Dantes Zeit – eins von diesen wilden, gnadenlosen Völkern jedenfalls –, hat man einen Mörder mit Kopf und Füßen an den Leichnam seines Opfers gefesselt und dieses grausige Paket in ein Verlies hinabgesenkt und den Schlüssel weggeworfen. Ich weiß recht gut, wie das ist, hier, in meinen Oubliетten, fest vertäut mit meinem Ich, vor dem es kein Entrinnen gibt, ganz zu schweigen von ... ja, davon ganz zu schweigen. Ich strebte nach Einfachheit, nach Vollkommenheit. Ich hatte alles abgeworfen, was ich nur hatte abwerfen können, außer der Existenz als solcher. Vielleicht, dachte ich, vielleicht ist das ein Fehler: vielleicht hätte ich sie mir auf die Schultern laden sollen, die Lasten des Lebens, anstatt sie abzuwerfen? Doch nein, ich wollte nicht leben – das sollten die anderen für mich tun –, sondern nur leiden. Wahrlich, es gibt kein Entrinnen aus der qualvollen Verstrickung mit dem eigenen Ich, das, einer Säule gleich, ins tote Herz der Welt gerammt ist und das ganze hinfällige Gebäude trägt. Gleichviel, ich war fest entschlossen, wenigstens zu versuchen, mich in ein – wie nennt man das? –, ein monomorphes Wesen zu verwandeln, in eine Monade. Und dann noch einmal von vorn anzufangen, leer. Auf diese Weise, meinte ich, könnte ich zu einem, wenn auch noch so rudimentären, Verständnis gewisser Dinge gelangen. Kleine Dinge, natürlich. Einfache Dinge.

Doch andererseits gibt es keine einfachen Dinge. Das habe ich ja bereits gesagt, und ich werde es noch öfter sagen. Das Objekt spaltet sich, schnippt zurück, macht eine Kehrtwende, wird zu etwas anderem. Der leichteste Druck, und das scheinbare Ganze zerfällt in Millionen Teile, und jedes Teil noch einmal in Millionen. Ich selber war kein Ganzes. Im Grunde war ich wie ein Spiel Karten, die sich zu neuen und immer neuen Versionen meiner selbst mischten: Hier war der König, dort der Bube und hier das Pik-As. Auch einfach sprechen schien nicht möglich zu sein. Ich öffnete den Mund, und es kam nur Blablabla heraus, nur ein hoffnungsloser Zungensalat. Noch das elementarste Stück Sprache war eine Art Kakophonie. Ein Wort wählen hieß unzählige andere ausschließen, die sich seufzend und summend dort draußen im Dunkel drängten. Ich meinte eine Bedeutung, und Myriaden anderer möglicher Bedeutungen kamen herbeigeschwirrt und führten mein Bemühen ad absurdum. Was ich auch sagte, es war aus dem Zusammenhang gerissen, zwangsläufig, und jeder meiner Versuche, mich ins Sprechen zu stürzen, endete unweigerlich mit einer Bauchlandung. Ich wollte einfach sein, klar und natürlich – ich wollte, ja, ich riskiere es: ich wollte ehrlich sein –, doch mein ganzes Streben brachte mir nichts weiter ein als allenthalben schallendes Gelächter und reichlich Spott.

Meine Lage war, kurz gesagt, genau dieselbe wie immer, das heißt, ich tat etwas und dachte etwas anderes, und in diesem ganzen Wirrwarr von Differenzen wußte ich nicht, was ich eigentlich war. Wie also sollte ich wissen, was andere sind, sie mir so lebhaft vorstellen, daß ich sie irgendwie hätte zum Leben erwecken können?

Andere? Andere: Sie sind alle eins. Das einzige Eine.

Keiner Erwähnung wert.

Und doch ging alles weiter, ging ohne Unterbrechung weiter, und jeder Moment mußte gelebt, mußte aufgebraucht werden, irgendwie; keine Atempause, kein noch so kurzes Innehalten im Ablauf; das Urteil heißt lebenslänglich. Nicht einmal im Schlaf war ein Entrinnen. Morgens stand ich erschöpft auf, als wäre ein Teil von mir die ganze Nacht wie ein brünstiger Hund durch die Dunkelheit gestreift. Und Träume hatte ich, ungeheuer detaillierte Träume, die mich fertigmachten. Ich fragte mich, wozu das gut sein sollte. Diese Träume waren wie Alibis, teuflisch verwickelte Spielarten eines bestimmten Ereignisses, und ich wagte nicht zuzugeben, nicht einmal vor mir selbst, daß ich mich daran erinnern konnte, wie sich dieses Ereignis in Wirklichkeit abgespielt hatte. Wem bot ich dieses Kuddelmuddel aus lauter unglaubwürdigem Zeug an, vor welchem Richter war ich angeklagt? Nicht etwa, daß ich mir einbildete, unschuldig zu sein, ich hätte meinen geträumten Anklägern nur gern ins

Gesicht gesehen. Ich kann mich noch an den Traum erinnern, den ich in meiner allerersten Nacht hier auf der Insel geträumt habe. Keine Ahnung, was er zu bedeuten hatte, falls er etwas zu bedeuten hatte. Ich war irgendwo in der Levante, vor den Toren einer riesigen, grauen, halbverfallenen Stadt, abends, zusammen mit meiner Mutter. Eigentlich war sie ganz anders als in echt, und anders als ich sie in Erinnerung habe: sehr forsch, eher so die unerschrockene alleinreisende Dame im Tweedkostüm, mit einem breitkrempigen Hut auf dem Kopf und einem derben Wanderstock in der Hand. Andauernd blieb sie stehen und kommandierte mich herum, ihren lahmen Sohn, der in Straßenschuhen und schlaffärschigen Hosen hinter ihr herstolperte, übergewichtig und schwitzend und lächerlich altbacken. Wir betraten die Stadt und befanden uns sogleich in einer hohen, schmalen, von Marktständen gesäumten Gasse. Dort waren viele Menschen, ein mächtiges Stimmengewirr, orientalische Musik und das melodisch gellende Geschrei der Händler, die ihre Waren anpriesen. Das sei der Goldmarkt, sagte meine Mutter; sie sprach sehr laut und dicht an meinem Ohr. Die Luft war von sattem Glanz erfüllt, als käme das Licht nicht vom Himmel, sondern ginge ganz natürlich von den zahllosen Kostbarkeiten aus, die um uns herum feilgeboten wurden, dem Zierat, den aufstapelten Tellern, den großen gehämmerten Schalen. Wir drängten uns immer weiter durch die gewundenen Straßen, bis wir im Herzen der Stadt waren. Dort gab es Moscheen und Minarette und Torbögen und Häuser, deren Gitterfenster auf Höfe blickten, wo in wuchtigen Steintöpfen Zitronenbäume wuchsen. Alles war aus demselben grauen Stein, einer Art Bimsstein, nur dunkler, was irgendwie nicht korrekt war, denn eigentlich hätte es aus etwas Hartem, Glattem und beinahe Wertvollem sein müssen, etwas wie Marmor oder Porphyr, was immer das sein mag. Es wurde schon Abend, und kein Mensch war zu sehen, und unsere Schritte hallten durch die engen Straßen. Weil Ramadan ist, sagte meine Mutter leise. Und in dem Moment erschienen plötzlich vor uns, im Halbdunkel einer Kolonnade, zwei Knaben, schlank, barfuß, honigfarbene Haut, lose, fließende, ausgeblichene Gewänder, die jede ihrer Bewegungen mitvollzogen. Von links nach rechts tänzelnd, kamen sie durch die Kolonnade gerannt, flink und geschmeidig wie Affen, und trugen über ihren Köpfen eine funkelnde Muschelschale aus gehämmertem Gold, die in Form und Größe an ein umgedrehtes Fischerboot erinnerte, aber so zart und leicht war, daß es aussah, als schwebte sie auf den Fingerspitzen der beiden Knaben durch die Luft. Die zwei lachten und stießen trillernde, tief aus der Kehle kommende Laute aus. Spielten sie ein Spiel, oder war das Ganze ein wundersames Ritual? Ich sah sie nur eine Sekunde lang, dann waren sie verschwunden, und meine Mutter war auch nicht mehr an meiner Seite, und es war alles so real, so von geheimnisvoller Bedeutung erfüllt, daß ich im Schlaf weinen mußte und hemmungslos schluchzend wie ein Kind erwachte.

Und natürlich gibt es auch die Alpträume, wiederkehrend, von einem grellen, unirdischen Leuchten erhellt, in denen die Toten zu mir sprechen: Fleisch, geborstenes Gebein, das träge, heimliche, blauschwarze Versickern. Ich werde nicht versuchen, ihn näher zu beschreiben, diesen blutbesudelten Mummenschanz. Der nützt mir nichts. Das ist nur so eine Art Gespensterkitsch, den meine Phantasie sich leistet, da knistert der sausende Dynamo meines allzu schwer beladenen Gewissens und sprüht seine schartigen Funken. Nicht die Toten sind es, die mich jetzt interessieren, und mögen sie auch noch so erbarmungswürdig heulen in den Gewölben der Nacht. Also, wer dann? Die Lebenden? Nein, nein, etwas dazwischen; eine dritte Sache.

Träume, dann Wachsein. Bisweilen fiel es schwer, zwischen beidem zu unterscheiden; ich glitt aus stürmischem Schlummer, stand auf und lief in einem Zustand von Benommenheit und innerer Leere umher, der nur eine andere Form des Schlafs zu sein schien: ruhiger, weniger gepeinigt als der, den ich gerade hinter mir hatte. Ich wanderte im kühlen Morgengrauen durch die Straßen, während die Sonne weiß und zitternd aus dem Meer stieg. Alles ist fremd um diese Stunde, fremder als sonst, meine ich: die Welt sieht aus, wie sie in meiner Vorstellung aussehen wird, wenn ich tot bin, weit und leer und gemasert von langen Schatten, irgendwie geschockt und nicht ganz stabil, das Licht fällt aus den seltsamsten Winkeln ein, und die Fassaden rutschen weg. Diese offenen Ausblicke – soviel Himmel! – machten mir angst. Ständig war mir schwindlig, so daß ich mich vor lauter Furcht ums liebe Leben an unsere fliegende Insel klammerte, und immer hatte ich so ein fernes Klingeln in den Ohren. Hatte den ganzen Tag das Gefühl, als ob es früh am Morgen wäre, dieses Rauschen im Blut, diesen Messinggeschmack im Mund. Die Tage hingen schwer, stürzten der Nacht entgegen. Schweigend beobachteten wir das beharrliche, langsame Voranschreiten der Zeit. Die Illusion von Hochs und Tiefs, von plötzlichen Beschleunigungen, von Anhalten und Weitergehen ist uns hier auf der Teufelsinsel nicht erlaubt. Es gibt nur das stetige langsame Kriechen, von dem alles mitgeschleppt wird. Mitunter war mir, als fühlte ich den Planeten selber schwer in seiner Blase aus heller Luft durch den Weltraum trudeln. Natürlich hatte ich auch meine rebellischen Momente, in denen ich mich vom glitschigen Steinfußboden hochrappeln und wutentbrannt mit meinen Ketten rasseln und nach dem nicht vorhandenen Kerkermeister schreien wollte. Meistens aber war ich zufrieden, oder hatte doch wenigstens Ruhe in mir, die fiebernde Ruhe des chronisch Kranken. Das ist es, das vor allem ist dieser Ort, kein Gefängnis, auch keine Wallfahrtsinsel, sondern eines jener Sanatorien, von denen es in meiner Kindheit, als die halbe Welt an Lungenfäule litt, so viele gegeben hat. Ja, ich sehe mich, wie ich in jenen ersten Wochen und Monaten hier oben, eingesperrt hinter einer gläsernen Wand, auf ein dichtgedrängtes Heer von Blautannen starre, auf dem ein fiebrig flimmernder Dunstschleier liegt, während über einem fernen Flußtal eine mächtige Sonne untergeht. Höhen, ich habe immer die Höhe gesucht, und wenn schon nicht im moralischen Sinne, so doch im physikalischen. Nicht zum Großartigen zieht es mich hin, nicht auf die bemooste Klippe oder den erhabenen Gipfel, sondern zur langen Perspektive, zur Weite, zum Immerkleinerwerden der Dinge. Ich war kaum hier, da streifte ich auch schon durch die Felder hinterm Haus, hinauf zu der alten Eiche. Herrlich, die Aussicht von diesem hohen Kamm, das nahe Grün und das ferne Blau und dieser ascheweiße Streifen Strand, der die grenzenlose Weite von Meer und Himmel bannte, und alles lag klar und hauchzart da, wie von Vaublin geschaffen, wie der Hintergrund zu einem seiner gefeierten *pèlerinages* oder einer hingehauchten *fête galante*. Von dort oben konnte ich auf den Feldern rings um mich herum ein merkwürdig geripptes Muster im Boden erkennen. Ich überlegte, ob hier wohl früher einmal Wein gewachsen war (Wein, in diesen Breiten! – was bin ich doch für ein Dummkopf), aber die alte Jungfer auf dem Postamt im Dorf hat mich korrigiert. »Kartoffelfurchen«, hat sie gesagt, oder besser, geschrien, denn aus irgendeinem Grunde hielt sie mich für einen Ausländer (was ich, wenn ich's recht bedenke, vermutlich auch bin). »Noch von vor der großen Hungersnot.« Tausend Seelen lebten damals hier. Im Geiste seh ich sie vor mir mit ihren Bauernkappen und ihren Umschlagtüchern, wie sie den Pfad zum Strand hinunterstolpern, zu dem schwarzen Schiff, das dort wartet, die Männer den Blick auf einen Punkt in der Ferne geheftet, und die Frauen, wie sie zurückschauen mit großen, erschrockenen Augen. Kythera, daß ich nicht lache. Solch ein Leiden, solch ein Kummer: unvorstellbar. Nein, das stimmt nicht. Ich kann es mir vorstellen. Ich kann mir alles vorstellen.

Ich bringe die Haushaltsabfälle hier hoch auf den Kamm und verbrenne sie. Ich verbrenne gern Sachen, besonders Papier. Das Feuer muß wohl mein Element sein; ich genieße das jähe Auflodern, das Knistern, den Zorn darin, das Drohende. Ich stehe auf meine Mistgabel gestützt (wunderbares Gerät, übrigens, das Holz des Stiels glänzt seidig von Gebrauch und Zeit, und wie schön die in der Flamme gehärteten Zinken schillern, so dunkel und ölig), in Stiefeln, den alten Hut auf dem Kopf, stehe ich da, kaue auf dem weichen Fleisch meiner Backentaschen herum und denke an nichts und bin ganz aufgeregt und doch zugleich auch von einem merkwürdigen Frieden erfüllt. Hin und wieder habe ich das deutliche Gefühl, daß ich beobachtet werde, und drehe mich rasch um und schaue, ob ich ein verschlagenes Gesicht mit giftig funkelnden Augen zwischen den Blättern erkennen kann; ich sage mir, das bildest du dir ein, da ist niemand, doch ich bin nicht überzeugt; wahrscheinlich will ich, daß er dasein soll, einer, der noch schlimmer ist als ich, barbarisch, ohne Reue, einer, der über alles lacht. Die Hitze läßt die Luft überm Feuer vibrieren und macht, daß die Bäume am anderen Ende der Lichtung zu schwanken scheinen. Zwischen den Baumstämmen hindurch sehe ich das Meer, tiefblau, reglos, mit weißen Sprenkeln. Die um das Feuer herum aufgeschichteten Steine summen und knarren, große, graurote, von gelbglänzenden Fäden durchzogene Flatschen brechen aus den Ritzen hervor. Mir fällt ein, wie ich als Kind Bleiklumpen in einer Blechbüchse geschmolzen habe, wie das Blei innerlich zitterte und plötzlich der schimmernde kleine Wurm herausgelaufen kam, der dort drinnen versteckt gewesen war. Ich versuchte auch Steine zu schmelzen, stellte mir vor, die Erzadern darin wären Gold. Und wenn sie nicht barsten und das Gold nicht schmelzen wollte, dann verstand ich nicht, warum das so war, und wurde wütend und wollte alles in Brand stecken, alles niederbrennen. Ich, der schüchterne kleine Junge, der ich damals war, schwelgte in Träumen von einer unaufhaltsamen Zerstörung. Ich stellte mir alles genau vor, die leckenden Flammenzungen, den roten, emporschießenden Wind, das Reißen und Brüllen. Feuer: ja, ja.

Ich habe anderes zu tun. Ich schleppe Holz herbei, natürlich, und kümmere mich um das Feuer im Herd und sehe nach, ob die Wasserpumpe auch nicht blockiert ist und die Sickergrube funktioniert. Diese Aufgaben hat sonst immer Lux erledigt; es war ihm eine große Genugtuung, daß er sie mir gleich nach meiner Ankunft übertragen konnte. Und da habe ich es nicht über mich gebracht, ihm zu zeigen, welch eine Wonne mir die Arbeit bereitet, die doch in seinen Augen eine Last ist. Über solche Sachen könnte ich richtig ins

Schwärmen kommen – ich meine, über die schlichte Tugend des Banalen. Das Gefängnis hatte mich die stillen Freuden der Mühsal gelehrt. Körperliche Arbeit nimmt den Dingen ihre Schärfe, und manchmal kann sie sogar die Pfeile der Reue abwenden. Wobei man die Arbeiten, die die Häftlinge heutzutage verrichten müssen, wahrhaftig nicht als besonders schwer oder besonders hart bezeichnen kann. Ich habe die Theorie, und da können Sie sich ruhig über mich lustig machen, daß der moderne Strafvollzug gar nicht darauf abzielt, den Bösewicht zu bestrafen oder ihm gar ein Gefühl für Moral einzuimpfen, sondern eher die Absicht verfolgt, ihn durch permanente Schwächung zu entmannen. Ich weiß, meine Vorstellungen davon, was mich im Gefängnis erwartete, waren lächerlich altmodisch und entstammten eindeutig den Schwarzweißfilmen aus meiner Kindheit: die kahlgeschorenen, bläulichen Köpfe, die gefesselten, ausgemergelten Gestalten, die sich im Kreis über den Exerzierhof schleppen, die kaputten Fingernägel, wie beim armen Oscar, vom Wergzupfen – ja, nicht einmal Beineisen und Brot und Wasser hätten mich überraschen können –, und statt dessen hatten wir Pingpong und Fernsehen und die nimmer versiegende Teemaschine. Ich sage Ihnen, da wäre selbst der hartgesottenste Rückfalltäter weich geworden. (Vielleicht schreibe ich, wenn ich mit Vaublin fertig bin, eine Monographie über die Reformierung des Gefängniswesens: Wie überall, so schreitet auch hier, wenngleich vermutlich etwas langsamer, die Ausbreitung der liberalen Werte ungehindert voran und muß sich zwangsläufig nachteilig auf die Charakterstärke der Gattung auswirken, die ihre Kriminellen braucht, genauso, wie sie ihre Sportler braucht und ihre Metzger, als lebendige Beimischung aus Kraft, List und

Handfestigkeit.) Natürlich gab es im Gefängnis auch Entbehrungen, und sie waren schwer zu ertragen, das will ich nicht bestreiten. Ich hatte gedacht, daß ich nach meiner Entlassung Frauen brauchen würde, Frauen und seidene Anzüge und belebte Großstadtstraßen, die ganze reiche Welt, von der ich so lange abgeschnitten gewesen war, doch nun werkelte ich hier vor mich hin, in diesem halbverfallenen Haus auf einem Haufen Felsgestein mit nichts als Wasser ringsherum. Ich hatte meine Bücher, meine Studien, spielte den Amanuensis von Professor Kreutznaer und machte mir vor, ich wäre ihm dabei behilflich, sein großes Werk über das Leben und die Kunst Jean Vaublins zu vollenden, auf das zu warten die Welt, oder jedenfalls der Teil davon, der sich für solche Sachen interessiert, müde geworden ist. Aus Gründen, die mir nicht ganz klar sind, war uns beiden daran gelegen, an der Behauptung festzuhalten, daß ich lediglich sein Gehilfe sei, die Wahrheit aber ist, ehe ich noch recht wußte, wie mir geschah, hatte er mir die Aufgabe ganz allein überlassen. Ich war natürlich geschmeichelt, doch was seine Meinung über meine Fähigkeiten anging, so ließ ich mich dadurch nicht täuschen; wohl wahr, ich habe einen Hang zur Akribie, ich habe eine harte Schule durchgemacht, aber ich bin kein Gelehrter. Nicht seine Wertschätzung für mich, sondern seine wachsende Gleichgültigkeit gegenüber dem Schicksal seines Lebenswerks hatte den Professor veranlaßt, zu meinen Gunsten zurückzutreten. Nein, das stimmt nicht. Vielmehr war es, glaube ich, seinerseits ein Akt der Sühne. Genau wie ich, so hatte auch er seine Sünden abzubüßen, und eine der Formen, die er sich dafür ausgesucht hatte, war dieses Opfer. Oder war gerade das Gegenteil der Fall, ließ mich ein wieselflinker Zweifel manchmal fragen, war für ihn das Ganze womöglich nur ein Witz? Gleichviel, egal, egal. Mein Name wird nicht auf der Titelseite stehen; das würde ich nicht wollen. Eine kurze Danksagung genügt; ich freue mich jetzt schon darauf, sie eigenhändig niederzuschreiben, genieße schon im voraus den reflexiven Kitzel, meinen eigenen Namen zu schreiben und, wenn auch nur für einen Augenblick, ein völlig anderer zu sein. Wenn, ich meine, wenn denn das Werk je fertig werden sollte. Ich bin glücklich mit meiner Arbeit, glücklicher als erwartet oder als ich es in Wahrheit verdiene; ich fühle, daß ich meine Apotheose erreicht habe. Meine Zeit ist herrlich ausgewogen verteilt zwischen des Tages harten Mühen und der Gewissenhaftigkeit und den feinen Unterscheidungen, welche die Kunstgeschichte erfordert, jener saurierhaften Reglosigkeit angesichts der glänzenden Objekte, die zu ergründen mein Auftrag ist. In diesen lauen, bleichen Nächten, wenn draußen vor dem Fenster so ein graublaues Leuchten hängt, arbeite ich am Küchentisch inmitten einer weiten und irgendwie aufmerksam gespannten Stille, verhalte mich so, wie ich mir einen Gelehrten vorstelle, ordne Quellen, lese in den Aufzeichnungen des Professors, in den üppigen Typoskripten, die Lux verfertigt hat, und schreibe meine eigenen Anmerkungen dazu; ich kollationiere, sortiere Stöße von Papier und komme Schrittchen für Schrittchen voran. Eine herrliche Rolle, die beste, die zu spielen mir je vergönnt gewesen ist, und ich habe viele gespielt. Ich habe es nicht eilig; beharrlich scheint das Licht der Lampe auf meinen gesenkten Kopf und meine eine Gesichtshälfte, während meine Hand stetig über die Seiten gleitet. Ab und zu halte ich inne und bleibe einen Moment lang reglos sitzen, wie ein Wächter, der in die Nacht lauscht. Es macht mir Freude, mich als Wachposten zu sehen, als Wärter, der mich beschützt vor meinem dunklen *alter ego*, das draußen herumschleicht, das, stelle ich mir vor, dort in der Finsternis auf und ab geht. Wo kann es sich wohl versteckt halten, falls es noch hier ist? Ob es schon wieder ins Haus gegangen ist, ob es irgendwo auf dem Speicher hockt oder in einem unbenutzten Zimmer, und an ein paar aus der Küche stibitzten Happen kaut und zuschaut, wie der Tag langsam im Dunkel versinkt, und abwartet, bis der rechte Augenblick gekommen ist? Oder ist es vielleicht im Holzschober? Und wenn es hier ist, dann wegen des Mädchens, weil es hinter ihr her ist. Es soll sie nicht kriegen, dafür werde ich sorgen.

Gleichviel: ich war hierhergekommen und hatte wieder Fuß gefaßt, wenn ich so sagen darf. Ich war zufrieden. Dies war für mich der rechte Ort. Ich fuhr nie aufs Festland. Niemand hatte es mir untersagt, und doch war mir so, als gäbe es ein stillschweigendes Verbot. Falls dem so war, dann mußte ich es wohl selbst verhängt haben, denn ich gestehe, daß ich gar nicht das Bedürfnis hatte, Laputa den Rücken zu kehren und mich ins Land der Riesen und Pferde zu begeben. Ja, ich war glücklich, daß ich hier bei meinen Katalogen und detailgetreuen Reproduktionen bleiben und in Vorbereitung auf das große Werk an meinem *galanten* Stil feilen konnte, das große Werk, das vor mir lag und ungeduldig darauf wartete, daß ich mich endlich seiner annahm. Ach ja, sagte ich mir, all die kleinen Floskeln, wie überzeugend und wie zierlich sie daherkommen werden!

Ich frage mich, ob ich meine Hoffnungen zu sehr an dieses Werk gehängt habe. Konnte ich denn wirklich hoffen, daß solch ein Brüten über den Gemälden – über den Reproduktionen der Gemälde – eines längst toten und nicht unbedingt erstrangigen Malers dazu angetan wäre, meine befleckte Seele ein Stück weit zu erlösen? Wir wissen ja so wenig über ihn. Nicht einmal über seinen Namen herrscht Gewißheit: Faubelin, Vanhoblin, Van Bobellijn? Ganz ad libitum. Er hat seinen Namen geändert, seine Nationalität, alles, hat Spuren verwischt. Ich bin der Meinung, der Mann war auf der Flucht. Es gibt kein Frühwerk, keine Arbeiten aus der Jugendzeit, keinen Hinweis auf seine Lehrjahre. Plötzlich, von einem Tag auf den anderen, hat er angefangen zu malen. Ja, ein gemachter Mann. Ist es das, was mich so anzieht? Irgend etwas an diesen Szenen, diesen Traumpantomimen von höfischer Liebe und Melancholie, geht mir tief unter die Haut, sie haben so etwas Leises, in sich Gekehrtes, dieses Gefühl von Schmerz, das sie vermitteln, von Verletztheit, von drohendem Verlust. Immer ist der Maler außerhalb seiner Gestalten, diese bleichen Damen in ihren üppigen Gewändern – wie er ihn geliebt hat, den perlmuttschimmernden Glanz jener schweren Seidenstoffe! – und dazu die geckenhaften, allemal leicht beschwipst dreinschauenden Galane mit ihren Mandolinen und ihren Masken; er bleibt auf Abstand zu diesen Figuren, unfähig, etwas für sie zu tun, außer Zeugnis abzulegen von ihrem Jammer; denn selbst noch in den fröhlichsten Momenten ist ihnen nicht zu helfen, weil sie mit zierlichen Schritten forttanzen, geradewegs dem Ende einer Welt entgegentanzen, während die Schatten in den Bäumen dichter werden und verstohlen die Nacht hereinbricht. Seine Bilder brauchen gar keine Verglasung; ihre glänzenden Oberflächen sind selber wie Glas, glatt, kühl und undurchdringlich. Er ist der Meister des Dunkels, wie andere Meister des Lichts sind; bei ihm wirkt selbst der hellste Sonnenschein noch abgeschattet, dunkel getönt durch dieses Umbra der dicken Bäume, diesen ockerfarbenen Grund, diese unergründlichen Räume, die in die Nacht führen. Und alle haben sie etwas Geheimnisvolles an sich, nicht nur *Le monde d'or*, jenes letzte und rätselhafteste seiner Meisterwerke, sondern jede seiner Arbeiten; etwas fehlt, etwas wird mit Absicht nicht gesagt. Ich glaube indes, gerade dieser Verschwiegenheit verdanken seine Bilder ihre eigentümliche Magie. Er ist der Maler der Abwesenheiten, des Endes. Bei ihm verharren alle Sujets gleichsam im Augenblick der Auflösung. Wie klar und dennoch fern und flüchtig alles ist, als hätte jemand diese Szenen auf seinem Totenbett gesehen, hätte sich in der Abenddämmerung aufgerichtet und den Blick zum Fenster gewandt, um ein letztes Mal hinauszuschauen auf eine Welt, die ihm entgleitet.

Zweimal in der Woche melde ich mich bei Sergeant Toner; das ist der einzige Polizist hier auf der Insel und ein schweigsamer, stattlicher Mann. Seine Wachstube in der Kaserne erinnert mich seltsamerweise an die Schulzimmer meiner Kindheit: die staubigen Dielen, der Tintengeruch und an der Wand die Uhr in ihrem Holzgehäuse, die die trägen, sonnenstichigen Nachmittage vertickt. Sergeant Toners Gesten sind ebenso platzgreifend wie entschlossen; mit gleichsam wogenden Bewegungen, als lüde er sich eine schwere, weiche Bürde auf die Schultern, erhebt er sich hinter seinem Schreibtisch und begrüßt mich mit einem nüchternen Kopfnicken. Unsere Begegnungen zeichnen sich jedesmal durch ein enormes Maß an Etikette aus. Wenn dabei überhaupt geredet wird, dann allenfalls über die Kapriolen und die unverhofften Wohltaten des Wetters. Der Sergeant beugt sich über seinen Schalter, wobei er die fleischigen Schultern hochzieht und ich die rosa Kopfhaut durch die kurzgeschnittenen, sandblonden Haarstoppeln schimmern sehe; mit einem einfachen, schweißpolierten, mittels eines Bindfadens an der Holzplatte befestigten Bleistift, der wohl schon seit seiner Rekrutenzeit dort hängen muß, schreibt er meinen Namen ins Journal. Er atmet schwer, so schwer, daß er dabei hin und wieder, scheinbar ohne es zu merken, irgendwas vor sich hin brummelt – Bruchstücke von dem, was ihm so durch den Kopf geht –, Wortfetzen, die ihm unwillkürlich in Form von rasselnden Seufzern entschlüpfen. *Ach, du lieber Gott*, nuschelt er zum Beispiel, oder *Mittwoch* oder einmal, und das war besonders bemerkenswert, *Puddings* ... Daß er stets peinlich auf Distanz bedacht ist, macht die mißliche Situation, in der wir uns befinden, erträglich. Anfangs hatte ich befürchtet, er könnte von mir beeindruckt sein, von Amts wegen, sozusagen, er könnte in mir so was wie eine Berühmtheit sehen, auf die man aufpassen muß und mit der man angeben kann – es passiert ja schließlich nicht alle Tage, daß ihm das Schicksal jemanden anschwemmt, der so berüchtigt ist wie ich –, doch bei meiner allerersten Visite, als ich mich ihm vorstellte, aufgeregt wie ein Schuljunge, hatte er ein paarmal nachdenklich meinen Namen gemurmelt, um dann – obwohl er mich natürlich erwartet hatte und bestens über mich Bescheid wußte, da er von den zuständigen Stellen, wie heißt das doch so schön, gründlich instruiert worden war –, um dann also freundlich und mit jener Mischung aus Akribie und Taktgefühl, die ich unterdessen so sehr an ihm bewundern gelernt habe, zu fragen, ob ich ihm den Namen wohl bitte mal buchstabieren könnte. Nachdem ich dieses getan und er ihn sorgsam in sein Buch geschrieben hatte, schwiegen wir einen Moment gesenkten Blickes, wie um den feierlichen Ernst der Lage zu würdigen. »Ach ja«, seufzte er dann, »ja, ist schon wahr, lebenslänglich heißt lebenslänglich.« Das ist mir über die Jahre hinweg eingehämmert worden, doch als er es sagte, und durch die Art, wie er es sagte, hatte es ein gewisses Gewicht, ja sogar eine gewisse Größe, und in dem Moment hatte ich plötzlich das Gefühl, wichtig zu sein, ernst genommen zu werden, ein zwar wahrhaftig schwer befleckter und unheilbar geschädigter Mensch zu sein, aber dennoch, trotz allem, jemand zu sein, wirklich jemand zu sein.

Ich brauche diese Leute, den Sergeant und Mr Tighe, den Krämer unten im Dorf, und sogar Miss Broaders mit ihren rosa Twinsets und den schmalen Lippen, die im Postamt waltet. Besonders in der ersten Zeit habe ich sie gebraucht. Sie hatten Substanz, also genau das, was mir fehlte. Ich hielt mich an ihnen fest, als wären sie ein Haltegriff, ein Griff, mit dem ich mich an Dingen festhalten konnte, soliden, einfachen (ja, einfachen!) Dingen, unter anderem auch an mir selber. Denn ich kam mir vor wie etwas, das im luftleeren Raum hängt, ein schwereloses, durchsichtiges Etwas, das sich bei jedem Windstoß dreht, mal hierhin, mal dorthin. Solange ich hinter Schloß und Riegel saß, konnte ich wenigstens spüren, daß es mich wirklich gibt, jetzt aber, wo ich frei war (jedenfalls im großen und ganzen), war mir, als wäre ich gar nicht richtig da. So, stelle ich mir vor, muß es den Geistern ergehen, den armen bleichen Gespenstern, die draußen auf der Leine hängen, wie wesenlose Wäschestücke zitternd im Wind der Welt, und sich nach uns verzehren, den Achtlosen, die unbekümmert durch sie hindurchspazieren.

Zeit. Freizeit. Merkwürdiger Ausdruck. Von jenen ersten Wochen auf der Insel sind mir besonders die Nachmittage in Erinnerung geblieben, diese trägen, schweigenden, seltsam geheimnisvollen Phasen von etwas, das mehr zu sein schien als nur Uhrzeit, ein Stoff von dichterer Struktur, eine Art Meeresströmung, zyklisch wie die Gezeiten, immer wiederkehrend, tiefer als die Welt. Zusehen, wie dieser Kastendrachen aus Sonnenlicht unmerklich über den Fußboden segelt, hören, wie der Vorhang im Wind raschelt, in das grelle, vom Weiß des Fensters eingerahmte Grün schauen, hin zur fernen, schmalen Linie des Strandes, und dahinter das blaue Meer, unwirklich, bewegt wie die Erinnerung. Das ist eine andere Weise, am Leben zu sein. In solchen Momenten dachte ich manchmal, ich könnte einfach forttreiben und mit all dem verschmelzen, was da draußen ist, forttreiben und mich auflösen, ein schimmerndes Licht werden, das zu Nichts erlischt. Die Zeit der Weißen Nächte kam, das Schlafen fiel mir schwer. Unglaublich, wie die Dinge dann in der Abenddämmerung aussahen, als ob der Planet nicht mehr derselbe wäre, diese bleiche Himmelskuppel, die zaudernd kauernde verträumte Ferne. Ich streifte durchs Haus, ging leise durch die Stille und die Schatten, und mitunter war mir so, als würde ich mich verlieren, als würde ich aus mir selber fortfliegen, meine ich, und wie ein Phantom sein, ein dunkler, gleitender Fleck vorm Hintergrund all des helleren Dunkels um mich herum. Die Nacht war wie etwas, das jeden Moment ausgesprochen werden konnte. Dieses Gefühl von In-der-Schwebe-Sein, von Dingen, die abwarten, bis der rechte Augenblick gekommen ist, die warten, daß sie an die Oberfläche treten können, war das alles bloß Einbildung und Wunschdenken? Für mich ist die Nachtzeit stets bevölkert; sie scharen sich um mich, die Toten, begierig zu reden.

Dieses Haus hat etwas von einem Schiff. Die Seewinde bringen die Balken ins Wanken und lassen sie ächzen, und das blaue, salzgetränkte Licht in den Fenstern ist unverkennbar ozeanisch. Die Luft riecht nach Salzwasser, und wenn die Sonne hereinscheint, duften die Fußböden nach Pech. Dann hängt überall so ein leichter Geruch nach faulen Äpfeln: Ich fühle mich beinahe wie Jim Hawkins, aufgebrochen zu einem großen Abenteuer. Als ich am Morgen ihrer Ankunft endlich herunterkam, glich die Küche einer Schiffskabine. Im ersten Moment empfand ich eine gewisse dumpfe Empörung, in die sich Furcht mischte: Immerhin war es mein Zuhause, in das sie eindrangen. Und doch war ich, obgleich erst ein paar Wochen hier, genau wie Lux schon auf Veränderung erpicht, auf Unordnung, auf das Chaos und die Verwirrung, in das die Menschen die Dinge stürzen. Es war ganz einfach, verstehen Sie, auch wenn ich noch so sehr versuche, dem Ganzen eine geheimnisvolle Aura zu geben. Gesellschaft, das war es, was uns fehlte, die brutale Wärme der Gegenwart von anderen, die uns sagte, daß wir überhaupt noch am Leben waren, allem Anschein zum Trotz. Sie saßen um den langen Fichtenholztisch, hielten sich an den Teebechern fest, die Lux ihnen hingestellt hatte, und sahen eindeutig mißvergnügt aus. Ihre Schuhe standen aufgereiht zum Trocknen auf dem Herd. Es war noch früh, draußen schien eine kieselharte Sonne, und über der eichengekrönten Hügelkette trieben riesige, silberweiß leuchtende Wolkenballen dahin. Als ich aus der Halle hereintrat, riß der Wind die Hintertür auf, und alles flatterte und klirrte, und etwas Weißes flog vom Tisch, und der arme Lux stürzte mit ausgestrecktem Arm und wehenden Rockschößen quer durch den Raum und knallte die Tür zu, und sogleich flaute alles wieder ab, und unsere Galeone pflügte fröhlich weiter die Wogen.

»Die Milch ist sauer«, sagte Pound.

Ich weiß nicht mehr: Ist das der Komödiant oder der Dicke mit der Brille? Ich seh's schon kommen, mit den beiden werd ich noch meinen Kummer haben.

Sie mögen denken, ich hätte mir Fragen gestellt, wie man sie von Figuren meiner Art erwartet, zum Beispiel: »Was sind das für Leute?« oder »Was tun die hier?« oder »Was kann sich daraus für mich ergeben?«. Aber nein, weit gefehlt. Und doch muß ich die ganze Zeit mit ihnen gerechnet haben, oder mit etwas Entsprechendem, unbewußt vielleicht. Abwarten, bis der rechte Augenblick gekommen ist, das ist der Ausdruck. Das ist bei mir schon immer so gewesen, daß ich weder mich selber noch meine Wunschträume kenne und mich einfach so treiben lasse, ohne zu wissen, wohin. Als ich jetzt dastand und sie dumpf verwundert anstarrte, mit jenem unheimlichen Gefühl von Wiedererkennen, das es nur im Traum gibt, kam plötzlich eine Erinnerung hoch – obwohl, Erinnerung, das Wort ist zu stark und doch zugleich nicht stark genug – an einen Raum in dem Haus, in dem ich geboren wurde. Ein immer wiederkehrendes Bild, eines von einer Handvoll symbolischer Fragmente aus den Tiefen der Vergangenheit, die, scheint's, auf geheimnisvolle Weise Teil jenes Stoffes sind, aus dem ich gemacht bin. Es ist ein Sommernachmittag, aber in dem Raum ist es düster, bis auf ein Rechteck aus staubdurchwimmeltem Sonnenlicht, das schräg durchs Fenster fällt. Alles ist kühl und still, soweit man im Sommer von Stille reden kann. Draußen unterm Fenster, starr vor Staunen der Garten, in einem Wirrwarr fröhlich trompetender Winde. Nichts geschieht, und es wird auch nichts geschehen, und doch ist alles wie auf dem Sprung, erwartungsvoll, ein Stuhl, der mit angespannten Armlehnen in der Ecke hockt, die zusammengerollten

Wedel eines Farns, jener Kupfertopf, auf dessen Rand die Sonne ein kleines, gestreiftes Lichtfeld wirft. Das ist es, was alles zusammen- und auch wieder auseinanderhält, dieses Gefühl von Erwartung, wie eine mitten in der Luft gespannte und von ihrer eigenen Kraft zusammengepreßte Feder, die auf alles den gleichen Druck ausübt. Und ich, ich bin da und auch wieder nicht da: Ich bin der Vorwand für alles, auch wenn mich kein dicker goldener Flügel ziert und auch kein fahler Heiligenschein. Ohne mich gäbe es keinen Moment, kein herauszulösendes Ereignis, sondern nur das brutale, blinde Dahintreiben der Dinge. Das scheint wahr zu sein; und auch wichtig. (Ja, es scheint so, als ob ich schließlich doch noch gebraucht werde.) Und trotzdem, obgleich ich einer von ihnen bin, bin ich doch nur eine Halbfigur, eine halb sichtbare Figur, die in der Tür steht oder mit einem leicht angeschlagenen Teebecher vor sich an einer Ecke des blankgescheuerten Fichtenholztisches sitzt, und wenn sie mir voll in die Augen schauen wollen oder zu schnell die Köpfe herumwerfen, bin ich weg.

»Der Käpten«, sagte Felix. »Das war vielleicht einer! Schlagseite? hab ich zu ihm gesagt, Schlagseite? Ich glaube, wenn wir nicht aufpassen, spielen wir gleich umgekippte Schildkröte!« Und dabei lachte er sein Lachen.

Ich dachte, wie seltsam sich die Dinge doch mitunter fügen, als ob hinter alldem jemand wäre, noch jemand, dessen Aufgabe es ist, sie just so und nicht anders einzurichten.

Und wieder einmal warf mir Lux quer durch die Küche einen kummervoll-anklagenden, böse funkelnden Blick zu.

»Schon gut«, rief er laut, »schon gut, machen Sie sich keine Umstände, ich zünde den Herd schon an.«

Professor Kreutznaer in seinem Adlerhorst saß lange Zeit da, ohne sich zu regen, ohne etwas anderes zu hören als das langsame Pochen seines eigenen Blutes und den böigen Wind dort draußen und hin und wieder – bestürzend nah – den Babyschrei einer Möwe. So angestrengt er auch lauschte, von unten drang kein Laut herauf. Was machten sie? Sie waren nicht gegangen, das hätte er gesehen. Er stellte sich vor, wie sie in der düsteren Halle herumstanden, gebannt durch einen Zauber, so daß sie sich nicht von der Stelle rühren konnten, starr und stumm, der eine mit erhobener Hand, ein anderer gebückt, um eine Tasche abzusetzen, und vor ihnen stand Lux wie angewurzelt auf der untersten Treppenstufe, kopfnickend und marionettenhaft zuckend, wie üblich.

Der Professor machte sich an seinem Fernrohr zu schaffen und seufzte. Sicher hatte er sich geirrt, sicher waren sie nicht die, für die er sie gehalten hatte, oder doch?

Er ging zur Tür. Sie klemmte meistens, und es war schwierig, sie leise zu öffnen. Und richtig, auch diesmal gab sie ihr kleines Iik! von sich und erzitterte kurz in den Angeln. Wut loderte in ihm auf und ließ sein Herz hitzig stampfen. Er blieb einen Moment lang mit gespitztem Ohr oben auf dem

Treppenabsatz stehen. Kein Laut. Hier draußen aber konnte er sie fühlen, die Spannung, die von ihnen ausging, die ungewohnte Sättigung in der Luft des Hauses. Sein Herz beruhigte sich und hockte wieder mürrisch in seiner Brust wie ein bockiges Baby. Auf dieser Höhe war die Treppe schmal, und es gab keinen Läufer. Auf dem Absatz ein kleines rundes, von Staub und Spinnweben ergrautes Fenster, das düster auf die Baumwipfel hinausblickte und auf ein Stück leuchtendes Blau, das Meer sein konnte oder Himmel, er war sich nie ganz sicher, was es war. Wieder ertappte er sich dabei, daß er auf seinen eigenen Herzschlag lauschte, auf diesen von Zeit zu Zeit leicht stolpernden Rhythmus der Systole, der ihn an das Rascheln von Seide erinnerte. Wenn er jetzt kopfüber diese Treppe hier hinunterfiele, ob er es wohl merken würde, merken, wie sich sein Gesicht verzerrt, die Knie brechen, das Brustbein von Stufe zu Stufe hüpft, oder ob er schon weg wäre, ein Kleckschen Ektoplasma, das hinaufschwebt in die Düsternis unter der Decke und mit distanziertem Interesse zurückblickt auf seinen abgeworfenen schlaffen Fleischsack, der da so komisch holterdiepolter am Treppengeländer runterrutscht? Als er jung war, hatte er geglaubt, das Altwerden sei ein Prozeß wachsender Vervollkommnung, in dem die wesentlichen Dinge nach und nach fortfallen, ausgehen wie kleine Lampen, die eine nach der anderen dunkel werden, bis am Ende flackernd auch das letzte Licht erlischt. Und es stimmte ja, Dinge, die er einmal für wichtig gehalten hatte, waren verblaßt, doch an ihre Stelle waren andere getreten. Er hatte nie sehr auf seinen Körper geachtet, jetzt aber empfand er ihn als permanente Last. Er fühlte sich von seiner eigenen Fleischlichkeit bedrängt, von diesem kränkelnden Affen, der mit seinen Schmerzen, seinen Begierden, seinem verräterischen Herzen gleichsam auf ihm hockte. Und immerzu war er perplex, betreten und perplex.

Vorsichtig begann er die Treppe hinunterzusteigen und zuckte bei jedem Schritt zusammen, wenn das Holz knarrte. Falls es wirklich Felix war, wie hatte er den Weg hierhergefunden? Zufall? Der Professor lächelte bitter. Oh, natürlich – reiner Zufall. Er spürte die Vergangenheit um sich herum aufwallen, ein qualmendes, schwefeliges Zeug.

Am Fenster auf dem Treppenabsatz im ersten Stock hielt er abermals inne und blickte hinaus auf das ferne Meer. Wie klar es heute war: Er sah die bräunlichen Grasbüschel auf den Dünen im Winde schwanken. Er liebte den Morgen, die kalte Luft und die Unermeßlichkeit des Lichts, und wie rauh, wie wehrlos alle Dinge wirkten. Das war die Zeit zum Arbeiten, wenn der Kopf noch weich war von den Ohnmachtsanfällen und wahnwitzigen Ängsten des Schlafes und der Dämon Fleisch seine elende Vormachtstellung noch nicht wieder eingenommen hatte. Arbeiten. Aber er arbeitete ja gar nicht mehr. Er spürte, wie der Wind auf das Haus eintrommelte, wie er leise an die Fensterscheiben schlug. Auf dem Fensterbrett brummte sich eine Fliege zu Tode, sie war auf den Rücken gefallen und trieselte wie verrückt in winzig kleinen, spiraligen Kreisen um die eigene Achse. Er lehnte sich an den Fensterrahmen, und plötzlich war die alte Frage wieder da und nagte an ihm. Wie können diese gänzlich voneinander verschiedenen Dinge – der Wind da draußen, diese Fliege, er selber, der hier stand und grübelte –, wie können sie zusammen sein, in ständigem Miteinander, in ein und derselben Realität? Unvereinbarkeit: Unvereinbarkeit und Unordnung, die Grotesken der fortwährend verrutschenden Maske, das waren die einzigen

Konstanten, die er jemals zu erkennen vermocht hatte. Er schloß einen Moment die Augen und gönnte sich ein Schlückchen Dunkelheit. Hierbleiben, sich nie mehr von der Stelle rühren, nach und nach vertrocknen und hohl werden, sich in eine kleine spröde Hülse verwandeln, die beim leisesten Windhauch fortflöge. Er stellte sich das vor, alles still, und das Licht wechselt langsam, und es wird Abend, dann die lange Finsternis, der Regen im Morgengrauen und der Flügel der Möwe, dann wieder Glanz, wieder ein heller Tag, der der Abenddämmerung entgegengeht, dann wieder eine Nacht, endlos so weiter.

Plötzlich ein gedämpfter Kataklysmus, hinter ihm ging die Tür auf, und Flora kam heraus. Zuerst sah er sie nur als Umriß vor dem grellweißen Licht des Toilettenfensters, vor dem sie stand. Sie stand schimmernd in der Tür, als wäre sie in einen dunklen, fließenden Stoff gehüllt, und hinter ihrer Schulter spannte sich etwas Dreieckiges wie ein zusammengefalteter Flügel.

»Oh«, sagte sie, lachend, wie ihm schien.

Sie zog mit einer Hand die Tür zu und hielt mit der anderen ihr langes Haar im Nacken zusammen. Er griff sich an seine verrutschte Fliege. Eine Haarnadel fiel zu Boden, und Flora bückte sich rasch, um sie wieder aufzuheben. Er blickte hinunter auf ihre fest zusammengedrückten, wachsbleichen Knie, sah die zarten Knochen, die sich unter der Haut hervordrängten, und nahm sekundenlang ihren warmen, dunklen, leicht nach Urin duftenden Geruch wahr. Sie war barfuß. Als sie wieder hochkam, schwankte sie ein wenig und streckte eine Hand aus, um nicht die Balance zu verlieren, tat aber so, als hätte sie es nicht gemerkt, wandte sich mit starrem, verzerrtem Lächeln ab, murmelte etwas und ging schnell die Treppe hinunter, den flatternden Haarschopf noch immer im Nacken zusammengerafft. Dann war sie weg, und die einzige Spur, die von ihr blieb, war das Darmgrummeln des sich wieder füllenden Spülkastens, und er fragte sich, ob er vielleicht nur von ihr geträumt hatte. Plötzlich stieg das Bild seiner Mutter vor ihm auf. Er sah sie, wie sie in seiner Kindheit gewesen war, wie sie sich aus dem Schatten ins Licht drehte, eine schmale, feingliedrige Frau in einem schwarzen Kleid mit Mieder, das schwere schwarze Haar, das ihr so viel Kummer machte und auf das sie so stolz war, über den Ohren zu zwei geflochtenen Schnecken aufgesteckt und in der Mitte so streng gescheitelt, daß er stets gedacht hatte, dieser weiße Striemen, der sich gleich einer unblutigen Wunde von der Stirn bis in den Nacken hinunterzog, müsse doch weh tun. *Das Mädel* hatte sein Vater sie immer genannt und mit bitterem Hohn dabei gelächelt, *das kleine Mädel*. Vater in seinem weißen Anzug, wie er unter der Rosenlaube stand, gelangweilt mit seinem Spazierstock Figuren auf den Gartenweg malte, vergnügt und enttäuscht und düster-verträumt, wie eine Gestalt von Tschechow. Wo war das? Oben an der Ostsee, im Sommerhaus. Damals, als sie noch ein Sommerhaus hatten. Die Vergangenheit, die Vergangenheit. Er schwankte wie von einem lautlosen Hieb getroffen und schloß rasch die Augen und stützte sich mit den Fingerspitzen aufs Fensterbrett, und in ihm brach etwas auf wie eine Schlucht, und er kriegte keine Luft mehr.

Lux kam die Treppe hoch. »Was ist denn?« fragte er mit verdrossenem Unterton in der Stimme. »Was haben Sie denn?«

Der Professor zwinkerte. »Wie bitte?«

»Sie sagt, Sie sind ...«

Sie sahen sich an. Lux schaute als erster weg.

»Wer ist das?« fragte der Professor nach einer Pause.

»Wer?«

»Dieses Mädchen.«

Lux zuckte die Achseln; er summte leise eine Melodie vor sich hin und klopfte mit dem Fuß den Rhythmus. Der Professor hob den müden Blick zum Fenster und blickte hinaus in den strahlenden Tag. Der Wind wehte immer noch, die Fliege brummte immer noch. Er drehte sich wieder zu Lux herum.

»Was haben Sie gesagt?« fragte er. »Haben Sie sie eingeladen hierzubleiben?«

Lux runzelte gleichgültig die Stirn; er summte weiter, als hätte er die Frage nicht gehört, und kratzte mit dem Fingernagel an der Wand herum, wo die Farbe abblätterte. Der Professor kam drohend eine Stufe weiter herunter und blieb stehen. Mit einemmal spürte er es, unmißverständlich, daß unter ihnen ein Rädchen verstellt worden war, ganz minimal nur, aber mit verheerenden Folgen.

Also doch Felix: Es mußte Felix sein.

Lux sagte sehr, sehr leise ein Wort.

»Wie bitte?« fragte der Professor.

»Flora«, erwiderte Lux und schaute trotzig zu ihm hoch. »So heißt sie. Flora.« Dann machte er kehrt und rannte die Treppe hinunter.

Der Raum, in dem sich Flora befand, war klein und niedrig, alles darin gleichsam en miniature, so daß sie sich riesig vorkam, mit viel zu großen Händen und Füßen. Auch fiel der Boden schräg ab; als sie aus dem Bett aufstand und zum Fenster ging, war ihr, als kippte sie im Zeitlupentempo nach hinten um. Dem Fensterchen fehlte eine Scheibe; irgendwer hatte ein Stück Pappe in den Rahmen geklemmt. Unten im sonnendurchfluteten Garten pickten ein paar magere Hühner gelangweilt im Sand, und unter einer Schubkarre schlief ein dicker alter Hund. Wenn sie sich hinauslehnte, konnte sie die Felder sehen und dahinter diese lange Hügelkette mit den Bäumen. Dort oben brannte ein Feuer, der Wind peitschte dünne weiße Rauchfetzen über die Wipfel. Sie tappte zurück zu dem schmalen Bett und setzte sich vorsichtig hin, preßte die Arme fest an den Körper und umklammerte mit beiden Händen die Matratze. Sie spürte immer noch das Schwanken der See, ein schlaffes, kippeliges Gefühl, als wären ihre Glieder vollgepumpt mit einer schweren, zähen Flüssigkeit. Ihr war nicht gut, sie wollte nicht in diesem Haus sein, auf dieser Insel. Als Lux sie hier heraufgebracht hatte, war das Bett noch warm gewesen, als hätte bis eben jemand darin geschlafen. Sie hatte sich auf die Zudecke gelegt – eine rehbraune Decke mit einem verdächtigen Fleck in der Mitte und ein Bettuch, das nach ihrer Überzeugung aus alten Mehlsäcken gemacht war – und sich nicht getraut, sie zurückzuschlagen. Die Matratze hing in der Mitte durch, als ob dort lange Zeit ein schwerer Leichnam gelegen hätte. Auf der kleinen Frisierkommode aus Fichtenholz lag eine Haarbürste, zwischen deren Borsten sich ein paar rötliche Strähnen verfangen hatten. Von der Wand neigte sich wachsam ein fleckiger Spiegel herab, der ein geheimnisvolles graublaues Schimmern reflektierte. Sie überlegte, ob sie die Schubladen inspizieren sollte – sie stöberte gern in fremder Leute Sachen herum –, doch ihr fehlte die Energie. An der Wand neben dem Spiegel klebte eine aus einem Buch herausgerissene

Farbreproduktion eines Gemäldes. Sie sah sich das Bild gelangweilt an. Merkwürdiges Sujet, was sollte das denn darstellen? Da war so eine Art weißgekleideter Clown, der mit hängenden Armen dastand, und hinter ihm gingen Leute weg, einen Hügel hinab, zu einer Stelle, wo ein Schiff wartete, und auf der linken Seite saß ein Mann auf einem Esel und grinste hämisch.

Felix machte verstohlen die Tür auf, steckte seinen schmalen Kopf durch den Spalt und lächelte, wobei sein gezackter Zahn aufblitzte.

»Na, bist du auch artig?«

Sie antwortete nicht. Sie fühlte sich von allem abgeschnitten. Alles um sie herum war glasklar – der schräge Spiegel, das Fenster mit der sonnigen Aussicht, die kleine Messingkugel dort auf dem Bettpfosten –, aber irgendwie war das alles so winzig und weit weg. Als stünde sie am Ende eines tiefen, engen Tunnels und schaute hinaus. Felix schloß die Tür und ging auf seine geschmeidige Art zum Fenster, er schlängelte sich, scheinbar ohne den Boden zu berühren, sachte an der Wand entlang. Er sah Flora nicht an, lächelte aber die ganze Zeit mit gespieltem Wohlbehagen vor sich hin. Warum hatte sie ihn letzte Nacht in ihr Zimmer gelassen? Sie wußte nichts über ihn, nichts; er war einfach aufgetaucht, war plötzlich dagewesen, wie jemand, den sie früher einmal gekannt hatte und der nun zurückgekommen war. Das war das Seltsame, und es schien überhaupt nichts Seltsames dabei zu sein, als er sie auf dem Hotelkorridor anlächelte und die Tür festhielt, damit sie sie nicht zumachen konnte, und sich rasch nach allen Seiten umsah, den Finger an die Lippen legte und sich durch den Türspalt zwängte. Er hätte jeder sein können: Alles hätte passieren können. Ausgezogen war er furchtbar, nichts als Haut und Knochen, und irgendwie gestreckt, wie ein Rennhund, der auf den Hinterbeinen steht. Wie weiß er im Dunkeln ausgesehen hatte, als er auf sie zukam, glitzernd, mit diesem riesigen Ding, das seitwärts abstand wie etwas, das aus ihm herausgeplatzt war, mit stumpfem, leicht zitternden Kopf und einem einzigen zusammengekniffenen Auge, das überall nach einem Weg suchte, wie es wieder nach drinnen gelangen konnte. Als er über ihr gewesen war, hatte er sich gewunden und geächzt, hatte auf sie eingestoßen, als rammte er ein großes stumpfes Messer in sie hinein. Sie hatte gestöhnt und die Augen nach oben verdreht und gemerkt, wie er eine Sekunde lang innehielt und auf sie herabsah und so etwas wie ein höhnisches Kichern von sich gab, und da hatte sie gewußt, daß er wußte, daß sie nur so tat als ob. Seine Haare da unten waren rot und kratzig, wie lauter kurze, fest zusammengerollte Kupferdrähte.

»Schöne Aussicht«, sagte er und lachte aus irgendeinem Grunde. »Sehr hübsch, dieser Blick. Und die Bäume da.«

Er kam auf sie zu, und plötzlich glitt sein schmales, geschwungenes und bis ins kleinste Detail exaktes Spiegelbild über den Rand der polierten Messingkugel auf dem Bettpfosten neben ihr. Sie saß reglos da und blickte Felix an, und eine nicht unangenehme Welle von Angst verengte ihr den Hals; es war wie die ängstliche Aufregung, die sie als kleines Mädchen empfunden hatte, wenn beim Versteckspiel irgendein grober, bullengesichtiger Junge auf ihr Versteck zugestolpert kam. Sie sah, daß Felix gleich versuchen würde, sie zu küssen, und darum stand sie rasch auf, mit einemmal geschmeidig wie ein Fisch im Wasser, und glitt an ihm vorbei.

»Heiß hier«, sagte sie laut. »Heiß hier, nicht wahr?«

Ihre Stimme bebte ganz leicht. Er würde denken, daß sie Angst vor ihm hatte. Hast du ja auch, hast du ja auch, höhnte ihre innere Stimme. Sie bückte sich und versuchte das Fensterchen zu öffnen. Er trat hinter sie und klopfte mit den Fingerknöcheln an den Fensterrahmen.

»Mit Farbe verklebt«, sagte er. »Siehst du?« Sie spürte sein schmallippiges Lächeln und roch seinen grauen Atem. Er langte hoch und zog ihr mit einem Ruck eine Nadel aus dem Haar, so daß es sich löste; er faßte hinein, griff sich eine dicke Handvoll Haare, zupfte spielerisch daran und kam mit seinem Mund an ihr Ohr. »Armes Rapunzel«, flüsterte er, »arme Maid.«

Sie schloß fröstelnd die Augen.

»Fürchtest du dich?« flüsterte er. »Du brauchst dich nicht zu fürchten. Es gibt keine Gefahr. Alles ist sicher und in bester Ordnung. Wir sind auf die Füße gefallen.«

Auf dem Hof scharrten die Hühner zwischen den Pflastersteinen herum, blieben stehen, liefen ein paar Schritte, scharrten von neuem. Der Hund hatte seinen Platz unter der Schubkarre verlassen. Felix blies Flora seinen heißen Atem in den Nacken. Alles war so merkwürdig. Ihre Haut brannte.

»Hmm?«

»So merkwürdig«, sagte sie. »Als ob ich ...«

Er ließ ihre Haare los, fuhr wie von einer Feder getrieben herum und begann mit gesenktem Kopf und auf dem Rükken gefalteten Händen in dem kleinen Zimmer auf und ab zu gehen.

»Ja, ja«, sagte er unwirsch. »Alle haben das Gefühl, schon mal hier gewesen zu sein.«

Irgendwo in der Nähe hörte sie das halbherzige Gebell des Hundes.

»Dieser Mensch da«, sagte sie. »Ich hab gedacht, er ...«

»Wer?«

»Na, dieser Alte.«

Er lachte seidenglatt.

»Ach so, du bist dem Professor begegnet, ja?« sagte er. »Dem großen Mann.«

»Er stand auf der Treppe. Er –«

»Weißt du, wer das ist?« Er lächelte; er schien ärgerlich zu sein; er machte ihr angst.

»Nein«, sagte sie zaghaft. »Wer denn?«

»Ja, das möchtest du gern wissen, nicht wahr?« Er sah sie verschlagen an. »Er ist berühmt.«

»Ach ja?«

»Oder war's zumindest mal«, sagte er lachend. »Ich könnte dir ein Geheimnis über ihn verraten, aber das laß ich lieber bleiben.«

Sie drückte sich mit dem Rücken an den Fensterrahmen und verschränkte die Arme, sie wiegte sich in den Hüften und sah zu, wie er weiter auf und ab ging. Ja, er würde alles tun, er war zu allem fähig. Sie wünschte sich, er würde sie schlagen, sie zu Boden stoßen und über sie herfallen und sich an ihrem blutenden Mund festsaugen, bis er genug hatte. Sie stellte sich vor, wie sie, weißgekleidet, irgendwo in Italien oder Südfrankreich, wohin er mit ihr gefahren war, in einem kleinen Strandcafé saß, der Wind heiß, raschelnde Palmen und das Meer, so lebhaft blau wie immer auf den Bildern, und sie so kühl und bleich, und wie die Leute sie verstohlen musterten und sich wunderten, wer sie wohl war, während sie geziert dasaß in ihrem leichten, teuren Kleid, sich ein ganz klein wenig krümmte vor Schmerzen, zärtlichen Schmerzen, und das Geheimnis ihrer träge vor sich hin brennenden, verborgenen Schrunden genoß und wartete, daß er pfeifend, die Hände in den Taschen, den Strand entlanggeschlendert käme.

Und dann saß sie irgendwie wieder auf dem Bett und betrachtete ihre nackten Füße da unten auf dem blaugrauen Läufer, und Felix saß neben ihr und streichelte ihr die Hand.

»Ich kann dir so viel geben«, sagte er leidenschaftlich mit öliger, vor Verlogenheit bebender Stimme. »Das verstehst du doch, nicht wahr?«

Sie seufzte. Sie hatte gar nicht hingehört.

»Was?« sagte sie. »Ja.« Und dann in distanzierterem Ton: »Ja.«

Wovon redete er eigentlich? Von Liebe, nahm sie an; die reden ja immer von Liebe. Er suchte lächelnd ihren Blick und forschte in ihrem Gesicht. Hinter seiner Schulter, gleichsam eine andere Ausgabe von ihm, en miniature, in einem fernen Spiegel, dort, auf jenem Bild an der Wand, grinste der Mann auf dem Esel sie hämisch an.

»Also, was ist, willst du meine Sklavin sein und mir gehorchen?« sagte er leise und wie im Spiel. Er griff ganz sanft nach ihrer weichen Brust und hob sie an und wog sie in der Hand. »Willst du das, Flora?« Seine dunklen, belustigt und zugleich böse funkelnden Augen sahen sie starr an. Es war, als blickte er von oben durch ein kleines Guckloch, blickte auf sie herab und lachte. Er hatte sie noch nie beim Namen genannt. Sie nickte schweigend mit geöffneten Lippen. »Gut, gut«, murmelte er. Er berührte ihren Mund mit dem seinen. Wieder nahm sie seinen abgestandenen, schalen Geruch wahr. Und dann, als hätte er einen Test gemacht und wäre mit dem Ergebnis zufrieden, gab er ihre Hand frei, stand unvermittelt auf und ging zur Tür. Dort blieb er stehen. »Natürlich«, sagte er forsch, »wird, wo gegeben wird, auch was genommen, ja?«

Er zwinkerte und war verschwunden.

Sie betrachtete ihre Hand, wo er sie auf der Bettdecke hatte liegenlassen. Ihre Brust spürte noch immer den Geist seiner Berührung. Sie fröstelte, als wäre ihr ein kalter Windhauch über den Rücken geweht, und ihre Schulterblätter zuckten wie zusammengefaltete Flügel. Der Tag um sie herum war wie die Nacht. Ja, genau: so etwas wie eine helle Nacht. Und ich träume. Sie lächelte vor sich hin, ein schmallippiges Lächeln, so wie seines, und schlug die Decke zurück und legte sich sachte ins Bett und schloß die Augen.

Als Professor Kreutznaer endlich in die Küche hinunterkam, brannte dort das Feuer im Herd, und Lux briet in einer vom Alter geschwärzten Pfanne Würstchen. Der Professor blieb in der Türe stehen. Da saß diese blonde Frau mit ihrer schwarzen Jacke um die Schultern, hatte den Kopf in die Hand gestützt und sah ihn abwesend an, und vor ihr auf dem Tisch stand ihre Kamera. In der Luft wallte eine träge Wolke von fettigem Qualm. Der kleinere der beiden Jungen knabberte an einer Brotrinde, das Mädchen saß mit roten Augen da und hatte die Hände im Schoß. Und diese altertümlich anmutende Gestalt dort in der gestreiften Jacke, was für einer war das denn? Was waren das überhaupt für Leute? Ein Wanderzirkus? Diesmal hatte Felix sich selbst übertroffen. Lux sagte etwas zu dem Professor, doch der beachtete ihn nicht, sondern trat nun in den Raum und setzte sich mit finsterer Miene an eine Ecke des Tisches. Der in der gestreiften Jacke räusperte sich und stand halb auf.

»Croke, mein Name«, sagte er jovial, und dann wußte er nicht mehr weiter. »Wir ...« Er schaute hilfesuchend hinüber zu Sophie. »Das verdammte Schiff ist auf Grund gelaufen«, sagte er. »Dieser Kapitän, der sogenannte.«

Der Professor betrachtete versonnen die Knubbel in der Maserung der Tischplatte und nickte mit dem Kopf. Die Stille summte.

»Wir waren auf einem Schiff«, sagte Sophie laut, als hielte sie den Professor für taub. »Ist irgendwie auf Grund gelaufen im Hafen, und da wären wir fast gekentert.« Sie zeigte zum Herd, auf dem die Schuhe standen. »Wir mußten durchs Wasser waten.«

Wieder nickte der Professor, ohne sie anzusehen. Er schien an etwas anderes zu denken.

»Ja«, sagte er. »Die Tiden hier sind tückisch.«

Sie sah Croke aus dem Augenwinkel an, und dann guckten sie beide ganz schnell weg, weil sie sonst losgeprustet hätten.

Lux kam mit der Pfanne an den Tisch und schaufelte ihnen die verkohlten Würstchen auf die Teller, und dabei lächelte er nervös und nickte immerzu in alle Richtungen, machte nach Kräften Radau. Er wich dem Blick des Professors aus. Es roch nach gekochtem Tee.

Da betrat Felix mit geschäftiger Miene die Küche, lächelte, rieb sich die Hände und setzte sich neben Pound, nahm sich ein Würstchen vom Teller des Jungen, biß hinein und legte es wieder zurück.

»Jam, jam«, sagte er kauend. »Gut.«

Und dann kippte die Stimmung plötzlich für ein paar Sekunden um. Alle warteten, guckten abwechselnd mal Felix, mal den Professor an, spürten, wie über den Tisch hinweg die Luft zwischen den beiden vibrierte. Der Professor, noch immer mit finsterer Miene, blickte nicht auf. Pound starrte mit dumpfer Wut auf sein angebissenes Würstchen.

»Und?« sagte Sophie, um das Schweigen zu brechen. »Wie geht's unserer Schönen?«

Felix machte ein verdutztes Gesicht und nickte dann ernsthaft.

»Sie fühlt sich nicht wohl«, erwiderte er. »Sie hat so ein komisches Gefühl im Kopf. So ein Schwindelgefühl, wissen Sie.«

Croke stieß Sophie unterm Tisch an und flüsterte ihr heiser ins Ohr: »Die hat unser Freund mit seinem Giftstachel lahmgelegt.«

Sophie zwinkerte kurz und lächelte flüchtig.

Plötzlich, als hätte er die Geste in Gedanken einstudiert, sprang Felix auf, beugte sich über den Tisch und streckte dem Professor die Hand entgegen.

»Wie lieb von Ihnen, uns aufzunehmen«, sagte er mit keuchendem Lachen und wich dem Blick des Professors aus. »Wie lieb, ja, danke.« Der alte Mann starrte mit leerer Miene auf die ihm dargebotene Hand, und im nächsten Moment klappte Felix sie wie ein Klappmesser zusammen und zog sie wieder ein. »Darf ich vorstellen –? Das da ist Mr Croke, und das hier ist Sophie, und die kleine Alice und Patch –«

»Hatch«, sagte Hatch.

»Ich meine, Hatch. Ha, ha! Und Pound – Pound? Ja.« Ein Gemurmel, ein Füßescharren, er nahm wieder Platz. »Uff!, das war vielleicht eine Geschichte«, sagte er. »Der Kapitän muß betrunken gewesen sein. Ich hab noch zu ihm gesagt, ich hab extra noch zu ihm gesagt: ›*Denken Sie dran, Sie tragen die Verantwortung!*‹ Eine Inselrundfahrt, hat man uns erzählt; eine Vergnügungsfahrt. Schönes Vergnügen, schöne Rundfahrt! Sehen Sie uns an, wir sind wie die Schweizer Familie Robinson!« Er lachte ausschweifend, mit zuckenden

Schultern, und hielt dann einen Moment inne, um sich mit seiner glänzenden Zungenspitze die Lippen zu lecken. »Dieses Haus, Sir«, sagte er leise und in beinah vertraulichem Ton, »der Garten, die Bäume da oben«, er zeigte hinauf, »ich muß schon sagen, das ist alles sehr hübsch, sehr hübsch und angenehm. Ich hoffe, wir bereiten Ihnen keine Ungelegenheiten. Wir bleiben nur ganz kurz. Einen Tag. Nicht einmal einen Tag. Einen Nachmittag. Vielleicht einen Abend, mehr nicht. Ich finde die Abenddämmerung immer so schön in dieser Gegend hier: das ergrauende Licht, die zitternden Schatten. Das erinnert mich an meinen Lieblingsmaler, wissen Sie, welchen ich meine?« Er hing einen Augenblick lang seinen Gedanken nach, lächelte zur Decke hoch, stellte sein Profil zur Schau, wandte sich wieder dem Professor zu und sagte schmunzelnd: »Ich denke, Sie werden es kaum merken, daß wir hier sind. Unsere Flügel –«, er machte eine flatternde Bewegung mit den Händen, »– unsere Flügel werden kaum die Luft bewegen.«

Und dann herrschte wieder Schweigen, und alle saßen ganz still und warteten, daß der Professor sprach. Doch der Professor sagte nichts, und Felix zuckte die Achseln und zwinkerte Sophie zu und schaute mit gespielter Hilflosigkeit in die Runde. Lux drehte sich mit erschrockenem Gesicht zum Herd und zog den Kopf ein, als ob etwas von oben heruntergefallen wäre und er auf den Aufschlag wartete. Alice holte Luft, und dabei entfuhr ihr ein kleiner Restschluchzer, und sie guckte schnell zu Hatch und wurde rot. Felix trommelte mit den Fingerspitzen auf den Tisch und sang leise:

Ding ding!
Dong dong!

Die Sonne schien zum Fenster herein, der Wind zerrte am Riegel der Hintertür.

»Die Milch hier, die ist sauer«, sagte Pound. »Herrje!«

Der Salon, wie er genannt wird, ist ein langer, schmaler Raum, niedrig und vollgestopft, dessen Fenster aufs Meer blicken. Er riecht wie die Eisenbahnwaggons meiner Jugend. Hier, in der zähen, bräunlichen Luft führen massige, konturlose Möbelhaufen ihr heimliches Dasein, breitspurige Lehnstühle und ein riesiges, wulstiges Sofa, ein hoher rechteckiger Tisch mit gedrechselten Beinen, ein Sekretär, aus dem eselsohrige Papiere hervorsprießen, so daß er aussieht, als streckte er einem unzählige Zungen heraus. Und jedes Stück ist abgestorben, als wäre irgendwann, vor langer Zeit, etwas passiert, das die Menschen, die hier lebten, dazu gebracht hat, unvermittelt alles stehen- und liegenzulassen und Hals über Kopf davonzulaufen, um nie mehr zurückzukehren. Der Raum wartet noch immer, bereit, jeden Moment weiterzumachen, wie eine angehaltene Uhr. Ich habe meinen Platz am Fenster, wo ich morgens sitze und meinen Tee trinke, gemütlich eingezwängt zwischen einem hohen Bücherschrank und einem Tischchen, auf dem in einem Übertopf aus Messing ein vertrockneter Farn steht; hinter mir, über meinem Kopf, hockt auf einem Schreibpult unter einer gläsernen Kuppel eine ausgestopfte Eule, die in der schimmligen Klaue eine seltsam gleichgültig dreinschauende, mottenzerfressene Maus hält. Von meinem Platz aus sehe ich ein mickriges kleines Stück Rasen, einen schon blühenden Rosenstrauch und, an der Hausecke, eine alte Regentonne.

*Mein Leben ist eine Ruine, ein verlassenes Haus, ein herrenloses Gut*, denk ich bei mir. Ein Gedanke, der mir in der einen oder anderen Form mindestens einmal am Tag durch den Kopf geht, jeden Tag, seit Jahren schon; wieso also überrascht mich der Gedanke jedesmal von neuem?

Ich habe gute und schlechte Tage. Raten Sie mal, was dieser hier für einer ist.

Tee. Apropos Tee. Teetrinken ist für mich ein einzigartiges, geradezu feierliches Vergnügen. Am liebsten ist mir ein Spitzen-Darjeeling; ich weiß noch, in Paris, da gab es einen Händler – wie hieß denn bloß die Firma –, bei dem bekam man eine exzellente Mischung, da haben ein, zwei Unzen hunderttausend Rupien gekostet. Ansonsten geht notfalls auch ein wirklich guter Keemum. Und dann die Tasse, auch so etwas: selbst die elende Plörre, die Lux zusammenbraut, schmeckt immer noch halbwegs anständig, wenn sie, sagen wir mal, in einem schönen alten, geriffelten und mit Goldrand versehenen, pfauenblauen Stück von Royal Doulton serviert wird. Ich liebe Knochenporzellan, allein schon der Begriff, am liebsten möchte ich alles zusammen, Tasse und Untertasse und so weiter, in den Mund stopfen und genüßlich zwischen den Zähnen zermalmen wie ein Sahnebaiser. Tee schmeckt nach fremden Leben. Ich schließe die Augen und sehe auf den grünen Hängen die gebeugten Pflückerinnen, ihre safrangelben Kleider und die schmalen, teeblattbraunen Hände; ich sehe die wimmelnden Docks, wo halbverhungerte Burschen mit Beinen, die wie Stecken aus zerrissenen kurzen Hosen ragen, schablonenbeschriftete Holzkisten hochhieven und sich dabei mit Papageienschreien verständigen; ich sehe sogar die Porzellanfabrik, in der an einem Sommernachmittag im späten neunzehnten Jahrhundert ein Lehrjunge mit einer Hasenscharte und einer blinden Schwester, die daheim in einem Rattenloch in einer verpesteten Gasse auf ihn wartet, aus wolkenweißem Ton diese Tasse gedreht hat. Leben, fremde Leben, Myriaden fremder Leben, destilliert in diesem Fingerhut voll aromatischen Vergnügens.

Oh, halt.

*Kann denn der Stil eines bösen Menschen eine Einheitlichkeit haben?* fragt der Philosoph.

Der Salon.

Draußen versank der Tag in Dunkelheit. Eine bauschige, bleifarbene, an den Rändern grell wie Magnesium leuchtende Wolke hatte sich vorm Fenster aufgetürmt. Regen verheißende, knisternd geballte Stille. Ich frage mich, wodurch es hervorgebracht wird, dieses erwartungsvoll-erschrockene Schweigen? Vermutlich ändert sich der Luftdruck, oder der nahende Regen drosselt den Wind irgendwie ab. Ich hätte Meteorologie studieren sollen, lernen, wie das alles funktioniert, dieses chaotische Fluten und Fließen der Dinge, Luftströmungen, Wind, Wolken, all die gewaltigen Nichtsheiten, die über der Erde hin und her ziehen.

Flora träumt von der goldenen Welt.

Welten in Welten. Sie bluten ineinander. Ich bin gleichzeitig hier und anderswo, wie durch einen Zauber. Ich denke an die Stille, die in den Tiefen der Spiegel wohnt. Nicht unsere Welt ist es, die sich dort widerspiegelt. Sondern ein gänzlich anderer Ort, ein anderes Universum, listig so gemacht, daß es das unsere nachzuahmen scheint. Alles ist dort möglich; selbst die Toten können wieder lebendig werden. Flecken bilden sich auf dem Glas, hie und da blättert das Silber ab, und man sieht die Bewohner jener parallelen, verkehrten Welt vollkommen ahnungslos durch ihre Leben gehen. Und manchmal verwandelt sich das Glas auch in Luft, und sie treten lautlos hindurch und kommen einfach so in meine Welt hereinspaziert. Wie jetzt zum Beispiel Sophie, die barfuß umhergeht, immer noch die Lederjacke um die Schultern, und die Zeit schimmert in ihrem Rahmen.

Sophie ist in der Tür stehengeblieben und hat sich umgeschaut und die großen dunklen Möbelstücke betrachtet, die dicht an dicht im bräunlichen Zwielicht hocken, und sogleich erklang in ihrem Kopf die scheppernde Musik einer Drehorgel, und sie sah ein kleines Mädchen am Fenster stehen, und unter dem Fenster eine breite Straße mit grauem Licht, wie dieses, das jetzt in der Luft hängt, und toten Blättern, die verstohlen im Wind übers Pflaster huschen. Wie erschlagen ließ sie sich in eine Ecke des durchgesessenen Sofas fallen, zog die Beine hoch und massierte vorsichtig den Spann ihres verletzten Fußes. Es gab so viele Dinge, an die sich zu erinnern sie müde war, und das betraf die angenehmen genauso wie die schlechten. Die Wohnung an der Kirchenallee, neben dem Fenster das steifnackige Klavier, an dem sie an endlosen Winternachmittagen mit von der Kälte starren Fingern und tauben Knien Tonleitern geübt hatte. Der Geruch nach Bittermandelöl und nach Kaffee-Ersatz, nach dem Staub in den Vorhängen, an die sie den Kopf lehnte, wenn sie hinuntersah, wo die Menschen auf den breiten, nackten Straßen der zerstörten Stadt vorübergingen, gebückt und eilig, mit Taschen beladen oder mit Paketen unterm Arm, wie die Leute in der Wochenschau. In der Küche verkaufte ihre Mutter aus einem Koffer, der aufgeklappt auf dem Tisch stand, Seidenstrümpfe und amerikanische Zigaretten und redete wie ein Wasserfall mit dieser hohen Stimme, die sich immer so anhörte, als würde sie jeden Moment bersten und wie eine geplatzte Glühbirne in tausend Scherben zerspringen. Die Kunden waren verstohlen, verschüchtert, verärgert, die hinkende Frau Müller, der nach Schweiß riechende Mann mit dem grauen Gesicht und dem zu engen Anzug, das magere Mädchen aus dem Café vis-à-vis. Sie warfen Sophie schuldbewußte, gleichsam flehentlich lächelnde Blicke zu, wenn sie das Wohnzimmer durchquerten und dabei ihre Einkäufe versteckten; wie leise, wie behutsam sie die Tür hinter sich schlossen, als hätten sie Angst, sie könnten etwas entzwei machen. Sie hatte gedacht, es sei ihr gelungen, all das zu vergessen, sie hatte gedacht, sie habe das alles aus ihrem Gedächtnis verbannt, und nun war es wieder da. Die Vergangenheit, schlicht und vollständig, war da und machte sich über sie lustig.

Sehen Sie, wie auch für jene anderen der Spiegel durchsichtig wird und wie die Silberwelt heraustritt und sie in ihre kühlen Arme schließt?

Sophie sehnte sich danach, in ihrer Dunkelkammer zu sein, dort, in dem intensiven roten Aortalicht, und zuzuschauen, wie die Unterwasserwesen sich verdunkelten und Gestalt annahmen und an die Oberfläche geschwommen kamen, um sie zu begrüßen. Für sie besaßen die Dinge erst dann eine reale Dimension, wenn sie durch das Objektiv eines Fotoapparates gefiltert waren. Wie klar und winzig und bis ins Feinste detailliert doch alles aussah in diesem kleinen schwarzen Lichtkasten!

Bescheiden klopften die ersten Regentropfen ans Fenster.

Alles da draußen, oh, alles da draußen.

Was wäre, wenn, frage ich mich, was wäre, wenn ich eines Tages aufwachte und meine physische Existenz mich so sehr anwiderte, daß meine Fleischlichkeit mir nicht mehr bewohnbar vorkäme? Solch eine Qual wär das: eine Nacktschnecke, die sich in Salz windet.

Sophie.

Sophie seufzte und

Sophie betrachtete ihre Hände und seufzte und schloß eine Sekunde lang die Augen. Ihr war schwindlig. Ihr schwirrte der Kopf. Es war, als hätte sie sich ganz schnell im Kreis herumgedreht und wäre plötzlich stehengeblieben. Als sie ein kleines Mädchen war, hatte ihr Vater sie immer bei den Händen gefaßt und sie in der Luft herumgewirbelt, bis sie das Gefühl hatte, daß ihre Füße sich mit Blei füllten und ihre Handgelenke knackten. Es war wie ein Traum vom Fliegen. Hinterher, wenn er sie losließ und sie schwankend und hicksend dastand, taumelte alles an ihr vorbei wie ein großes, klappriges altes Karussell. Und manchmal bekam sie Angst, weil sie dachte, sie sähe, wie sich die Erde bewegte, wie der ganze Planet durchs Weltall trudelte. Sie hatte sie nie ganz verloren, diese Angst, in den Himmel zu fallen. Immer noch gab es Momente, da sie plötzlich innehielt wie eine Schauspielerin, die mitten in der Vorstellung steckengeblieben ist, die ihren Text vergessen hat und mit weit aufgerissenen Augen um sich schaut und stumm wie ein Fisch die Lippen bewegt. Sie nahm sich eine Zigarette aus der Tasche ihrer Lederjacke und zündete ein Streichholz an. Sie hielt inne, sah zu, wie das Flämmchen am Holz entlangzüngelte, und bemerkte, daß ihre Hand ein ganz klein wenig zitterte. Totstellen: Das war das Wort. Sie malte sich aus, wie es wäre, wenn sie hier im Bett läge, in einem kleinen, anonymen Zimmer oben unterm Dach, einfach friedlich daläge, die Hände still auf dem kühlen, umgeschlagenen Bettuch, durch die salzverkrusteten Fenster ins Meerlicht starrte, wo die kreischenden Möwen ihre Kreise zogen. Dort sein, losgelöst von allem; sich vergessen, und sei es auch nur für kurze Zeit; verharren, still sein; Frieden haben.

Sie gab sich dem Gedanken hin, daß ihr Vater noch am Leben sei, irgendwo, als Flüchtling im tropischen Süden, vielleicht auf einer kleinen, von Urwald überwucherten Insel; sie malte sich aus, wie er, inzwischen unvorstellbar alt, verschrumpelt und voll böser Lustigkeit, gemütlich vor einer Lehmhütte im Schatten saß und sich von plattnasigen Inderinnen von vorne bis hinten bedienen ließ, während nackte Kinder, braun und geschmeidig wie Schlamm, zu seinen Füßen herumtollten, hinter ihm der breite, kakaofarbene Fluß und noch weiter hinten der mächtige Wall des Waldes, stachelig, grünschwarz, undurchdringlich. Sie wünschte sich ihren Vater bedeutend, schrecklich, als einen Gejagten; das war ihre geheime Phantasie. Einen Tag nach dem anderen hatten sie in der eisigen Wohnung auf ihn gewartet (seltsam, wie schwer sich die Kälte angefühlt hatte, wie eine unsichtbare, steinartige Substanz, die reglos in der Luft stand), dann eine Woche nach der anderen, und schließlich wurden aus Wochen Monate und aus Monaten Jahre, und er kam nicht. Sie dachte an ihn, wie sie ihn zum letzen Mal gesehen hatte, wie er mit einem Seesack auf der Schulter die Treppe hinunterging. An sein Gesicht konnte sie sich nicht mehr erinnern, aber sie wußte noch ganz genau, wie leichtfüßig er die Stufen hinabgehüpft war, pfeifend, und wie sein Kopf mit dem geölten Haar und dem akkuraten weißen Scheitel immer weiter in der Tiefe verschwand, bis sie ihn nicht mehr sehen konnte. Der Schmerz, der rasende Schmerz des Verlassenwordenseins hatte sie überrumpelt, auf dieselbe Weise, wie jeder Schmerz sie zu jener Zeit überrumpelte, wie eine Botschaft aus einer anderen Welt, der großen, der wirklichen Welt, in die sie nicht hinein wollte und der sie dennoch jeder Tag ein Stückchen näher brachte. Sie war sechs, als er ging. Ihre Mutter lag nachts im Bett und weinte; Nacht für Nacht hörte Sophie sie von jenseits des Korridors stöhnen und schluchzen, hörte, wie sie ins Kopfkissen biß und versuchte, sich zusammenzureißen, versuchte, unhörbar zu sein, als wäre das, was sie da trieb, etwas Schändliches, ein schändliches Treiben.

Es scharrte an der Tür, und Croke kam vorsichtig herein, zuerst eine große, von Leberflecken übersäte Pranke, dann ein noch größerer Kopf, dann die Knie und zu guter Letzt der krumme Rücken. Croke sah sich im Zimmer um, ohne sie, die zusammengerollt in der schattigen Sofaecke hockte, zu bemerken. Er ging zum Fenster, latschte mit schwerem, schaukelndem Kamelgang über den Teppich, schien gleichsam einen halben Schritt hinter seinen eigenen Beinen herzuhinken, saft- und kraftlos schlurfend und mit rhythmisch wackelndem Kopf. Inzwischen fiel der Regen dichter, wie ein Guß von schmutzigem Licht. Er stand da, die Hände auf dem Rücken, und starrte mit trübem Blick hinaus, die schlaffen Lippen geschürzt, als versuchte er sich zu erinnern, wie man pfeift.

»Die goldene Welt!« murmelte er in zutiefst verächtlichem Tonfall. Er furzte, kniff ein Auge zu und verzog die eine Gesichtshälfte. Als Sophie leise auflachte, fuhr er erschrocken zusammen und guckte sich verwirrt nach ihr um.

»Mein Gott!« rief er. »Wollen Sie mich denn umbringen?« Er drohte ihr mit dem Zeigefinger – eine Bewegung, als verspritzte er Wasser. »Sitzt da wie ein Geist!«

Sie lachte abermals. Er war ein geiler alter Bock: Als sie auf der Brücke gestolpert war und er sie aufgefangen hatte, hatten seine großen Hände sie überall begrapscht. Sie schauderte bei dem Gedanken daran, wie sein Altmännerarm sich angefaßt hatte, dieses glitschige, fischige Fleisch im Ärmel und darunter der Knochen, hart und scharf wie eine altertümliche Waffe. Jetzt tippelte er aufgeregt im Kreis herum und murmelte irgendwas vor sich hin und schüttelte den Kopf. Dann blieb er stehen und betrachtete seine Füße.

»Meine Schuhe sind immer noch klatschnaß«, sagte er und lachte sein schleimiges Lachen. »Leck wie eine lockre Dirne. Ha!« Er zwinkerte ihr zu, doch als sie nichts sagte, lief er von neuem im Kreis herum. Am Fenster blieb er stehen und schaute wieder mißmutig in den Regen. Die Welt da draußen hatte sich in eine schwappende graue Schliere verwandelt.

Stille. Stellen Sie sich die zwei dort vor, zwei Gestalten im Regenlicht. Etwas, etwas aus der Kindheit.

»Ich überleg die ganze Zeit«, sagte Croke, »wie dieses Dingsda heißt, wo sie beim Abendmahl die Hostie drin aufbewahren und sie rumtragen. Wie heißt das bloß? Dieses Dingsda, das so eine Form hat wie die Sonne und das der Priester hochhält? Haben Sie das mal gesehen? Ich komm nicht auf den Namen. Ich grüble schon den ganzen Vormittag.« Er seufzte. »Und dabei war ich mal Meßdiener, wissen Sie.« Er drehte sich beherzt zu ihr herum, denn er nahm an, sie würde lachen. »War ich wirklich.«

Doch sie hörte gar nicht zu. Sie saß da, hatte die Arme um den Oberkörper geschlungen und wiegte sich hin und her, den Blick auf die Dielen geheftet. Croke zuckte die Achseln; er drehte sich wieder um und machte sich an den Knöpfen eines wuchtigen alten Radioapparats zu schaffen, der auf einem niedrigen Tisch neben dem Fenster stand. Das magische Auge leuchtete grün auf, ein zuckendes Auge, und während sich die Röhren erwärmten, erscholl ein immer lauter werdendes Rauschen, als wäre dort, zwischen jenen Windungen und glühenden Fädchen, das Geräusch der Vergangenheit schlechthin gefangen. Er versuchte einen Sender einzustellen, und aus dem Rauschen erhob sich eine schwache Stimme, die, wie aus weiter Ferne, unverständliche Worte sprach. Croke lauschte einen Augenblick mit halbgeschlossenen Lidern, dann schaltete er das Radio wieder aus.

Felix kam herein. Als er Sophie entdeckte, zögerte er und guckte sich mit leerem Blick im Zimmer um. Croke übersah er einfach.

»Na, das ist mir ja vielleicht ein Haus!« sagte er. »Wissen Sie, daß die hier nicht mal Telefon haben?«

Sie kniff die Augen zusammen, damit sie keinen Zigarettenrauch hineinbekam, und sah ihn forschend an. Sie hatte genau gehört, wie er letzte Nacht im Hotel auf dem Korridor herumgeschlichen war, bis ihn das kleine Luder reingelassen hatte, sie war sich ganz sicher. Sie hatte ihre gewölbte Hand als Aschbecher benutzt, und jetzt hielt sie die munter qualmende Kippe hoch und sah sich stirnrunzelnd um. Felix, ganz Mann von Welt, ging zum Kamin, entdeckte auf dem Sims eine Untertasse und brachte sie ihr. Mit einem Blick, den man fast schon zärtlich nennen konnte, sah er zu, wie sie sich vorbeugte und die Kippe ausdrückte. Der letzte beißende Rauchschwaden war wie ein rasches, bitteres Wort. Sie blickte kurz auf, dann schaute sie weg.

»Sie wissen, wer er ist«, sagte er, »der Professor? Sie haben ihn erkannt?« Sie zuckte die Achseln, und er sah sie an und schüttelte vorwurfsvoll den Kopf. »O, *Fama* ...!« Er seufzte theatralisch.

»Dann erzählen Sie mir's doch«, sagte sie, neugierig geworden. »Erzählen Sie mir doch, wer er ist.«

»Eine Berühmtheit. Ein berühmter Mann.«

Sie guckte skeptisch.

»Ach ja?«

Er nickte mit gespieltem Ernst und legte den Finger an die Nase. Sie merkte, wie sie rot wurde.

»Wollen Sie nicht mal nachsehen gehen, ob die Prinzessin auch schön schläft?« sagte sie spitz.

Er beugte sich trotzdem über sie in seinem zugeknöpften braunen Anzug und mit diesem Strick von einer Krawatte um den Hals, ein fest verschnürter, ordentlich verpackter Mann, und betrachtete sie forschend mit zuckendem Lächeln und hochgezogener Braue. Sie zog den Jackenkragen fest um ihren Hals zusammen.

»Ich frag mich bloß«, sagte er, »bin ich der schöne Prinz, oder bin ich das Tier?« Sie antwortete nicht, er kam mit seinem lächelnden Gesicht nahe an ihres heran und fragte leise: »Sind Sie etwa eifersüchtig?«

Sie lachte laut auf.

»Was, auf die?«

Er schüttelte einmal kurz den Kopf.

»Ich meinte eigentlich auf mich«, sagte er.

Sie riß die Augen ganz weit auf und sah ihn fest an, lächelte nichtssagend und schwieg. Croke stand reglos mit erhobenem Kopf da, als horchte er auf etwas irgendwo in der Ferne, ein Echo jener Stimme aus dem Äther. (Dieses Dingsda aus Gold, fast wie eine plötzlich durchbrechende Sonne, mit den dicken goldenen Knäufen am Griff und der breiten viereckigen Platte unten drunter, und das Preisschild, das der Priester noch oben am Schuh hatte, als er seinen Kniefall machte;

Geruch nach Weihrauch und Kerzentalg, der fleischige Gestank der Lilien – wie heißt das bloß?) Ein Windstoß, und der Regen zischelte leise wie aufgewirbelter Sand ans Fensterglas. Felix drehte sich schwungvoll herum, ließ Sophie in Ruhe und begann wieder, tänzelnd wie ein Zirkuspferd, im Zimmer auf und ab zu schlendern, und dabei summte er unbeschwert grinsend vor sich hin. Einmal blieb er stehen, um die ausgestopfte Eule in Augenschein zu nehmen, hielt den schmalen Kopf schräg nach oben und schürzte die Lippen. Ein silberheller Fleck glänzte in seiner Schläfenhöhlung. Er zog ein flaches Etui aus gehämmertem Gold aus der Brusttasche, nahm einen schwarzen Stumpen heraus, hielt ihn zwischen Zeige- und Mittelfinger seiner Linken und zündete ihn sorgfältig an.

»Ihr Knaster ist jedenfalls trocken geblieben, wie ich sehe«, sagte Croke vom Fenster her und wurde weiterhin übersehen.

»Wir haben noch gar nicht richtig miteinander geredet, Sie und ich«, sagte Felix über die Schulter hinweg zu Sophie und betrachtete die Eule mit gerunzelter Stirn. Aus seinen Mundwinkeln kam in gewellten Bändern herber Rauch. Apoplektisch starr erwiderte der Vogel seinen Blick. »Ich finde, wir sollten das nachholen, oder meinen Sie nicht?«

Von einer Sekunde auf die andere hörte der Regen auf, und eine schwächliche Sonne kam hervor, und alles draußen schimmerte und tropfte.

»Reden?« sagte Sophie. »Reden worüber?«

»Ach, über irgendwas. Alles mögliche. Ich versuche doch nur nett zu sein, verstehen Sie.«

Sophie betrachtete einen Moment lang nachdenklich seinen Rücken.

»Wer ist das?« sagte sie. »Dieser alte Mann?«

»Was? Das hab ich Ihnen doch gesagt: eine berühmte Persönlichkeit. Aus der Vergangenheit. Ein Kunstprofessor.« Das schien ihn sehr zu amüsieren. »O ja«, sagte er und lachte lautlos, so daß seine eine knochige Schulter dabei bebte, »ein großer Kunstliebhaber!«

Sie musterte ihn schräg von unten nach oben.

»Sind Sie deswegen hierhergekommen?« fragte sie. »Wegen ihm?«

Diesmal lachte er beinahe scheu und strich ihr flüchtig über das gefärbte Haar.

»Nein, nein«, murmelte er fröhlich. »Zufall – reiner Zufall!«

Sie nickte, ohne ihm zu glauben.

»Er scheint aber noch nie was von Ihnen gehört zu haben«, sagte sie.

»Doch – o doch. Aber vielleicht möchte er sich lieber nicht daran erinnern.« Felix warf ihr einen lächelnden Blick zu. »Womöglich werden Sie ihn von neuem berühmt machen?« Er nahm den Stumpen aus dem Mund und tat so, als hielte er einen Fotoapparat vors Auge. »Knips-knips, ja? Der große Mann an seinem Schreibtisch.« Er ahmte ihren Akzent nach.

Sie stand vom Sofa auf, strich sich den Rock glatt, durchquerte das Zimmer und blieb stehen, die eine Hand am Türknauf, während sie sich mit der anderen weiter den Jackenkragen oben am Hals zuhielt.

»Wie falsch Sie sind«, sagte sie.

»Ja, eine Fälschung«, erwiderte er rasch, wie aus der Pistole geschossen, mit seinem grimmigen, schmallippigen Lächeln. Fragen Sie den Professor, der kennt sich mit so was aus.« Er kam eifrig einen Schritt auf sie zu, blieb stehen, die Hände in den Jackentaschen, den Kopf in den Nacken gelegt, sah sie von oben herab an und lächelte belustigt, den Stumpen zwischen den Zähnen, und zwischen seinen geschwungenen Lippen quoll Rauch hervor. »Was meinen Sie«, sagte er, »wollen wir kämpfen?«

Sie zögerte, den gesenkten Blick auf die Stelle geheftet, wo er stand. Sie malte sich aus, wie sie sich wortlos auf ihn stürzen und zuschlagen würde, daß er in die Knie ging, fast konnte sie ihn sehen, den blutdunklen Schatten in ihrem Kopf, und ihn fühlen, den unbändigen Jubel, der ihr Herz erzittern ließ; mit einem Satz würde sie den Abstand zwischen ihnen überqueren, den einen Arm zurückgerissen wie einen Bogen, flinken Fußes, beschwingt, würde auf halbem Wege einen kleinen Hüpfer machen, der Boden unter ihren Sohlen wäre wie feste Luft, dann spüren, wie die Faust aufs Fleisch klatschte, und sein Lachen hören und seine Schreie, wenn er mit verrenkten Gliedern umkippte wie eine Holzpuppe. Sie zitterte und drehte sich abrupt um und ging hinaus, die Tür ließ sie mit einem trockenen Knall ins Schloß fallen.

Mit hochgezogenen Augenbrauen, die leeren Handflächen hilflos nach oben gekehrt, wandte sich Felix zu Croke um und seufzte achselzuckend.

»Hören Sie«, sagte Croke, »Sie sehen aus wie einer, der's wissen muß: Dieses Dingsda beim Abendmahl, das der Priester hochhält, wie heißt das noch mal?«

Er machte es vor, hielt die gefalteten Hände nach oben. Felix musterte ihn aufmerksam, und dann lächelte er träge und fuchtelte ihm mit dem Zeigefinger vorm Gesicht herum.

»Aha«, sagte er mit vorwurfsvollem Lachen, »Sie wollen mich wohl aufs Glatteis führen, was?«

Floras Traum ist dunkel geworden. Jetzt streift sie abends durch ein Wäldchen. Die Bäume bilden einen Kreis um sie herum, regen ihre Zweige und flüstern miteinander wie maskentragende Diener bei einem Fest. Über ihr der Himmel ist hell, erleuchtet vom rauchblauen, zarten Glühen des Frühlings, und doch ist da, wo sie geht, nichts als Düsternis und falsche Schatten, wo sie im Kreis der Bäume im Kreis läuft und vergebens nach einem Ausweg sucht. Es sind auch Leute da, schemenhaft, in künstlichen Posen, wie Statuen, Sophie und die Kinder, der alte Croke mit seinem Strohhut und noch jemand, dessen Gesicht sie nicht sehen kann und der mitten auf der Lichtung steht, reglos und gleichsam schwebend, als hinge er an unsichtbaren Fäden, eine grelle, weißgekleidete Gestalt, kummervoll und gequält, die sich nicht rührt und auch nichts sagt. Felix nähert sich ihr auf einem Theateresel, er kommt auf den eigenen Beinen angetrabt und hat das ausgestopfte Tier zwischen die Knie geklemmt. Er bringt sein Gesicht ganz nahe an ihres heran und lacht und dreht die Augäpfel einwärts und läßt seine rosa Zungenspitze anzüglich hin und her schnellen. Sie sieht, daß der Esel, der aus einem dicken, pelzartigen Stoff gemacht ist, lebt; er schaut flehend zu ihr hoch, und da erblickt sie Lux, der fest eingenäht ist in den schweren Pelz. Sie flüchtet, aber es gibt keinen Weg nach draußen, und sie hört Felix dicht hinter sich, sein Lachen und das Klirren von Schnallen und das heiser klagende Japsen des armen Lux. Schließlich rennt sie hinter die reglose, weißgekleidete Gestalt und sieht, daß diese sich in eine hohle Röhre aus schwerem Tuch verwandelt hat und daß in ihrem Inneren eine kleine Leiter ist, die Flora hinaufklettert, den schweren, steifen Stoff hinter sich zuziehend. Dort drinnen riecht es modrig, ein Geruch, der sie an die

Kindheit erinnert. Im Dunkeln steigt sie die schmalen Sprossen hoch und gelangt zu der hohlen Maske, die das Gesicht der Gestalt bildet, und steckt ihr eigenes Gesicht hinein und schaut durch die Augenlöcher hinaus in die weite, stille Ferne des erlöschenden Tages, und ihr wird klar, daß sie endlich in Sicherheit ist.

Ich ging durch die Felder bis hinauf auf den Kamm, wo die Eichen sind. Ich merkte, daß mir die Hände zitterten; nichts läßt einem das Adrenalin so sehr ins Blut schießen wie eine Heimsuchung. Der Regen hatte aufgehört, doch das Gras war noch ganz naß. Über den Bäumen stand schon die nächste dunkle Wolke, mächtig, wie ein Riese mit ausgebreiteten Armen. Das Wäldchen war unbeschreiblich grün, und es gab Glockenblumen und wilden Knoblauch und hie und da sogar ein Sträußchen Primeln, die kopfnickend auf einem Mooskissen saßen oder scheu aus dem fauligen Stamm einer vom Sturm gefällten Eiche lugten. Das Laub der Bäume war ein zartes Spitzenmuster, eben in der Phase, die Corot so gerne festgehalten hat. Alles war so hübsch und auch so stimmig, und doch konnte ich mich des Eindrucks nicht erwehren, daß es irgendwie für jemand anders aufgebaut war, für jemanden, der freundlicher war als ich, weniger verdorben, ohne diesen Hauch von Schwefeldunst, der mir, wie ich immer denke, überall vorausgeht. Auf der Lichtung schwelte noch mein Feuer von gestern; ich würde es bald wieder zum Leben erweckt haben. Da setzte auch schon von neuem der Regen ein und trommelte, anfangs noch zögernd, auf die toten Blätter über mir, um dann in weißlichen Schwaden herabzustürzen, die glänzend zwischen den Bäumen wallten und das Feuer zischen ließen. Ich stand da mit hängendem

Kopf und baumelnden Armen, und der Regen rann mir über den kahlen Schädel und in die Augenbrauen und lief mir die Wangen runter wie Tränen und fiel in dicken Tropfen vom Kinn auf die Erde. Manchmal möchte ich mich einfach so den Elementen ausliefern. Ich bin zwar kein großer Naturliebhaber, aber ich erkenne durchaus an, daß die Beobachtung von Naturereignissen einen gewissen therapeutischen Wert haben kann; ich glaube, das hängt mit der Gleichgültigkeit der Welt zusammen, ich meine damit, daß die Welt sich ja nicht weiter um uns kümmert, um unser Glück, oder darum, wie wir leiden, daß sie einfach bloß da ist, abwartend in die Luft guckt und leise Selbstgespräche führt in einer Sprache, die wir nie verstehen werden. Ein so unfehlbares Muster an Ausdauer und Bescheidenheit in den Erwartungen vermag selbst jemanden wie mich Demut zu lehren. Nichts kann sie überraschen, die Natur; schreckliche Untaten, die entsetzlichsten Verbrechen lassen die Welt ungerührt, wie ich bezeugen kann. Manch einer findet das unheimlich, ich weiß, und schlägt um sich, wütet, daß er eine Antwort kriegt, obwohl nichts nützt, nicht einmal die Brandfackel. Ich für mein Teil hingegen empfinde diese Leidenschaftslosigkeit des Universums als etwas Tröstliches –

Doch halt, halt; ich fange schon wieder an zu verallgemeinern. Das kommt davon, kommt von dieser philosophischen Herangehensweise. Es gab gar keine Natur, bis wir sie eines schönen, im blauen Licht der Berge flirrenden Morgens im achtzehnten Jahrhundert erfunden haben.

Gleichviel, ich stand mit gesenktem Kopf im Regen, in meiner Büßerpose. Urplötzlich, obwohl ich gar keinen Blitz bemerkt hatte, erscholl direkt über meinem Kopf ein furchtbarer Donnerschlag und ließ die Bäume erzittern. Ich bekam schreckliche Angst. Wie es wohl wäre, aus heiterem oder zumindest hellgrauem Himmel vom Blitz erschlagen zu werden? Soviel also zum Thema Gleichgültigkeit der Welt; das wäre dann wohl allerdings, wie man so sagt, ein höchst bedauerlicher Trugschluß. Oder vielleicht würde mich der Blitz auch galvanisieren, so daß ich wieder zum Leben erwachte, ich armes, zur Trägheit erstarrtes Ungeheuer. Dann, bei Gott, dann müßte sich die Welt aber in acht nehmen, o ja.

Der Regen stürzte nieder und ließ fast im selben Moment nach. Ein Gewitter im Mai; hört sich gut an, wenn man das so sagt. Ich dachte darüber nach, daß mein Leben eigentlich wie ein kleiner Kahn ist und ich das Ruder tüchtig festhalten muß gegen den Ansturm von Wind und Wellen, und daß ich mitunter, wie heute morgen, gleichsam die Balance verliere und das Segel sich dann hilflos nach Luv neigt und das Schiffchen ins Schlingern kommt und sich in der Dünung mal nach dieser, mal nach jener Seite dreht. Ich hab eine Schwäche für solche Formulierungen, als könnte man sich die Welt unterwerfen, indem man sie auf diese Weise schildert. (Unterwerfen? Habe ich unterwerfen gesagt? Vielleicht läßt mich die Mißachtung, mit der uns die Natur begegnet, ja am Ende doch nicht so kalt.) Ja, ein Kahn, und darin ich, weit draußen auf dem unermeßlich tiefen Wasser.

Als der Schauer vorüber war und die Sonne wieder herauskam, zog ich das Hemd aus und hängte es zwischen zwei Stöcken am Feuer zum Trocknen auf. Der Wind strich mir mit den Fingern über den nackten Rücken, und ich bekam eine Gänsehaut. Ich sah an mir hinab; ich entdeckte, daß mir nach und nach Brüste wuchsen; lachend kauerte ich mich ans Feuer, um mich zu wärmen. Im feuchten Holz sackten die Flammen in sich zusammen, und der Rauch brannte mir in den Augen. Als Hatch und Pound mich dann aufstöberten, prallte selbst Hatch im ersten Moment erschrocken zurück und wußte nicht so recht, was er von dieser dicken, halbnackten, triefenden Gestalt halten sollte, von diesem rotäugigen Waldschrat, der da hockte, die Arme um die Knie geschlungen, und sie mit halbgeschlossenen Lidern beobachtete. Dann traten sie vorsichtig näher und bauten sich neben mir auf, und wir starrten alle drei ins Feuer. Um uns herum wehte der Wind durch die Bäume und schüttelte die Nässe von den Blättern, und das Licht der dunstverhangenen Sonne flimmerte. Jeder neue Windstoß trug das Rauschen des Meeres heran: das ferne, leise Tosen der Wellen und das Zischen des Wassers, wenn es über die Steine rollte. Ich schloß die Augen, und die Vergangenheit glich einer Melodie, die mir entfallen war und die allmählich wiederkam, ich konnte sie hören im Kopf, eine kleine, dünne, herzzerreißend traurige Weise.

»Wo sind wir hier eigentlich?« fragte Hatch.

»Im Lande Nod«, sagte ich, und da lachten sie ungläubig und verstummten gleich wieder.

Ich betrachtete sie mit verhohlener Aufmerksamkeit. Hatch war schlau und unglücklich, und Pound war raffinierter, als er aussah. Eigentlich hatte Pounds Mutter die zwei auf der Schiffstour begleiten sollen, aber ihr war etwas dazwischengekommen. Der Junge guckte finster ins Feuer und kaute auf seiner Unterlippe herum. Was seine Mami wohl sagen würde, dachte ich bei mir, wenn sie wüßte, daß er hier so unbehütet in der Wildnis der Wälder mit dem bösen Riesen verkehrte. Manchmal frage ich mich, ob es klug war von den zuständigen Stellen, daß sie mich einfach freigelassen haben. Oder kannten sie mich vielleicht besser, als ich mich selber kenne? Ich bin harmlos. Dessen bin ich mir sicher. Ziemlich harmlos. Jedenfalls nicht mehr gefährlich. Oder doch nicht sehr.

Hatch schwieg; Hatch hatte keine Mutter.

Ein starker Windstoß schüttelte die Bäume, und die nassen Blätter raschelten.

»Hier ist es ja noch schlimmer als zu Hause«, sagte Pound auf einmal mit Nachdruck und trat nach der Glut am Rande des Feuers. »So was Blödes, man weiß gar nicht, was man machen soll.«

Plötzlich erinnerte ich mich daran, wie ich als Junge einmal an einem Wintersonntag in einem Haselnußwäldchen an einem träge qualmenden Feuer saß, genauso einem wie dieses hier, und es wurde schon langsam Nacht, und da kam ein Junge, ich entsinne mich nicht mehr, wie er hieß (Reck, glaube ich, oder Rice), und erzählte uns, ein Stück die Straße runter habe man eine Frau in ihrem Süßwarenladen erschlagen. Ich stellte mir die Szene vor, verzerrt, schwankend, in verschwommenen Farben, als sähe ich das Ganze durch Flaschenglas, und ich hatte Angst und fühlte mich auf eine unerklärliche Weise schuldig. Ich habe diesen Augenblick niemals vergessen, diese jähe, bluttriefende Vision, so intensiv, als wäre ich selbst dort gewesen. Zum erstenmal ein solcher Fleck auf meinem Leben.

Die Jungen sahen mich unsicher an; sie warteten, daß ich etwas sagte. Ich sagte nichts. Die müssen gedacht haben, ich bin nicht ganz richtig im Kopf. Bin ich ja auch nicht. Nicht ganz. Muß wohl so sein, doch, doch. Jedenfalls ein tröstlicher Gedanke.

Die Sonne verdampfte den Regen, und aus all dem Grün rings um uns herum stieg ein schwammig-warmer Geruch auf, und plötzlich stand der Sommer vor uns, trat aus dem Unterholz wie ein tropfender, blitzblanker Mann aus Gold. Zwischen den Bäumen funkelte das Meer wie Lapislazuli. Die Luft war voll von Vogelgezwitscher.

Ich verließ die beiden und ging den Hügel hinunter, in der Hand einen Stock, das immer noch klamme Hemd um die Schultern gehängt. Der Wind war lind geworden, und die Sonne brannte. Da unten stand das Haus, ganz abgeschottet. Unter einem blühenden Dornbusch setzte ich mich auf einen Stein. Es gibt Momente, da ist mein Geist wie betäubt, als hätte sich in meinem Kopf irgend etwas ausgeschaltet. Manchmal weiß ich morgens, wenn ich aufwache, nicht mehr, wer ich bin oder was ich getan habe. Dann liege ich eine Minute oder länger einfach so da und will mich nicht rühren und schwelge im Narkotikum der Vergessenheit. Das ist, wie neugeboren sein. In solchen Augenblicken erspähe ich ein anderes Ich, ein gleichsam noch ungeschwärztes, randvoll mit Möglichkeiten, eine Art großes, strahlendes Baby, eingehüllt in Helligkeit wie in warme, weiche Tücher. Bis mir nach und nach alles wieder einfällt, sich, einer zähen Flüssigkeit gleich, langsam in meinem Kopf ausbreitet. Manchmal aber passiert es sogar, wenn ich hellwach bin, daß ich mir, gleichsam, als wanderte ich an einem dunklen Ort umher und träte plötzlich in eine Lache Sonnenlicht, daß ich mir eine Sekunde lang vorstelle, das alles wäre nicht geschehen und ich wäre, was ich hätte sein können, ein unschuldiger Mensch, und dabei weiß ich doch, ich war nie unschuldig, und ich war auch nie das, was man als Mensch im eigentlichen Sinne bezeichnen kann. Trotzdem kehrt der Traum immer wieder, wird stets unterdrückt und ist dennoch beständig da, daß die Tat irgendwie, durch irgendeine wundersame Anstrengung des Herzens, aus der Welt zu schaffen wäre. Welche Form solch eine Korrektur wohl haben würde, eine Korrektur, die die Zeit zurückdreht und die Toten wieder lebendig macht? Keine. Keine, die denkbar wäre, nicht in der wirklichen Welt. Und trotzdem kann ich es in meiner Phantasie ganz deutlich sehen, dieses neue, geläuterte Wesen, das aus mir herausströmt, das wie ein Proselyt triefend und umjubelt aus dem Taufflu߸ steigt.

Und während ich dort unterm Maienbaum auf meinem harten Stein saß, den Blick auf das unter mir liegende Haus gerichtet, erwachte es nach und nach vor meinen Augen zum Leben. Im Hof erschien Lux und brachte den Hühnern ihren Mansch, und über ihm, im ersten Stock, öffnete sich, überraschend wie im Theater, die Balkontür, und Sophie mit ihrem Fotoapparat trat hinaus ins gleißende Sonnenlicht. An einem der oberen Fenster erkannte ich Felix, der dort im Halbschatten herumlungerte – sein langes, dunkles Gesicht und die blitzenden Augen. Alice stieg die Treppe hoch; ich sah sie auf den einzelnen Absätzen, eine kleine, ernste Gestalt, die entschlossen treppauf stieg, erst nach rechts und dann nach links, und dann wurde kurz das Milchglas des Toilettenfensters hell, als sie den Raum betrat und die Tür hinter sich schloß. Der Professor schritt im Turmzimmer auf und ab, eine dunkle, wandernde Kontur vorm Licht, das durch die Fenster kam und ihn umfloß, und jetzt drehte er sich um, und im selben Augenblick drehte sich auch die Wetterfahne auf dem Dach im Wind, und ich mußte unwillkürlich lächeln über diesen kleinen Zufall, den niemand außer mir bemerkt hatte.

Flora aber, sie suchte ich vergebens, natürlich, die anderen kümmerten mich nicht mehr als ein paar Maden im

Käse. O ja, ich hatte sie sofort entdeckt mit meinem stechenden Blick, gleich als ich in die Küche gekommen war und sie alle miteinander dort hatte sitzen sehen, barfuß, Teebecher in der Hand. Sie fiel heraus aus dieser Gruppe, wie die Jungfrau auf einer übervölkerten Verkündigung, in sich ruhend wie Maria und mit der unverkennbaren Aura des Auserwähltseins. Was hab ich mir erhofft, was habe ich erwartet? Nicht, was ihr denkt. Das Fleischliche hat mich noch nie besonders interessiert. Ich hatte meine Begierde, genau wie jeder andere Mann, zumindest in den Augen, doch diese Seite der Angelegenheit war für mich schon immer eher zweitrangig gewesen im Vergleich zu etwas anderem, das ich nicht genau benennen kann. Neugier? Nein, das ist zu schwach. Eine Art Erkenntnisdrang, der leidenschaftliche Wunsch, hinabzutauchen in die Weiblichkeit und von ihrem innersten Wesen zu kosten. Gefährliche Reden, ich weiß. Ja, machen Sie ruhig so weiter, mißverstehen Sie mich nur, mir ist es gleich. Vielleicht habe ich mir schon immer gewünscht, eine Frau zu sein, vielleicht ist es das. Wenn ja, dann bin ich auf dem besten Wege dazu, armer geschlechtsloser Zwitter, der ich inzwischen bin. Doch dieses Mädchen hatte mit dem allen nichts zu tun. (Übrigens, warum diese Scheu, sie beim Namen zu nennen? Willst ihr wohl ihre Persönlichkeit nehmen, wie? – willst aus ihr das Ewigweibliche machen, das dich hinanzieht, dich erlöst, ist es das, du schlauer alter Faustus? ... Was hab ich gesagt?) Vom Alter her hätte Sophie mit ihrem Fotoapparat und ihren Kippen und ihren traurigen Erinnerungen vermutlich besser zu mir gepaßt, aber nein, ich hatte mich auf dieses Mädchen kapriziert. Die Unschuld war es, hinter der ich her war, glaube ich, die Unschuld, der reine Lehm, der darauf wartet, daß so ein angegrauter Pygmalion daherkommt und ihm Leben einhaucht. So simpel ist das. Nicht Liebe oder Leidenschaft, nicht einmal die Idee, daß das eigene strahlende Ego flammengleich emporschießt im Spiegel des anderen, sondern bloß das Verlangen, sie lebendig zu machen und in ihr lebendig zu sein, das Verb »sein« in ihr zu konjugieren.

Laßt mich dort auf meinem Stein sitzen, auf meinen Wanderstab gestützt, unter Maienblüten in der frischgewaschenen Maienluft, eine Gestalt wie aus Arkadien. Gewährt mir diesen Augenblick.

Der Professor ging im engen Rund seines gläsernen Turmes auf und ab und dachte über sein verpfuschtes Leben nach. Als er sich in seinen Kapitänssessel setzte, blieb nichts auf seinem Schreibtisch still, die Bleistifte, die Papiere, eine Teetasse auf der Untertasse, alles zitterte ganz leicht; das verwunderte ihn, bis ihm klar wurde, daß es von ihm selbst ausging, daß es seine zitternde Anwesenheit war, die alles derart erbeben ließ. Er war atemlos und leicht benebelt, wie am Beginn einer gewaltigen, gefahrvollen, großartigen Unternehmung. Er fühlte die Erregung, närrisch, wie stets bestürzt über sich selbst, über die Absurdität all dessen, was er war und tat. Felix. Es war Felix, der alles wieder hochkommen ließ. Ihm war, als hörte er schrilles Flötengeplärr, rasselnde Tamburins, heisere Schreie, die durch die klare Luft zu ihm heraufstiegen; nahm der Gott seinen Abschied, oder kehrte er ein letztes Mal zurück, um ihm den finalen Stoß ins Herz zu geben?

»Störe ich?«

Sophie stand mit gespieltem Zaudern auf der Schwelle, sie lehnte am Türrahmen und beobachtete ihn forschend mit einem kleinen, falschen Lächeln um die Lippen. Er sagte nichts, sah sie nur an, und da trat sie, noch immer lächelnd, näher. Sie roch nach Rauch und Parfüm und irgendwie süßlich-schmutzig. Die Haut oberhalb ihres Schlüsselbeins war fleckig, und ihr Make-up hatte um die Augen herum lauter haarfeine Risse. Am Fenster stehenbleiben, die Aussicht betrachten. Die Sonne scheint auf ein grünes Geglitzer, der Sommer schreitet den Hügel hinan. Er sah sie dort stehen, mit dem Rücken zu ihm und die Arme verschränkt, als hielte sie darin ihr anderes, leichteres, kleineres Ich, als drückte sie es ganz fest an sich. Sein Blick fiel auf ihre armen nackten Füße mit den drahtigen Sehnen und der Krakelüre aus bläulichroten Venen hinten an den Fesseln. Früher war die Welt ihm reich vorgekommen, wie ein farbenfroher Ort, jetzt aber sah er in allem nur noch die Armseligkeit.

»Felix sagt, Sie sind berühmt«, versetzte sie, ohne sich umzudrehen.

»Was?«

Er war sich nicht sicher, ob er wirklich gesprochen hatte oder ob er sich nur einbildete, er habe es getan. Er war nicht mehr gewohnt zu sprechen.

Und Sophie: »Er scheint Sie zu kennen.«

Er nickte zerstreut, runzelte die Stirn, ließ den Blick über den Schreibtisch wandern, als versuchte er, dessen Maße zu schätzen.

»Dieses Mädchen«, sagte er, »wie heißt sie noch –?«

»Flora.«

»Ja. Sie erinnert mich an jemand.«

»Ach ja«, sagte sie tonlos. »An wen denn?«

»Jemand von vor sehr, sehr langer Zeit.«

Verwirrtes Schweigen.

»Ich weiß, was Sie meinen«, sagte sie.

Er hob versonnen den Kopf. »Was?«

»Gesichter«, sagte sie. »Es gibt nicht viele, nur so fünf oder sechs, denke ich, mehr nicht.«

Er nickte; er hatte nicht zugehört.

»Eine Tote«, sagte er. Er räusperte sich und gab sich gleichsam einen Ruck, als hätte er sein Gewicht von der einen auf die andere Schulter geladen. Eine Tote, ja, ihre kalte Hand in seiner, wie ein in Seidenpapier eingewickeltes Bündel trockener Zweige; wie klein sie ausgesehen hatte, viel kleiner als im Leben, wie ein geschnitztes Figürchen, ein Memento ihrer selbst, das sie zurückgelassen hatte. »Meine Mutter«, sagte er. Sophie wandte den Blick wieder der Aussicht zu und blieb still stehen. »Lange her.« Er nickte bedächtig. »Bemerkenswert, dieses Mädchen …«

Abermals Schweigen, noch länger diesmal. Dann holte sie mit der geheimniskrämerisch-schwungvollen Eleganz einer Zauberin ihren Fotoapparat hervor, den sie irgendwie unterm Arm versteckt gehabt hatte. Er hob abwehrend die Hände, und sie lachte.

»Keine Sorge«, sagte sie. »Ich bin nicht hier, weil ich Leute fotografieren will, bloß Ruinen.« Sie richtete das Objektiv auf seinen Schreibtisch, die Rückenlehne seines Sessels, die Fensterbretter. Er lauschte mit gelindem Vergnügen dem wiederholten Surren des Verschlusses. »Ich mache ein Buch«, sagte sie. »*Tableaux morts*, das ist der Titel. Woran denken Sie?«

Er hatte schon wieder nicht mehr zugehört.

»Kennen Sie ihn schon lange?« fragte er.

Sie sah ihn kurz an und schüttelte den Kopf.

»Er war gestern nacht im Hotel«, sagte sie, »und dann auf dem Schiff. Wieso?«

Er zuckte die Achseln.

»Ich dachte, Sie kennen ihn«, sagte er. »Ich dachte ...«

»Nein«, erwiderte sie. »Ich kenne ihn nicht.«

So unterhalten sie sich, stockend, mit langen Pausen dazwischen. Und hinter der Sprache, die sie sprechen, sprechen schweigend andere Sprachen, Sprachen, die sie kennen und dennoch meiden, die Sprachen der Kindheit und des Verlusts. Diese Verschwiegenheit scheint geboten. Beide denken, wie seltsam es doch ist, hier zu sein und sich dessen zugleich bewußt zu sein, sich irgendwie im anderen gespiegelt zu sehen. So muß es wohl zugehen bei den Menschen, daß sie getrennt sind und doch zusammen, in ihrer Welt, ihrer menschlichen Welt.

Ferner Donner tief in der Nacht, ich wache davon auf, ein dunkles Grummeln am Horizont entlang, die Luft wird zerknüllt. Ich stelle mir vor, wie es sein muß, dort draußen, draußen, weit weg vom Land, wo das entfesselte Meer sich gewaltig aufbäumt, schwarz wie Ölzeug, unterm wabernden, lehmdunklen Himmel; ich stelle mir das vor, und ich bin dort. In diesen Gewässern gibt es Delphine, ich habe sie gesehen, diese unheimlichen Geschöpfe mit ihrem Gummigrinsen und ihren kleinen, wimmernden Schreien. Man sagt, sie retten Menschen vorm Ertrinken. Ob sie mich wohl retten würden, frag ich mich, wenn ich da hineinstürzte und zischend unter den Wogen verschwände? Ich lebe unter Geistern und Abwesenheiten. Ein Nachtvogel flattert vorbei, ich höre das rasche Schwirren der Flügel, und unten, dort, wo es zum Fluß geht, galoppiert plötzlich etwas davon. Ein

Pferd? Hier gibt es keine Pferde. Ein Esel vielleicht. Ich kann ihn hören, ganz deutlich, Hufschlag, unverkennbar. Wer ist der Reitersmann?

Leben, Leben: draußen sein.
Nacht und Schweigen und
O Leben!
Und ich in Flammen.

Ich war kaum eine Woche auf der Insel, da hatte ich auch schon eine Frau gefunden, eine Witwe. So wenigstens, da bin ich mir sicher, erzählt man sich hier in der Gegend, wo, scheint's, ein jedes Haus einen gewieften Junggesellen birgt, der auf der Suche ist nach einer Braut aus zweiter Hand, einer, die sich schon auskennt mit der Sache, wie's Mr Tighe, der Krämer, neulich formuliert hat, als er sich schnaufend über seine Ladentheke beugte und mir so breit und lüstern zuzwinkerte. Meine Witwe besaß sogar ein paar Morgen Land. Sie wohnte über uns, hier auf dem Kamm, in einem regenfarbenen Häuschen, das bucklig vor dem dichten Dunkel des Eichenwaldes hockte. Sie hatte Hühner und eine Ziege, die vorne auf dem Hof angepflockt war. Wundersame Gegenstände lagen da herum, als hätten sie ganz woanders hingewollt und wären auf der Reise dort gestrandet. Eine hellrote Babybadewanne aus Plastik, ein Autoreifen, eine verrostete Wäschemangel und etwas, das wie eine primitive Form von Waschmaschine aussah. Das erste Mal ging ich an einem nebligen Abend dort hinauf, der eher wie November war und nicht wie Mai; von Westen her blies ein tüchtiger Wind, und das Meer lag in der Ferne, flach, wie ein großes geriffeltes Stahlblech. Die Haustür stand offen, doch es war niemand zu sehen. Vorsichtig kam ich näher, bestürzt vom Anblick dieses schwarzen Türlochs; bei fremden Häusern bin ich immer auf der Hut. Die Ziege, die mit schnellen, schrägen Kaubewegungen irgendwas malmte, beäugte mich, so kam's mir vor, mit höhnischem Grinsen, und die Hühner gaben ihr kropfig-gackerndes Genörgel von sich. Ich klopfte an und wartete und mußte nochmals klopfen, und dann hörte ich endlich ein schlurfendes Geräusch, und sie erschien, wuchs plötzlich in dem düsteren Türloch empor mit ihrem Medusenhaupt aus zerzaustem Haar und ihren bestürzenden, verschossen-blauen Augen. Sie sagte nichts, sondern blieb stehen, die Hand am Riegel, und sah mich skeptisch an, als könnte sie es gar nicht richtig glauben, daß ich echt war. Sie war eine hochgewachsene, magere Gestalt mit arthritischen Händen und einem feinen, langen, verwüsteten Gesicht, hübsch und doch auf merkwürdige Weise unscharf; wenn ich an sie denke, sehe ich sie stets im Profil, gerade, archaisch, edel, wie auf der Kopfseite einer abgegriffenen Silbermünze. Alles an ihr war verschossen, die Haut, der alte Rock, das Vogelnest aus aschefarbenem Haar, und ich hatte das Gefühl, daß ich, falls ich nach ihr greifen und sie berühren wollte, nichts als schattierte Luft in meinen Händen hielte. Im ersten Moment wußte ich beim besten Willen nicht, was ich sagen sollte, dann fragte ich sie schleppend, ob ich wohl ein paar Eier haben könnte, denn wir lebten hier auf Château d'If hauptsächlich von Eiern, und in jener Woche hatten unsere Hühner partout keine Lust zum Legen gehabt. Sie wartete einen Augenblick, schien nachzudenken, und dann drehte sie sich wortlos um und verschwand in den Tiefen des Hauses. Ich spähte begierig durch die offene Tür: So bin ich nun einmal, immer ausgehungert auf neue Welten, je öder und trostloser, desto besser, weiß der Himmel, warum das so ist – vermutlich, damit ich sie ausfüllen kann mit den Bildern meiner Phantasie. Ein Tisch mit einer einfachen Decke, ein Schaukelstuhl, ein schwarzer Herd, kahle Wände und ein nackter Betonfußboden. Noch weiter hinten erkannte ich undeutlich einen Küchenanbau mit einem transparenten Dach aus Wellplastik, durch das ein herrliches pfirsichfarbenes Licht fiel, ein Licht, das hier irgendwie deplaciert wirkte und viel eher zu einem häuslichen Interieur eines der norditalienischen Meister zu passen schien. Als sie mit einer Tüte Eier wiederkam, bot ich ihr Geld an, doch sie zuckte nur die Achseln und sagte, sie habe eh mehr, als sie brauche. Ihre Stimme war so fern und leicht, daß ich sie kaum hören konnte, eine Art papierenes Rascheln. Erst als ich schon halb den Hügel hinunter war, registrierte ich ihren Akzent.

Sie war nicht von hier. Sie hieß Mrs Vanden. Für die Inselbewohner war sie die Holländerin, aber sie konnte auch aus Südafrika sein; ich habe nie erfahren, was für eine Landsmännin sie wirklich war. Sie war viel in der Welt herumgekommen – ihr Mann war irgendwie Kolonialbeamter gewesen. Sie sprach nicht oft über die Vergangenheit, und wenn sie es doch einmal tat, dann in gequältem, leicht verärgertem Ton, wie ein Historiker, der eine zwar nicht unwichtige, aber keineswegs besonders interessante Periode des Altertums schildert. Der selige Mr Vanden spielte in diesem fast vergessenen Zeitalter so gut wie gar keine Rolle, und so hatte er, vielleicht, weil ich so wenig über ihn wußte, in meiner Vorstellung die Konturen einer legendären Gestalt angenommen, eines

Stanley oder eines Mungo Park, mit Tropenhelm und Offiziersstöckchen und kapitalem Schnauzbart. Was seine Witwe schließlich hierherverschlagen hatte, ist mir nicht bekannt. Als ich mir ein Herz faßte und sie fragte, sagte sie, sie sei auf die Insel gekommen, weil sie den Radau habe hinter sich lassen wollen. Ich nehme an, sie meinte Radau ganz allgemein, das Weltgetöse. Sie war eine große Schweigerin; das Schweigen war für sie so eine Art Lebensmittel; sie ernährte sich davon wie ein Patient am Tropf. Manchmal, wenn ich sie besuchte, wie ich es in den Wochen, die ich sie kannte, mit wachsender und, wie mir jetzt auffällt, erstaunlicher Häufigkeit getan habe, redete sie kaum ein Wort. Mag sein, daß Mr Vanden ein gesprächiger Mann gewesen war. Doch diese Phasen des Schweigens hatten durchaus nichts Unbehagliches an sich. Mir kamen sie eher vor wie ein Zeichen von, vielleicht nicht gerade von Freundlichkeit – freundlich würde ich unsere Beziehung nicht nennen, egal, wie eng sie auch gewesen sein mag –, aber doch von Duldung. Sie duldete mich, wie sie diese Sachen draußen im Hof duldete, diesen ganzen Krimskrams, den der Zufall hier angeschwemmt hatte. Ich habe den Verdacht, es ist ihr nie so recht gelungen zu glauben, daß ich ganz echt war. Mitunter, wenn ich mich nach einer langen Pause anschickte, etwas zu sagen oder mich auf andere Weise unerwartet bemerkbar zu machen, nahm ihre Miene für Sekunden einen erschrockenen, leicht bestürzten Ausdruck an, als wäre ein angenehm lebloser Gegenstand plötzlich vor ihren Augen lebendig geworden.

Ich traf sie noch ein zweites Mal, eines Abends im Eichenwald. Ich hielt dort das Feuer in Gang; eigentlich war es ihr Feuer, das ich übernommen hatte, wie sie es von einem früheren Hüter der Flamme übernommen hatte; ich sehe uns in einer Linie mit unseren Feuersteinen und Mistgabeln, einer Linie, die zurückreicht bis zu den Druiden. Sie streifte mit gesenktem Kopf zwischen den Bäumen umher, geistesabwesend, wie es ihre Art war; sie ging mehr oder minder im Zickzack, als suchte sie den Boden nach irgend etwas ab. Ich gebe zu, ich war nicht gerade erfreut, sie zu sehen; ein ordentliches Feuer unter freiem Himmel war etwas, das ich, wie so vieles damals, vom Sex bis hin zum Tee, am liebsten für mich allein genoß. Sie sah mich nicht an, und selbst als sie wie zufällig vorm Feuer stehenblieb, war ich mir nicht sicher, ob sie mich wirklich wahrgenommen hatte. Sie trug Gummistiefel und einen ausgebeulten Rock und einen ziemlich lädierten Hut, mit dem sie zweifellos so manches Jahr ihr Tagewerk im Busch verrichtet hatte. Wir standen da und schauten in die Flammen. Dann blickte sie versonnen aus dem Augenwinkel auf meine Füße und lud mich ein zu einer Tasse Tee bei ihr daheim. Ich war zu überrascht, um abzulehnen.

In ihrer Küche roch es nach Bratfett und Propangas und abgestandenem Wasser. Einigermaßen mißtrauisch nahm ich an dem rohen Fichtenholztisch Platz und beobachtete sie. Sie erinnerte mich an ein Stück poliertes Bein oder ein Stück Treibholz. Ich ließ den Blick durch den Raum schweifen, auf der Suche nach ihren Spuren, den Abdrücken des einsamen Lebens, das sie hier führte, doch ich fand keine. Allerweltsstühle, Allerweltstöpfe, auf der Anrichte Allerweltssteingut. Über mir an einem Nagel hing einer von Mr Tighes Reklamekalendern mit einem nicht gerade aktuellen Foto von einer Badenixe. Dann verweilte meine Aufmerksamkeit einen Moment lang bei einer an der Wand befestigten elektrischen Herz-Jesu-Lampe, die, rosa wie ein in Zuckerguß getauchter Lutscher, in ihrer hölzernen Fassung vor sich hin glühte und dabei sacht vibrierte. Doch als die Frau meinen Blick bemerkte, lächelte sie trocken und schüttelte den Kopf: die sei schon dagewesen, als sie hier eingezogen sei, sagte sie, sie habe einfach nicht gewußt, wie sie sie von der Wand kriegen sollte.

Wir saßen schweigend da, versonnen. Der träge Tag erstarb, und im Küchenfenster vollzog sich Schritt für Schritt das rotgoldene Verhängnis des Sonnenuntergangs. Und während es draußen immer dunkler wurde, unterhielten wir uns schleppend über dies und das. Es war keine richtige Unterhaltung, eher so etwas wie ein angestrengter, immer wieder zum Erliegen kommender Schlagabtausch; wir waren wie zwei Tennisspieler bei einem Match zum Tagesausklang, die träge die Bälle lobben und durch die dunkler werdende Luft schlagen, immer hin und her. Irgendwie fiel der Name Dickie, und Mrs Vanden wurde fast schon lebhaft: Dickie war so und so, Dickie hatte das und das getan, und, ach, wie fesch Dickie doch auf einem Pferd ausgesehen hatte. Ich dachte, sie spräche von ihrem Mann, doch dann stellte sich heraus, daß ich im Irrtum war, und wir verstummten beide und schwiegen betreten, und sie sah mir offen ins Gesicht, zum ersten Mal, wie mir schien, mit ihren ausdruckslosen, undurchdringlichen Augen, und mir war, als wäre ich, unmittelbar vor einem Abgrund, stolpernd zum Stehen gekommen und hätte nichts mehr vor mir als den weiten, bodenlosen Himmel. Nein, sagte sie, Dickie sei ihre Tochter gewesen, ihr einziges Kind, das nun schon zwanzig Jahre tot sei. Ich war wie vor den Kopf geschlagen, wußte nicht, was ich sagen sollte, und starrte verwirrt auf meinen Teller. Heute frage ich mich, ob ich in dieser Situation nicht eine echte Gelegenheit verpaßt habe. Doch wozu? Nun, ich hätte zum Beispiel alles mögliche über sie in Erfahrung bringen können und über ihre Reisen mit dem unerschrockenen Mr Vanden. Vielleicht hätte ich sogar meine eigenen Toten ein Weilchen im Ausland spazierengehen lassen können, sie, die mir genauso greifbar gegenwärtig sind wie ihr Dickie, das Phantom zu Pferde. Doch der Moment ging vorüber, und schon war es Nacht, und ich stand umständlich vom Tisch auf und dankte ihr und lief mit raschen Schritten durch die weiche, unermeßlich weite Dunkelheit den Hügel hinab.

Wie höflich wir waren, wie korrekt wir uns benahmen. Selbst wenn sie fünfzig Jahre jünger gewesen wäre, ich denke, selbst dann wäre zwischen uns nicht mehr passiert als das. Und doch glaube ich, daß das, was war, nicht wenig war. Ist das plausibel? Gewisse Leute scheinen mich besser zu kennen als ich mich selbst. Mir ist klar, daß das für manche ein unbehagliches Eindringen in ihre Privatsphäre und ihr Selbstverständnis bedeuten würde, und richtig, es gab Situationen, da war ich mir in Mrs Vandens Gegenwart schmerzlich des Drucks bewußt, der auf mir lag, der schwer an mir hängenden, nicht zu bewältigenden Last all dessen, was sie von mir gewußt haben muß, ohne es auszusprechen; meistens aber fühlte ich mich, nun ja, erleichtert, irgendwie, als hätte man mir erlaubt, meine Bürde – das heißt, die Bürde meiner selbst – einen Augenblick abzusetzen und stehenzubleiben und mich einen Moment lang ungezwungen an irgendeinem stillen, weiten Ort zu verschnaufen. Das alles hatte nichts Kindliches und ganz gewiß nichts Mütterliches – keine meiner Mütter war auch nur im entferntesten wie Mrs Vanden gewesen, bis auf das holländische Blut –, und dennoch lag darin etwas, das wohl viel Ähnlichkeit mit jener zaghaften, unausgesprochenen Komplizenschaft gehabt haben muß, mit jenem Gefühl, im Wissen um eine heimliche Übereinstimmung zu schwelgen, das, wie man mir erzählt hat, zwischen Söhnen und Müttern besteht. Ich weiß, das ist ein gefährliches Pflaster; da kann jeden Augenblick Freund Pferdefuß mit triefenden Augen auf die Bühne gehumpelt kommen. Doch das ist mir egal, betreiben Sie nur ruhig Ihre platte Psychologisiererei, ich sage trotzdem, daß ich mich, wenn ich bei ihr war, geborgen fühlte, mindestens von einigen der Dinge abgeschirmt, die die Welt mir anzutun im Sinn gehabt hat; von den kleineren Dingen, den alltäglichen Übergriffen. Und das ist es doch, was ich mir immer gewünscht habe, ein starkes, stummes, unergründliches Wesen, unter dessen Röcken ich mich verstecken konnte. Moment mal, das ist eine Überraschung; meine ich das im Ernst? Manchmal plappert mein Stift einfach ganz von selber vor sich hin, und dabei kommen dann die merkwürdigsten Sachen heraus, Sachen, von denen ich noch gar nicht wußte, daß sie mir bewußt sind, oder die ich mir lieber nicht bewußt gemacht hätte oder jedenfalls nicht ausgesprochen hören möchte. *Stumm*, also, *unergründlich*: Will ich das wirklich, so was wie eine Statue, so ein Koloß aus Kuhlen und ausgehöhlte Kurven à la Moore, gesichtslos und prall geschwärzt, wie eine Bronzemami (hoppla! – was für ein trügerisch zweideutiges Medium doch unsere Sprache ist)? Gleichviel, ich war's zufrieden, mich in Mrs Vandens Gegenwart treiben zu lassen, wenn man so sagen kann, ohne Neugier, was in ihr vor sich gehen mochte, was sie dachte, was sie für Ansichten hatte, wenn sie welche hatte. Ich nehme an, ich müßte mich für meinen Egoismus tadeln, meinen unverbesserlichen Solipsismus, doch das kann ich nicht, jedenfalls nicht aus innerer Überzeugung. Ich habe das Gefühl – ich zögere wahrhaftig, es zu sagen, wohl wissend, wie das klingt –, daß das, was wir erreicht hatten, was zu erreichen wir im Begriff waren, Mrs V. und ich, eine Form von Beziehung war, eine Beziehung, nach der ich mich, das wird mir klar, länger, als ich denken kann, gesehnt hatte. Ich weiß nicht, wie ich das nennen, wie ich es beschreiben soll; Worte wie *schweigsam*, *respektvoll*, *ruhig* treffen es nicht annähernd. Ich weiß, es gibt Männer, die streifen durch die Welt auf der Suche nach einer idealen Frau, einer, die ihnen ihre dunkelsten Wünsche erfüllt und ihnen das heiße, noch halbwegs gestaltlose Drängen des Blutes stillt; so einer bin auch ich, nur daß es mich nach keiner verstohlen zwinkernden Dirne gelüstet, sondern nach einem Wesen, das aus Schweigen geschaffen ist; nicht schwerfällig, nicht leblos, nur still, wie ich – ja, still, ich bin still, trotz dieses ganzen Gebrabbels –, ein fahler Teich auf schattiger Schneise, in dem ich meine arme, pochende Stirn baden und ihre schamroten Feuer kühlen kann (ich weiß, ich weiß: der Teich und der Liebende, der sich darüberbeugt; darauf scheint alles hinauszulaufen). Vergebung, nehme ich an, am Ende scheint alles darauf hinauszulaufen, obwohl ich derlei große Worte hasse. Vergebung, nicht für die Dinge, die ich getan habe, sondern für das Ding, das ich bin. Das ist das Schwerste, was bestanden werden muß: eine Sünde, die man, wie es früher hieß, wenn ich mich recht entsinne, noch gut hat.

Gleichviel, eines Tages, ein paar Wochen nach unserer ersten Begegnung, kam ich zu ihrem Haus, und sie reagierte nicht auf mein Klopfen, obwohl die Tür, wie immer, offenstand, und als ich dann, das Herz schlug mir im Halse, die Treppe hinaufging und das Zimmer betrat, das, wie ich wußte, ihr Schlafzimmer war, fand ich sie ordentlich in ihrem

Bett auf dem Rücken liegen, bis zum Kinn zugedeckt und mit offenen, ganz verschleierten Augen, und über ihre kalte Stirn spazierte eine dreiste Fliege. Ich war ganz benommen, und mir schoß der wahnwitzige Gedanke durch den Kopf, das da wäre gar nicht sie, sondern nur eine Puppe von ihr, die sie hiergelassen hatte, um mich an der Nase herumzuführen, während sie selber sich glücklich aus dem Staube gemacht hatte. (Womit ich wahrscheinlich gar nicht so falsch lag.) Die Fliege auf ihrer Stirn blieb einen Moment sitzen und rang heftig bestürzt die Hände, um dann mehr oder minder gelangweilt davonzufliegen, und ich beugte mich über die Tote und drückte ihr die Augen zu – ein unheimliches Gefühl, kann ich euch sagen – und zog mich still zurück. Mir fiel auf, daß ich den Atem anhielt. An der Haustür überlegte ich kurz, ob ich sie zumachen sollte oder nicht, entschloß mich aber, sie offen zu lassen, weil das eine Eigenart von Mrs Vanden gewesen war; außerdem ist es hierzulande so üblich, daß das Haus eines gerade Verstorbenen jedermann offensteht. Ist es Einbildung, oder hat mir die Ziege wahrhaftig einen warmen, mitfühlenden Blick geschenkt, als ich dann über den Hof ging?

Was ich am heftigsten empfand, war Groll. Es war, als hätte sie mir einen nicht gerade geschmackvollen Streich gespielt, als hätte sie mich ausgetrickst, als hätte sie mich erst angelockt und sich dann einfach davongemacht. Ich hatte sie gebraucht, und sie hatte mich im Stich gelassen. Doch wozu hatte ich sie gebraucht? Eine Frage, die mich bewegte, ohne daß ich wirklich eine Antwort darauf finden wollte; ich kreiste sie behutsam ein, streifte sie nur eben in Gedanken, wie eine tödliche Geschwulst, von der ich gar nicht wissen mochte, wie tief sie tatsächlich ging und wie weit sie sich schon ausgebreitet hatte. Vergebung, wie ich bereits sagte, Absolution, all dessen war ich mir bewußt; aber das war das, was ich gewollt hatte, nicht das, was sie für mich darstellen sollte, als von mir unabhängiges Wesen. (O Gott, das ist alles so wirr und so verschwommen!) Also noch einmal, ich will versuchen, mich etwas klarer auszudrücken: Ich konnte mich nicht von dem Glauben frei machen, daß sie mir wie eine Art Hoffnung vorgekommen war, nicht allein für mich, sondern für – ach, ich weiß auch nicht. Hoffnung. Mir ist durchaus klar, wie töricht es ist, solche Dinge zu sagen, aber es ist doch wahr, ich habe es doch so empfunden. Das Schlimme am Tod, das habe ich erkannt, ist, daß er in Wirklichkeit überhaupt kein Ende bedeutet; er läßt so vieles unbeendet und so vieles ungelindert. Man denkt immer, der andere, der, der gestorben ist, wäre nur mal kurz weggegangen, wäre mitten bei irgend etwas weggegangen und käme gleich wieder zurück, und dann könnte man zusammen da weitermachen, wo man miteinander stehengeblieben war. Ich verfluchte mich, daß ich am letzten Tag, als die Möglichkeit da war, nicht ihr Haus durchsucht hatte; niemand hätte es erfahren, ich hätte jeden Winkel durchstöbern können, bis in die letzte Ritze. Im Grunde meines Herzens wußte ich freilich, daß ich nichts gefunden hätte, keine Schatulle mit Familienpapieren, keine haarsträubenden Tagebücher, kein mit einer blauen Schleife verschnürtes Bündel verstaubter Briefe. Sie hatte alles über Bord geworfen und nur das absolut Notwendige behalten. Verglichen mit ihrem Leben war das meine noch immer randvoll mit dem Treibgut früherer, untergegangener Leben. Ich hatte die leise Hoffnung, daß beim Begräbnis irgendwer auftauchen könnte, ein ledriger alter Kolonialbeamter zum Beispiel, der von Kaffern und Gin mit Limonade schwadronieren würde und von dem Neuen, der damals verrückt geworden ist und sich auf der Vortreppe vom Club erschossen hat, aber vergebens; Sergeant Toner und ich, wir beide waren der ganze Trauerzug. Als der Priester die Gebete murmelte und ihren Sarg mit Weihwasser besprenkelte, erschrak ich, denn mir fiel ein, daß ich noch nicht einmal ihren Vornamen gekannt hatte.

Wieder eine Tote mehr; oje, es scheint fast so, als ob ich Tote sammle, nicht wahr? Ja, so ist wohl das Leben, nehm ich an. Ich denke an sie alle wie an die Figuren auf einem jener düsteren Landschaftsgemälde von Vaublin, Figuren, die losgelöst, vereinzelt, hier und da über das Bild verteilt sind, und irgendwie ist eine jede ihre eigene Lichtquelle, die inmitten all der Schatten leuchtet, still und wortlos, nicht tot und doch auch nicht lebendig, fast so, als wartete sie darauf, zu einer Form von Leben erweckt zu werden. Genau, schreiben wir doch eine Abhandlung, zum Zeitvertreib und gegen diese Grübelei. Denken wir uns ein Thema aus. Geister, na schön, warum nicht. Ich habe noch nie verstanden, warum man vor Geistern Angst haben sollte; sie können anstrengend sein, lästig vielleicht, wenn sie ihre Klauen nach uns ausstrecken, während wir uns alle Mühe geben, einfach weiter unser armes Leben zu leben, aber sicher nicht zum Fürchten. Und doch würde die frischgebackene Witwe, und mag sie auch noch so sehr weinen und sich die Brust aufreißen, schreiend auf die Straße laufen und vor Entsetzen stammeln, wenn sie, ganz in Schwarz, den Schleier vorm Gesicht, vom Friedhof käme und daheim den Geist ihres Mannes erblicken würde, wie er in voller Lebensgröße in seinem Lieblingssessel vorm

Kamin sitzt. Wo ist da die Logik? Ich kann mir Zeiten und Umstände denken, da selbst die Geister von wildfremden Menschen gerngesehene Gäste wären, und sähen sie auch noch so gruselig aus. Der Sträfling beispielsweise in seiner Einzelhaft wäre mit Sicherheit dankbar, wenn er eines Nachts aus seinem Fieberwahn erwachte und ein paar von seinen Vorgängern erblickte, wie sie durch die Wand hindurch auf ihn zukämen, bärtige, zerlumpte Gesellen mit klirrenden Ketten, und für die Heilige Teresa wär's vermutlich ein Kitzel gewesen, hätte ihr in ihrer Klause auf der Burg ein längst verblichener alter kastilischer Hidalgo seine Aufwartung gemacht. Und wie steht's mit unserem Freund Crusoe in seiner Hütte, hätte der sich nicht gewaltig gefreut, wenn ihn die Geister seiner ertrunkenen Kameraden heimgesucht hätten? Der Schiffsarzt hätte ihm einen Rat geben können bezüglich seines Wechselfiebers, der Zimmermann bezüglich seines Zaunes, und der kleine Moses, so übermütig er auch war, wäre angesichts von Freitags finsteren Zauberkünsten ganz sicher eine willkommene Abwechslung gewesen.

Natürlich gibt es Geister und Geister. Banquo war ein Spielverderber bei des Königs Zechgelage, und Hamlets Vater hat nach meinem Dafürhalten denn doch ein bißchen allzu heftig an das Mitleid seines Sohnes appelliert. Indes, was mich betrifft, so bin ich mir gewiß, daß ich für jede Art von Umgang mit den Toten dankbar wäre, und mag ihr starrer Blick auch noch so unheilschwanger sein, ihr fahler, ausgestreckter Zeigefinger noch so gebieterisch. Ich fühle, daß ich in der Lage wäre, mich zwar nicht zu entlasten, aber doch zu erklären, vielleicht, mich zu rechtfertigen für meine Nachlässigkeit, mein Versagen, für das, was ungesprochen geblieben ist, für all die Sünden wider die Toten, die verübten wie die unterlassenen Taten, die Sünden, derer ich mich schuldig gemacht habe, als sie noch unter den Lebenden weilten. Doch damit nicht genug, noch wichtiger als der Wunsch, mich zu rechtfertigen, ist die Überzeugung, die ich in mir trage, daß wir, die Lebenden, so widersinnig es auch klingen mag, verpflichtet sind, unsere ganz speziellen, eigenen Toten heraufzubeschwören. Ich bin mir sicher, es gibt für sie keine andere Form des Nachlebens als die, daß sie in und durch uns leben müssen. Das ist unsere Pflicht. (Ich habe eine Schwäche für den hochgestimmten moralisierenden Ton. Wie kann ich es nur wagen, also wirklich!)

Nehmen wir zum Beispiel an, nur mal hypothetisch, da ist ein Mann, der von der Liebe überfallen wird, aber nicht zu einer lebendigen Frau – mit den Lebenden hat er noch nie viel anfangen können –, sondern zu einer Frauengestalt auf einem, nun ja, auf einem Gemälde, sagen wir mal. Das heißt, eines schönen Tages sieht er ein Kunstwerk, und es wirft ihn einfach um. So was kommt vor; nicht sehr oft, das geb ich zu, aber es kommt vor. Daß das Sujet eine Frau ist, ist vielleicht nicht einmal von so großer Bedeutung, obwohl es durchaus möglich sein müßte, sich in ein gemaltes Abbild zu, wie heißt das doch so schön, zu »verlieben«; was lieben Liebende denn schließlich anderes als die Bilder, die sie voneinander haben. Schon Freud hat gesagt, daß an jeder leidenschaftlichen Vereinigung eines Liebespaares stets vier beteiligt sind. Oder womöglich sogar sechs? – die zwei, die das sogenannte echte Liebespaar bilden, und dazu die Bilder, die sie von sich selber haben, sowie die Bilder, die sie voneinander haben. Welch wirr Gespinst doch Eros webt! Gleichviel. Dieser Mann, dieser hypothetische Mann, kommt also eines schönen Tages zu einem reichen Bekannten und steht in dessen Haus plötzlich vor dem Porträt einer Frau und weiß im selben Augenblick, daß er dieses Bildnis besitzen muß, auf der Stelle, um jeden Preis. Das meint man doch gemeinhin, wenn man von Liebe redet, oder nicht? Und nicht etwa, weil die Frau so schön wäre; das Modell war vielmehr ganz offensichtlich eine häßliche, abgehärmte Person mit Glupschaugen, Kolbennase und zuviel Fleisch um den Mund herum. Doch ach, auf diesem Porträt hat sie Präsenz, ist unübersehbar da, wirklicher als die meisten ihrer Schwestern hier draußen in jenem Leben, das wir das wirkliche nennen. Und unser Monsieur Hypothese ist den Anblick von so heilen Leuten nicht gewohnt, ist doch für ihn der Rest der Menschheit größtenteils nur ein verdrießlicher Nebel, der ihm die Sicht auf die abgedunkelten Schaufenster der Welt nimmt und auf sein Spiegelbild in jenen Fenstern. Er wird das Gemälde einfach stehlen, sagt er sich, und ein Lösegeld fordern, letzteres natürlich, wenn er ehrlich ist, bloß, damit ein bißchen Spannung in die Sache kommt. Sein wahres, verborgenes Verlangen, vielleicht sogar ihm selbst verborgen, ist es, dieses herrliche Ding zu besitzen, es zu besitzen und zu behalten, und sich zu sonnen im Glanze seiner vollendeten, stillen, unwandelbaren Gegenwart. Der Mann ist, oder war zumindest, wollen wir mal sagen, ein leidlich gebildeter Mensch, geübt im Räsonieren und im Kalkulieren, der angesichts einer unübersehbar chaotischen Welt den Glauben daran verloren hat, daß Ordnung möglich ist. Er läßt sich treiben. Er hat keinen moralischen Boden mehr unter den Füßen. Und eines schönen Tages, mitten im Sommer, begegnet er auf einmal diesem Bild und ist hin und weg. Vielleicht hätte es auch ein anderer Gegenstand getan, eine Statue zum

Beispiel (ich merke schon, über kurz oder lang werden wir etwas zum Thema Statuen sagen müssen; ja, ich merke es ganz deutlich, das Thema liegt in der Luft) oder ein schöner mathematischer Lehrsatz oder sogar, wer weiß, eine lebensgroße schweinchenrosa Mamapuppe, die laufen, sprechen, Pipi machen und einen Flunsch ziehen kann. Das Bedürfnis war offenbar die ganze Zeit schon dagewesen und hatte darauf gewartet, erfüllt zu werden, ganz gleich in welcher zufällig daherkommenden Form. Das *Wesen* ist es, das ihm hier begegnet ist, das Ding an sich, die reine, unvermischte Essenz, in der er, wie er glaubt, endlich sich selber finden wird und sein wahres Zuhause, seinen Platz in der Welt. Träume, Träume, die nie in Erfüllung gehen können, aber einen Augenblick erlaubt er sich, an sie zu glauben. Er nimmt das Gemälde.

Und an dieser Stelle wird die Handlung nun nicht etwa bloß ein wenig zäher, sondern sie stockt gleich ganz und gar.

Als Dieb ist er nicht der Gewieftesten einer, unser liebestoller hypothetischer Held. Geht einfach hin, dummdreist, am hellichten Tage, und nimmt die Lady von der Wand, und als er sich umdreht, steht eine lebendige Weibsperson vor ihm, eine aus Fleisch und Blut, ein Dienstmädchen vielleicht (nehmen wir mal an, die Geschichte spielt in der guten alten Zeit, als die Domestiken noch ohne weiteres verfügbar, um nicht zu sagen verwendbar waren), das unglücklicherweise zufällig in diesem Moment den Raum betritt. Also, der langen, schauerlichen Rede kurzer Sinn, ohne viel Federlesens zieht er dem Mädel eins über den Schädel, nicht etwa, weil sie eine echte Bedrohung für ihn darstellen würde, sondern einfach weil, tja, weil sie da ist oder weil sie da ist und er sie falsch sieht, oder – oder was auch immer, Herrgott noch mal, als ob das jetzt noch wichtig wäre! Er macht sie kalt, genügt das nicht? Und dann macht er, daß er wegkommt. In der guten alten Zeit war so was gang und gäbe. Auf einmal aber stellt er höchst verwundert und zutiefst bekümmert fest, daß das Bild jeglichen Reiz für ihn verloren hat. Asche. Kleckserei. Ein Fetzen Stoff mit Farbe drauf, nichts weiter. Er schiebt es weg, als wäre es eine Seite aus der Zeitung von gestern. Und nun interessiert ihn natürlich die lebendige Frau, die er so mir nichts, dir nichts umgebracht hat. Fasziniert und mit gleichsam schwindelerregender Verwunderung erinnert er sich an die Sekunden, bevor er zum erstenmal zugeschlagen hat, wie er dem Opfer in die Augen sah und wußte, daß er noch nie ein Geschöpf – nicht Mutter und nicht Weib und Kind und überhaupt niemanden – so intim, so durchdringend, so unanständig tief gekannt hatte wie in jenem Moment diese Frau, die er eine Minute später totschlug. Nun ja, er war schockiert. Schuldgefühle, Reue, Angst, gefaßt zu werden, und Angst vor der Schande, das alles hätte er erwartet, und hätte es sogar begrüßt, als Zeichen dafür, daß er das Recht, sich Mensch zu nennen, noch nicht ganz verwirkt hatte, dies aber, dieser plötzliche Einblick ins Wesen eines anderen, das erstaunte und entsetzte ihn. Wie konnte es nur möglich sein, mit solchem Wissen, daß er einfach zugeschlagen, daß er getötet hatte? Nach diesem Blick durch jene himmelblau-durchsichtigen Augen hindurch bis in die tiefsten Tiefen dessen, was ich in Ermangelung eines besseren Wortes ihre Seele nennen will, wie war es da nur möglich, daß er sie hatte vernichten können?

Und nachdem er sie umgebracht hatte, wie konnte er sie wieder zurückholen? Denn das hielt er nunmehr für seine Pflicht. Gefängnis, Strafe, der Gesellschaft zahlen, was er ihr schuldig war, all das war nichts, nur eine Form von Zeitvertreib, bis er sich seinem wirklichen Geschäft der Sühne widmen konnte, und das war nichts Geringeres, als ein Leben wieder zurückzugeben. *Wieder zurückgeben*, das war das Wort, an das er sich erinnerte, von früher, als er ein Schulbub war und man ihm sagte, was der Dieb tun müsse, nämlich das gestohlene Gut *wieder zurückgeben*.

Natürlich wußte er nicht, wie er das machen, wo er anfangen sollte. Er stand bestürzt, entgeistert, hilflos da vor dieser Aussicht. Das unaussprechliche Wissen jenes Augenblicks, da er sich mit erhobener Waffe zu ihr herumgedreht hatte, konnte ihm jetzt nichts nützen, denn das war eine andere Klasse von Wissen, der Stoff des Lebens, sozusagen, das aber, was er nunmehr brauchte, war die Kunst der Geisterbeschwörung. Die Frage war, wie das Leben eines anderen wiederherzustellen wäre, wie aber sollte er darauf eine Antwort finden, er, der doch kaum sein eigenes zu leben wußte? Ein Leben! mit seiner ganzen verworrenen Vielschichtigkeit, seinen falschen Anfängen und jähen Abbrüchen, den Sommersolitüden, dem Winterweh, den unerklärlichen Wetterwechseln im April, den Mahlzeiten, die gegessen, den Schlummern, die geschlafen sein wollen, dem Blut in seinem Kreisen, der Jacke, die noch bis nächstes Jahr hält, den neuen Schuhen, den alten Schuhen, den Nachmittagen, den Nächten, den vogelzwitschernden Tagesanbrüchen, den Alten, die sterben, und den Neuen, die geboren werden, der Jugendblüte und, einen Lidschlag später nur, den Schatten schon des Herbsts, dem Alter dann und dann dem angemessenen Tod. Das alles hatte er ihr genommen und mußte es nun wieder zurückgeben. Er würde Hilfe brauchen. Oh, er würde Hilfe brauchen. Und so wartet er auf das Rascheln in der

Luft, auf den Moment plötzlicher Kälte, auf die lautlosen Schritte an seiner Seite, die von der Gegenwart des Geistes künden, den er nun irgendwie heraufbeschwören muß.

Bloß eine Hypothese, wie gesagt.

Letzte Nacht ist mir im Traum mein Vater erschienen. Das ist ungewöhnlich. Ich denke fast nie an ihn, und in meinen Träumen befasse ich mich schon gar nicht mit ihm. Meine Mutter war ein schrecklicher alter Besen, aber irgendwie haben wir uns, glaube ich, sehr gern gemocht, auf unsere stürmische, gnadenlose Art. Bei meinem Vater hingegen, will mir scheinen, war das stärkste Gefühl, das ich empfunden habe, Abscheu. Ich meine, wahrscheinlich habe ich ihn geliebt, wie Söhne ihre Väter lieben, biologisch sozusagen, aber ich hab immer zugesehen, daß ich möglichst wenig mit ihm zu tun hatte. Er war ein furchterregender kleiner Kerl, der ständig bloß lamentierte und zu jähen, vollkommen unberechenbaren Wutausbrüchen neigte. Wenn ich ihn in Gedanken so vor mir sehe, wie er in seinen zu großen Tweedsachen durch die Gegend stapft und höhnisch lacht und mit seinem Spazierstock auf irgendwelche Dinge einsticht, dann muß ich immer, Gott behüte, an Mr Hyde denken. Er hatte einen bösen Tod, ist verfault vor unseren Augen, zu Nichts verschrumpelt, als ob er sich in seinem Groll verzehren würde. In meinem Traum gingen wir zusammen durch ein riesiges, hallendes, öffentliches Gebäude, ein Bauwerk aus meiner Kindheit, ein Rathaus oder eine Bibliothek oder so was, ich weiß nicht. Das Licht in jenem Traum war jedenfalls das Licht der Kindheit, stetig und klar und prall gefüllt mit der ihm eigenen, immateriellen Weite. Ich konnte zwar niemanden sehen, hörte aber ganz deutlich die Geräusche: das spröde Klappern einer Schreibmaschine, das Lachen eines jungen Mannes, der irgendwo mit einem Mädchen flirtete, und jemand ging mit knarrenden Schuhen sehr geschäftig einen Korridor entlang, von uns weg. Vater und ich stiegen eine endlose Treppe hoch, die flache Stufen und unzählige Windungen hatte: Ich fühlte das feuchtkalt glänzende Treppengeländer unter meiner Hand und spürte die kuppelartige Decke hoch über mir. Der Alte hatte ein enormes Tempo drauf, war mir immer einen Schritt voraus, wie üblich, stürmte mit gesenktem Kopf voran, und seine Ellenbogen gingen hoch und runter wie zwei Kolben. Plötzlich blieb er stehen, und ich war hinter ihm und hatte es nicht gemerkt und stieß mit ihm zusammen, oder vielleicht ist er auch irgendwie auf mich gefallen, ich weiß es nicht genau. Jedenfalls dachte ich im ersten Moment völlig verwirrt, er wolle sich auf mich stürzen. Am stärksten fiel mir sein Geruch auf, nach Haaröl und Serge und Zigarettenrauch und nach noch etwas, etwas, das vertraut war und säuerlich und ganz anders, alarmierend anders. Er klammerte sich erschrocken an mich, suchte Halt, grub mir seine Eisenfinger ins Handgelenk, und dieser Griff war unsicher und zugleich wütend, und plötzlich hatte ich so ein Gefühl, als wäre alles ins Schwanken geraten, als wäre ein gewaltiges, allgemeines und bislang gar nicht wahrnehmbares Gleichgewicht einfach in sich zusammengebrochen. Beinahe angewidert stieß mich mein Vater beiseite. *Ich bin gestolpert!* fauchte er, als erwartete er eine Widerrede, und funkelte zornglühend das Treppengeländer an. Er kramte in seinen Taschen, holte ein Schnupftuch hervor und wischte sich die Hände ab. Wir blieben keuchend stehen, als hätten wir tatsächlich eine Schlägerei gehabt. In der Nähe klingelte ein Telefon, ein heiseres

Schrillen, wie metallisches Gelächter, und irgendwer hob ab und fing sofort an, mit leiser Stimme zu sprechen, drängend, als wollte er den Apparat beschwichtigen. Und da kapierte ich plötzlich, daß der Grund für unseren Besuch in diesem Gebäude der Totenschein meines Vaters war; ich fand das natürlich ganz normal, wie das in Träumen eben so ist. Wir gingen die lange Treppe hinauf, und jetzt war er sehr munter, fast schon fröhlich, allerdings auf eine mitleiderregende Art, denn er versuchte so zu tun, als ginge es um gar nichts Wichtiges, und ich schämte mich für ihn, weil ich begriff, daß er schon angefangen hatte zu sterben und daß der Tod für ihn als Mann etwas Peinliches wäre, ungefähr so, wie wenn man Hörner aufgesetzt kriegt oder Bankrott macht. Ich hoffte inständig, daß uns keiner zusammen sah, denn wenn wir unbemerkt davonkämen, würde ich so tun können, als ob ich nicht wüßte, daß er todgeweiht war, und er könnte sein Gesicht wahren. Dann schweifte der Traum wirr und hektisch ab; ich will hier nicht näher darauf eingehen: wie merkwürdig diese Leute, die im Traum auftauchen, genau wie die schemenhaften Gestalten, die in einer Geisterbahn auf die kreischenden Fahrgäste zugewankt kommen, jäh aus dem Halbdunkel hervorspringen, aberwitzig gestikulieren und im nächsten Moment wieder zurückschnurren an ihren Fäden. Gleichviel, nach diesem verworrenen Intermezzo befanden mein Vater und ich uns plötzlich in einem riesigen Saal, in dem unzählige Menschen hin und her rannten, und dabei schrien sie sich gegenseitig an und fuchtelten mit Papieren herum, fordernd, flehentlich, fluchend. Vater stürzte sich sofort wie ein Wadenbeißer ins Getümmel, da, wo es am dichtesten war, er drängelte und schrie mit den anderen um die Wette, und ich war hinter ihm und versuchte verzweifelt, mit ihm Schritt zu halten. Er war außer sich, daß die Beamten in der Menge nicht irgendwelche Erkennungsmerkmale trugen, damit man sie von den übrigen Menschen unterscheiden konnte, und hielt fortwährend zufällig vorüberkommende Leute an, packte sie bei den Oberarmen, stellte sich auf die Zehenspitzen und brüllte ihnen ins Gesicht. Kapieren Sie denn nicht, keifte er sie an, ich komme wegen meinem Schein, verdammt noch mal, wegen meinem Schein! Doch keiner hörte ihm zu oder sah ihn auch nur an, denn sie waren alle so beschäftigt, daß sie sich die Hälse verrenkten und an ihm vorbeiguckten, um das, wonach sie so wild entschlossen Ausschau hielten, was immer es auch sein mochte, nicht vielleicht doch irgendwo zu erspähen. Irgendwie habe ich ihn dann verloren, und nun war ich es, der verzweifelt hierhin und dorthin rannte, laut seinen Namen rief, Leute angrapschte und sie fragte, ob sie ihn nicht gesehen hätten. Und dann lichtete sich das Gedränge auf einmal, wie Rauch, der sich verzieht, und ich blieb ganz allein in dem riesigen Saal zurück. Nach langer, panischer Suche fand ich eine kleine, in die Wand eingelassene Tür, die so gut versteckt war, daß man sie kaum von der Holzverkleidung unterscheiden konnte, obwohl ich irgendwie gewußt hatte, daß sie da war, eigens dazu da war, von mir gefunden zu werden. Ich ging durch sie hindurch und befand mich in einem anderen, wesentlich kleineren Raum, vor dessen vergittertem Fenster eine im Sonnenschein gleißende klassische Landschaft lag, mit Wiesen und Hügeln und buschigen Schneisen und allerlei Statuen und marmornen Prunkstücken und kleinen, hübsch funkelnden Wasserfällen. In der Mitte des Raumes, auf den nackten Dielen, ein Stuhl, auf dem mein Vater hockte, mit verwirrter Miene, schlaff, in sich zusammengesackt und ängstlich blinzelnd, als ob er einen Schlag erwartete; es war offensichtlich, daß man ihn, unmittelbar bevor ich eingetreten war, in aller Eile hier auf diesen Stuhl gestoßen hatte. Hinter ihm stand eine Gruppe schweigender Männer, allesamt mit steifen Kragen, schwarzen Gehröcken und gestreiften Beinkleidern und alle in gestrenger, nachdenklicher Pose, manche ganz in die Betrachtung ihrer Fingernägel versunken, während andere unverwandt aus dem Fenster blickten. Vater hatte geweint, sein Gesicht war ganz fleckig, und ihm lief die Nase. Von seinem aufbrausenden Wesen war nichts mehr zu spüren. Das Problem bist *du*, sagte er in halb anklagendem, halb bittendem Ton, *du* mußt erst deine Strafe absitzen, bevor sie etwas tun! Da kam plötzlich Leben in die Gruppe hinter ihm, sie traten rasch nach vorn und packten ihn mitsamt dem Stuhl und schleppten ihn aus dem Raum, wobei sie ihre liebe Not hatten, durch die schmale Tür zu kommen, einander in nörgelndem Ton Anweisungen gaben und wütend vor sich hin brabbelten. Als ich dann im Licht des grauenden Morgens die Augen aufschlug und mich aufrichtete, einen Moment lang noch in jener Halbwelt zwischen Schlaf und Wachsein verloren, war ich mir sicher, daß ich durchaus nicht geträumt, sondern mich nur erinnert hatte; den ganzen Tag über hielt dann das unbehagliche Gefühl an, eine Gelegenheit verpaßt, etwas immens Wichtiges nicht rechtzeitig erkannt zu haben. Manche Träume lösen das aus; sie verdüstern regelrecht die Luft und erfüllen sie mit den Schatten einer anderen Welt.

Träume bringen auch Erinnerungen; vielleicht ist das der Grund, weshalb sie da sind; daß wir gezwungen werden, all die schmutzigen kleinen Tricks und Taten wieder hochzuzerren, die wir erfolgreich vergessen wähnten. Diese halb unfreiwilligen Erinnerungen sind etwas Grauenvolles. Es gibt Tage, da wogen sie vom frühen Morgen bis in die Nacht durch mich hindurch wie reiner Schmerz. Sie machen mich stöhnen, selbst die scheinbar glücklichen Träume, als wären sie das lebende Register der abscheulichen und doch ungemein raffinierten Sünden, von denen ich geglaubt hatte, sie wären ein für allemal vertuscht. Und dann ist da natürlich immer das Unerwartete: Obwohl es in dem Traum vergangene Nacht um meinen Vater ging, denke ich heute schon den ganzen Tag fast nur an meine Mutter. Nach Vaters Tod erstaunte mich das Ausmaß ihrer Trauer. Diese Trauer verlieh ihr etwas Archaisches, Elementares, etwas von einer Stammesmutter, die trockenen Auges dasitzt, schwarz gewandet, verlassen, reglos, schweigsam wie ein Monument, eine in Felle gekleidete Gestalt auf einer Waldlichtung, die bei den verglimmenden Resten eines Scheiterhaufens wacht. Hatte ich sie falsch eingeschätzt, als ich gemeint hatte, sie sei aus härterem Holze geschnitzt? Ich glaube, das war der Beginn meines Erwachsenseins, wenn das das rechte Wort ist, der Augenblick, da ich begriff, daß es zu spät war, mein Bild von ihr zu korrigieren; zu spät auch für Sühne (da ist es wieder, dieses Wort). Ich schlich um sie herum, wußte nicht, was ich sagen sollte, hatte Angst, dieses archaische Ritual zu stören. Das ganze Haus sah aus, als zuckte es in einem fort zusammen, wie ein geprügelter Hund, wie jemand, der zu Unrecht gescholten worden war. Ich kannte das Gefühl.

Die Bewohner dieses Ortes. Was für eine seltsame Menagerie, mag sich manch einer denken, der Professor und Lux, das Mädchen und ich, wie es uns hier, so grundverschieden, wie wir sind, zusammen auf dies felsige Eiland verschlagen hat. Das Mädchen macht die Sache natürlich noch komplizierter. Es hatte sich gerade alles so schön eingespielt, bevor sie kam; selbst Lux, der mir anfangs mit solcher Verachtung begegnet war, hatte sich mit meinem Dasein abgefunden. Ja, ohne sie hätten wir bis in alle Ewigkeit so weiter vor uns hin bosseln können, ich an meiner Kunstgeschichte und Lux an seinen schematischen Darstellungen – er liebt schematische Darstellungen –, und der Professor hätte machen können, was immer der Professor macht. Jetzt ist unsere Ruhe dahin, und wir ächzen unter der uns aufgezwungenen einschläfernden Langeweile dieser Sommertage; die Zeit, bisher ein scheinbar so gelassenes Medium, ist aufgewühlt wie das Meer, wenn ein Sturm heraufzieht. Wären die anderen geblieben, Sophie und Croke und die Kinder, meine ich, wären sie auch hiergeblieben, dann wären sie vielleicht eine kleine Gemeinschaft geworden, hätten eine kleine Herde gebildet, und ich wäre der Hirte gewesen, der sie vor dem räuberischen Wolf beschützt. Müßige Träumereien; ich bitte um Nachsicht, wenn ich mich mitunter etwas treiben lasse.

Natürlich ist es zwangsläufig zu einer halbwegs bewußten Spaltung gekommen, auf der einen Seite stehen Lux und der Professor, auf der anderen ich und das Mädchen, und dahinter gibt es noch eine weitere Gruppenbildung, da steht das Mädchen zwischen Lux und mir, zwei räudigen alten Ratten, die im Dreck scharren und einander ihre schärfsten Zähne zeigen. Lux bildet sich natürlich ein, er sei in sie verliebt, und darum hat er etwas gegen die aus seiner Sicht geradezu ausufernde Aufmerksamkeit, die ich ihr widme. Ihr Schweigen peinigt ihn und läßt ihn ebenfalls verstummen; er schleicht sich hinauf und steht dann zungenlahm und zitternd hinter ihr oder setzt sich abends bei Tisch ihr gegenüber und starrt sie kaninchenäugig an, mit bebenden, rotgeränderten Nasenlöchern und flatternden Händen. Er denkt sich allerlei Schliche und Umwege aus, damit er von ihr sprechen kann, nörgelnd wie Mr Guppy, und stets und ständig, selbst wenn es um die entlegensten Themen geht, bringt er in bemüht beiläufigem Ton ihren Namen ins Spiel, wobei er sich listig aller möglichen Umschreibungen befleißigt. Krank am Herzen geistert er durchs Haus, erbarmungswürdig, wie einer, der an unstillbarem Zahnweh leidet. Nun, wenigstens hat die Geschichte dazu geführt, daß er neuerdings ein bißchen mehr auf sich achtet. Er fährt sich hin und wieder mit dem Kamm durch jene Perücke des Grauens, der sein Haupthaar gleicht, und wenn mich meine Nase nicht trügt, dann badet er auch etwas häufiger als früher. Ich glaube, in seiner Phantasie ist dieses Mädchen mit seinem Traum verschmolzen, von hier fortzugehen und anderswo ein erfüllteres Leben zu finden; ich sehe sie zusammen in einem kahlen Zimmer mit einem viereckigen Tisch, wie in einem alten Stummfilm; er sitzt da, den Kopf in die Hände gestützt, und sie lächelt mit ihrem Lulu-Lächeln den schnauzbärtigen, lüsternen Hausbesitzer an, der in der Tür steht und ihr mit anzüglicher Geste winkt.

Sie ist ein außergewöhnliches Geschöpf, jedenfalls kommt es mir so vor. Einundzwanzig will sie sein, aber ich glaube, sie ist höchstens achtzehn oder neunzehn. Sie mag mir nichts über sich erzählen, zumindest tut sie's nicht: Ich meine, wenn ich wüßte, wie ich fragen muß, wenn ich die Codes kennen würde, mit denen jeder andere von Kindesbeinen an vertraut ist, kann sein, daß sie dann wie aufgezogen von Mami und Papi losplappern würde und von der Schulzeit und der Arbeit im Hotel und so weiter und so fort. So aber schaut sie immer nur finster und gelangweilt drein, als litte sie an Amnesie. Mitunter ertappe ich sie dabei, wie sie mich forschend ansieht mit diesem abwesenden, starren Blick, den sie hat, als wäre ich ein Gegenstand, der ihr plötzlich vor die Füße gefallen ist, ein Stein oder ein abgebrochener Ast oder ein unüberwindliches Wasser, durch das man nicht hindurchwaten kann. Wahrscheinlich findet sie mich als Phänomen genauso verblüffend wie ich sie, meine liedlose Mélisande. Sie streift durchs Haus in einem alten Regenmantel von Lux, den sie als Schlafrock benutzt, mit ihrem glatten Haar und ihren bleichen Wangen. Jedesmal, wenn ich ihr begegne, bin ich aufs neue erschüttert. Ich bin wie ein Anthropologe, der das letzte überlebende Exemplar einer edlen, schwer bestimmbaren, längst ausgestorbenen Gattung studiert. Ich setze sie nach und nach zusammen, sehr behutsam, und beginne mit den Extremitäten; ich beäuge ihre bloßen Füße –

der kleine Zeh liegt eingeknickt unter seinem Nachbarn wie ein Babydaumen –, ihre kleinen, harten Hände, die verletzlichen, geäderten, milchblauen Kniekehlen. Manchmal kommt sie nachts und setzt sich zu mir in die Küche, wenn ich arbeite. Ich weiß nicht, ob sie sich einsam fühlt oder ob sie Angst hat oder ob die Küche einfach eine Station unter vielen ist, wo sie haltmacht, wenn es sie wieder einmal gepackt hat und sie ziellos durchs Haus streift; sie hat die Angewohnheit, Dinge im Vorübergehen zu berühren, leicht mit den Fingerspitzen daran zu klopfen, wie ein Kind, das die Male bei einem geheimen Spiel berührt. Sie ist angespannt, rastlos, beschäftigt, immer irgendwie auf dem Sprung, als könnte sie jeden Moment ihre unsichtbaren Flügel ausbreiten und aus dem Fenster fliegen, hinaus in die Dunkelheit, auf und davon. Das wird passieren. Eines Morgens werde ich aufwachen und wissen, daß sie weggeflogen ist, werde ihre Abwesenheit spüren wie ein schartiges Loch in der Luft, durch das lautlos der Wind dringt. Was werde ich dann tun, wenn meine Frist zu Ende ist?

Von Felix spricht sie nie.

Ich erzähle ihr von dem Maler Vaublin, wie wenig über ihn bekannt ist. Sie hört zu, mit großen Augen, nickt hin und wieder ganz leicht mit dem Kopf, nimmt alles auf oder denkt an etwas anderes, ich weiß es nicht. Vielleicht führe ich Selbstgespräche, erzähle mir selber ein ums andere Mal die immer gleiche Geschichte. Hören Sie –

Wer kennt sie nicht, und wäre es auch nur von Postkarten oder von den Deckeln edler Konfektschachteln, diese von Zartheit und Melancholie durchströmten Szenen, die doch trotz allem etwas Grobes in sich haben, etwas fast schon

Unmenschliches? *Le monde d'or* ist eines von einer Handvoll solch zeitloser Bilder, die scheinbar schon seit jeher in den Galerien des Geistes hängen. Darin liegt etwas Geheimnisvolles, etwas, das über das Geheimnis hinausgeht, welches der Kunst a priori innewohnt. Wenn ich dieses Bild betrachte, ich kann es nicht ändern, ist es jedesmal wieder wie ein verschämtes Verhör, und ich frage: Was hat das zu bedeuten, was tun die da, diese rätselhaften Gestalten, die so aussehen, als wären sie für alle Zeit im Moment des Abschiednehmens erstarrt, was hat es auf sich mit dieser unheilschwangeren Atmosphäre, obwohl doch scheinbar gar kein Unheil da ist? Eine Bedeutung gibt es nicht, natürlich nicht, nur eine tiefgründige und unerklärliche Bedeutsamkeit; warum reicht mir das nicht? Nicht durch Mimesis imitiert die Kunst die Natur, sondern indem sie für sich selbst eine natürliche Objektivität erlangt, und wenn jemand das wissen müßte, dann ich. Auf diesem Bild jedoch scheint gleichsam eine tätige Kühnheit zu herrschen, etwas wie eine bewundernswerte Kraft, gleichsam mit versiegelten Lippen, als ob der Maler etwas wüßte, das er nicht preisgeben will, warum nicht, bleibt uns verborgen, sei es, um uns auszuschließen, sei es, um uns zu schonen. Welch eine Stille; die Szene ist durchaus bewegt, und doch fehlt ihr jede Bewegung; auf dieser dämmrigen Schneise ist das hilflose Taumeln der Dinge durch die Zeit zum Stillstand gekommen: Wann, vorher oder nachher, hätte ein anderer Maler es vermocht, das fundamentale Paradoxon der Kunst mit so abgründiger und dennoch spielerischer Kunstfertigkeit zu illustrieren? Diese Geschöpfe werden nicht sterben, nicht einmal dann, wenn sie niemals gelebt haben. Es sind wunderbar detailliert gemalte Kleiderpuppen, lebendig und doch in Reglosigkeit erstarrt: Ich denke an die Figürchen auf einer Spieldose oder in diesen alten Rathausuhren, die voller Spannung auf die kleine Weise warten, die nie erklingen, die bronzene Glocke, die nie schlagen wird. Die Stille ihrer Welt ist, was sie überleben läßt; wenn sie sich rühren, werden sie sterben, werden zu Staub zerfallen, und nichts wird von ihnen bleiben als ein paar Fetzchen gestärkter Spitze, eine Schleife aus Satin, eine Schuhschnalle, eine zerbrochene Mandoline.

Ich bewundere jenen kaum wahrnehmbaren und dennoch allgegenwärtigen Hauch von Lüsternheit, der jedes Werk dieses Malers prägt. Aus einer bestimmten Perspektive betrachtet, können einem diese galanten arkadischen Szenen auf einmal wie wüste Bacchanalien vorkommen. Wie begehrlich uns seine Damen ansehen mit ihren feurigen Augen, die wie Glasmurmeln glänzen, und ihren wie von einem leichten Backenstreich hellrot erglühten Wangen. Sogar die Kulisse hat etwas Schwellendes, diese glatten Säulen und die dicken, hohen Bäume, diese hängenden, sanft gerundeten Wolken, diese bemoosten Lauben, aus denen man das Stöhnen und das leise Lachen atemloser Liebespaare zu vernehmen meint. Selbst bei dem scheinbar so keuschen, so ätherischen *Le monde d'or* kündet eine gewisse hektische Erwartung von erinnerten oder bevorstehenden Ausschweifungen. Die Gestalt des Pierrot ist schlüpfrig androgyn, die Miene der Frau, die sich am Arm des alten Mannes entfernt – der übrigens auch etwas von einem Lebemann an sich hat –, ist müde und wissend, und die beiden Knaben, jene bleichen, leicht lädierten Cherubim, scheinen auch schon so allerhand gesehen zu haben, was nicht für ihre Augen bestimmt war. Sogar das kleine Mädchen mit dem geflochtenen Haar, das die Dame an der Hand führt, hat die Aura einer künftigen

Justine oder Juliette, eines potentiellen Opfers, in dem alte Männer ihre dunklen Phantasien von zärtlicher Gewalt zur Ruhe betten können. Und dann dieser hämisch grinsende Harlekin, der rittlings auf seinem anthropomorphen Esel sitzt: was der wohl alles zu Gesicht bekommen hat, was der wohl alles weiß!

Ich halte inne, um von einer Fliegenplage zu berichten; schwarzglänzende Kreaturen mit unverhältnismäßig langen und dabei unglaublich zarten Flügeln, die geformt sind wie Platanensamen. Sicher gerade erst geschlüpft, denk ich bei mir. Was ist eigentlich eine Schmeißfliege? Das war das erste, was mir in den Sinn kam, als ich sie sah: Schmeißfliegen. Ist hier irgendwo etwas Totes, das noch nicht angefangen hat zu stinken? Es gelingt mir nicht zu ermitteln, wo sie herkommen; sie sind einfach da im Lampenlicht, wahrscheinlich angezogen von der Wärme, fliegen gegen die Birne und fallen dann benommen auf den Tisch, wo sie trunken herumtorkeln, bis ich sie mit dem Ärmel wegfege. Auch in meine Papiere sind sie gelangt; ich hebe ein Blatt an und finde sie dort plattgedrückt, winzige Blumen in Blutrot und Schwarz mit Flügeln als Blütenblätter. Das ist unheimlich, sogar ein bißchen beängstigend, doch ich bin nahezu bezaubert. Das hat eine biblische Dimension. Was wird da verheißen? Ich bin abergläubisch geworden, zweifellos eine Folge davon, daß ich schon so lange mit Geistern lebe. Hier in der Unterwelt vermitteln einem die Dinge immer das gruselige Gefühl, sie wären etwas anderes, als sie in Wahrheit sind, all diese Pierrots und Colombinen mit ihren schwarzen Masken, ja selbst die Fliegen können einem als Boten des Himmels erscheinen, wenn man sie in einem ganz bestimmten Licht sieht. Als das anfing, empfand ich keinen Abscheu, sondern war irgendwie angenehm überrascht. Lange saß ich einfach nur da und sah ihnen zu, den Kopf in die Hand gestützt, ganz in mich gekehrt und blöde vor mich hin lächelnd, wie einer jener backenbärtigen, von Elfen umflatterten Träumer, die man von den viktorianischen Kupferstichen kennt. Ich weiß, daß die Wirklichkeit, in der sie leben, anders ist als meine, daß die Welt, in die sie eingefallen sind, für sie nichts weiter ist als Kampf und Qual und jähes, unerklärliches Feuer – sie sind schließlich bloß Fliegen, und ich bin bloß ich – und doch, wie sie da auf und ab schweben, wie sie ins Licht schwirren, könnten sie auch eine Schar von schimmernden Seraphim sein, die gekommen sind, um mich zu trösten.

Abermals bin ich heute bei meiner Lektüre auf ein Juwel gestoßen: *Dicht neben dem Wehe der Welt, und oft auf seinem vulkanischen Boden, hat der Mensch seine kleinen Gärten des Glücks angelegt.* Ja, Sie haben richtig geraten, ich habe angefangen, mich selbst hier noch, im Schatten meiner Ruinen, mit Gärtnerei zu beschäftigen. Dabei erhole ich mich vom harten Gelehrtendasein. (Gelehrtendasein!) Doch nein, nein, es ist mehr als das. Hier draußen im Grünen, bei diesem heiteren Wetter, habe ich das untrügliche Gefühl, mit etwas in Berührung zu sein, etwas Authentischem, Fundamentalem, auf das ein schon verkümmert geglaubter Teil von mir anspricht wie auf einen heilenden und stärkenden Balsam. So vieles habe ich in meinem Leben verpaßt, es gibt Momente, seltene und kurze Augenblicke, da denke ich, vielleicht ist es ja doch noch nicht zu spät, wenigstens das eine oder andere davon nachzuholen. Ich bin nicht anspruchsvoll; ein wenig Landwirtschaft, das reicht fürs erste. (Kommt dann später der Baum der Erkenntnis, Eva, der fatale Apfel und alles andere, einschließlich Kain?) Vielleicht mache ich eine kleine Statue von mir und zerstoße sie im Mörser und mische sie unter den Lehm, wie der Philosoph so hübsch empfiehlt, und werde so, durch das, was darin wächst, wieder lebendig.

Unten neben dem Haus hatte ich die Überreste eines ehemaligen Küchengartens entdeckt. Alles war von Unkraut und verfilztem Gras überwuchert, doch die Umrisse von Beet und Furchen waren noch da. Ich riß das ganze Zeug heraus und fand darunter gute schwarze Erde und säte Gemüse, vornehmlich Stangenbohnen, muß ich gestehen, weil ich die scharlachroten Blüten so sehr liebe. Schon sind die ersten Früchte da (werd ich wohl auch die Tauben gurren hören?). Ich kann es nicht in Worte fassen, wie aufgeregt ich war, als diese zarten Samen anfingen zu keimen. Sie waren so zerbrechlich und doch so zäh, so – so tapfer. Ich empfinde eine geradezu zärtliche Zuneigung für alles, dem das Wachsen nicht so richtig glücken mag, für die Kümmerlinge, die es nicht schaffen aufzublühen und doch nicht sterben wollen oder die der Wind zu Boden drückt und deren abgeknickte Stiele trotzdem Blüten treiben. Ich habe immer das Gefühl, töricht, ich weiß, daß sie meinetwegen weiterkämpfen, daß meine Hilfestellung, nein, meine schlichte Anwesenheit ihnen irgendwie Mut macht und sie am Leben hält. Wer oder was würde denn merken, wie sie sich anstrengen, wenn ich nicht jeden Tag käme und ein bißchen zwischen ihnen auf und ab ginge? Es muß doch einen Sinn haben, hier zu sein. Ich bin die Triebkraft der Individuation: In mir finden sie ihre Einzigartigkeit. Ich habe sie fein säuberlich in Reihen gesetzt, einfach so, und einem jeden seinen Platz gegeben; ohne mich wäre da nur der Irrsinn bloßen Wachstums. Dennoch fällt kein Sperling ohne mich ... wie geht das noch gleich? Ich habe das Zitat vergessen, das falsch zitierte Zitat. Sei's drum, ich lasse mich mal wieder treiben, nächstens höre ich noch Stimmen. Es ist nur so, daß es halt Tage gibt, da muß ich, wie Rameaus Neffe, sinnieren: Ist das ein Gebrechen, das seinen Gang gehen muß?

Wo war ich stehengeblieben? Mein Garten, ja. Ich hege große Hoffnung auf eine Rekordernte. Was aber fange ich mit solchem Reichtum an? Vielleicht nimmt Mr Tighe mir etwas davon ab und verkauft es in seinem Laden? Wenn nicht, auch egal. Soll doch alles verkommen. Das Leben, das Wachstum, dieses zarte Grün, daß sich durch den Staub nach oben kämpft, das ist das einzige, was mich daran interessiert. Manchmal jedenfalls. Und dann das Unkraut; ich weiß, wenn ich ein echter Gärtner wäre, würde ich keine Gnade kennen und es erbarmungslos ausrotten, doch die Sache ist die, ich liebe Unkraut. Mir scheint, sein Lebenswille ist sogar noch unbändiger als der der angepflanzten Sachen, zwischen denen es gedeiht. Wenn du es heute abschlägst, ist es morgen wieder da. Wenn du es aus seinen Löchern zerrst, und es bleibt auch nur ein Fäserchen von einer Wurzel drin, wird es sich abermals nach oben boxen und sprießt hernach nur um so üppiger. Gegen diesen Rüpel sind selbst meine abgehärtetsten Kohlköpfe die reinsten Muttersöhnchen. Und wie schlau es ist, wie geschickt es sich seine Stellen aussucht und listig gerade neben denjenigen Kulturpflanzen wächst, denen es am meisten ähnelt. Gegen wen es sich nur so tarnen mag? Die Schädlinge scheinen es nicht zu fressen, die haben ja meine zarteren Gewächse, an denen sie sich laben, und auch die Vögel lassen es in Ruhe. Ob es sich etwa vor mir fürchtet?

Ob es mich kommen sieht in meinen Stiefeln und mit meiner Sichel? Ich frage mich, ob es Schmerz empfinden kann, Angst erleben, ob es in seiner klammen Würmerwelt genauso weint und blutet wie wir hier oben im Licht? Mein Blick fällt auf die Zweiglein der Vogelmiere, die zitternd zwischen den Bohnenschößlingen stehen, und ich bin sonderbar gerührt. Solch eine Ausdauer, solch eine Sehnsucht! Auch sie wollen leben. Mehr verlangen sie ja gar nicht als ihren kurzen Augenblick hier auf der Welt.

Während ich beim Umgraben bin, kommt ein Rotkehlchen, um Futter zu suchen, ein ziemlich zähes Bürschlein, wie's aussieht. Es faßt mich rasch ins Auge und stürzt sich auf seine Beute, direkt vor meinen Füßen. Möwen taumeln in der Luft, und die Amseln fliegen tief und flöten schrill. Heute morgen beim Hacken tauchte zwischen den Kartoffelbeeten eine Ratte auf, schnupperte unten an der weißgetünchten Mauer entlang, die meinen Garten vom Hof trennt. Sie muß krank gewesen sein; als sie mich sah, lief sie nicht weg, sondern setzte sich bloß auf die Hinterbeine und sah mich müde und verwundert an. (Wo ist eigentlich der Hund?) Ich dachte natürlich an Alba Longa, Karthago in Flammen und so weiter. Was hab ich nur für einen Kopf, vollgestopft mit lauter verblasenen Trivialitäten! Nach ein paar Sekunden drehte sich das Biest um und trippelte mit schräg zur Seite schlingernden Schritten davon und schleifte seinen langen rosa Schwanz über den Lehmboden. Das sieht mir ähnlich: ringsherum das pralle Leben, und ich Auge in Auge mit einer Ratte, die gerade an Altersschwäche stirbt. Wahrscheinlich hätte ich sie töten sollen. Das Umbringen liegt mir nicht, nicht mehr. Ob das noch mal zurückkommt? Vielleicht in Träumen.

All das, der Garten und so weiter, warum erinnert mich das so an meine Knabenzeit? Ich war weiß Gott kein Naturkind mit Tau im Haar, bin nicht blumenbekränzt über die Wiesen getollt. Ich habe mich in erster Linie für Zigaretten und liederliche Mädchen interessiert. Und doch, wenn ich mit meiner Hacke hier draußen umherstreife, verspüre ich den Einklang eines uralten Glücksgefühls. Ist mir denn die Vergangenheit zur Pastorale geworden, ebensosehr eine Einbildung, wie es der Garten für mich ist, ein ewiger Frühling, beglänzt von stilisiertem Sonnenlicht, einem Licht wie vor dem Sündenfall, genau wie jenes, das da so melancholisch strahlend auf Vaublins Vergnügungsgärten scheint? Das ist der Grund, weshalb ich den Boden umgrabe, das ist es wohl, wonach ich suche: der verwirkte, unmöglich gewordene, nie mehr wiederzufindende Zustand der schlichten Unschuld.

Stellt euch also vor, wie ich mich bei diesem noch immer frühlingshaften Frühsommerwetter in meinem bäuerlichen Hemd und meinen rissigen Brogues in die Kletten stürze, ein nicht ganz glaubwürdiger Silvius, der bestrebt ist, durch harmlose Betriebsamkeit an den Überresten seiner verfaulten Seele herumzureparieren. Der Morgenregen hat aufgehört, und die quecksilbrige Luft ist von grellem Gefunkel und kühlem Feuer erfüllt: Eine Überraschung, wahrhaftig, dieser durchnäßte Glanz. In allem ist so etwas wie ein leises Klirren, und alles ist feucht und seidig unter dem fahlen, nackten Himmel. Wir hatten einen nassen Winter, der Sommer hat spät angefangen, und der Lehm ist noch mit Wasser vollgesogen, ein satter, dunkler Stoff, der seufzt und gluckst, wenn ich meine Klinge in ihn schlage. Alles bewegt sich langsam und ruhig, in geheimnisvoll gemessenem, gleichmäßigem Tempo; ich habe das Gefühl von einer gewaltigen Uhr, deren Zeiger gemächlich von einem Strich zum nächsten schreitet. Ich halte inne, stütze mich auf den Stiel meiner Hacke, hebe das Gesicht zum Licht empor, die Beine gekreuzt, die Füße im Lehm (der immerhin ihr wahres Medium ist), und denke an gar nichts. In einer Ecke des Gartens steht ein Baum, ich weiß nicht genau, was für einer, eine Buche, glaube ich, ich werde einfach sagen, es ist eine Buche – wer kennt denn schon den Unterschied? –, ein wundervolles Ding, wie ein großes, zartes, geduldiges Tier. Er scheint wegzuschauen, nach oben, aufmerksam, zu etwas, das nur er allein sehen kann. Er macht ein rastloses, zischelndes Geräusch, und die wie klares Wasser zwischen seinen Ästen gefangene Sonne schaudert und gerät ins Wanken. Ich bin überzeugt, daß er meiner gewahr ist; schon wieder so ein törichtes Zeug, ich weiß. Und doch habe ich das Gefühl, und mag es noch so illusorisch sein, unter lauter Leben zu leben: ein Gefühl, heißt das, von der Bedeutsamkeit, der sich klärenden Vielschichtigkeit der Dinge. Sie sprechen zu mir, diese Leben, diese Dinge, von Sachen, die ich nicht ganz verstehe. Sie sprechen von der Vergangenheit und, noch eindringlicher, von der Zukunft. Manchmal bedrängen sie mich, und dann wieder sind sie so müde, so ermattet, daß ich sie kaum noch hören kann.

Ich weiß jetzt, woher die Fliegen kommen: ein Blumenstrauß, den der liebestolle Lux zu lange auf dem Fensterbrett überm Ausguß hat stehenlassen. Wieder mal einer seiner Versuche, das Haus ein bißchen freundlicher zu gestalten; das ist zur Zeit das große Thema, die Notwendigkeit, »das Haus ein bißchen freundlicher zu gestalten«. Chrysanthemen waren es, Blüten der goldenen Welt. Die Eier waren scheinbar an den Blütenblättern, und in der Sonne sind sie dann geschlüpft. Das Wasser, in dem die Blumen gestanden haben, hat irgendwie grünlich und fleischig gerochen. Aber stellen Sie sich vor, Fliegen aus Blumen! Ach Charles, Charles – Moment, ich will mich erst einmal in Positur stellen: so – Ach, Charles, *mon frère mélancolique!* Du hast die Auffassung vertreten, Genie, das sei die Fähigkeit, in jedem beliebigen Augenblick die Kindheit herbeizuzitieren, oder so was in der Art, ich weiß nicht mehr genau. Bloß Varianten von dem ganzen Zeug krieg ich noch hin. Ja, was hab ich denn erwartet? Etwas mußte ja verwirkt sein, um der Zukunft willen, und daran knüpfe ich jetzt meine Hoffnungen. An die Zukunft! Ach ja.

Flora schläft, liegt auf der Seite, das glänzende Knie ist zu sehen und ein Arm, linkisch ausgestreckt, so daß die Hand neben dem Bett herabhängt. Schauen Sie doch, die leicht geöffneten Lippen und die zart schattierten Augenlider und diese feuchte Strähne, die ihr auf der Stirn klebt. Eine Z-förmige Linie aus Sonnenlicht arbeitet sich unmerklich über das zerknautschte Bettuch zu ihr hoch. Sie murmelt irgendwas und verzieht das Gesicht.

»Geht's dir gut?« sagt Alice leise und berührt ihren schlaff herunterbaumelnden Arm.

»Was?« Flora fährt hoch, sitzt kerzengerade da und starrt mit weit aufgerissenen Augen ins Leere. »Was?«

»Ob's dir gutgeht?« Leute, die aufwachen, machen Alice angst, sie sehen so verwirrt aus, so fremd. »Sie haben mich raufgeschickt, um nachzusehn, ob's dir besser geht.«

Flora schloß die Augen und fuhr sich mit der Hand durchs

Haar. Ihr war heiß, sie schwitzte, und auch ihr Haar war heiß, verschwitzt und schwer. Sie holte tief Luft, hielt einen Moment den Atem an und seufzte.

»Mir geht's nicht besser«, sagte sie. »Ich hab immer noch Schüttelfrost. Ich muß mich erkältet haben. Bringst du mir bitte ein Glas Wasser?«

Sie ließ sich wieder aufs Bett fallen und sah gequält zur Decke, die dunklen Haare lagen auf dem Kissen ausgebreitet, die nach oben gereckten Arme links und rechts neben ihrem Gesicht. Die Innenseiten ihrer Handgelenke waren bläulichweiß.

»Es hat geregnet, aber jetzt ist es herrlich draußen«, sagte Alice.

»So?« antwortete Flora von sehr weit weg. Sie versuchte sich daran zu erinnern, was sie geträumt hatte. »Ja«, sagte sie, während sie die Reproduktion neben sich an der Wand anstarrte, diesen seltsam dreinschauenden Clown mit seinen hängenden Armen und den da links von ihm, der aussah wie Felix, wenn er sie angrinste.

Wieder einmal, wie so oft, hatte Alice das Gefühl, daß sie aus Glas war und jeder, der sie anblickte, durch sie hindurchsah und sie gar nicht bemerkte. Sie ist in Flora verliebt; in Floras Gegenwart kommt es ihr immer so vor, als wäre da etwas Unbestimmtes, Großes, Leuchtendes, wie ein schmerzhaftes Entzücken, das immerfort aufblühen will und es niemals tut. Wenn ihr doch bloß etwas einfiele, ein Satz, den sie zu Flora sagen könnte, der Flora vor Aufregung und Bestürzung hochfahren ließe. Alice hörte den Wind in den Schornsteinen jaulen und die Babyschreie der Möwen. Sie dachte an ihre Mutter. Eine Wolke knipste das Sonnenlicht aus. Das plötzliche Halbdunkel brachte sie aus dem Konzept.

»Der Mann hat uns Würstchen gemacht«, sagte sie.

Ein leichter Geruch nach Gebratenem hing in der Luft.

»Wer?« fragte Flora. Nicht, daß es sie interessiert hätte. Sie winkelte die Knie unter der Bettdecke an und umschlang sie mit den Armen; so lehnte sie sich zurück, gleichsam um die kleine, schnurrende Maschine ihrer selbst gerollt, mit der rastlosen, ein wenig kummervollen Egomanie einer Katze. Doch dann richtete sie sich plötzlich auf und lachte. »Was?« sagte sie. »Hat *er* etwa gekocht – Felix?«

Alice legte die Hände auf den Rücken und drehte sich langsam auf dem Absatz herum, einmal um die eigene Achse.

»Nein«, sagte sie in vernichtendem Ton. »Der, der hier wohnt. Der Kleine.«

Die Sonne kam wieder hervor, und es war, als wäre alles im Fluß, lautlos und geschwind. Flora zog sich die rauhe Decke über die Brüste, kuschelte sich in die fellweiche Matratzenkuhle und atmete ihre eigenen warmen, schokoladensüßen Gerüche ein. Es interessierte sie nicht mehr, wessen Bett das war, welcher große, dicke Körper vor ihr darin geschlafen hatte. Das Blut pochte in ihren Adern, träge wie Öl.

»Sag ihnen, es geht mir gut«, sagte sie. »Sag ihnen, ich schlafe.« Das sanfte Licht im Fenster und das feingerasterte Weiß ihres Kopfkissens ließen ihr Herz zur Ruhe kommen. Sie war krank und dennoch wunderbar eins mit sich selber. Sie schloß die Augen und hörte den Geräuschen des Tages zu, dem Vogelgezwitscher und den fernen Rufen und den ewigen, vergeblichen Sprechversuchen des Windes. Sie war wieder Kind und schwebte durch den Sommer. Sie sah die Sonne an der Klostermauer und den verrückten Jungen auf dem Hügel, der ihr Fratzen schnitt, und unter ihr die schimmernden Dächer, dort drüben den Hafen und dann das Meer und dann aufgetürmte Wolken, wie schmutzigsilberne, schwer auf dem heißen Horizont liegende Wollknäule. »Sag ihnen, ich ...«

Draußen vor der Tür blieb Alice stehen. Durch das kleine Fenster auf dem Treppenabsatz konnte sie über dem fernen Meer die Wolkenschatten treiben sehen und die Wellen mit ihren weißen Schaumkämmen, die sich überhaupt nicht zu bewegen schienen. Ein Stockwerk tiefer stand ein großer Baum vorm Flurfenster, der das Licht im Treppenhaus grünlich schimmern ließ. Sie schaute durch die schwankenden Blätter hinunter, und ihr war, als stünde dort im Garten jemand und sähe zu ihr hoch; schwitzend vor Angst drehte sie sich um. Hatch hatte gesagt, daß es hier garantiert spukte. Sie machte, daß sie wegkam.

Die Küche sah verwundert aus, verloren, wie ein eben erst verlassener Ort. Nur Lux war da; er saß an dem unaufgeräumten Tisch, hatte den Kopf in den Nacken gelegt und träumte hinauf ins weite Licht, das durchs Fenster drang. Als er sie sah, verharrte er zunächst reglos, dann aber zwinkerte er, schüttelte sich und setzte sich gerade hin.

»Sie sagt, ich soll sagen, sie schläft«, sagte sie. Er nickte freundlich und lächelte leicht verwirrt. »Flora«, sagte sie mit fester Stimme.

»Ach so. Flora.« Kopfnicken. »Ja.« Sein Blick wich dem ihren unsicher aus. Er dachte, es müsse doch irgend etwas geben, woran er denken könnte. Ihm war ganz schwindlig geworden vom Tosen des Windes, als ob ihm eine Menschenmenge stundenlang ins Ohr gebrüllt hätte und er dieses schreckliche Gesumme nun gar nicht mehr aus dem Schädel bekäme. Für Sekunden sah er sich ganz klar, eine verschwommene, hinfällige Gestalt, die im grellen, Kopfweh machenden Morgenlicht saß. Über dem Eichenwald stand glänzend ein zweifacher Regenbogen – ein breites Band und etwas darunter sein abgeschwächtes Echo. »Flora«, sagte er noch einmal. Und in den dunklen Tiefen seines Gedächtnisses strudelte träge der vergessene Gedanke.

Alice stellte sich vor, wie sie ihn bei den Schultern packte und ihn schüttelte; ob es wohl rasseln würde in seinem Kopf?

»Sie sagt, ich soll sagen, es geht ihr immer noch nicht gut«, sagte sie.

»Ach?« Childe Dingsda kam zum finstern Turm. »Hoffentlich hat sie …«

Im Ausguß türmte sich nach wie vor das schmutzige Geschirr, und das vom Frühstück stand noch auf dem Tisch.

»Wollen wir abwaschen?« fragte Alice.

Lux schüttelte den Kopf.

»Nein«, sagte er, »laß nur, dafür ist jemand anders zuständig.« Er lächelte sie listig an und warf ihr einen raschen Blick zu. »Früher, da hatten wir ein Dienstmädchen, das einen Hund hatte, der Wasser hieß, und wenn meine Mutter sich beschwerte, daß die Teller schmutzig waren, sagte Mary immer: *Aber wieso denn, Ma'am, die Teller sind doch wie geleckt, sauberer kriegt sie Wasser nicht.*« Er lachte jäh auf, ein hohes, keuchendes Lachen, und schlug mit der flachen Hand auf den Tisch, und dann wurde er wieder ernst. »Die arme Mama«, murmelte er. Er stand auf. Hoppla, hoppla, kleiner Mann. »Komm mit«, sagte er, »ich zeig dir was.«

Der Regenbogen vorm Fenster verblaßte schon.

Im Haus war es ganz still; sie stiegen die Treppe hinauf, und Alice stellte sich vor, daß überall um sie herum kleine, unsichtbare Gestalten mit ganz schmal zusammengekniffenen Augen lauerten und sich den Mund zuhielten, weil sie nicht hören sollte, wie sie lachten. Alice ging voraus, und Lux folgte ihr, und sie hatte so ein komisches Gefühl in der Lendengegend, als ob ihr da ein kleiner Stummelschwanz gewachsen wäre. Sie hörte Lux geschäftig vor sich hin summen. Der Gedanke an ihre Mutter war wie eine Blase in ihrem Innern, die jeden Moment platzen konnte. Das war alles so schrecklich. Als sie den einen Morgen auf dem Schiff auf der Toilette war, da war Pound reingekommen und hatte gesagt, er schenkt ihr Süßigkeiten, wenn sie ihren Schlüpfer runterzieht und sich von ihm angucken läßt. Sie hatte ein bißchen Angst vor ihm, aber er tat ihr auch leid, wie er immer die Vorderzähne bleckte, wenn er die Stirn in Falten legte, und wie er dauernd auf seiner schwitzenden Nase die Brille hochschieben mußte. Und außerdem roch er aus dem Mund, nach Käse.

Auf dem ersten Treppenabsatz blieb Lux stehen und hob den Kopf und horchte und lächelte dabei ein Lächeln, das nichts Bestimmtem galt. Wem sah er nur ähnlich in diesem langen, frackartigen Ding, das er anhatte, und mit den engen Hosen? »Die Luft ist rein!« flüsterte er und zwinkerte ihr zu und scheuchte sie weiter. Dem Weißen Kaninchen? Oder doch eher dem Märzhasen? Denn schließlich war sie Alice.

»Sag mal«, sagte er, »war's denn schön auf dem Schiff?«

Sie wußte nicht recht, was sie darauf antworten sollte. Vielleicht wollte er sich ja über sie lustig machen. Er ging jetzt neben ihr, weit nach vorn gebeugt, so daß er ihr ins Gesicht sehen konnte. Um seine Mund- und Augenwinkel zog sich ein feines Netzmuster aus Runzeln, haarfein wie die winzigen Risse in Porzellan.

»War ganz gut«, sagte sie vorsichtig. »Aber dann sind wir auf diese Sandbank gelaufen, und da sind wir alle umgekippt. Ich glaub –«

»Psst!«

Auf Zehenspitzen schlichen sie an dem Zimmer vorbei, in dem Flora schlief. Ob sie sich wohl ausgezogen hatte, schoß es ihm durch den Kopf. Und da flackerte in seiner Brust von neuem der träge, dumpfe Schmerz des Begehrens auf.

Abermals blieb er stehen und lauschte.

Alles ruhig.

Sie kamen ins oberste Stockwerk.

Und dann stand Alice im Turmzimmer, die Hände vor der Brust gefaltet, die Lippen fest aufeinandergepreßt. Alles hier zeigte gleichsam nach oben. In den Fenstern um sie herum war mehr Himmel als Erde, und riesige Wolken, weiß wie Eis, zogen gemächlich vorüber. Irgend etwas schlingerte. Ihr war, als hinge sie in der Luft, als schwebte sie ein paar Zentimeter über dem Boden. Sie stellte sich vor, daß sie zu dem Schwanz nun auch noch ein Paar kleine Flügel dazu bekommen hatte, fast konnte sie sie an Fuß- und Handgelenken fühlen, diese unsichtbaren, hurtig schlagenden, gefiederten Flügelchen, die sie durch die glasklare Luft trugen. Sie konnte in alle Richtungen sehen, vorne auf das Meer und hinter sich hinauf zum Eichenwald. Es kam ihr so vor, als hielte sie etwas in der Hand, wohl eine Art Schale, die sie hüten sollte.

»Das hier ist Professor Kreutznaers Zimmer«, sagte Lux mit der Hand am Herzen und noch ein wenig keuchend vom Aufstieg. »Da ist sein Schreibtisch, siehst du – und seine Sachen, sein Buch und alles.«

Sie trat einen Schritt vor und lenkte artig den Blick auf den Haufen vergilbter, mit Hieroglyphenschrift bekritzelter Seiten und das große Buch mit Bildern von Schauspielern und Musikern und Damen in goldenen Roben, das aufgeschlagen dalag. Das Ganze war wie ein Arrangement von Requisiten, eigens dazu hergerichtet, daß jemand kam und es betrachtete. Und alles war mit Staub bedeckt.

»Guckt er in die Sterne?« fragte Alice.

»Was?« Lux drehte den Kopf und sah unverwandt aus dem Fenster in die Tiefen des Himmels.

»Die Sterne?« wiederholte sie etwas lauter. »Nachts.«

Widerstrebend kehrte er von sehr weit her zurück. Alice zeigte auf das Fernrohr.

»Ich glaub schon«, sagte er. »Und aufs Meer.« Er machte eine unbestimmte Geste. »Die Wolken.«

Sie stand vor ihm, verständnislos und aufmerksam, sie wartete. Mit der Fingerspitze stieß Lux den Drehstuhl an, der einen Ruck machte.

»Früher hat er sich immer nur Bilder angesehen«, sagte er mit nachdenklicher Miene. »Er war Spezialist für Verifizierungen.«

Sie nickte.

»Verzierungen«, sagte sie. »Ja.«

»Nicht Verzierungen, *Verifizierungen*. Wo ein Bild herkommt, wer früher einmal der Besitzer war und so weiter. Das ist wichtig, damit man nachweisen kann, daß es keine Fälschung ist. Das Gemälde, meine ich.«

»Ach so.«

Hilfloses Schweigen. Von unten, aus dem Garten, drangen leise Stimmen herauf, und beide stürzten gleichzeitig ans Fenster und schauten, beinah Schläfe an Schläfe, hinunter. Es waren die Jungen, die sich ohne große Leidenschaft im Gras balgten.

»Nun guck sich einer das an«, sagte Alice leise und leicht verächtlich.

Lux musterte sie verstohlen aus dem Augenwinkel; er war verblüfft. Er hatte bisher noch keine Gelegenheit gehabt, sie aus so großer Nähe zu betrachten. Fast kam es ihm so vor, als wäre sie ein Exemplar von irgendeiner neuen Spezies, das neben ihm gelandet war. Er konnte sie atmen hören. Jedesmal, wenn sie zwinkerte, ruhten ihre Wimpern einen Moment lang auf der sanften Wölbung ihrer Wange. Sie roch nach einer Mischung aus Milch und Bleistiftanspitzerspänen. Sie hörten ganz deutlich, wie Hatch *Au, Scheiße!* sagte. Schweigen, dunkle Wälder, wieder der Wind, wie ein Strom, der durchs schimmernde Laub fließt. Er schloß die Augen. Unten an seiner Wange zuckte ein Nerv.

»Ist dir auch manchmal so«, sagte er leise, »als ob du gar nicht hier wärst? Mitunter komme ich mir vor, als wär ich aus mir selber ausgeflogen, als wäre das, was hier ist, hier steht und redet, in Wahrheit gar nicht ich.« Alice starrte angestrengt durch die Glasscheibe nach unten; sie getraute sich kaum zu atmen. Etwas vibrierte zwischen ihnen und kam dann sacht zur Ruhe. Er seufzte. In letzter Zeit erlebte er die seltsamsten Dinge, alle möglichen komischen Geräusche und Echos im Kopf, das rummste und ächzte, und manchmal war da so ein hartes Knacken, als ginge rings um ihn herum die Welt ganz heimlich, still und leise aus dem Leim. Eines Nachts, er war schon fast eingeschlafen gewesen, war plötzlich etwas los, ein jäher Knall, ein weißer Blitz, als hätte jemand in seinem Schädel eine Pistole abgefeuert, und er war erschrocken hochgefahren, war sofort hellwach gewesen, doch es war nichts, kein Laut, nicht das leiseste Geräusch. »Ich frage mich«, sagte er, »ich frage mich, ob mein Gehirn vielleicht nicht ganz in Ordnung ist.« Er sah sich immer anderswo als da, wo er sich gerade befand, sah sich eine Straße entlangrennen oder im staubwallenden Sonnenschein unter einer gemessen tickenden Uhr auf einer Schulbank hocken. »Glaubst du daran, daß wir einfach sterben, Alice?« murmelte er. »Daß alles einfach ... zu Ende geht?«

Der Schatten eines Vogels huschte schräg am Fenster vorbei – steife Flügel, Sturzflug.

»Ich glaub, der Kapitän, der war wirklich betrunken«, sagte sie unvermittelt, während sie weiter durch die Glasscheibe nach unten sah.

»Was?«

»Der Kapitän von dem Schiff. Der hat eine Flasche unterm Wandbord gehabt. Erst hat er geflucht, und dann hat er gelacht und zu diesem Felix gesagt, er soll sich zum Teufel scheren.«

Sie seufzte.

»Stimmt das wirklich?« sagte Lux. Er betrachtete sie, wie sie auf Zehenspitzen dastand und aus dem Fenster spähte, den Rand ihres einen Ohres, der muschelrosafarben durch die Haare hindurchschimmerte, die Zungenspitze, die die Oberlippe berührte.

»Ich wohne in einem Hotel, weißt du«, sagte sie. Sie zeigte in die Richtung, in der sie das Festland vermutete. »Meine Mama ...«

Ihre Miene verdüsterte sich, ihr Gesicht zuckte leicht, und er hatte Angst, sie könnte wieder anfangen zu weinen.

Draußen vor dem Turmzimmer waren drei Stufen, die zu einer sehr niedrigen Tür führten, so niedrig, daß selbst Alice nur mit eingezogenem Kopf hindurchgehen konnte. Das ist der Speicher, ein langer, breiter, zeltförmiger, schattiger Ort mit einem grellen Streifen Sonnenlicht, der schräg durch eine schmutzige Dachluke fällt. Ein Geruch nach Staub und Äpfeln und der süßliche Gestank von faulendem Holz. Heiß ist es hier oben unterm Dach, und die Luft ist dick. Haufenweise Plunder, Möbel, alte Flaschen, Krocketschläger, ein uraltes schwarzes Fahrrad, und all diese Dinge standen da wie ihre eigenen Geister, überzogen mit einer feinen, pelzigen Staubschicht. »Der Kaiser Rudolf«, sagte Lux, »der Kaiser Rudolf ...«, doch die merkwürdige Akustik des Raumes schluckte alles Weitere und verwandelte es in ein unverständliches Brummen. Sie standen einen Moment lang wie versteinert da und horchten den Echos nach, die sich brachen und wie Nadeln herniederprasselten. Von der Treppe her zog es, und irgendwo kreischte eine Tür verhalten in den Angeln. Die Hitze drückte ihnen aufs Trommelfell. Lasziv brabbelten die unsichtbaren Tauben in den Dachrinnen, und unter den Dielenbrettern raschelte leise eine Maus. Ich bin schon einmal hiergewesen.

»Ein großer Sammler«, flüsterte Lux, als würden sie von irgendwem belauscht. »Kennst du ihn?«

Alice sah besorgt auf Lux' Knie. »Nicht, daß ich wüßte«, sagte sie langsam.

»Der hatte vielleicht Sachen, du! – zum Beispiel eine Zauberstatue, die irgend so ein Lied gesungen hat, wenn die Sonne draufschien.« Er sah einen Moment verunsichert aus. »Hab ich jedenfalls in irgendeinem Buch gelesen.«

Sie drehte sich um und machte einen vorsichtigen, leicht schwankenden Schritt nach vorn, um Abstand zu ihm zu gewinnen. Jetzt kam es ihr so vor, als wäre das Ding, das sie da scheinbar in den Händen hielt, bis zum Rand mit einem kostbaren, flüchtigen Stoff gefüllt. Da lachte er plötzlich hinter ihr, und die Echos flogen hoch.

»Hör mal«, sagte er, »hör mal«, und kam mit erhobenem Zeigefinger auf sie zu. »Wie heißt die weibliche Form von Papagei?« Sie tat so, als würde sie angestrengt nachdenken. Er beobachtete sie mit diebischer Freude, nickte, zog die Augenbrauen immer höher und höher. »Na, gibst du auf?« Sie machte ihre Züge lachbereit. »Mamagei!« Er schüttelte sich vor Vergnügen und kicherte lautlos in sich hinein. Sie lächelte, so breit sie konnte, und nickte mit dem Kopf. Der Witz war ihr nicht neu.

In einer Ecke lagen verschrumpelte Äpfel auf dem Boden verstreut. Als Lux sie erblickte, war seine Heiterkeit mit einemmal verflogen.

»Meine Äpfelchen«, sagte er. »Die hatte ich ganz vergessen.« Er hob einen auf und roch wehmütig daran. »Die sind hin.« Er sah Alice an und lächelte bekümmert. »Ach, du lieber Augustin, alles ist hin.«

Vor einer messingbeschlagenen Truhe ließ er sich auf die Knie nieder. Darin seien Kleider, erzählte er ihr, alte Maskenkostüme, Abendtoiletten und Helme und eine Offiziersuniform mit Dreispitz. Er zerrte an den Riegeln, doch sie blieben zu. Nach kurzem Bemühen gab er auf; laß ihn, laß ihn ruhen, den Prunk der Jahrhunderte. Er setzte sich auf die Truhe, umfaßte sein eines Knie und wiegte sich vor und zurück, während Alice leicht schwankend dastand und wegsah. Wieder zog eine Wolke vorbei, und über ihren Köpfen, im Fenster, ging die Sonne aus, jäh, fast so, als hätte es »klick« gemacht.

»Er war berühmt, weißt du«, sagte Lux. »O ja. In Büchern hat er gestanden, und aus aller Welt sind Leute gekommen und wollten seine Meinung über Bilder wissen.« Sein Gesicht verdüsterte sich, und er sah aus wie ein beleidigtes Kind. »Und dann haben sie gesagt, er –« Lux hielt inne; er horchte und hob warnend den Zeigefinger.

*Iiik.*

Die Sonne kam zurück. Von weitem, aus dem Garten, hörten sie wieder die rauhen Stimmen der Jungen.

»Und von welchem Land ist er Kaiser gewesen?« fragte Alice.

Lux sah sie blinzelnd an. »Hä? Nein, nein, nicht er – ich meine doch Professor Kreutznaer.«

»Ach so.«

Jetzt sah er noch beleidigter aus. Er erhob sich vom Boden und ging mißmutig auf und ab, die Hände auf dem Rücken, die Mundwinkel tief nach unten gezogen. Alice spürte, wie die unsichtbare Schale in ihren Händen kippte.

»Ich war sein Assistent, weißt du«, sagte er hochmütig und zeigte auf die Papiere auf dem Schreibtisch. »Ich hab immer alles abgetippt, was er geschrieben hat.« Er bewegte die Finger, als hämmerte er auf einer Tastatur herum. »Ich war der einzige, der seine Handschrift lesen konnte.«

Er stand da und kratzte sich versonnen am Kopf.

»Und kommst du auch in Büchern vor?« fragte sie.

Er sah sie streng an. »Natürlich nicht!« zischte er, und da fühlte sie, wie der Geist eines Quecksilberspritzers ihr vor die Füße fiel. Lux schwieg und hob abermals versonnen die Hand, und seine Kaninchennüstern bebten. Eine Treppenstufe knarrte; dann Stille. (Da draußen ist der Professor, steht angespannt da und lauscht wie ein Voyeur.) Ich beobachte sie, ihre Umrisse im staubwallenden Sonnenlicht vorm weichdunklen Hintergrund, wie ein Symbol für etwas, und mein Herz krampft sich zusammen.

»Was ist denn?« fragte Alice flüsternd.

»Was? Ach, mir war so, als hätt ich was gehört – psst!«

Sie horchten beide. Kein Laut. Lux zuckte die Achseln und wollte gerade etwas sagen, doch da drehte sich Alice plötzlich zu ihm herum.

»Ich habe Angst!«

Und kaum, daß sie es ausgesprochen hatte, war es schon nicht mehr wahr. Lux trat zurück, guckte verdutzt und wog in seinen überraschten Händen die unsichtbare Schale, die sie ihm überreicht hatte.

Und dann rannte Alice fort und lief die Treppe hinunter, und als Lux mit eingezogenem Kopf durch die kleine Tür kam, stand Professor Kreutznaer auf dem Treppenabsatz am Fenster und hatte die Fäuste tief in den ausgebeulten Taschen seines alten schwarzen Jacketts vergraben. Lux lief vor Zorn rot an.

»Was treiben Sie denn da?« fragte der Professor.

»Nichts!« schrie Lux. Und das klang wie ein Quieken. Er räusperte sich. »Nichts. Was wollen Sie damit sagen? Spionieren Sie mir etwa nach?«

Unten fiel krachend die Haustür ins Schloß; das Haus erzitterte, und im nächsten Moment kam ein geisterhafter Windzug die Treppe hochgeweht.

»Ich habe Ihnen doch gesagt, Sie sollten ihnen lieber nicht gestatten, hierzubleiben«, sagte der Professor. »Wieso haben Sie sie überhaupt reingelassen?«

Lux stapfte an ihm vorbei zum Fenster und guckte hinaus. Tränen der Wut und des Abscheus traten ihm in die Augen.

»Wieso geben Sie mir die Schuld?« rief er. »Für alles geben Sie mir die Schuld, und dann spionieren Sie mir auch noch nach, schleichen herum und lauschen an den Türen. Die sind doch *Ihretwegen* hier, der Kerl ist hinter *Ihnen* her!« Wie heiter und unbekümmert da draußen alles aussah, die Sonne über den Dünen, und das Gras, das sich im Wind wiegte, und in der Ferne das unwirkliche Blau des Meeres. In Momenten wie diesem kam es ihm immer so vor, als lachte sich die Welt halbtot, als lachte sie ihn aus. Er schlug leise mit den Fäusten aufs Fensterbrett und weinte mit zuckenden Schultern. »Ich muß hier weg«, sagte er wie zu sich selber und schluchzte tief auf und schüttelte langsam den Kopf hin und her, und auf seinen schwabbligen Lippen bildete sich eine dicke Spuckeblase, die mit einem kleinen Blups zerplatzte. »Ich muß weg!«

Der Professor musterte ihn finster und schwieg. Lux rieb sich mit den Fäusten die Augen und murmelte irgendwas, und dabei schob er sich an ihm vorbei und rannte im Sturmschritt die Treppe hinunter.

Wieder krachte die Haustür, und der Professor spürte, wie der Boden unter seinen Füßen zitterte. Er wartete, und gleich darauf hörte er noch ein Geräusch, diesmal näher, und als er übers Geländer nach unten schaute, sah er unter sich auf dem Treppenabsatz Felix, der an der Schlafzimmertür lehnte, eine Hand in der Jackentasche, den Kopf zur Seite geneigt, und still in sich hineinlächelte und auf irgend etwas lauschte, das von drinnen kam. Der Professor wich hastig zurück, sein Herz zuckte, doch es war zu spät. Einen Augenblick lang herrschte Schweigen, dann hörte er von unten Felix' leises Lachen, Felix' leisen Singsang.

»Hallooh-oo!« Pause. »Professor?« Pause, abermals Lachen. »Sind Sie da, Treuwiegold?«

Der Professor schloß kurz die Augen und seufzte. Es gab Dinge, an die er sich nicht erinnern mochte. Schwarze Nächte am Fluß, die im Winde schwankenden Lampen am Kai und die Möwen, die im Dunkeln über seinem Kopf kreisten und aussahen wie große hochgewirbelte Schreibblätter, und die Jungen, die im Schatten standen, ganz Seide und verhüllter Stahl, und in der Kälte mit den Füßen scharrten, die leuchtende Glut ihrer Zigaretten und ihre leisen Katzenstimmen, mit denen sie ihn riefen, als er zum dritten oder vierten Mal an ihnen vorüberstrich und sich Mühe gab, zerstreut zu wirken, sich Mühe gab, als das zu erscheinen, wofür er sich zu anderen Zeiten selber gehalten hatte. *Wie geht's, wie steht's? Na, steht er dir? Kannst dich wohl nicht entscheiden, was?* Sie hatten alle die gleichen flinken Augen, wie die Augen von halb gezähmten Tieren. Er fürchtete sich vor ihnen. Und doch, hinter dem rauhen Gehabe, dem dreisten Gerede, welch eine Zaghaftigkeit; wenn er endlich mit ihnen allein war, in einem dunklen Torweg oder einer Seitengasse, dann lachten sie verlegen und senkten die Köpfe, mieden seinen verstohlen forschenden Blick, taten so, als wären sie gar nicht da – genau wie er selber. Dieses Gemisch aus Bedrohung und Verletzlichkeit, dem konnte er nicht widerstehen. Und dann durch die dunklen, regenglatten Straßen fortwanken mit diesem Gefühl von Schwerelosigkeit im Kopf und geschüttelt von einer gleichsam bis zur Neige ausgekosteten Wonne. Nie wieder! rief er im Herzen aus, niemals, ich schwöre es! schmetterte er einer Phantomvariante seiner selbst entgegen, die schrecklich und anklagend über ihm stand, die Arme verschränkt, die Lippen fest aufeinandergepreßt. Und Felix immer dabei, der Herr der Straßen, der plötzlich auftaucht aus dem Nichts mit seinem grausamen

Wissen, kleine Scherze macht und sein maliziöses, anzügliches Lächeln lächelt. Jeder kannte Felix mit seinen Kartons voller Schmuggelzigaretten von den Schiffen und den kleinen Päckchen, in denen kostbares Pulver war. *Der Rattenfänger, das bin ich, Professor.* Und dieses Lachen.

»Huuhu!« rief er jetzt in seinem leisen Singsang. Er hatte sich übers Geländer gebeugt, das Gesicht nach oben gewandt, mit breitem, lippenlosen Grinsen. »Da sind Sie ja. Nicht so ängstlich, Professor, ich bin's doch bloß.«

Professor Kreutznaer begann langsam die Treppe hinunterzusteigen; Felix, immer noch grinsend, stand da, trommelte rhythmisch mit den Fingerspitzen aufs Geländer und ließ ihn nicht aus den Augen. Wie still das Haus auf einmal schien.

»Was –«, sagte der Professor und mußte sich räuspern und noch einmal anfangen. »Was tun Sie hier?«

Felix brach in japsendes Gelächter aus, schlug sich mit der gespreizten Hand auf die Brust und machte ein verdutztes, vollkommen unschuldiges Gesicht.

»Sie meinen, hier?« sagte er und zeigte auf die Dielenbretter unter seinen Füßen. »Ach, nichts weiter. Ich stehe einfach so da.«

»Ich meine, auf der Insel«, sagte der Professor.

Da lächelte Felix belustigt und trat ans Fenster, lehnte sich dagegen und guckte fröhlich hinunter auf die im Sonnenschein leuchtende Landschaft: der abschüssige Rasen und die Brücke über den Fluß und die grasbewachsenen Dünen in der Ferne und dahinter der Streifen Meer. Er seufzte. »Schön haben Sie's hier«, sagte er. »So friedlich.« Er sah sich kurz um und zwinkerte. »Nicht wie in alten Zeiten, was? Obwohl es hier sicher auch den einen oder anderen Fischerjungen gibt, der Ihnen Ihre Heringe raufbringt.« Er holte sein Etui aus gehämmertem Gold hervor, zündete sich einen Stumpen an und legte das Streichholz behutsam aufs Fensterbrett. Dann rauchte er und nickte versonnen. »Ja«, sagte er, »so ein Fleckchen Erde wie das hier, ich muß sagen, das könnte mir auch gefallen.«

Der Professor stand da und hörte seinem unsteten Herzschlag zu und dachte daran, daß im klopfenden Mittelpunkt der Furcht immer jenes kleine, dünne Flämmchen Freude ist, das sich durch nichts ersticken läßt.

»Warum sind Sie hergekommen?« fragte er.

Felix blies eine dicke Rauchwolke aus und schüttelte halb mitleidig, halb amüsiert den Kopf.

»Das hab ich Ihnen doch schon gesagt«, erwiderte er. »Der Kapitän war betrunken, unser Schiff ist auf Grund gelaufen. Wir sind Schiffbrüchige!« Er lachte kurz auf. »Wirklich wahr, ehrlich. Ein glücklicher Zufall. Freuen Sie sich denn gar nicht, mich zu sehen?«

Der Professor starrte ihn immer noch mit dumpfem Zorn an.

»Woher haben Sie gewußt, wo Sie mich finden?« fragte er.

Felix schnalzte mit gespielter Empörung mit der Zunge.

»Also wirklich«, sagte er, »ich weiß nicht, warum Sie mir nicht glauben wollen!« Er kicherte in sich hinein. »Hab ich Sie etwa je belogen?«

Darauf ließ der Professor ein kurzes Bellen vernehmen, das ein Lachen sein sollte. Sie beäugten einander durch einen Spiralnebel aus bleiblauem Rauch. Der Professor blickte auf, und Felix hob die Hand und griff sich verlegen ans gefärbte Haar.

»Und ich dachte, Sie haben es nie gemerkt«, sagte er, setzte eine beschämte Miene auf und klapperte mit den

Augendeckeln. »Sie kennen mich doch, Professor, Wandelbarkeit ist meine hervorstechende Eigenschaft.«

»Was wollen Sie von mir?« fragte der Professor.

»Wollen? Nichts will ich. Was hab ich denn früher immer gewollt? Amüsement. Zerstreuung. Die Gesellschaft eines großen Mannes.«

Felix wandte sich lächelnd ab und ging mit dem Gesicht nah an die Fensterscheibe und spähte hinunter in den Garten. Draußen sauste der Wind, das Sonnenlicht flakkerte.

»Sagen Sie mal«, sagte er, »wie benimmt sich eigentlich der Kunstmarkt heutzutage so? Launisch, was?«

Auf einmal war ein Pochen in der Luft, wie nach dem Schlagen einer Glocke.

»Ich glaube, ich sterbe«, sagte der Professor.

Er hörte sich das sagen und wich vor lauter Schreck und gleichsam hinuntergeschluckter Bestürzung einen Schritt zurück, wie jemand, der vor der windigen Kante eines hohen Gipfels zurückweicht. Felix am Fenster sah sich nach ihm um und schaute ihn geistesabwesend an.

»Was?« sagte er. »Sterben? Ja, sicher.« Er drehte sich wieder zum Fenster und rauchte einen Moment lang schweigend weiter. »Das ist wahrhaftig ein tolles Fleckchen Erde«, sagte er. »Wirklich, hier gefällt's mir. Hier gefällt's mir sogar so gut, daß ich glaube, ich bleibe ein Weilchen.«

Wieder dieser Glockenton in der Luft.

»Nein«, sagte der Professor.

Felix spähte angestrengt zum Hügel hinüber, wo eine heruntergekommene Gestalt unter einem blühenden Baum saß. »*Montgomery!*« rief Felix leise. »*Warum hat denn Ihr Diener spitze Ohren?*« Er wirbelte schwungvoll herum und sah den

Professor strahlend an. »Nein, haben Sie gesagt? Na, das ist aber nicht gerade gastfreundlich. Ich will doch bloß eine kleine Weile hierbleiben. Bis ich wieder Fuß gefaßt habe – ich hab in letzter Zeit ein paar Rückschläge erlebt. Nichts Ernstes, verstehn Sie; nichts von der Größenordnung, daß es erwähnenswert wäre.«

Sie standen da und musterten einander. Felix mit seinem vielsagenden Lächeln und der Professor, der düster vor sich hin starrte.

»Sie können nicht hierbleiben«, sagte der Professor.

»Ach, nun kommen Sie schon«, rief Felix, »wir vertreiben uns sorglos die Zeit, ganz so wie in der goldenen Welt – hoppla!« Er schlug sich auf den Mund und zog mit gespielter Bestürzung die Augenbrauen hoch. »Was hab ich da gerade gesagt? – oje, Professor, Sie sind ja ganz blaß geworden.« Er neigte den Kopf zur Seite und musterte mit vor Vergnügen verzerrtem Gesicht den alten Mann, der gebückt und murrend vor ihm stand. »Übrigens, ich war neulich unten in Whitewater«, sagte Felix fröhlich. »Da ist jetzt die Tochter die Chefin – so eine Art Schloßherrin. Man zahlt ein Pfund und kann so lange rumlaufen, wie man will. Sehr vertrauensselig, muß ich sagen, aber das war ja bei denen schon immer so, nicht wahr? Ich wollte mal nachsehen, ob das Gold noch dran ist an der Goldenen Welt. Ein erstaunliches Werk – ich bin jedesmal wieder überrascht. Es ist so« – er senkte sacht die Stimme –, »so überzeugend, finde ich immer.« Sein Stumpen war erkaltet; er legte den Stummel neben das abgebrannte Streichholz aufs Fensterbrett. »Ich hab mit der Dame des Hauses gesprochen. Sie war außerordentlich freundlich, außerordentlich hilfsbereit.«

Der Professor nickte grimmig.

»Dann hat Sie Ihnen also erzählt, wo ich bin«, sagte er. Felix kicherte bloß. Der Professor hörte sich atmen und spürte wieder dieses seidige Rascheln in seiner Brust. »Sie können mir nichts antun«, sagte er.

»Antun?« rief Felix. »Warum sollte ich Ihnen etwas antun wollen? Nein: Sie sind doch schließlich meine goldene Gans.«

Dann zwinkerte er und machte auf dem Absatz kehrt und hüpfte eilig die Treppe hinunter; auf halbem Wege blieb er stehen und drehte sich noch einmal um. »Ach, übrigens«, sagte er, »es ist Ihnen hoffentlich nicht entgangen, wie diskret ich mich hier benehme, und das, obwohl Sie sich nicht einmal dazu herbeilassen wollten, mir die Hand zu geben.« Er wackelte vorwurfsvoll mit dem Kopf und kicherte und ging kichernd weiter.

Als er weg war, blieb der Professor noch einen Moment lang reglos stehen, unschlüssig, wie derzeit so oft, und wartete auf etwas, das nicht kam. Wie beiläufig drückte er die Klinke der Schlafzimmertür herunter. Die Tür war abgeschlossen.

CROKE, PROBIERT'S DOCH MAL mit Croke, das ist das Wahre, der *homo verus* der Mythen und Legenden. Er trat auf die sonnenbeschienene Veranda hinaus und blieb mit säuerlicher Miene stehen und schnupperte in den Tag. Gestank nach Meer und, aufdringlich und scharf, nach nassem Gras, und dann noch so ein buttriger Geruch, Stechginster vielleicht. Er machte sich nicht viel aus Landschaft, Bäumen, Wetter und so weiter. Er war der geborene Stadtmensch. Ein Spaziergang am Kanal an einem Morgen im Oktober, Schwäne, die über ihre eigenen Spiegelbilder dahingleiten, und die Sonne überm Heizkraftwerk und die von den Abgasen der Autos zartblau schimmernde Luft, das war ihm Naturerlebnis genug. Er ging die Verandatreppe hinunter und dann über den gepflasterten Weg, vorbei an den Rosensträuchern und der Regentonne und der von Schmeißfliegen schillernden Grube, in die immer die Kohlenasche aus dem Küchenherd geschüttet wird. Hier wachsen verkrüppelte Apfelbäume, sie stehen im üppigen Gras, und Beerensträucher gibt es, und Brennesseln in dichten Kolonien spitzen die gezähnten Ohren und buhlen grün und drängelnd um Beachtung. Es riecht nach Rosen, dann nach Flieder, dann süßlich nach etwas Totem. Auf einmal kam eine Wolkenhand und hielt die Sonne zu. In der Nähe tropfte Wasser, oder war es ein Vogel, der dieses *Plip-Plip* machte? Croke kam an das eiserne Tor am Ende des Rasens, das zum Hof hinter dem Haus führte. An manchen Stellen war das Kopfsteinpflaster noch naß. Er sah zu, wie seine Hand nach dem Torriegel griff, und da mußte er einen Augenblick innehalten und diese welke Klaue anstarren, von der er kaum glauben konnte, daß es seine war. In letzter Zeit vermied er es, sich allzu genau zu betrachten, mochte das alles nicht sehen, den faltigen Hals, das graue Brusthaar, die Hängetitten, die zitternden Krampfaderbeine. Seine Haut war mit den Jahren verschlissen, nur mehr ein dünner, durchsichtiger Stoff, feuchtkalt und glatt, wie Wachspapier, ein schlaffer Balg, in dem sein großer alter Kadaver schlackerte. Er würde kein Leichentuch brauchen, sie konnten ihn einfach so zusammenpacken, ihn dressieren wie einen Truthahn vorm Braten, die Flügel drüberfalten und das Ganze für die Ewigkeit verknoten. Er lächelte grimmig, und vor ihm ging scheppernd das Tor auf. Ein Schwall von Sonnenlicht schwappte durch den Hof, und als er mit tastenden Schritten eintrat in diese jähe, weiche Glut, da salbte ihn der unsichtbare Gott, und ihn überkam ein kurzes, gänzlich ungewohntes Glücksgefühl.

Ein Huhn pickte im Stroh; sein scharfes, glänzendes Auge schien irgendwas zu suchen zwischen den schmutzigen Pflastersteinen. Dann blieb es nachdenklich stehen und ließ einen kleinen, schneckenförmigen Klacks Kacke fallen, kreideweiß und olivgrün. Leicht angewidert starrte Croke auf das Häufchen: Was um alles in der Welt fressen die denn bloß? Der Hund kroch unter der Schubkarre hervor, kam angetrottet und blieb nach ein paar Schritten hechelnd stehen. »Na, mein Alter«, sagte Croke und war ganz erschrokken, wie laut seine Stimme klang, wie hohl, wie wenig überzeugend. Er sah sich, wie er dort stand, eine komische Nummer, mit seinen buntgestreiften Klamotten, den quatschnassen Schuhen und diesem lächerlichen Strohhut. »Na, du«, sagte er barsch. »Na, alter Junge.«

Der Hund, ein schwarzweißer Spaniel, dem irgendein scheußliches Zeug aus den Augen lief, wandte sich verächtlich ab und trottete wieder in sein Versteck zurück.

Croke ging weiter und kam an ein zweites, noch breiteres Eisentor. Dahinter zogen sich die Felder bis hinauf zum Kamm, wo die Eichen standen. Er nahm den Hut ab und schaute nach oben und spürte plötzlich den Wind, der ihm die Stirn kühlte.

Wie heißt das bloß, dieses Dingsda, dieses Dingsda aus Gold?

Unterm Tor war eine moddrige, aufgewühlte Stelle (gibt es denn hier Kühe?) mit kleinen Pfützen darin, wie Glasscherben, in denen sich der Himmel spiegelt. Mit zittrigen Beinen trat er über den Matsch hinweg, doch der Boden dahinter war ebenfalls sumpfig, und das nasse Gras schlang sich beängstigend um seine Füße. Er ging trotzdem weiter, kletterte den holprigen Hang hinauf und trat auf seinen eigenen, gedrungenen Schatten, der vor ihm herwankte.

*Als meinen Schatten in der Sonne spähn*
*Und meine eigne Mißgestalt da-dam-da.*

Nicht, daß sie ihn jemals den König hätten spielen lassen. Er durfte immer bloß in Hemd und Hose aus Sackleinen herumstehen und den Schweiß der Kollegen riechen und aufpassen, daß er nicht gähnte, während vor ihm ein feister Homo mit einer Pappkrone auf dem Kopf hin und her stolzierte und irgendwelchen Schwulst erzählte. Pfff. Im Grunde seines Herzens ekelte ihn das alles an, dieses ewige Sichverkleiden und Sotun, als wäre man ein anderer. Schade, daß keine Revuen mehr aufgeführt wurden. Revuen hatte er immer gemocht, die schönen altmodischen Sachen, als noch nicht alles so schick und zotig war. Er war ein großer Stichwortgeber gewesen, wahrscheinlich wegen seiner Figur: ein dicker, träger Kerl mit glänzendem Gesicht und angeklatschten Haaren, der in Schlips und Kragen dastand und sich von seinem kleinen Partner die Kalauer an den Kopf werfen ließ, was konnte komischer sein? Merkwürdig, daß es ihn nie gestört hatte, den Dummen zu spielen. Die Spaßmacher denken doch immer, sie hätten alles in der Hand; Irrtum, klarer Fall, das war das Geheimnis. Miese kleine Lümmel, einer wie der andere, futterneidisch, knickrig, aufbrausend, ständig beleidigt, und Schürzenjäger, Gott, ja, das auch, alles, was einen Rock anhatte.

Er merkte, daß er an Felix dachte. Er traute ihm nicht über den Weg, diesem Witzbold mit seinen gefärbten Haaren und dem dreckigen Grinsen. Und dann diese Blässe: ob das etwa ein Judenbengel ist? Hat sich natürlich gleich an das Mädel rangemacht, klar. Machen die immer. Dieses Mädchen, also –

Oh!

Er schrak zusammen, denn plötzlich flatterte vor ihm irgendein Vogel aus dem Gras hoch, stieß einen trillernden Pfiff aus und schoß himmelwärts. Eine Lerche, oder? Er stand da, den Kopf im Nacken, grinsend vor Anstrengung, und beobachtete das kleine Geschöpf, das dort oben schwebte und seinen vollen, kehligen Gesang über ihn ergoß. Doch bald wurde es müde, oder vielleicht war sein Lied auch zu Ende, jedenfalls kam es in Etappen wieder herunter, sank steil von einer Luftstufe zur nächsttieferen und verschwand im Gras. Croke ging weiter. Vor langer Zeit, als er noch ein Kind gewesen war, hatte irgend jemand einen Kanarienvogel gehabt; er konnte sich daran erinnern, wie er das Tier an einem sonnigen Fenster in seinem Bauer gesehen hatte. Wer war das nur, wer mochte das gewesen sein, der sich einen Singvogel hielt? Er sah alles ganz deutlich vor sich: dort das Vogelbauer, die zurückgezogene Gardine, das Fenster mit den kleinen Scheiben und das gelbe Licht, das hineinströmte. Er seufzte. Melancholie, dick und süß wie Sirup, wallte in seinem Herzen auf.

Er stieg den Hang hoch. Dieses letzte Stück war steil, und Schlamm und totes Laub machten den Weg gefährlich. Er roch feuchten Rauch. Über ihm die Bäume gaben ein aufgeregtes Rascheln von sich. Er blieb stehen, um einen Augenblick zu verschnaufen, beugte sich vor, umfaßte seine Knie und atmete mit offenem Mund. Die Lungen taten ihm weh. Was machte er hier eigentlich, wieso mußte er unbedingt auf diesen Berg klettern, war er verrückt geworden, oder was? Er konnte ja sterben, einfach umkippen wie ein Baum und tot sein, tagelang hier liegen, und keiner würde ihn finden. Mit finsterem Blick drehte er sich nach den Feldern um, die hinter ihm abfielen, zum Haus hin, das dort unten lag, zum Strand und zu dem fernen Meer. Weiße Wolken segelten über seinem Kopf dahin. Einen Moment lang kam es ihm so vor, als schwebte er in der Luft, und ihm wurde schwindlig. Hinter ihm fing jemand an zu singen:

*Oh,*
*Zweimal kam's ihm heiß mit Fleiß*
*Hinein in eine Schale Reis*
*Tapioka sagte er dazu*

Es war einer der Jungen. Er hockte mitten auf einer Lichtung neben einem fast erloschenen Feuer und stocherte mit einem Stock in der schwelenden Glut. Er blickte hoch zu Croke und schien nicht überrascht zu sein. Das unfarbene Haar war feucht und angeklatscht. Die Augen hatten einen unheimlichen, verwaschenen Blauton.

»Welcher bist du?« fragte Croke, noch schnaufend vom Anstieg. »Bist du Hatch?« Zu dumm, daß er keinen Spazierstock bei sich hatte; das hätte ihm Autorität verliehen, er hätte damit auf ihn zeigen können und so weiter. Hatch betrachtete ihn gleichgültig; es war, als schaute er durch die Gitterstäbe eines Käfigs. Der unverwandte Blick des Kindes hatte Croke ganz durcheinandergebracht; er versuchte es noch einmal anders: »Ist dir wohl ausgegangen?« sagte er und zeigte auf das Feuer.

Hatch zuckte die Achseln. »Pound hat draufgepißt.«

»Hab ich gar nicht«, sagte Pound, der gerade zwischen den Bäumen hervorkam. Pound war der Dicke: Brille, Stirnlocke, Schuhe wie Ruderkähne. »Der hat selber draufgepißt.«

Croke war nervös; er grinste matt. Er machte den Mund auf, wollte etwas sagen, doch ihm fiel nichts ein, und so stand er unschlüssig da, fühlte sich ausgeliefert und irgendwie für dumm verkauft. Insgeheim hatte er ein bißchen Angst vor den beiden. Besonders vor Hatch mit seinem Koboldgesicht, den violetten Augen und den bleichen kleinen Händen, die wie Klauen aussahen, den fand er wirklich zum Fürchten.

Pound kam an und blieb am Feuer stehen und stocherte mit der Schuhspitze darin herum. Er musterte Croke verstohlen aus dem Augenwinkel. »Scheint gegangen zu sein«, sagte er zu Hatch. »Ich kann ihn nicht mehr sehn.«

»Zugrunde gegangen«, sagte Hatch lachend.

Eine Windböe fegte über die Lichtung und wirbelte die trockenen Hülsen auf und die filigranen Skelette der vorjährigen Blätter. In dem Schweigen, das jetzt herrschte, hatte Croke ein Gefühl wie im Traum, als ob er langsam und schwerelos kippte.

»Ist wohl einer hier oben gewesen, ja?« sagte er.

Hatch rammte seinen Stock in die Asche.

»Der Typ«, erwiderte er.

»Welcher Typ?«

»Tarzan, der Affenmensch.«

Diesmal lachte Pound, ein fettes Bellen. Croke sah erst den einen, dann den anderen an, den Dürren, der am Boden kauerte, und den Dicken mit den Schwabbelbacken und der käsigen Babystirn. Wieder überlegte er, was er sagen sollte, etwas, womit er sie fertigmachen konnte, etwas, das grob und lustig zugleich war, doch ihm fiel nichts ein, und so wandte er sich mit einer ärgerlichen Bewegung ab und zwang sich, gemächlich wegzugehen, obwohl es ihm im Genick brannte wie Feuer. Kinder und Tiere, Kinder und Tiere; er hätte es wissen müssen.

Er kam zu der Stelle, wo die Bäume aufhörten, und mußte die ersten paar Meter des Abhangs auf allen vieren hinunterkrabbeln. Er hatte so ein merkwürdiges Gefühl. *Immer an der Wand lang*, hatte sein Vater immer gesagt: *Immer an der Wand lang, oder ich fall um vor Müdigkeit.* Der Boden kam ihm noch unebener vor als vorhin beim Aufstieg, unterm

Gras verbargen sich Kuhlen, und er hatte Angst, er könnte sich darin den Fuß verstauchen (es scheint also doch Kühe zu geben – oder Pferde, vielleicht gibt es ja hier Pferde). Das Haus war deutlich unter ihm zu sehen, doch er hielt nicht darauf zu, sondern irgendwie trieb es ihn immer daran vorbei, als hätte alles insgeheim Schlagseite, und als er auf gleicher Höhe mit dem Dach war und sogar der kleine Turm links hinter einer steilen, grasbewachsenen, von Kaninchenlöchern zerklüfteten Böschung aus dem Blickfeld verschwand, quälte er sich auf einmal einen breiten, beiderseits von Dünen gesäumten Sandweg entlang.

Vor ihm war das Meer, er konnte es hören, das Zischen und Rauschen und das knirschende Klatschen der Wellen auf dem feinen Ufersand. Hart brannte ihm die Sonne auf den Schädel. Er hielt inne und stand benommen mit gesenktem Kopf im gleißenden Licht. Was war bloß mit ihm los? Unbegreiflich. Gerade war er noch dort oben auf dem Kamm gewesen, und jetzt war er hier unten und war in diesem heißen Loch versackt. Er sah sich um. Die Jungen waren hinter ihm; sie standen auf einer Düne und beobachteten ihn. Er konnte sie nicht richtig sehen; lachten die etwa? Wieder dieses Schwindelgefühl, ihm brummte der Schädel.

Er ging weiter. Schweiß trübte ihm den Blick. Sein Hutband war heiß und schmierig, und in den durchnäßten Schuhen hatte er Sand, harte Sandwülste, die sich unter den Sohlen und Zehen verkeilt hatten, daß ihm die Hühneraugen weh taten. Der Weg wurde steiler, wie eine Wand erhob sich vor ihm der glatte Hang; dort oben auf dem Kamm wirbelte der Wind den feinen Sand auf, und der Himmel dahinter war von einem dichten, verwunderten Blau. Ein widerlicher Gestank stieg ihm in die Nase. Im Sand lag ein totes Schaf, es hatte den Kopf zur Seite gedreht und die Beine mit den kleinen schwarzen Hufen von sich gestreckt. Wahrscheinlich hatte es den Halt verloren und war die Dünen hinuntergestürzt und hatte sich das Genick gebrochen. Das Hinterteil war weggefressen; der Wind zerrte an dem noch unversehrten leeren Fell, so daß das tote Ding aussah, als krümmte es sich vor Schmerzen und versuchte krampfhaft, wieder auf die Beine zu kommen. Croke ging daran vorbei und hielt die Luft an, damit er den Geruch nicht einatmen mußte, und sah eine glasig glänzende Nüster und das schwarze Loch einer Augenhöhle. Er hustete, spuckte, stöhnte. Er wußte gar nicht mehr recht, wo er war, weit und breit nichts als dieser Abhang und das glitzernde Sonnenlicht, das ihn blendete, und der brennende Sand, der unter seinen Füßen nachgab. Er wollte ans Meer; wenn er doch bloß bis ans Meer käme, dann wäre alles gut. Er hörte die Musik, die die Insel macht, den tiefen Gesang, der aus der Erde aufstieg, und dachte, daß er sich das wohl nur einbildete. Er stolperte weiter vorwärts, und sein Herz bebte in seinem Käfig, und die Salzluft rasselte in den Lungen. Ein Dutzend Schritte, dann blieb er abermals stehen und drehte sich um. Die Jungen waren immer noch hinter ihm, immer noch im selben Abstand. Wenn er haltmachte, machten sie auch halt, standen untätig da und beobachteten ihn. Er schrie und schüttelte die Fäuste in ihre Richtung. Warum kamen sie ihm nicht zu Hilfe? Sie sahen doch, daß er Hilfe brauchte. Er hatte Angst. Gleich fang ich an zu heulen, dachte er. Jetzt hatte er den Sand schon im Mund. Wie heißt das Wort? Anabasis. Nein. Diskant. Nein, nein, dieses Dingsda, dieses Dingsda aus Gold, wie heißt das bloß! Wie in einem Traum sah er seine bleiernen Füße durch den Sand schlurfen, sah den einen einsinken, während sich der andere hob, um hernach gleichfalls einzusinken. Was war passiert, daß es so weit mit ihm gekommen war? Was war da schiefgegangen, und so schnell? Er sah wieder den Kanarienvogel vor sich, das Licht im Fenster des vollgestopften Wohnzimmers und den alten Mann in seinem großen, hohen Bett. Ja, ja, das war's, zuletzt hatten sie ihm den Vogel gekauft, damit er Gesellschaft hatte – *Damit er mich auspfeift!* hatte der alte Mann lachend und hustend gerufen, belustigt und wütend zugleich. Wieder hörte Croke das rauhe Lachen und die Stimme, diesen müden, verächtlichen Ton: *Mein Sohn, der Komödiant.* Die schmale Treppe hinunter, und die Jahre fallen ab, und plötzlich war er wieder Kind, die Halle mit dem blanken Linoleum und dieser abgeschabte Viertelkreis hinter der schleifenden Tür und dann hinaus auf den Platz, die Hand in ihrer Hand, der Trinkbrunnen und die blühenden Kirschbäume in ihren Drahtkäfigen, und dann der große, breite, hallende Korridor, grell erleuchtet von körnigem Licht, und der schnelle Schritt der hochgewachsenen Nonne auf den holprigen Fliesen – nie sieht man bei denen die Füße – und ihre dünne, hohe Stimme, die was von Beten und von Bravsein sagt.

Mutter! Halt mich fest!

Er kam an den Rand der Anhöhe und blieb schwankend einen Moment stehen und staunte mit offenem Mund, als er den Strand erblickte und dahinter das weite blaugrüne Wasser, und der Gestank nach Sand und Wrack ihm in die Nase stieg. Stolpernd rannte er los, durch den Sand, sehnsüchtig, dem Ozean entgegen, und seine langen Arme schlenkerten, und seine Knie bogen sich seitwärts nach außen. Am Rande des Wassers blieb er stehen. Die Sonne über ihm war eine weißgoldene Oblate, die leicht vibrierend dahintrieb, mitten im grenzenlosen Blau. Er breitete die Arme aus. Er lachte, oder weinte er? Er wußte es selber nicht.

Dieses Gold

Dieses Dingsda, dieses Gold

Er schloß die Augen, und da war es ihm, als ob im Innern seines Kopfes eine Tür ins Schloß gefallen wäre.

Hinter den Dünen tauchten die zwei Jungen auf, gerade noch rechtzeitig, um zu sehen, wie er sich langsam auf ein Bein erhob, einem großen alten sterbenden Vogel gleich, wie seine Arme hilflos nach Ringen aus Luft griffen. Er schwankte einen Augenblick und kippte dann wie in Zeitlupe vornüber und fiel in voller Länge in den Sand.

Letzte Nacht habe ich geträumt, daß – Nein, nein, ich kann nicht. Es gibt Träume, die sind zu schrecklich, als daß man sie erzählen könnte.

Plötzlich Schmerzen in der Brust. Ah!, tut das weh. Vielleicht muß ich an seinem Herzen sterben. Das wäre ja vielleicht ein Witz, wenn ich sterben würde und ließe sie hier zurück, in der Falle, die Flut steht, und das Schiff sitzt fest für immer. Alles zu Ende, Raum und Zeit, ein gewaltiger Blitz, und dann Finsternis und herrliche Stille, wenn dieses Geplapper aufhört. Geschieht ihnen recht. Geschieht uns allen recht. Wir sind die Gefährlichen, keine andere Spezies, die uns gliche, die ganze Schöpfung geht in die Knie vor uns, den Todeshändlern. Ich sehe eine Bestie mit drei Köpfen auf dem Misthaufen dieser Welt hocken, rotäugig, wachsam, an einem Schienbeinknochen nagend: armer, tumber Zerstörer. Besser ohne uns, besser das Nichts als das, als dieses Schlachthaus, das wir hier errichtet haben. Ja, weg mit

Schaden: die ganze Welt ein einziger Hals, und ich der Henker. Am Ende. Jetzt noch nicht. Am Ende.

Vaublins Doppelgänger. Kuriose Episode, das. (Sehen Sie, wie schnell ich mich wieder gefangen habe?) Sämtliche Experten, einschließlich Professor Kreutznaer, sind sich einig, daß das alles bloß eine Täuschung war, eine Geistererscheinung, hervorgerufen durch das Fieber und die Erschöpfung jenes letzten, verzweifelten Sommers in diesem kurzen Künstlerleben. Ich bin mir da nicht so sicher. Je genauer ich mir die Sache betrachte, desto seltsamer wird sie. Er lebte auf der Île de la Cité, dem letzten Refugium, wohin ihn sein zwanghaftes Umherwandern am Ende geführt hatte, in weiten Räumen, hoch über der Seine. Er war siebenunddreißig; seine Lunge war kaputt. Die Gemälde aus dieser Periode, hastig hingeworfene Traumlandschaften, in gespenstisch leuchtendes Mondlicht getaucht, haben etwas Erschrockenes, die starren, unergründlichen Figuren über die Leinwand verstreut wie Überlebende einer gewaltigen Luft- und Lichtkatastrophe. Er sucht hier etwas Ungreifbares, irgendein reines, destilliertes Wesen, das vielleicht nicht einmal menschlich ist. In einem seiner letzten Briefe sagt er, er sei zu der Erkenntnis gelangt, daß der Mittelpunkt eines Gemäldes, der Punkt, in dem das Gleichgewicht geballt ist, aus dem jedes Element der Komposition entspringt und in dem sich zugleich alles bündelt, daß dieser Punkt nie da ist, wo man ihn vermutet, daß er sich niemals genau in der Mitte befindet oder in seiner Bedeutung sofort ins Auge springt, sondern in einem Stück Himmel liegen kann, in der Falte eines Gewandes, einem Hund, der sich hinterm Ohr kratzt, oder sonstwo. Der Trick ist, diesen entscheidenden Punkt zu finden und sich von dort aus vorzuarbeiten. Inzwischen war Vaublin ganz dem Theatralischen verfallen. Die Schauspieler der Comédie Française saßen ihm im Kostüm, die ganze erste Garde, Paul Poisson, La Thorillière, die Tragödin Charlotte Desmares, Biancolelli, dessen Pierrot die große Sensation der Spielzeit war. Sie waren genau das, was er brauchte, ganz Pose und oberflächlicher Glanz. Sie nahmen eine bestimmte Attitüde ein und verharrten eine volle Stunde lang darin, ohne sich zu rühren, befangen in der Trance der Selbstgefälligkeit. Er zeichnete auch aus dem Gedächtnis, die Feste und die Bühnenspektakel, die er vor Jahren in den großen Stadtgärten erlebt hatte. Diese Dämmerstücke in Grün und Bernstein sind garantiert Erinnerungen an die *grandes nuits* der Duchesse de Maine in Sceaux, die weichen Schatten zwischen den Bäumen, die Musik auf dem Wasser, die Figuren mit ihren Masken, die über die langgestreckten Rasenflächen schlendern, derweil das letzte Licht des Abends sich in immer schwärzer werdende Nacht verwandelt und die kleinen Fledermäuse herauskommen und durch die immer dunkler werdende Luft huschen. In die Melancholie, die seit jeher sein Markenzeichen gewesen war, mischt sich bei diesen letzten Werken eine gleichsam erschrockene Heiterkeit. Das Leuchten, in das dort alles getaucht ist, sieht immer so aus, als könnte es jeden Moment ausgelöscht werden, als hätte es seine Quelle in der kleinen, schwachen Flamme des geschwächten, scheiternden Lebens des Malers selbst.

Als ihm dann aufging, daß ihn ein Gegenspieler wie ein Schatten durch die Stadt verfolgte, dachte Vaublin zunächst, das müsse ein Scherz sein, ein schlau eingefädelter Streich, vielleicht von jemandem ersonnen, der ihm übel wollte – er hatte stets ein mißtrauisches Naturell gehabt. Einmal blieb ein Bekannter auf der Straße stehen, starrte ihn verblüfft an und sagte, er habe ihn doch just vor fünf Minuten in die entgegengesetzte Richtung gehen sehen, und da habe er einen schwarzen Mantel angehabt. Er fand das nicht zum Lachen. Und dann entdeckte er nach und nach auch die Bilder. Es gab *fêtes galantes* und *amusements champêtres* und sogar Theaterszenen, seine absolute Spezialität, deren Gestalten ihn wissend und mit verhohlener Belustigung anzugucken schienen. Der Stil, in dem sie ausgeführt waren, glich gespenstisch seinem eigenen, nur daß alles hastig gemalt war, mit technischen Fehlern und ohne groß auf die Qualität der Oberfläche zu achten. Diese Schluderei kam ihm wie ein höhnischer Kommentar vor, der sich unmittelbar gegen ihn selber richtete, gegen ihn und seine Ambitionen, der sich mokierte über seine Konzentrationsschwächen, über die kleinen Nachlässigkeiten, die er sich gestattet hatte, und über die technischen Mängel, von denen er immer gemeint hatte, sie fielen keinem auf. Und jedesmal, wenn er das eine oder andere dieser Stücke genauer betrachten wollte, kam etwas dazwischen. So erhaschte er zum Beispiel gerade noch einen Blick auf eine *Récréation galante*, die eben von zwei beschürzten Trägern aus dem Laden eines Kunsthändlers getragen wurde, oder in einem eleganten Salon hing eine grüngoldene *Île enchantée* überm Kamin, und im ersten, benommenen Augenblick war er sich ganz sicher, daß sie von ihm war, und kaum, daß er sie entdeckt hatte, wurde er auch schon genötigt, den Raum zu verlassen. Wer war dieser Witzbold, der mit so traumwandlerischem Geschick eine Vaublin-Fälschung nach der anderen hinwerfen konnte, der seine geheimsten Mängel kannte, der die Gabe besaß, nicht nur seine Stärken, sondern auch seine Schwächen zu imitieren, seine kleinen Ausweichmanöver, seine Geschmacksverirrungen und seine technischen Unzulänglichkeiten? In einem Brief berichtet er seinem Freund, dem Sammler Antoine de la Roque, der auch den Nachruf verfaßt hat, er habe ständig das Gefühl, daß ihn irgendwer behindere; an manchen Tagen, heißt es dort, müsse er regelrecht kämpfen, um an seine Staffelei zu kommen, als wäre da tatsächlich ein unsichtbarer Doppelgänger, der ihm den Weg versperrte, ihn beiseite drängte, und wenn er dann endlich vor die Staffelei trete, sei ihm, als ginge gleichzeitig mit seinem eigenen Arm ein zweiter, schwererer in die Höhe. *Mir ist, als hörte ich Hohngelächter*, schreibt er, *und immer steht jemand hinter mir in der Ecke, doch wenn ich mich umdrehe, ist keiner da.*

Er hatte mit der Arbeit an *Le monde d'or* begonnen, in Eile, solange er noch die Kraft dazu hatte. Es war ein heißer Sommer. Ich sehe ihn dort oben in seinen Räumen unterm Dach, alle Türen und Fenster weit geöffnet für die Luft und die Geräusche der Stadt, die Windstöße, die jähen Gerüche, die schimmernden Lichter vom Wasser. Ihm zittern die Hände, alles zittert, schwankt und richtet sich wieder auf, als wäre das Haus eine große, plumpe Schonerbark unter vollen Segeln. *Ich bin auf der Reise in die goldene Welt*, schreibt er an La Roque. Er möchte etwas beichten, doch er kann nicht, etwas, das mit einem vor langer Zeit begangenen Verbrechen zu tun hat; etwas, das zu tun hat mit einer Frau.

Verstohlen entfaltet sich der Tag, steigt auf, dem Mittag zu. Der Wind hat sich gelegt. Die Eichen auf dem Kamm sind reglos, düster vor Hitze, und die Luft über den Feldern wogt wie ein wehendes Banner. Die Hühner sind vom Hof verschwunden, sie meiden die Sonne, der alte Hund schläft wieder unter der Schubkarre. Die Buche in der Gartenecke steht unbewegt in der Purpurlache ihres eigenen Schattens. Ein Quietschen, dann ist alles still. Verstummte, geheime Welt! Die Hintertür ist offen, eine umgedrehte Kiste voll schwarzsamtener Finsternis; hier hindurchgleiten, leicht wie ein Windhauch, dies und jenes streifen, diese dunklen Dinge, sie berühren, federzart, so wie ein Blinder. In dem schmalen Durchgang neben der Treppe riecht es nach Zitronen, in der Halle grelles Licht. Stimmen. Oben geht eine Tür auf, und das Geräusch von schnellen Schritten. Hört ihr? Jeder lebt sein kleines Leben.

In der Küche hockte Sophie halb auf der Tischkante und machte Fotos von Alice, die vor ihr auf einem Stuhl saß und das blasse Gesichtchen schüchtern in die Linse hielt, aufmerksam und reglos, wie eine Blume, die sich zum Licht emporreckt. Felix kam aus der Halle herein, und Lux, kaninchenäugig und mit zittrigen Knien, folgte ihm schlurfend auf den Fersen. Sophie hob die Hand, und da blieben sie in der Tür stehen und schauten.

»Nicht bewegen«, sagte sie leise zu Alice und hielt den Fotoapparat abwägend erst in diese, dann in jene Richtung, um schließlich behutsam auf den Auslöser zu drücken.

Felix trat hinter sie, und da ließ sie den Apparat sinken, drehte sich aber nicht um. Alice lächelte ängstlich zu ihr hoch.

»Ich dachte, Sie machen nur Bilder von toten Sachen?« murmelte Felix.

Sophie antwortete nicht. Sie spürte die schwache Wärme im Rücken, die von ihm ausging; sie legte die Kamera weg und stand abrupt auf, trat ans Fenster und verharrte dort, und ihre Hände umfaßten den kalten, dicken Rand des Ausgusses. Sie senkte den Blick und sah sich in der Spiegelscherbe, die angelehnt auf dem Fensterbrett stand, erkannte kaum ihr eigenes Konterfei, nichts als schimmernder Hals und fremde Augen unter schweren Lidern, wie eine Maske aus brüniertem Metall. Als sie sich umdrehte, schaute Felix sie mit wissendem Blick an, leicht amüsiert, den Kopf zur Seite geneigt und die Lippen geschürzt, und sie merkte, wie sie zurückzuckte, als hätte sie etwas prickelnd Ekelhaftes, Obszönes, Widerwärtiges berührt.

Ein Schatten fiel durch die Tür, und dann trat Croke ein, forsch, die Kreissäge auf dem Kopf, mit gequälten Lachen.

»Jesses!« sagte er.

Er stand schwankend da, sah sich wie verwundert um und lächelte benommen und mit offenem Mund. Seine Hutkrempe war an einer Seite eingedrückt, das Sakko hatte feuchte Stellen, an denen Sand haftete, die weißen Hosen waren fleckig und unten an den Umschlägen vollkommen durchnäßt. Hinter ihm erschienen Hatch und Pound, rechts der eine, links der andere, und zwischen ihnen die tiefblaue Mittagsluft, und beide starrten sie gelangweilt und dumpf versonnen vor sich hin. »Was?« sagte Croke unvermittelt, als hätte wer gesprochen. Er schüttelte den Kopf und schlurfte zum Tisch, wo Alice saß, und ließ sich neben ihr auf einen Stuhl fallen. Er wirkte gealtert und sah doch zugleich unvorstellbar jung aus mit seinem horchend emporgereckten Gesicht und den zwischen den Knien hinabhängenden Händen – ein großes, dickes, altes, verwirrtes Baby. Das eingefallene Kinn war stopplig, und in den Mundwinkeln hatte er Spucke; seine Haare standen an der einen Seite überm Ohr ab, und jedesmal, wenn er sie glattstreichen wollte, sprangen sie wieder hoch.

»Hingefallen«, sagte er gestikulierend. »So hier: Peng, saß ich aufm Arsch.«

Er schüttelte lachend den Kopf; er nahm eine Gabel vom Tisch, spielte zerstreut damit herum und legte sie wieder hin. Als die Jungen angeschlichen kamen, drehte er sich schwerfällig auf seinem Stuhl um und zeigte mit zitterndem Finger anklagend auf die beiden. »Und was die zwei hier angeht –!« Er lachte von neuem, mußte husten und klopfte sich mit der Faust an die Brust, und dann drehte er sich wieder zum Tisch, verzog nachdenklich das Gesicht und leckte sich die von der Salzluft aufgesprungenen Lippen. Hell war die Welt um ihn herum. Alles leuchtete gleichsam von innen heraus, vibrierte im eigenen Strahlen. Überall war Bewegung; selbst die festesten Gegenstände schienen zu brodeln, der Tisch unter seinen Händen, der Stuhl, auf dem er saß, ja sogar die

Wände selber. Und auch er zitterte, als wäre sein Knochengerüst eine Stimmgabel, die jemand an die harte, grelle Oberfläche der Dinge geschlagen hat. Die anderen schauten ihn an, für einen Augenblick verstummt, mit aufgerissenen Augen. Er stellte sich vor, wie sie ihn sahen, einen schimmernden Mann, der durchs Licht schwebte. Er drehte rasch den Kopf und guckte hoch, denn ihm war, als hätte er hinter sich seinen Namen rufen hören. Doch es war niemand da.

»Jesses!« sagte er noch einmal leise, und das hörte sich an wie ein sanft pfeifender Seufzer.

Lux ging zum Herd und schob die Töpfe und Pfannen hin und her. Vom Fenster schwappte ein aufgewühlter, goldglänzender Sonnenlichtstreifen in die dunkle Herdnische. Lux machte kurz die Augen zu und sah sich befreit, sah sich lautlos auffliegen, hoch hinauf in die blaue, die unermeßlich weite Luft. Er ging hinüber zur Wand, wo der Fliegenschrank hing, nahm eine weiße Platte heraus, auf der ein dürres, gerupftes Huhn mit gummiroten Beinen und schuppigen gelben Krallen lag.

»Nun seht euch das an«, sagte er angewidert. »Tighe hat es nicht noch mal gewaschen.«

Er stellte das Huhn auf den Tisch und zog sich die Jacke aus.

»Als mein Vater starb«, sagte Croke in den Raum hinein, »war er jünger, als ich jetzt bin.«

Er schaute sich mit leerem Lächeln um, sein trüber, starrer Blick glitt flüchtig über alle Dinge. Alice guckte mit leisem Ekel in seine große, haarige Ohrmuschel. Sie mußte an ein Bild denken, das sie einmal, als sie noch klein war, gesehen hatte, von einem alten Bettler, der an einer Straßenecke stand und über den sich besorgt ein großer Engel mit goldenem

Haar und goldenen Flügeln beugte. Sie überlegte kurz, ob Croke jetzt starb. Es interessierte sie nicht. Sie nahm Sophies Fotoapparat und staunte, wie schwer er war. Er faßte sich gut an, so hart und gewichtig, und dann diese ledrige, geriffelte Haut, die seidige Kühle des Edelstahls unten am Gehäuse. Sie stellte sich vor, wie innen fest zusammengerollt der Film lag, in den ihr Gesicht eingeprägt war, wieder und wieder, Dutzende Miniaturversionen von ihr, mit ascheweißem Haar und schwarzer Haut, fremd aus leeren Augenhöhlen starrend, und sie schauderte, und ihr war, als käme etwas durch die schattige, purpurn angehauchte Luft auf sie zu und würde nach ihr greifen.

»Also, die hat immer die Tauben gefüttert und die Spatzen und alles. Und dann ist sie gestorben«, sagte Hatch gerade mit Verschwörerstimme, »und wißt ihr, was auf ihrem Grabstein steht? SIE WAR GUT ZU VÖGELN.« Er lachte keuchend und zog dabei die farblosen Lippen auseinander, so daß seine scharfen kleinen Zähne zu sehen waren. Dann zwinkerte er Lux zu: »Na, Boß? Is doch 'n geiler Witz, oder?«

Da Lux die Frage geflissentlich überhörte, wandte sich Hatch an Alice.

»Hast wohl nicht kapiert, hä?« sagte er.

Pound, der am Tisch hockte und das Kinn auf seine dicken Hände gestützt hatte, schniefte höhnisch. Das Licht ließ seine Brillengläser aufblitzen, so daß es aussah, als hätte er gar keine Augen. Hatch trat wie aus Versehen unterm Tisch nach ihm und sagte:

»Was macht denn deine Diät?« Er zwinkerte Alice zu. »Seine Mama hat ihn nämlich auf Diät gesetzt, weißt du.«

»Schnauze«, sagte Pound lahm. »Popelfresser.«

Felix lachte und drehte dem Dicken spaßhaft das Ohr um:

»Der Charlie Brown, der hat nur immer Unsinn im Sinn«, sagte er.

»Aua!«

Hatch, mit funkelnden Veilchenaugen, trat Pound erneut gegen das Schienbein, diesmal noch derber.

»Mistvieh«, sagte Lux mit zusammengebissenen Zähnen zu dem Huhn und hackte ihm den Kopf ab.

Felix ging zum Ausguß und stellte sich neben Sophie und sah sie mit äußerst besorgter Miene an.

»Sieht aus, als ob Sie Trübsal blasen, *contessa*. Was haben Sie denn – Pech in der Liebe?«

Und er kicherte.

Sie fixierte sein langes, lachendes, maliziös-belustigt dreinblickendes Gesicht. Beim Lachen kniff er immer die Augen zusammen und zeigte seine spitze rosa Zunge.

»Wird uns die *principessa* denn Gesellschaft leisten?« fragte sie.

Er zuckte die Achseln.

»*Quella povera ragazza!*« sagte er und schüttelte den Kopf und seufzte tief. »Sie schläft.«

»Ja«, erwiderte Sophie. »Ich weiß.«

Kurze Verblüffung. Dann lachte er und drohte ihr spaßhaft mit dem Zeigefinger.

»*Ah, crudèle!*« zwitscherte er.

Und dann ging er und stellte sich in die Hintertür und betrachtete zufrieden den sonnendurchfluteten Hof, eine Hand in der Seitentasche seines engen Jacketts und den schmalen Rücken schief und krumm. Ein Rotkehlchen landete ihm vor den Füßen.

»Ach ja!« Alice stand rasch vom Tisch auf. »Ich sollte ihr doch ein Glas Wasser bringen.«

Sie rannte zum Ausguß und spülte ein schmutziges Glas und füllte es unter dem Hahn. Felix holte einen Schlüssel aus der Tasche und ließ ihn vor ihrer Nase hin- und herbaumeln.

»Den wirst du brauchen«, sagte er. Sophie verzog höhnisch das Gesicht, und da zuckte er die Achseln und fügte grinsend hinzu: »Sein Eigentum muß man schützen.«

Alice nahm den Schlüssel und steckte ihn in die Tasche ihres Kleides und ging, das Glas vorsichtig mit beiden Händen festhaltend, hinaus; sie hatte den Kopf gesenkt und schaute mit ernster Miene zu, wie das Wasser unter der Spannung seiner zinnhell glänzenden, gewölbten Oberfläche schwappte.

Ohne Vorwarnung, wie zwei Fische, die nach Luft schnappen, sprangen Hatch und Pound vom Tisch auf, und Hatch ging erstaunlich wütend auf den dicken Jungen los und bearbeitete ihn mit den Fäusten. Pound schlackerte wie ein Sandsack und steckte die Hiebe mit nachsichtiger, beinahe gleichgültiger und nur mäßig verwunderter Miene ein. Hatch drückte sich mit gesenktem Kopf an ihn und schlug und schlug, als wollte er sich bis in Pounds verfetteten Brustkorb vorkämpfen. Die anderen schauten zu, wie hypnotisiert, bis Croke sich mühsam erhob und Hatch bei den mageren Schultern packte und ihn hochhievte, so daß er in der Luft hing und sich wand und unter Tränen fluchte und mit Armen und Beinen zappelte wie ein auf den Rücken gefallener Käfer. Croke ließ ihn unsanft wieder runter, und der Junge setzte sich hin, kroch in sich zusammen und biß sich unter wütendem Schluchzen auf die Fingerknöchel.

»Ich hab doch bloß gemeint«, sagte Pound tumb, »ich hab doch bloß gemeint ...«

Alice kam zurück und setzte sich und legte die Hände in den Schoß. Felix sah sie mit hochgezogener Braue an.

»Wie geht's denn der Patientin?« fragte er.

Alice wich seinem Blick aus.

»Sie sagt, sie will bloß ihre Ruhe haben«, erwiderte sie und zog einen Flunsch.

Felix kam und baute sich mit ausgestreckter Hand vor ihr auf.

»Den Schlüssel?«

Alice warf einen schrägen Blick auf seine Hand und überlegte.

»Den hat sie behalten«, sagte sie mit einem kleinen, triumphierenden Lächeln und sah einen Moment lang wie ein verhutzeltes altes Weiblein aus.

Sophie lachte.

Felix überlegte kurz, dann zuckte er die Achseln und ging zur Mitte des Raumes, blieb dort stehen, die Füße geschlossen, die Arme fest angewinkelt, lächelte vor sich hin und wippte ein bißchen auf den Sohlen, wie ein Schwimmer, der mühelos im Wasser tritt, ganz in seinem Element. »*Ach, Mélisande, Mélisande!*« sang er leise mit dünnem Falsettstimmchen, den waidwunden Blick himmelwärts gewandt. Dann machte er plötzlich einen Luftsprung, hopplahopp, rollte die Augen, knickte die Handgelenke ein und schlenkerte mit den Händen.

An der Hintertür rasselte der Riegel, jemand klopfte zaudernd an.

Felix summte einen Schmachtfetzen vor sich hin, hatte die Arme in Tangopose um den eigenen Oberkörper geschlungen, Brust raus und Rücken durchgedrückt, und so schob er sich zur Tür und riß sie weit auf. Aus dem Hof drang Licht herein und der Geruch nach sonnenwarmem Stroh und Hühnerkot. Leises Flügelflattern. Ein kleiner Windzug. Der blaue Tag flirrt.

Auf der Schwelle ein Junge, rothaarig, mit vorstehenden Zähnen; er hat Gummistiefel an.

»Ah!« schreit Felix, »da bist du ja! Na, was macht denn *le bateau ivre*? Untergegangen, nicht wahr, Frauen und Kinder in die Boote, noch weht die Fahne, und der Kapitän steht am Heck und salutiert und so weiter und so fort?«

Der Junge blinzelte ihn mißtrauisch an.

»Der Käpten sagt, ich soll sagen, nicht mehr lange, dann ist Flut, ihr sollt euch schon mal bereithalten.«

Felix wandte sich wieder den anderen zu und breitete die Arme aus.

»Habt ihr gehört, meine Lieben«, sagte er. »Die Wasser steigen.«

Sophie drehte den Film in ihrer Kamera weiter.

»Kommen Sie denn nicht mit?« fragte sie.

Doch Felix lächelte bloß.

Sergeant Toner stieß das hölzerne Tor auf und verschnaufte einen Moment, bevor er sich auf den steilen Weg machte, der zum Haus führt. Er nahm die Mütze ab, kratzte sich mit zwei Fingern, dem mittleren und dem kleinen, am Kopf und setzte die Mütze wieder auf, und diesmal etwas schräger als zuvor. Über den Feldern hatte sich das Licht zu einem heißen Dunstschleier verwoben. Hie und da glitten ein paar Hausschwalben hoch über seinem Kopf durch die grell funkelnde Luft, sie kamen angeschossen, flogen schnell ein paarmal im Kreis herum und kehrten wieder zurück in ihre Nester unter den Dachtraufen. Der Sergeant, ein breiter, sanfter Mensch mit Sommersprossen, bewegte sich auf seine besonnene Polizistenart, nachdenklich, mit nüchterner, zerstreut wirkender Miene. Er stieg die Stufen zur Veranda hoch, klopfte laut an die Tür, wartete und klopfte von neuem, doch es kam niemand, und da schirmte er seine Augen mit beiden Händen ab und spähte durch das rubinrote Türfenster, sah aber nichts als die bordeauxfarbenen Schemen des Tischchens in der Halle und des Schirmständers und der angespannt wirkenden, irgendwie bedeutsam menschenleeren Treppe. Er stieg die Stufen wieder runter, und dann stand er da, die Hände in die Seiten gestemmt, den Kopf in den Nacken gelegt, und schaute angestrengt zu den Fenstern im oberen Stockwerk hinauf, in deren Scheiben sich der Himmel spiegelte und hinter denen sich nichts rührte. Er drehte sich um, kreuzte die Fäuste auf dem Rücken und ging langsam um das Haus herum. Ein Huhn, das auf dem Hof herumstolzierte, blieb stehen und faßte ihn scharf ins Auge, und der Hund unter der Schubkarre knurrte, ohne sich zu erheben, und schlug ein paarmal halbherzig mit dem Schwanz in den Sand. Die schwarze Tür stand offen; die Küche war leer. Der Sergeant schaute hinein und klopfte mit den Fingerknöcheln an und rief: »Kundschaft!«, doch es kam keine Antwort, nur ein dünnes, hallendes Echo seiner eigenen Stimme, das wie ein unterdrücktes Kichern klang. Er trat ein und blieb einen Moment stehen und lauschte, und dann ging er auf knarrenden Sohlen weiter und zog sich einen Stuhl heran und setzte sich, nahm die Mütze ab und legte sie vor sich auf den Tisch, so daß sich der blanke dunkelblaue Schirm lang und verzerrt in einem gedrungenen Milchkrug spiegelte. Der Sergeant seufzte. Auf dem Herd gab ein großer Topf gedämpfte Rülpser von sich, und es roch nach Hühnersuppe. Das Sonnenlicht brach sich wie eine glänzende Klinge am Rand des Ausgusses.

Irgendwo im Haus nieste jemand laut.

Eine sehr große Hummel kam durch die Hintertür geflogen, beschrieb taumelnd einen Kreis und landete auf dem Fensterbrett. Sergeant Toner sah interessiert zu, wie sie in ihrem Fußballertrikot da hockte und verschnaufte. Er stellte sich vor, er wäre auch so eine Hummel im Sommer, besoffen von den Düften des Klees und des Stechginsters, und einen Moment lang gingen seine Gedanken auf die Reise in andere Welten.

Lux stürzte aus der Halle herein; als er den Sergeant sah, bremste er, starrte ihn verblüfft an und nieste.

»Gott zum Gruße«, sagte Sergeant Toner leichthin mit seinem breiten, gutmütigen Humor.

Zwinkernd und keuchend kramte Lux in seiner Hosentasche und zog ein angegrautes Taschentuch hervor und stand da mit schlaff hängendem Kinn und offenem Mund, und seine Nase mit den rotgeränderten Löchern zeigte schräg nach oben.

»Ah ... ah ... ahh«, sagte er erwartungsvoll in ansteigender Tonfolge, doch diesmal passierte nichts, und ein Gefühl von Antiklimax breitete sich in ihm aus, und da steckte er das Taschentuch wieder weg. »Bei mir ist 'ne Erkältung im Anzug«, sagte er mit belegter Stimme. Er sah aus, als ob er geweint hätte. Er ging zum Herd, wo der Topf brodelte, hob den Deckel hoch, neigte den Kopf zur Seite und spähte in den Dampf.

Die Hummel erhob sich mit wütendem Gesumm vom Fensterbrett und flog zur Türe raus und war verschwunden.

»Ich bin gerade mal hier in der Gegend gewesen«, sagte der Sergeant ganz gemütlich.

»Ach«, erwiderte Lux tonlos und nickte, ohne ihn anzusehen. Er schniefte. »Kann ich Ihnen was anbieten?«

Der Sergeant überlegte.

»Glas Wasser?« sagte er ohne Überzeugung.

Lux stellte den großen schwarzen Kessel auf die Herdplatte, und schon entstieg der Tülle eine dünne Dampfschnur. Sergeant Toner beobachtete ihn dabei, genauso, wie er die Hummel beobachtet hatte – ruhig und interessiert. Lux' Hände zitterten ein bißchen. Er ließ einen Löffel fallen und versuchte ihn aufzufangen, und dabei stieß er die Teebüchse um, und der ganze Tee fiel heraus. Der Löffel hüpfte scheppernd über die Fliesen. Und unterdessen fing das Wasser an zu kochen.

»Ich glaube, wir kriegen ein paar schöne Tage«, sagte der Sergeant.

Lux nickte zerstreut. Er stand mit dem fauchenden Kessel in der Hand da und starrte versonnen die Wand hinterm Herd an.

»Ich verbringe mein ganzes Leben mit Teekochen«, brummte er finster.

Der Sergeant nickte ernst, enthielt sich aber eines Kommentars. Lux hob den Löffel auf, wischte ihn an seiner Hose ab und schaufelte damit den Tee in die Kanne, goß das siedende Wasser drüber, knallte den Deckel drauf und kam mit der Teekanne und einem gesprungenen weißen Becher an den Tisch, wo er beides ohne große Umstände neben die Mütze des Sergeants stellte. Milch, Zucker, der besagte Löffel. Hoffnungsvoll ließ der Sergeant den Blick über den Tisch schweifen.

»Ein Kanten Brot, das wär 'ne feine Sache«, sagte er, »falls Sie einen hätten.«

Lux verdrehte die Augen zur Decke, was der Sergeant aber nicht sehen konnte, und ging zur Kommode; er kam mit einer Keksdose zurück, machte sie auf und stellte sie scheppernd auf den Tisch. Der warme, einschmeichelnde Duft von Kekskrümeln stieg in die Luft. Sergeant Toner lächelte und nickte Lux ein Dankeschön zu. Konzentriert goß er sich den Tee ein, hob und senkte dabei mit geübter Hand die Kanne und beobachtete zufrieden den satten, dunklen Strahl und genoß das gurgelnde Geräusch, mit dem sich der Becher füllte. Lux holte Besteck aus einer Schublade und fing an, den Tisch zu decken, und der Sergeant schaute friedlich zu.

»Besuch?« sagte er. Lux antwortete nicht. Er ging zur Anrichte, nahm die Suppentassen heraus und verteilte sie auf dem Tisch. Der Sergeant zählte träge mit, wie viele Gedecke es waren; seine Lippen bewegten sich stumm. »Wissen Sie noch«, sagte er, »damals, als wir die Teufelsanbeter hier hatten?« Er blickte fragend auf. Seine weißen Wimpern waren fast nicht zu sehen. »Können Sie sich da noch dran erinnern?«

Lux sah ihn verdattert an.

»Was?« sagte er. »Nein.«

»Damals weilte Ihre Mutter noch unter uns, Gott hab sie selig.«

Der Sergeant hob den vollen Teebecher vorsichtig an, kam mit den geschürzten Lippen bis an den heißen Rand und trank vorsichtig ein Schlückchen ab. »Ah«, sagte er dankbar und trank noch einen Schluck, diesmal einen richtig großen, und dann stellte er den Becher wieder hin und nahm die Keksdose in Augenschein, hievte seinen Allerwertesten ein kleines Stück vom Stuhl hoch und schaute neugierig hinein. »Das war vielleicht ein böser Haufen«, sagte er. »Die haben immer Katzen aufgeschlitzt.«

Lux ging zum Ausguß, wo der Sonnenlichtstreifen, der mittlerweile nur noch so dünn wie ein Rapier war, ihm eins über die Handgelenke zog. Im Ausguß türmte sich nach wie vor das ungespülte Geschirr; er stand da und betrachtete hilflos die fettverkrusteten Teller und die beschmierten Bestecke.

»Das waren doch Einheimische, oder?« fragte er geistesabwesend.

Der Sergeant biß bissig in ein Ingwerplätzchen. »Hmmm?«

Lux seufzte. »Ob das Einheimische waren, diese Leute?«

»Nein, nein«, sagte der Sergeant. »Die sind immer mit Schiffen vom Festland rübergekommen, wenn's auf ihre Feiertage zuging, oder was das war. Zur Sonnenwende, oder wie sie das genannt haben. Zuerst haben sie unten am Strand einen riesigen Kreis aus Steinen hingelegt, daran hab ich immer erkannt, daß sie da waren. Oh, oh, ein böser Haufen.«

Licht tauchte die Hände ins fettige Wasser.

»Haben Sie sie geschnappt?« fragte er.

Sergeant Toner lächelte in sich hinein und trank einen Schluck Tee.

»Haben wir«, sagte er. »Wir haben hier draußen noch jeden geschnappt.«

Der Professor kam herein. Als er den Sergeant sah, blieb er stehen, und plötzlich herrschte Schweigen. Der Sergeant erhob sich halb von seinem Stuhl, grüßte respektvoll und ließ sich wieder nieder.

»Ich hab Mr Lux gerade von den Teufelsanbetern erzählt«, sagte er gleichmütig.

Der Professor sah ihn mit großen Augen an.

»Teufelsanbeter?«

»Die haben Katzen getötet«, sagte Lux vom Ausguß her und kicherte leise in sich hinein.

»Oh, nicht nur Katzen«, warf der Sergeant gelassen ein. »Nicht nur Katzen.« Er hielt auffordernd seinen Becher hoch. »Trinken Sie eine Tasse Tee mit mir, Professor?«

Lux kam eilig angeschlurft und verschloß die Keksbüchse wieder, ohne sich um die gelinde erschrockene Miene des Gastes zu kümmern.

»Bei uns geht's etwas hektisch zu«, sagte er spitz. »Ich koche gerade Mittag.«

Sergeant Toner nickte verständnisvoll, machte aber keine Anstalten, das Feld zu räumen.

»Für Ihren Besuch«, sagte er. »Das ist ja toll.«

Sie schwiegen einen Moment. Lux und der Professor guckten geflissentlich weg, während der Sergeant versonnen seinen Tee trank.

»Ich hab natürlich die Fähre gesehen da draußen auf der Black Bank«, sagte er. »Auf Grund gelaufen, stimmt's?« Er machte eine Pause. »Sind die von da gekommen?« Dann leise: »Ihre Gäste?«

Lux nahm einen triefnassen Teller aus dem Ausguß und rubbelte heftig mit einem schmutzigen Tuch daran herum.

»Der Käpten war, scheint's, besoffen«, sagte er. »Diese Fähre, das ist doch ein Witz. Eines schönen Tages wird noch mal jemand ertrinken.« Und darin lag so ein eigenartiger, irgendwie falscher Ton; zu viele Worte. Er rubbelte noch heftiger an dem Teller herum.

Der Sergeant nickte bedächtig.

»Ich hab mit ihm gesprochen, mit dem Käpten«, sagte er. »Die Augen waren jedenfalls einigermaßen klar.« Er nickte wieder und saß dann still und nachdenklich da, den Becher in der Hand, auf halbem Weg zum Munde. »Und wo mögen sie jetzt wohl sein, diese Schiffbrüchigen, sagen Sie's mir.«

»Ach«, entgegnete Lux mit einer wegwerfenden Geste, »die schwirren durchs Haus, die machen sich fertig.«

»Fertig?« Der Sergeant runzelte die Stirn.

»Zum Aufbruch«, sagte Lux. »Sie warten auf die Flut.«

Er spürte, wie es ihm die Kehle zuschnürte und wie seine Augen zu jucken begannen. Jetzt wünschte er, sie wären nie gekommen; die hatten hier eh nur Chaos gestiftet. Zum Teufel mit der ganzen Bande. Er dachte an Flora.

»Sollte wohl bloß 'n Tagesausflug werden, was?« fragte der Sergeant. Lux wandte sich ab und brummte irgendwas in seinen Bart.

»Wie bitte?« fragte Sergeant Toner freundlich, die Hand hinterm Ohr.

»Ich hab gesagt«, sagte Lux, »vielleicht sind sie hergekommen, um eine schwarze Messe zu lesen.«

Es folgte ein frostiger Moment. Sergeant Toner ließ sich nicht so einfach zum Narren halten. Mit gesenktem Kopf und hängenden Schultern drehte sich Lux wieder zum Ausguß um.

Der Professor räusperte sich und zog die Stirn kraus. Der Sergeant fixierte nachdenklich einen Fleck oben am anderen Ende der Decke.

»War da so einer mit dabei«, sagte er, »so 'n dünner mit so rötlichen Haaren, Ausländer, könnte sein.«

Lux drehte sich wieder herum.

»Rote Haare«, sagte er. »Nein, aber –«

»Nein«, sagte der Professor schleppend, und Lux schaute rasch zu ihm hinüber, »nein, so einer war nicht dabei.«

Sergeant Toner nickte, den Blick immer noch an der Decke. Von draußen drang das leise Tuckern eines Traktors herein, der in der Ferne auf dem Feld arbeitete. Ohne jemanden anzusehen, trocknete Lux sich jetzt die Hände ab. Der Sergeant machte eine hohle Faust und vertraute ihr einen leisen, nach Kekskrümeln riechenden Rülpser an, dann schenkte er sich die nächste Tasse Tee ein. Die Sonne hatte das Fenster verlassen, doch der Raum war noch trunken von ihrer Wärme.

»Herrlicher Tag heute«, sagte der Sergeant. »Genau richtig zum Sommeranfang.«

Der Professor sah zu, wie sich der Sergeant zwei Löffel Zucker in den Tee tat, zögerte, noch einen dritten nahm, den Becher mit seinen großen Händen hochhob und sich gemütlich auf dem leise ächzenden Stuhl zurücklehnte. »Haben Sie sich eigentlich mal gefragt, Professor«, sagte er, »warum die Menschen tun, was sie tun?« Der Professor zog die Brauen hoch und sagte nichts. »Ich krieg ja so allerlei zu sehn«, fuhr der Sergeant fort, »in meinem Beruf.«

Der Professor sah ihn mit ruhigem, festem Blick an.

»Was denn zum Beispiel?« fragte er.

»Hmm?« Der Sergeant blickte auf und lächelte ihm mit fragend zur Seite geneigtem Kopf zu. »Ach, so dies und das.« Er trank den letzten Schluck Tee und stellte den Becher entschlossen auf den Tisch. Und dann fixierte er seinen Teebecher und lächelte in sich hinein. »Die Leute denken immer, wir leben hier draußen hinterm Mond«, sagte er. »Und daß wir nicht wissen, was in der großen weiten Welt los ist. Aber ich will Ihnen mal was sagen, wir sind ja nicht blöd.« Er blickte auf und lachte lautlos. »Hab ich nicht recht, Mr. Lux?«

Lux stand am Herd und lugte in den Suppentopf und tat so, als hätte er nichts gehört.

Der Professor drehte sich langsam zur Seite, wie eine steinerne Statue, die sich langsam auf einem Sockel dreht. Der Sergeant schickte sich umständlich zum Gehen an. Er schlug sich auf die Knie, nahm seine Mütze und stand auf.

»Ich muß weiter«, sagte er entschieden, als ob jemand ihn aufzuhalten versuchte. Er ging mit schweren Schritten zur Hintertür, wo er innehielt, um sich sorgfältig die Mütze auf den großen Schädel zu setzen. Vor ihm auf dem Hof stand bebend der Nachmittag. »Wenn Sie den Burschen sehen«, sagte er, »den, von dem ich gesprochen hab, dann sagen Sie ihm, daß ich ihn suche.« Er schaute sich noch einmal um. »Sie wissen doch, wen ich meine?«

Der Professor guckte schweigend weg. Lux machte wortlos nickend kehrt.

»Na schön«, sagte der Sergeant und zog seinen Gürtel hoch, »guten Tag zusammen.«

Er tippte sich mit dem Finger an den Mützenschirm und tänzelte regelrecht die Hintertreppe hinunter. Sie hörten ihn den Hof überqueren. Der Hund knurrte.

Lux blieb auf dem Treppenabsatz stehen und ließ einen gewaltigen Nieser los, wobei er den Oberkörper weit nach vorn beugte und sich die Schuhe mit Spucke bespritzte. »Mist!« rief er und angelte nach seinem Taschentuch. Er wartete, blinzelte trübe vor sich hin, das Taschentuch im Anschlag, und dann nieste er noch einmal und schüttelte sich. Vielleicht war es Floras Erkältung, vielleicht hatte er sich bei ihr angesteckt. Der Gedanke schenkte ihm ein wenig melancholischen Trost. Von unten waren schwere Schritte zu vernehmen, und da erschien auch schon der Professor; mit finster-vergrübelter Miene stieg er wie ein von unsichtbaren Schultern getragenes Standbild aus der Treppenbiegung empor. Als er Lux sah, blieb er stehen, den einen Fuß auf der obersten Stufe, und die beiden Männer fixierten einander mit kraftloser Feindseligkeit. Und plötzlich begriff Lux, daß etwas geschehen war, daß etwas aus der Bahn geraten war, daß die Dinge nie mehr so sein würden, wie sie gewesen waren. Da empfand er Reue, schmerzhaft, wie einen Schlag. Er hatte eine Veränderung gewollt, ein Entkommen, doch das, was jetzt war, sah nicht nach einem neuen Anfang aus, sondern eher wie das Ende.

»Also«, sagte er, »was hat das eigentlich alles zu bedeuten?«

Und er merkte selber, daß sein Ton anders klang als sonst, irgendwie gebieterisch und leicht gereizt. Der Professor drehte sich zur Seite und starrte aus dem Fenster, hinüber zu den Dünen und dem fernen Meer.

»Könnte sein, daß ich weg muß«, sagte er wie von sehr weit her, fast so, als wäre er schon unterwegs.

»Ja?« sagte Lux und wunderte sich, wie kalt seine Stimme klingen konnte. Der Professor machte den Mund auf und schien etwas sagen zu wollen, er suchte nach Worten, wie man nach Kleingeld sucht, doch dann zuckte er nur die Achseln und ging schweigend an Lux vorbei, weiter die Treppe hinauf. Lux schaute ihm nach, wie er emporstieg wie eine eilig davonfliegende Figur auf einem Deckengemälde, bis er nicht mehr zu sehen war, und dann horchte er, bis auch keine Schritte mehr zu hören waren, und selbst dann blieb er noch unschlüssig stehen, blickte beinahe verwundert nach oben und stellte sich vor, wie der alte Mann sich in immer höhere und höhere Gefilde erhob, hoch in die helle, blaßblaue Luft, bis er nur noch ein winziger Punkt war und schließlich ganz verschwand.

Als er dann an der Tür des Zimmers horchte, das er in Gedanken schon Floras Zimmer nannte, hörte Lux keinen Laut. Grabesstille. Ihm war, als drängten sich die Schatten auf dem Treppenabsatz um ihn wie eine Schar von Lauschern, die noch geisterhafter waren als er selbst. Er probierte den Türknauf; die Metallfedern spielten eine dunkle Melodie auf ihrer winzigen Klaviatur: abgeschlossen. Er horchte wieder und klopfte dann behutsam mit dem Fingerknöchel an das Holz. Er wollte ihren Namen sagen, getraute sich aber nicht. Er klopfte abermals und zuckte erschrocken zusammen, als er direkt hinter der Tür eine gedämpfte Stimme vernahm.

»Wer ist da?«

Verwirrt, in panischer Aufregung guckte er sich um. Er kam sich vor wie jemand, der die Hand in eine Falle steckt und von einer unsichtbaren Kraft gepackt und festgehalten wird.

»Ich bin's«, sagte er mit quäkender Stimme. »Lux.« Sie schwieg. Er stand und horchte, wie sich sein Herz wieder und wieder gegen die Gitterstäbe seines Käfigs warf. Er kam sich töricht vor und irgendwie ratlos, erfüllt von unerklärlicher Erwartung. »Geht's Ihnen gut?«

Er hörte ein Seufzen und dann ein leises, seidiges Rascheln; als sie sprach, kam ihre Stimme von unten, war auf gleicher Höhe mit seinen Knien; offenbar saß oder kniete sie auf dem Boden, vielleicht hatte sie die Stirne an die Tür gelehnt.

»Was wollen Sie?« fragte sie.

Er ging in die Hocke und verlor die Balance und mußte sich festhalten. Klar und deutlich und sonderbar unlogisch, wie in einem Traum, sah er sein Leben als das, was es war. Nichts ergibt am Ende einen Sinn.

»Es war ein Schutzmann da«, sagte er.

Einen Moment lang tauchte vor seinem geistigen Auge das Bild von Sergeant Toner auf, wie er davonging, den Hügel hinab, die Daumen in den Gürtel gesteckt, die großen Füße gespreizt, ein aufgezogener Blechmann mit lustig angemalten Backen und erstarrtem Grinsen, und zwischen seinen Schulterblättern dreht sich langsam ein riesiger Schlüssel.

»Ein Schutzmann?« fragte Flora dumpf durch die Tür.

»Ja. Ein Polizist. Er wollte wissen, ob ... er hat jemanden gesucht.«

Sie schwieg eine ganze Weile. Er wartete, und plötzlich fragte sie ihn, wie spät es sei. Er hörte sie seufzen und aufstehen und von der Tür weggehen, hörte ihre bloßen Füße langsam und mit sattem Schmatzen über die Dielen tappen, dann knarrte die Matratze, und dann war es wieder still. Zittrig stand er auf, mit steifen Knien und schmerzverzerrtem Gesicht. Er lauschte noch einen Moment und ging dann seufzend die Treppe hinunter.

Überall war Schweigen. Sie lag still da und lauschte, konnte aber nichts hören, nichts außer dem fernen, leisen Keuchen des Meeres und den Schreien der Möwen und jenem merkwürdigen Stampfen, das von weither zu kommen schien. Der Tag funkelte in metallischem Glanz. Sie war schlapp und wie benommen im Kopf, und dennoch hatte sie ein Gefühl von Offenheit und Klarheit, als fiele Licht in einen großen leeren Raum. Sie erinnerte sich daran, daß Lux an der Tür gewesen war; und nach ihm, war da noch jemand anders gekommen, oder hatte sie das nur geträumt, das schüchterne kleine Klopfen, das Flüstern, die Atemgeräusche von irgendwem, der dort draußen stand und lauschte? Alice wahrscheinlich, oder doch jemand anders? Jetzt war nur noch dieses Schweigen da und ringsherum so eine Hohlheit. Sie war durch dunkle Gefilde gewandert: Wasser, Meeresbrandung und ein Schwanken, ein dumpfer, sich beständig wiederholender Rhythmus, dann eine Röte und ein jähes Erstaunen, als das Licht kam. Mit verklebten Augen, Kupfergeschmack im Mund und schweißiger Haut mühte sie sich aus dem Bett und stand dann zitternd da, schaute sich um und konnte nichts erkennen, und ihre feuchte Hand umklammerte den heißen Schlüssel. Irgend etwas braute sich zusammen, das spürte sie. Irgend jemand wartete auf sie, wartete seelenruhig, wartete ab. Sie schloß die Tür auf, trat, in die Bettdecke gewickelt, auf den Treppenabsatz hinaus, blieb einen Moment stehen und horchte wieder. Da hörte sie unten auf der Treppe Schritte und ging schnell ins Zimmer zurück und verharrte dort in halb ängstlicher, halb faszinierter, atemloser Spannung.

Mit allem hätte ich gerechnet, nur nicht damit. Nach diesen vielen Wochen, aus dem Nichts, als ob, als ob, ich weiß nicht, was. Heute morgen, vor nicht mal einer halben Stunde, hab ich, das heißt, haben Flora und ich, das heißt, hat Flora, als ich ... Ruhig. Ganz ruhig. Was ist denn schon passiert, außer daß sie angefangen hat zu sprechen? Und doch, das hat alles verändert, hat alles verwandelt. Ich weiß nicht, wie. Ich will versuchen, Ihnen die Szene auszumalen, sie auszumalen, so, wie sie war, nicht, wie sie zu sein schien, in breiten Pinselstrichen von leuchtendem Grau in Grau. Die Küche, ein Hochsommermorgen, acht Uhr. Grau ist nicht das rechte Wort, eher ein schwereres Weiß, der Himmel ganz wolkenverhangen, und das Licht fällt nicht, sondern sickert gleichsam aus den Dingen heraus, und nirgendwo ein Schatten. Stellen Sie sich den besonders vollen, leicht getrübten Glanz auf der Wölbung einer dünnwandigen Teekanne vor. Frühstückszeit. Der zarte Rauch des Morgens in der Luft und etwas wie ein gedämpftes Summen, das weder Klang ist noch Stille. Ein ganz normaler Tag. Mein Kopf funktioniert noch nicht so gut um diese frühe Stunde, das heißt, er funktioniert durchaus, aber eben so, wie *er* will, als ob er nichts mit mir zu schaffen hätte, als ob er sich bei Nacht aus seiner Vertäuung losgerissen hätte und ich ihn erst wieder ans Ufer zurückholen müßte. Und so sitze ich also an dem alten Fichtenholztisch, in jenem Licht, und vor mir steht das Frühstück, und ich – in der einen Hand einen Becher starken Tee und in der anderen ein Buch, während mein Geist müßig den eigenen Gedanken nachhängt. Lux und der Professor sind noch im Bett – sie sind beide Langschläfer –, und ich, ich glaube, ich genieße diese Stunde des Alleinseins, wenn Genuß das rechte Wort ist für einen solchen neutralen Zustand schlichten Sichtreibenlassens. Auftritt Flora. Sie war barfuß, hatte wie gewöhnlich die Schultern hochgezogen und die Hände tief in den Taschen von Lux' altem Regenmantel vergraben. Sie setzte sich an den Tisch, und ich deutete stumm auf die Teekanne, und sie nickte, und ich goß ihr Tee ein. Wie üblich. Wir treffen uns oft so beim Frühstück; wir sprechen nie. Wie beredt sind doch in solchen Augenblicken die Geräusche, die all die kleinen Dinge machen, das

Strudeln, wenn der Tee eingeschenkt wird, das Klacken und das gedämpfte Klappern des Geschirrs, der plötzliche, silberhelle Ton, wenn ein Löffel auf den Rand einer Untertasse schlägt. Und auf einmal, ohne Vorwarnung, fing sie an zu reden. Oh, ich weiß nicht, worüber, auf den Sinn habe ich kaum geachtet; irgendwas von einem Traum oder einer Erinnerung, wie sie als Kind an einem Sommernachmittag auf einer hügeligen Straße unterhalb einer Klostermauer stand und über die Dächer der Stadt auf das ferne Meer blickte, während ein Junge, der schwachsinnig war, um sie herumhüpfte und ihr Fratzen schnitt. Der Inhalt war nicht wichtig, ich glaube, für uns beide nicht. Das, was sie interessierte, war dasselbe, was mich interessierte, nämlich ... nämlich was? Wie die Gegenwart von der Vergangenheit zehrt oder von den Interpretationen der Vergangenheit. Wie im trüben Wasser der Erinnerung plötzlich Teile der verlorenen Zeit an die Oberfläche kommen, hell und klar und unglaublich detailliert, kleine, vollkommene Inseln, und es möglich scheint, dort zu leben, und sei es auch nur für einen Augenblick. Und während sie redete, ertappte ich mich dabei, wie ich sie betrachtete und sie zum allerersten Mal nicht als eine Anhäufung von Details sah, sondern ganz aus einem Guß, fest und einzigartig und wie ein Wunder. Nein, nicht wie ein Wunder. Das ist es ja gerade. Sie war einfach da, eine Inkarnation ihrer selbst, nicht länger mehr nur eine Zusammenballung von Adjektiven, sondern das reine und präsente Substantiv. Ich sah die feinen Härchen auf ihren Beinen, den kleinen Wall aus Hornhaut an ihrer Fußkante, das Körnchen Schlafsand in ihrem Augenwinkel. Nicht länger mehr die »Geheimnisvolle Unbekannte«, sondern ein Mädchen, einfach ein Mädchen. Und dadurch, daß sie plötzlich dergestalt sie selber war, waren auch die Dinge um sie herum wirklich da. In ihr, in dem, was sie sprach, fand die Welt, die kleine Welt, in der wir saßen, auf einmal Halt und wurde wahrgenommen. Es war, als hätte sie einen kondensierten Farbtropfen ins Wasser der Welt fallen lassen, und als hätte sich diese Farbe darin ausgebreitet, so daß die Konturen der Dinge jetzt hell und plastisch hervortraten. Und während ich mit offenem Mund dasaß und ihr zuhörte, hatte ich das Gefühl, als bebte und wankte alles um mich herum und nähme überaus lebhaft Gestalt an, als würden sich alle Dinge von mir ablösen, von den Begriffen, die ich von ihnen hatte, und sich in das verwandeln, was sie waren, keine Täuschungen mehr, nichts Geheimnisvolles und nicht mehr länger Teil meiner Einbildung. Und ich, zählte ich endlich auch dazu?

2

Gehen wir rückwärts. Stellt euch den armen alten Globus vor, wie er knirschend zum Stehen kommt, um sich dann mit kosmischem Knarren wieder weiterzudrehen, nur eben in die entgegengesetzte Richtung. Die Ereignisse sausen in umgekehrter Reihenfolge vorbei, die kleinen Streichholzmännchen laufen rückwärts, mit einem Ruck schleppt sich das Boot alleine von der Sandbank weg und sticht, achtern voran, in die aufgeplatzte See, um sie wieder zusammenzunähen, indes die Sonne still im Osten untergeht. Abermals ein Halt, und wir kippen noch einmal um und rappeln uns blinzelnd wieder auf. Fakt ist, an einem grauen Morgen stand ich wahrhaftig draußen vor dem Tor und hatte in der Tat ein in Packpapier gewickeltes Paket unterm Arm. So oft hatte ich mir diesen Moment schon ausgemalt, daß ich es kaum glauben konnte, als er wirklich da war. Alles sah aus wie ein kunstvoll arrangiertes Bühnenbild, überzeugend, aber nicht echt. Es war noch früh, weit und breit kein Mensch, nur ein Schuljunge mit Ranzen und einer rutschenden Socke, der mich, den gerade Freigelassenen, düster und verächtlich anstarrte und weiterging. Es wehte ein rauher Wind. Ich zögerte, unsicher, in welche Richtung ich mich wenden sollte. Eine triste Ecke, dieser holprige Streifen, wo das breite Tor in die Straße mündet. Ich vermute, daß hier früher eine Hinrichtungsstätte war; der Platz hat die schaurige, ehrfurchtgebietende Aura eines Ortes, der schon so manches böse Morgengrauen erlebt hat. Gewiß haben hier die Unterteufel rumgelungert und nach geeigneten Burschen Ausschau gehalten. Ich bin natürlich schon reserviert, für den Boß.

Ich fühlte mich, ich fühlte mich – ja, wie fühlte ich mich eigentlich? Nun ja, zunächst einmal ängstlich, aber auf eine merkwürdige, fast mädchenhafte Weise. Die ersten paar Minuten schlug ich aus Scheu vor der großen Welt die Augen nieder. Ich weiß, es ist lächerlich, aber ich hatte schreckliche Angst, daß mich jemand hier sehen könnte, ich meine, jemand aus dem alten Leben, der mich vielleicht erkannt hätte. Und dann, mein Horizont war ja so lange eingeschränkt gewesen: Hinter hohen Mauern kehrt sich der Blick nach innen. Jahrelang hatte ich nur über die Grenzen meiner abgeschiedenen Welt hinaussehen können, indem ich nach oben schaute. Ich war der Knabe an des Brunnens Grund, der ehrfurchtsvoll am hellen Tag hinaufblickt zu den Sternen. Im Gefängnis hatte ich den Himmel in allen seinen Stimmungen kennengelernt, die großen, leise dahintreibenden Ströme aus Licht, die Blässe und die langsam heranrollende Dunkelheit, die Untiefen der Dämmerung. Hier draußen aber, an diesem Morgen, war alles weite Luft und öde flimmernder Raum, und die Szenerie, die sich vor mir erstreckte, sah irgendwie schief aus, und einen Moment lang hatte ich das scheußliche Gefühl, zu fallen. Aus einem hohen Schornstein wehte eine bleigraue Rauchfahne seitlich weg, und in der Ferne segelte ein Krähenschwarm auf dem Wind.

Ich klappte den Jackenkragen hoch und machte mich mit zitternden Knien auf den Weg, den Hügel hinunter zum Hafen.

Rein kleidungstechnisch ließ meine Situation eine ganze Menge zu wünschen übrig; ich hatte mich, unklugerweise, wie sich zeigen sollte, entschieden, zur Feier des Tages den Anzug aus weißem – mittlerweile ehemals weißem – Leinen zu tragen, den ich auch vor zehn Jahren, am Tage meiner Festnahme, angehabt hatte. Denn ich war der Meinung gewesen, der Anlaß bedürfe einer zeremoniellen Tracht, die irgendwie von meiner stattgehabten Sühne künden und mich zugleich als Ausgestoßenen kennzeichnen müsse, und besser hatte ich es eben nicht gekonnt. Vermutlich sah ich in meinem nicht nur nicht der Jahreszeit entsprechenden, sondern inzwischen auch noch lächerlich unmodernen Aufzug aus wie einer, der vom Mars gefallen ist, ein Außerirdischer, der versucht, als Mensch durchzugehen. Und obendrein wehte vom Fluß ein eisiger Wind herüber, und es war bitterkalt.

Ich habe den Fluß schon immer geliebt, sein herrliches Strömen, seinen erhabenen Anblick. Heute stand das Wasser ziemlich hoch und wälzte sich eilig voran und hatte einen matten, zinngrauen Glanz. Ich lehnte mich einen Augenblick an die Kaimauer, atmete nur die schmutzige Luft ein, und, richtig, gleich gingen meine rasenden Gedanken ein bißchen langsamer. Es gibt gewisse rauhe, messerfarbene Frühlingsmorgen, die so bedrückend schwer sind von Erinnerungen, viel mehr als irgendein Herbsttag mit wirbelnden Blättern. Am anderen Ufer floß der Neun-Uhr-Verkehr dahin, floß und blieb stehen, floß und blieb stehen, und die Autos mit ihren dunkel schimmernden Dächern sahen gedrungen wie Seehunde aus. Am Fluß ist immer achtzehntes Jahrhundert; ich hätte Vaublin an der Seine sein können, ich sah mich in einem weiten Mantel, einen Schlapphut auf dem Kopf, und konnte sie beinahe riechen, die Blumen und Fäkalien von Paris. Die Stadt, diese schäbige kleine Stadt, für die ich so eine grimmige Zärtlichkeit empfinde, schien sich kaum verändert zu haben. Ich suchte den Horizont ab, hielt Ausschau nach auffälligen Lücken. Ein paar markante Gebäude waren verschwunden, einiges Unpassende war hinzugekommen, doch im großen und ganzen sah alles noch so aus, wie ich es im Gedächtnis hatte. Seltsam, die ganze Zeit hiergewesen zu sein und doch ganz und gar nicht hier. Tief in der Nacht lag ich in meiner Zelle wach, zu der Stunde, da die Bestie kurz aufhörte mit ihrem Gebrüll, und versuchte, das Leben hinter den Mauern summen zu hören; manchmal stand ich sogar auf, verzehrte mich vor Sehnsucht und saß da und drückte das Gesicht ans Drahtglasfenster meiner Zelle, um das leichte Vibrieren des Glases zu spüren, und sagte mir, es sei der Lärm der großen weiten Welt, den ich da stampfen fühlte, ihr Jubeln, ihre Schreie, ihr Krachen, der ganze schrille, fröhliche Krawall, und nicht nur das schwache Dröhnen des Gefängnisgenerators.

Ich beugte mich über die Ufermauer und warf das ärmliche Päckchen mit meinen paar Habseligkeiten ins zäh und ölig dahinfließende Wasser und sah zu, wie es schlingernd fortschwamm. Das hatte ich mir vorgenommen, auch so eine zeremonielle Geste; sicher nicht sehr originell, aber trotzdem, etwas Feierliches, um den Anlaß zu beseelen. Das Packpapier löste sich und trieb wie eine abgestreifte Haut auf der gekräuselten Wasseroberfläche, gewellt und zerknittert. Das hier ist der Punkt, sagte ich mir, das hier ist der Punkt, an dem es in Wirklichkeit anfängt: mein Leben. Aber ich war nicht überzeugt.

Vor einem mit Brettern vernagelten Schaufenster standen zwei heruntergekommene Subjekte und plauderten miteinander. Der eine war ein langer, ausgemergelter Bursche mit einer Strickmütze auf dem Kopf und einem verfilzten Bart und schweren, traurigen Augen. Er war es, der meine Aufmerksamkeit auf sich zog. Ich meinte ihn von früher zu kennen; war das möglich, war es möglich, daß der immer noch hier herumwanderte, daß er hier durch die Straßen geisterte wie eh und je, nach all den vielen Jahren? Unglaublich, und doch glaubte ich ihn wiederzuerkennen. Ein Überlebender, genau wie ich! Der Gedanke war unangemessen amüsant. Sein Gefährte, der aufgeplatzte Turnschuhe und viel zu große rotbraune Hosen trug, war klein und sah ziemlich mitgenommen aus; er hatte einen Hinterkopf wie ein Baby. Er bestritt auch den größten Teil der Unterhaltung, und dabei bohrte er mit dem Zeigefinger Löcher in die Luft und stimmte sich durch heftiges Kopfnicken selber zu, während der Lange einfach bloß dastand und trübsinnig vor sich hin starrte und in Erinnerung an seine letzte anständige Mahlzeit langsam mit den Kiefern malmte, wobei er hin und wieder innehielt, um ein wohlüberlegtes Wort einzuwerfen. Zwei Profis, die einander erzählten, was es für Neuigkeiten gab in ihrer Welt, was für Hochs und Tiefs. Ich stellte mir vor, wie ich durch immer dunkler werdende Luftschichten falle, wie ich langsam abwärts taumle, bis mich das letzte löcherige Netz auffängt. Dort unten, in jenem umschatteten Urzustand, würde ich ein neues Rotwelsch lernen, würde all die Schliche kennen, wäre einer von der Bande, einer von den Verlorenen, den Aussteigern. Ach, wär das gemütlich, den ganzen Tag so durch die Straßen zu ziehen oder sich gegen Abend in einen vom Regen bespritzten Torweg zu drücken und sich um nichts anderes Sorgen machen zu müssen als um Hunger und Läuse und um den Zustand meiner Füße.

Und während ich so dort herumlungerte und die zwei beobachtete, merkte ich, daß ich ebenfalls beobachtet wurde. Auf der buckligen Brücke über den Fluß stand ein Mann, die eine Hand am eisernen Geländer, ein dünner, schäbig gekleideter Mann mit schwarzen Haaren. Auch er kam mir bekannt vor, wenngleich ich nicht wußte, woher und wieso; vielleicht, daß er mir einmal im Traum erschienen war, in einem längst vergessenen Traum. Sein Gesicht war in merkwürdig schrägem Winkel nach oben gerichtet, und obwohl seine Augen nicht direkt auf mir ruhten, bestand kein Zweifel daran, daß ich es war, den er im Blick hatte, daß er mich mit eigentümlichem, nicht nachlassendem Interesse fixierte. Er war sehr still. Und er hatte etwas Düsteres und gleichzeitig Unbekümmertes an sich: Ich hatte den Eindruck von einem heimlichen Lachen. Wie der Mann dort über mir stand, hinter sich den weißer und weißer werdenden Himmel, umflossen von schmutzigem Licht, die in beiden Richtungen vorübereilenden Passanten im Rücken, sah er flach und eindimensional aus, wie eine Figur, die man aus Pappe ausgeschnitten hat. Wir blieben einen Augenblick so stehen, er, der mich mit verstohlenem, ausweichendem Blick fixierte, und ich, der ich dreist zurückstarrte, bereit, ihn herauszufordern, ohne daß ich hätte sagen können, wofür oder weswegen. Dann wandte er sich rasch ab und tauchte in der Menge unter und war weg.

Nach dieser Begegnung, wenn man es so nennen kann, ertappte ich mich dabei, daß ich trotz des rauhen Windes und des aschefarbenen Lichts irgendwie beschwingt, ja, fast schon fröhlich durch die Gegend lief. Es war, als hätte ich ein

Zeichen bekommen, eine Botschaft, die mir Mut machen sollte, eine Botschaft von meinesgleichen. Und auf einmal kam mir die ganze Welt rings um mich herum lebendiger vor, gefährlicher, durchwoben von heimlichem Gelächter: meine Welt, und ich in ihr. Das hatte ich nicht erwartet, diese plötzliche, unvorhergesehene Aufheiterung, diesen federnden Schritt und dieses forsche Schulterndurchdrücken. Und sicher, das gehörte sich auch nicht, nach den gängigen Anstandsregeln hätte ich zerknirscht den Kopf einziehen und mich in ein finsteres Loch verkriechen müssen, um der Welt meinen Anblick zu ersparen. Aber ich hatte nun einmal das Gefühl, als hätte ich hier, in diesem Moment am Fluß, so etwas wie einen Segen empfangen. Oh, keinen richtigen Segen natürlich; nie und nimmer wird der Paraklet die Schwingen seiner Vergebung über mein gesenktes Haupt breiten. Nein, dieser Segen kam von anderswo. Die Engel singen auch in der Hölle, hat der Prophet K. gesagt, wissen Sie noch? – ach, und wie süß sie singen!

Billy erwartete mich im *Boatman*. Früher hätte ich solch ein Etablissement gewiß nicht aufgesucht. Obwohl es noch so früh am Tage war, hatte sich schon ein Häuflein Trinker eingefunden, Typen mit groben Gesichtern, nicht recht einzuordnen; sie hockten dort im trüben, pelzig-grauen Licht vor ihren Biergläsern. Der säuerliche Gestank von draußen, vom Hafen, vermischte sich mit dem schalen Bierdunst und dem Zigarettenrauch. Um diese Stunde herrschte hier eine angespannte Atmosphäre, die ein bißchen an ein Piratenschiff erinnerte; es hätte mich gar nicht gewundert, wenn ich unter einem der Stühle ein Holzbein hätte liegen sehen oder ein blitzendes Entermesser. Jedesmal wenn die Tür aufging, schwappte vom Fluß her eine weißliche, ektoplasmahafte Lichtwolke herein, hing einen Moment lang im Raum und ließ sich dann zwischen den zerkratzten Tischen und den Plastikstühlen nieder. Billy, mit in die Stirn hängender Schmalzlocke und vor Erregung bebend wie ein Jagdhund, hockte auf einer Bank, hatte ein noch unberührtes Glas Bier vor sich stehen und glotzte ganz versunken auf den laufenden Fernseher über der Theke. Er war seit einem halben Jahr draußen. Er trug ein blütenweißes Hemd mit zugeknöpften Manschetten und sehr saubere Jeans und blitzblanke schwarze Schuhe mit dicken Ledersohlen. In seiner einen Faust schwelte eine Zigarette, mit der anderen knetete er gedankenverloren seinen geballten Bizeps. Als er mich sah, drückte er hastig die Zigarette aus und rappelte sich auf. Er schüttelte mir derb und energisch die Hand, rollte die Schultern und lächelte wie verrückt. Hinter ihm auf dem Fernsehbildschirm hielt eine Cartoonbulldogge eine Cartoonkatze mit einer Pfote am Schlafittchen gepackt und haute ihr die andere mit grimmigem Vergnügen ein ums andere Mal um die Schnauze.

Das hier, sagte ich mir, das hier ist ein Fehler.

Billy wurde rot. Er wurde schnell rot. Er schüttelte mir immer weiter die Hand, als hätte er Angst sie loszulassen, weil er dann etwas noch Unangenehmeres, noch Peinlicheres würde tun müssen. Seine Hand war steinhart. Er hat eine Statur wie ein Boxer, klein und breit, ein richtiges Muskelpaket. Er sieht aus, als wäre er gar nicht aus Fleisch und Blut, sondern aus einem festeren Material, aus einer Art Magma, einer geschmeidigen, schweren, warmen Substanz; neben ihm kam ich mir aufgedunsen und käsig vor, ein dicker, weicher, schwabbelnder Fleischberg. Ein leichter Schlossergeruch ging von ihm aus, wie nach Maschinenöl; mir fiel ein, daß er mal was von einer Schwäche für Motorräder gesagt hatte; vielleicht war dieser Duft nach heißem Öl so etwas wie ein geisterhafter Verbrennungsrückstand. Er muß, mein Gott, er muß inzwischen an die Dreißig sein, obwohl er gerade mal wie achtzehn aussieht. Seine Haut hatte immer noch einen Rest jener verwaschenen Grabesblässe, die unsereiner wohl nie ganz los wird. Seine Augen aber, braun wie Uferschnekken, waren klar und blank wie eh und je. Billy, den Schlächter, hatten wir ihn genannt; sehr geschickt mit dem Fleischermesser, unser Billy, in jungen Jahren.

Wir setzten uns an den Tisch, und dann herrschte ein furchtbares Schweigen, als ob die Luft zwischen uns nach und nach zu Eis erstarrte. Ich fragte mich, ob ich wohl noch den Gefängnisgeruch an mir hatte: diesen muffigen, modrigen Mief, der zugleich ein bißchen nach nasser Wolle und altem Rauch und kaltem Kakao stank. Billy rupfte und zupfte die ganze Zeit an seinen weißen Manschetten und seinen Jeansknien herum. Ich stellte mir vor, wie seine Nerven unter der Haut wie gebündelte Elektrokabel sirrten und puckerten. Er hatte eine Mappe zwischen den Füßen stehen. Eine auffällige kleine Mappe, schwarz, derb und irgendwie bedrohlich; Billys Sachen haben alle irgendwie etwas Bedrohliches. Als ich auf die Mappe zeigte und ihn fragte, ob er irgendwohin wolle, schüttelte er den Kopf. »Bloß paar Klamotten«, sagte er geheimnisvoll. Billy sieht immer so aus, als ob er im Aufbruch ist. Selbst in der ersten Zeit drinnen, als ich noch im Schock war und gerade anfing, die Zikkurat meines Urteils nach Stellen abzusuchen, an denen ich mich festhalten konnte, wirkte er wie ein Unschuldiger, der voller Zuversicht auf seine nahende Entlassung wartet. Entweder saß er wie eine zusammengedrückte Feder im Schneidersitz auf seiner Pritsche, bereit, jeden Moment aufzuspringen, oder er stand an der Zellentür und trommelte nervös mit den Fingerspitzen auf den Gitterstäben herum, als hätte er noch nicht richtig begriffen, daß das Ganze ernst gemeint war und niemand im nächsten Moment schamrot und verlegen stammelnd über den Korridor gestapft kam, um ihm zu sagen, es sei alles nur ein absurder Irrtum, ihm auf die Schulter zu klopfen und ihn laufenzulassen. Ach, Billy. Sein Prozeß war am selben Tag wie meiner (eine bedrückend mechanische Angelegenheit, muß ich sagen, ziemlich genauso, wie ich es erwartet hatte), wodurch wir sozusagen von Natur aus Kumpels wurden; er war damals schon ein erfahrener Knastbruder, hatte er doch seine späte Kindheit, abgesehen von ein paar wilden und von Mal zu Mal kürzeren Freiheitsphasen, in den verschiedensten Besserungsanstalten zugebracht, und so war er mir, dem armen blutigen Anfänger in Sachen Gefängnisleben, in jenen ersten Monaten eine große Hilfe gewesen.

Der hemdsärmelige Barmann kam an und trocknete sich im Gehen die roten Pranken an einem dreckigen Lappen ab. Ich fragte, ob ich Tee haben könnte, und erntete einen säuerlichen Blick.

»Nichts zu trinken?« fragte Billy und grinste mich verschlagen von der Seite an. Für ihn bin ich ein schrecklicher Kerl und werde es immer bleiben.

Der Barmann trollte sich. Warum haben Barmänner eigentlich immer solche gräßlichen Hosen an? Ich bin kein Freund von Verallgemeinerungen, wie ich vielleicht schon gesagt habe, aber es ist nun einmal wahr, daß alle Barmänner gräßliche Hosen anhaben; ich beobachte das seit langem. Vor uns auf dem Bildschirm hockte unter einem wirbelnden Heiligenschein aus lauter bunten Sternen wie ein Häufchen Elend die unverbesserliche Katze, die unterdessen ein zweites Mal Prügel bezogen hatte, und verdrehte die Augen.

»So, Billy«, sagte ich, »und nun sag mir mal, wie ich aussehe. Aber ganz ehrlich!«

»Toll siehst du aus.«

»Nein, im Ernst.«

Er rollte wieder mit den Schultern und beäugte mich und biß sich auf die Unterlippe.

»Du siehst beschissen aus«, sagte er und grinste mich halb spitzbübisch, halb verlegen an.

Ich holte tief Luft.

»Weißt du, Billy, als ich das letzte Mal in einer Kneipe war, und das ist sehr, sehr lange her, da hat einer genau dasselbe zu mir gesagt. Ganz genau dasselbe. Ist das nicht ein erstaunlicher Zufall?«

Und plötzlich dachte ich, ich müßte weinen; ich spürte dieses Kribbeln in den Nebenhöhlen und merkte, wie sich die Tränen stauten und mir in die Augen schießen wollten. Rasch stand ich auf, suchte nach einem Taschentuch, murmelte irgendwas und hatte Angst, die Leute könnten auf mich aufmerksam werden. Ich konnte doch nicht einfach losflennen. Ich hatte geglaubt, das hätte ich ein für allemal hinter mir. Gefängnis macht angeblich hart, mich aber hat es eher weich gemacht. Ich bin wie einer jener geplagten Sünder auf den mittelalterlichen Altarbildern, ich krieche unter meiner kleinen, mir persönlich zugedachten Wolke herum, aus der ein nie versiegender Nieselregen des Schmerzes auf mich niedertröpfelt.

Am Ende der Theke stand ein Telefon. Ich stürzte mich darauf. Es fiel mir gar nicht so leicht, den Apparat zu bedienen; ich hatte keine Übung mehr mit solchen Sachen. Die Trinker blickten von ihren Biergläsern hoch und beobachteten mich mit hämischem Interesse. »Sind die falschen Münzen«, sagte einer, und der Barmann, der darauf wartete, daß das Teewasser kochte, feixte sich eins. Solche Kleinigkeiten – die unmoderne Weite der Hosenbeine, die zu langen oder zu kurzen Koteletten, das ewige Staunen darüber, wie teuer alles ist – das verrät den alten Knastbruder, das zeigt, wo einer herkommt.

Meine Frau hob ab. Sie ließ sich Zeit. Ich war – sicher zu Unrecht – überzeugt, sie müsse gewußt haben, daß ich es war, und habe deswegen extra so lange gewartet und den Hörer erst abgenommen, als ich schon drauf und dran gewesen war, wieder aufzulegen. Warum traue ich ihr so etwas zu?

»Du?« sagte sie.

Die Verbindung war nicht gut, es hallte und knisterte und schnorchelte, und über allem lag so eine Art Meeresrauschen, als klatschten am anderen Ende gewaltige Brecher ans Ufer.

»Ja, ich«, sagte ich.

Sie schwieg so lange, daß ich schon dachte, wir wären getrennt worden. Ich lehnte mich an die Wand, hörte mich in die feuchtkalte Höhlung der Sprechmuschel atmen und schaute rüber zu Billy, der mit übereinandergeschlagenen Beinen dasaß und sich die nächste Zigarette ansteckte, und dabei wirkte er befangen und nicht gerade entspannt; er sah sich ständig mit geübt harmloser Miene nach allen Richtungen um, als ob er dachte, es würde ihn jemand beobachten, jemand, der bloß darauf wartete, ihn auszulachen. Unsere Blicke begegneten sich, und da lächelte er verkrampft und guckte hierhin und dorthin und versuchte dabei unbeholfen, mit lauter kleinen, nichtssagenden Bewegungen der Gesichtsmuskeln sein Lächeln abzubauen. Drinnen hatte er immer so natürlich gewirkt, so selbstsicher auf seine leutselig drohende Art, und war mit katzenhafter Anmut auf den Eisenstegen herumgeschlichen. Ich bin fest davon überzeugt, daß es manchen Menschen von Geburt an bestimmt ist, ins Gefängnis zu kommen. Ich weiß, der Gedanke ist nicht gerade zeitgemäß, aber ich glaube nun einmal daran. Und ich? Ich frage mich, ob ich auch so ein prädestinierter Bösewicht bin. Ob mir das alles von Anfang an so beschieden war. Ach, wie eifrig und gleich einem altersschwachen Jagdhund am ganzen Leibe zitternd mein armes betagtes Gewissen nach jenem abgenagten Knochen springt, der da mildernde Umstände heißt.

»Du hättest mir ruhig sagen können, daß heute der Tag ist«, sagte meine Frau.

Und ich: »Das wollt ich ja, aber ...«

»Aber?«

»Aber.« Erstaunlich, daß wir sofort wieder in unser altes Muster gefallen waren, diese leeren Floskeln, die wir früher für so subtil gehalten hatten, so weltläufig, früher, als wir noch eine Welt besaßen, in der wir sie herunterleiern konnten. »Es tut mir leid«, sagte ich.

Ich stellte mir vor, wie sie in der Halle stand, eine schwere, dunkle, ernste Frau, für einen Augenblick herausgerissen aus ihrem Tag, einem Tag, in dem ich bis eben nicht vorgekommen war. Meine Frau. Wie nenne ich sie diesmal – Judy? Vielleicht braucht sie gar keinen Namen. Ich habe sie schon tief genug mit in den Sumpf hineingezogen, lassen wir ihr also anstandshalber ihre Anonymität.

»Ich möchte dich gern sehen«, sagte ich.

Wieder schwieg sie. Ich hörte dem Schmatzen und Glucksen in der Leitung zu und hatte das Gefühl, in den Tiefen des Meeres versunken zu sein.

»Ich glaube«, sagte sie dann langsam, mit tonloser Stimme, »ich glaube, ich möchte nicht, daß du hierherkommst. Ich glaube, das möchte ich nicht.« Diesmal war ich es, der schwieg. »Es tut mir leid«, sagte sie.

»Du hörst dich aber nicht so an, als ob es dir leid tut.« Sie hörte sich sehr wohl so an. »Ich brauche meine Sachen«, sagte ich. »Meine Anziehsachen. Meine Bücher. Ich habe nichts.« Allmählich fühlte ich mich gekränkt, und das auf eine beglückend traurige Weise, voller Mitleid mit mir selbst.

»Ich werd sie dir schicken«, sagte sie. »Es ist alles gepackt. Ich schick sie dir mit der Post.«

»So, du schickst sie mir mit der Post.«

Schweigen.

Einer von den Trinkern an der Theke kam seelenruhig mit dem Hintern vom Stuhl hoch und furzte.

»Wie du willst«, sagte ich. »Dann bleib ich dir also vom Halse.« Ich wartete. »Und wie geht's dir –«

»Gut«, sagte sie, etwas zu schnell, und dann, nach einer Pause: »Es geht mir gut.«

»Was heißt gut?«

»Gut heißt gut. Was glaubst du denn, wie's mir geht?«

War da etwas wie Tränen in ihrer Stimme? Sie weint nicht so leicht, aber wenn sie es tut, dann ist es ein furchtbarer Anblick. Ich fuhr mir mit der Hand übers Gesicht. Ich war auf einmal müde und erschöpft. Komm schon, streng dich an, sagte ich mir, das ist vielleicht deine letzte Chance, dir noch einmal so was Ähnliches wie ein normales Leben aufzubauen. Verstehen Sie, ich hatte die Hoffnung noch nicht ganz aufgegeben, daß mich die menschliche Welt trotz allem wieder schlicht in ihre Arme schließen und mir vergeben würde.

»Kann ich dich nicht doch sehen?« bettelte ich.

Sie seufzte; ich stellte mir vor, wie sie ungeduldig mit dem Fuß auf den Boden klopfte. Sie ist nicht gefühllos – beileibe nicht –, aber es hat sie seit jeher wütend gemacht, andere Leute leiden zu sehen, sie kommt einfach nicht dagegen an.

»Da hat übrigens jemand nach dir gefragt«, sagte sie.

»Was? Wer denn?«

»Am Telefon. Ausländer, hat sich jedenfalls so angehört. Oder hat so getan. Irgendwas hat ihn anscheinend gewaltig amüsiert –«

Auf einmal ging ein wütendes Getröte los: Mein Geld war gleich alle. Ich gab ihr schnell die Nummer durch und hängte ein und wartete. Sie rief nicht zurück. Dieses ausgebliebene Klingeln dröhnt bis heute durch meine Erinnerungen wie ein fernes Grabgeläut.

Mein Tee stand auf dem Tisch mit so einem aufgeschwemmten braunen Beutel drin, dessen schrecklich schlaffer Faden beziehungsreich über den Tassenrand baumelte. Der Tee war unterdessen lauwarm. Ich tat vier Stück Zucker hinein und sah zu, wie sie langsam zerfielen. Ich altes Süßmaul: auch so eine Unsitte, die ich mir im Knast angewöhnt habe.

»Alles in Ordnung?« fragte Billy.

»Klar, tipptopp«, sagte ich. »Tipptopp.«

Er nickte ernst und trank einen Schluck Bier. Wie gelassen er ist, kein bißchen neugierig! Die erwarten so wenig von der

Welt, diese Leute. Die stehen seelenruhig da und stieren vor sich hin und malmen mit den Kiefern, bis der Sensenmann sie holen kommt. Manchmal denke ich, ich muß wohl einer anderen Spezies angehören. Doch plötzlich strahlte Billy mich an, langte nach unten, zog den Reißverschluß an seiner Mappe auf und förderte eine Flasche Gin zutage, die er mir hinschob, und dabei rollte er schon wieder vor Verlegenheit die Schultern und grinste mich schief an. Ein Geschenk! Er hatte mir ein Geschenk mitgebracht! Im ersten Moment war ich sprachlos, ich saß da, ganz benommen vor Rührung, hielt die Flasche hilflos mit beiden Händen umklammert und nickte feierlich. Ich spürte, daß er mich beobachtete.

»Ist das auch die richtige Sorte?« fragte er ängstlich. Billy rührt keinen Schnaps an, er ist überhaupt ziemlich puritanisch, auf seine Art. »Hab ich von meinem Schwager gekriegt.«

»Herrlich, Billy«, sagte ich mit belegter Stimme. »Wirklich herrlich.« Wieder war ich den Tränen nahe. Also wirklich, was bin ich doch für eine Heulsuse.

Danach wurde es besser. Billy war auf einmal richtig gesprächig und so erleichtert, daß er vor lauter Begeisterung andauernd keuchend auflachte. Er erzählte mir von seiner Arbeit. Offenbar lieferte er irgendwelche Sachen aus, was das für Sachen waren, weiß ich nicht mehr, für seinen Schwager, den Ginhändler. Es war alles nicht so ganz klar. Jedenfalls hatte er seinen eigenen Lieferwagen. Aber eigentlich wollte er viel lieber zur Armee. Er wußte bloß nicht, ob die ihn nehmen würden. Er zögerte, schob die Hände unter den Hintern und kaute auf seinem Mundwinkel, und dann platzte er damit heraus: ob ich ihm nicht eine Empfehlung schreiben könnte?

»Weißt du, so was Ähnliches wie ein Charakterzeugnis«, sagte er aufgeregt.

Ich lachte. Das war ein Fehler. Er schaute weg, verfiel in düsteres Grübeln und starrte mit zusammengekniffenen Augen vor sich hin. Ich muß gestehen, es gibt Momente, da habe ich richtig ein bißchen Angst vor ihm. Nicht etwa, daß ich glaubte, er könnte mir etwas antun – das würde er nie und nimmer machen, ich weiß. Ich registriere bloß so ein allgemeines Unbehagen, so ein unangenehmes Gefühl, das mir die Wirbelsäule hochkriecht, ungefähr so, wie ich mich fühlen würde, wenn ich an einem Käfig vorbeiginge, in dem ein großes, wütendes Tier mit grünen Augen und ganz breiten Schultern hockt. Ob andere mich wohl auf die gleiche Art zum Fürchten finden? Das kann ich mir kaum vorstellen, und doch muß es wohl so sein. Ich frage mich, ob denen klar ist, was für eine Angst wir unsererseits vor ihresgleichen haben, trotz all der Grausamkeit, die man uns nachsagt, wenn wir zusehen, wie sie da draußen in der Welt herumziehen, die Herren der Peitsche und der Stühle, des Richterstuhls, des Lehrstuhls und des Präsidentenstuhls?

Ein kurzer Regenschauer prasselte ans Fenster. Ich schaute rüber zu den Trinkern an der Theke.

»Was meinst du, Billy, ob die wissen, wo sie uns einordnen sollen?« fragte ich.

Er nickte. »O ja, das wissen die. Solche wie uns ordnen die leicht ein.« Er grinste und machte eine mechanische Geste mit dem Arm, etwa so, als würde er einen unsichtbaren Knüppel schwingen. »Wir sind ja sozusagen von derselben Sorte, du und ich. So was wie Brüder, hm?«

Im Fernsehen erschien ein Mann mit orangerotem Gesicht und verzweifelten Augen und einem Mund, der aussah wie eine Falle, und fing an, mit atemberaubender Geschwindigkeit Witze zu erzählen, und dabei grinste er anzüglich und schnitt Fratzen wie ein verrückt gewordener Clown.

»Ja, Billy«, sagte ich, »ganz recht: so was wie Brüder.«

Wind und Rauch und tieftreibende Wolkenfetzen und blasses Sonnenlicht, das auf dem regennassen Pflaster flackert. Der Fluß schwappte wie flüssiger Stahl. Billy, unser Muskelmann, schritt hurtig aus, die Hände in den Taschen seiner Jeans, die Mappe unter den Arm geklemmt, anmutig federnd auf seinen robusten Ledersohlen, ohne sich um den kalten Wind zu kümmern. Ich mußte an die beiden plaudernden Penner denken; wir waren wahrscheinlich auch so ein komisches Gespann, der drahtige Billy mit seiner jugendlichen Spannkraft und ich, der mit hängenden Schultern und um den Oberkörper geschlungenen Armen hinter ihm her hopste, als ob wir hier beim Sackhüpfen wären. Wir kamen vorbei an Trödelläden, Discountern, fliegenschissigen Fenstern, auf die in erblindeten Goldbuchstaben die Namen von Rechtsanwälten gemalt waren. Eine Plastiktüte flog trudelnd und schmatzend gen Himmel. Das sind die Dinge, die wir im Gedächtnis behalten.

Billys Lieferwagen war ein schrottreifes Vehikel mit Rostfransen an den Kotflügeln und einer tiefen Beule an der einen Seite. Aus einem Loch im Polster der hinteren Sitzbank ragte eine grotesk verbogene Feder. Ich merkte wohl, daß er es eilig hatte, von mir wegzukommen, denn er suchte umständlich nach seinen Schlüsseln und legte die Stirn in Falten wie jemand, der einen dringenden Termin hat. Ich konnte es ihm nicht verdenken: Schließlich ist mir ja mitunter selber nicht recht wohl in meiner Gegenwart. Er beugte sich vor, um die Tür aufzumachen, und während ich so hinuntersah auf seinen Scheitel und den kleinen weißen Wirbel, den er dort hatte, sagte ich plötzlich, ohne zu überlegen:

»Hör mal, Billy, kannst du mich nicht ein Stück mitnehmen?«

Er guckte erschrocken zu mir hoch. »Was? Wohin denn?«

»Runter nach Süden. Ich muß das Schiff morgen früh kriegen.«

Seine Stirnfalten wurden zusehends tiefer.

»Jetzt gleich, meinst du?« fragte er. »Du meinst, einfach ... so drauflos?«

»Ja«, sagte ich. »Einfach so drauflos.«

Er guckte verstört zum Fluß hinüber. Er müsse ja auch an seine Mutter denken, sagte er, die warte zu Hause mit dem Essen auf ihn, und außerdem sei er abends mit seiner Freundin verabredet – und die Auslieferungen für heute, was denn aus denen werden solle? Ja, das war wohl der Auslöser, ich bin mir ganz sicher: Ich wollte Gesellschaft, ich wollte mich durchschütteln lassen in Billys Schrottmühle, wo der Wind durch die undichten Türen pfiff und diese Feder da hinten auf dem Rücksitz hin und her wabbelte wie ein kaputtgegangenes Schachtelmännchen. Einsamkeit: das und nur das. Manchmal denke ich, daß ich doch eigentlich, ohne es zu wissen, unheimlich schlicht gebaut sein muß.

Er gab schließlich nach. Anfangs saß er verkrampft übers Lenkrad gebeugt, hatte die Stirn noch immer in Falten gelegt und sah stur geradeaus, doch als wir dann das Stadtzentrum hinter uns gelassen hatten, heiterte sich seine Miene auf. Er hat eine Schwäche für die Vororte, genau wie ich. Was haben sie nur an sich, diese blitzsauberen Grundstücke, die kleinen Grünanlagen und die Einkaufsarkaden, was so beredsam zu uns spricht? Was lebt dort fort, das in uns tot ist? Die Miniaturbäume standen in zartem Grün, und die Wölkchen trieben dahin, und über die glänzenden Straßen waberten fahle Lachen von Sonnenlicht. Während wir so dahinrumpelten, erzählte Billy mir mit vielen langen, nachdenklichen Pausen von seiner Freundin. Er vertraute mir an, daß sie Frisöse lernte. Seine Verbrechen machten ihr nichts aus, sagte er, nicht mal die Sache mit der Vergewaltigung; für sie waren das anscheinend alles bloß Jugendsünden. Im Gegenteil, sie fand es sogar irgendwie schick, einen Lebenslänglichen zum Freund zu haben: In ihren Kreisen war Billy nämlich so was wie eine Berühmtheit, weil er nachts auf der Straße einem Kerl, der eine blöde Bemerkung über seine Schwester hatte fallen lassen, den Bauch aufgeschlitzt hatte. Wenn es nach ihm ginge, würden sie sofort heiraten, aber sie sei der Meinung, sie sollten sich noch etwas Zeit lassen; wenn er bei der Armee genommen würde, dann hätten sie ihr eigenes Heim in der Militärsiedlung, und sie könnte einen Salon für die Offiziersfrauen aufmachen. Ich hörte selig zu und rollte mich auf meinem Platz zusammen wie ein Kind bei der Gutenachtgeschichte, während er seinen Traum von einer glücklichen Zukunft liebevoll in Khaki-Oliv und Eiderdaunenrosa ausmalte. So hatten wir uns drinnen auch immer die Zeit vertrieben, indem wir einander vorgesponnen hatten, wie unser Leben später einmal aussehen würde. Und darum verriet ich ihm nun ebenfalls meine Pläne, daß ich vorhatte, mich durch ehrliche Arbeit zu läutern und so weiter und so fort; und das war aus seiner Sicht vermutlich genauso ein Ammenmärchen wie für mich sein Gerede von der rosigen Zukunft. Ich zeigte ihm sogar das Empfehlungsschreiben an Professor Kreutznaer, das ich von einer freundlichen und zur Vergebung fähigen Frau bekommen hatte. Bekümmert stellte ich fest, daß es, obwohl ich es doch so sorgfältig verwahrt hatte, auch schon diesen schmuddligen, eselsohrigen Graustich besaß, den das Gefängnis allen wichtigen Papieren verpaßt; wie viele solcher müden Dokumente sind durch meine Hände gegangen – meine Meinung war drinnen sehr gefragt –, während die Jungs, solche wie Billy und Konsorten, auf ihren Pritschen hockten und die Hände rangen und mich mit Blicken ansahen, in denen Angst und Hoffnung um die Vorherrschaft stritten. Glauben Sie mir, Sie haben ja keine Ahnung, wie zärtlich es dort drinnen zugeht, welch eine sonderbare Mischung von Gewalt und Kummer und unerschütterlichem Optimismus dort herrscht.

»Anna wer?« fragte Billy und guckte kurz auf den Brief, den ich ihm vor die Nase hielt.

»Behrens«, sagte ich. »Eine alte Freundin. Ihr verstorbener Vater war ungeheuer reich und hat Bilder gesammelt. Eins davon hab ich mir mal ausgeliehen.« Billy kicherte leise. »Sie waren sehr verständnisvoll in dieser Angelegenheit, muß ich sagen. Anna hat mir voll und ganz verziehen. Guck, was sie hier schreibt: *Bitte helfen Sie ihm, soweit Sie dazu in der Lage sind, denn er hat viel verloren und möchte noch einmal neu anfangen*. Ist das nicht anständig von ihr? Ich muß schon sagen, ich finde das sehr anständig.«

Der Lieferwagen ruckelte und ratterte und kippte jedesmal nach links, wenn Billy auf die Bremse trat, und doch war mir, als flögen wir pfeilschnell durch die linde, federnde Luft. Ich liebe es, so zu fahren, das ist eines meiner heimlichen Vergnügen. Jedes motorisierte Fortbewegungsmittel ist mir recht, ganz egal ob Auto, Bus, Lieferwagen – sogar die Grüne Minna. Ich glaube, es ist gar nicht einmal das Tempo, was dieses Wunder bewirkt, und auch nicht die mutterschoßhafte Geborgenheit, sondern vielmehr, daß man ringsherum von Glas umgeben ist. Ich halte die Windschutzscheibe für eine der gelungensten Erfindungen der Menschheit. Durch diese künstlich gewölbte Fläche aus Kristall betrachtet, erscheint einem das Weltgetriebe da draußen selbst wie aus Kristall gemacht, wie ein Spielzeugland mit herumwirbelndem Laub und gleitenden Schatten, wo Bäume vorüberhuschen und Häuser plötzlich emporragen, um im nächsten Moment wieder in sich zusammenzufallen, wo auf einmal glotzende Menschen vor einem auftauchen, die gleichsam auf der Kippe stehen und unwahrscheinlich lang und dünn sind, genau wie die erschrockenen Schaufensterpuppen meiner Kindheit. Wenn ich daran glauben würde, daß mir nach meinem Tod etwas anderes bestimmt sein könnte als endlose und unaufhörliche Qualen – wenn, sagen wir mal, ein Machtkampf auf dem Olymp zu einer Generalamnestie für alle Todsünder führen sollte, sogar für mich –, dann ist dies die Art, wie ich mich in die ewige Seligkeit fahren sehe, zurückgelehnt wie jetzt, die Arme vor der Brust verschränkt, ganz benommen vor Glück, im warmen Innern dieser sausenden Glaskugel.

Auf einmal mußte ich wieder an meine Frau denken, sicher weil Billy von seiner Freundin erzählt hatte. Ich stellte mir vor, wie sie, nachdem das Gespräch getrennt worden war, noch einen Moment in der Halle verweilt und auf das Summen der toten Leitung gehorcht hatte, ehe sie den Hörer auflegte, und wie sie dann dastand, eine Hand vorm Gesicht, mit dieser melancholischen Geste, die sie immer macht, wenn etwas Unvorhergesehenes passiert. Diesmal jedoch gab ich ihr im Geiste, fast ohne es zu wollen, einen Gefährten. Anfangs war er noch schemenhaft, nur der Schatten eines Mannes im hintersten Winkel meiner Phantasie, dann aber saugte sich mein inneres Auge – blutunterlaufen – an ihm fest, forschend, wie besessen, und da knisterte der Strom in den Elektroden, und ein Schauder durchzuckte ihn, und sogleich begann er mit grausamer Folgerichtigkeit zu sprechen und sich zu bewegen. Wo kommen sie nur immer her, diese plötzlich auftauchenden Phantome, die einfach so einmarschieren in meinen Kopf, wenn ich mal nicht aufpasse; zudringlich und selbstgefällig sind sie, und verstreuen ihre Zigarettenasche auf dem Teppich, als ob sie hier zu Hause wären. In müßigem Gedankenspiel erfunden, können sie sich leicht als heimtückisch erweisen, können auf einmal hochspringen und der Hand, die sie geschaffen hat, einen bösen Biß versetzen. Dieses hier nahm augenblicklich Gestalt an. Ein knochiger, hochgewachsener Mann mit glattem, hellem Haar und eckigem Kinn, Tweedklamotten, kariertes Hemd, abgeschabte ochsenblutfarbene Brogues. Irgendwo hat er eine Pfeife stecken und starken, grobgeschnittenen Tabak in einem schönen, weichen Beutel. Seine Miene wirkt ein ganz klein wenig hochmütig, dahinter aber lauert verschlagen dreinblickende Wachsamkeit. Er hat etwas von einem Lebemann. Er fährt einen Sportwagen und reitet auf einem großen Pferd. Wahrscheinlich ist er Protestant. Und er treibt's mit meiner Frau.

Ich hatte den Gin ganz vergessen, jetzt aber holte ich die Flasche hastig, mit zitternden Händen, aus der Jackentasche und machte sie auf. Ich liebe dieses kurze Knacken, wenn der Metallverschluß nachgibt; wie das Genick eines bissigen kleinen Tiers, das man gefangen hat. Ich trank einen Schluck und mußte japsen, als mir die kalte Flüssigkeit die Zunge verbrannte und eine ganze Welt zurückgeschwappt kam, silbrigblau und eisig kribbelnd. Ich fühlte mich augenblicklich betrunken, als hätte dieser erste Schluck das Sediment aufgewühlt, das noch von damals in mir war, als ich das Zeug fässerweise gekippt habe. Billy sah mich mit zutiefst mißbilligendem Stirnrunzeln an; ich wußte genau, was er dachte – so was gehört sich nicht, ein feiner Herr wie ich und läßt sich in so einer verrosteten Mühle durch die Gegend kutschieren und säuft vormittags um halb elf schon Gin aus der Flasche. Wenn's nach Billy ginge, müßte ich mit Gamaschen und Monokel herumlaufen.

Jetzt waren wir auf dem Lande, rumpelten über eine von grünen Bäumen gesäumte Straße, vor uns der grotesk schöne Ausblick auf hügelige Felder und silberhelle Flüsse und dunstverhangene, malvenfarbene Berge. Nicht ein einziges Mal in all den Jahren, die ich drinnen gewesen war, hatte mich so etwas wie Eifersucht überkommen. Oh, ich wußte wohl, daß ich meine Frau höchstwahrscheinlich verloren hatte, und doch, irgendwie hatte ich mir immer vorgestellt, sie wäre mir mehr oder minder sicher, wäre fest angekettet an die Klippe meines Fortseins wie eine dieser großäugigen präraffaelitischen Jungfrauen, die für irgendein mysteriöses Vergehen büßen. Der Gedanke, daß sie mit so einem hartgesichtigen Reitersmann herumzog, einem von derselben Sorte wie die, die früher immer um sie herumgewesen waren, dieser Gedanke traf mich wie ein Faustschlag mitten ins Herz. Ich saß fassungslos da, glühte vor Hitze, war rot vor Schmerz und sah alles vor mir. Sie sind in einem Hotel am Marktplatz irgendeiner Kleinstadt in den Midlands. Das Schlafzimmer geht auf den Vorplatz hinaus, wo sein Roadster diskret unter blühenden Bäumen parkt. Durchs hohe Fenster fällt das weiche Licht des öden Nachmittags. Ein klein wenig überrascht und beinahe belustigt schaut sie sich um, betrachtet das Bett, den Schreibtisch, den abgetretenen Läufer auf dem Fußboden: So, denkt sie, dann war also das, was wie ein Zufall ausgesehen hatte, am Ende doch gewollt, und sie ist hier, an diesem leeren Dienstag, in diesem anonymen Zimmer in einer fremden Stadt, meilenweit entfernt von ihrem Leben. Er steht befangen da, ohne sie anzusehen, ein bißchen nervös jetzt, trotz der lockeren Unterhaltung auf der Herfahrt, und holt alle möglichen Sachen aus seinen Taschen und breitet sie fein säuberlich auf dem Nachttisch aus: Kleingeld, Schlüssel, das Ding, mit dem er immer die Asche aus seiner Pfeife kratzt. Er hat eine entzündete Stelle hinten im Nacken. Sie sieht diesen kindischen rosa Fleck und hat auf einmal einen Kloß im Hals. Er dreht sich zu ihr um, sagt irgendwas, will seine Verlegenheit kaschieren, bricht ab und guckt sie hilflos an. Sie hört ihn schlucken. Einen Moment lang stehen sie da, unentschlossen, und hören sich selber zu, dem anschwellenden Summen in ihrem Innern. Dann ein Heben der Hand, ein Berühren des Gesichts, ein Atemanhalten. Das ist es, was mein Herz erschüttert, der Gedanke an diesen stummen Augenblick des Sich-Ergebens. Auch was danach kommt, ist furchtbar – meine Phantasie kennt nun kein Halten mehr –, doch hier, an diesem Punkt, da seine Finger über ihre Wange streichen und ihr Mund weich wird und ihre Augen verträumt ins Leere schauen, hier bleibt mein Geist stecken wie ein abgebrochener Nagel. Und doch weiß ich auch, daß etwas in mir ist, das es so haben will, das sich mit brennendem Gesicht über die beiden beugen und sich bei ihren Umarmungen in Kummer verzehren und ihre Schreie in tiefen Zügen trinken will. Was ist das für ein schreckliches Verlangen? Bin ich der Geist bei ihrem Festmahl, der ihnen ein bißchen Leben aussaugt, um sich selbst zu wärmen? Der Phantomgeliebte ist wirklicher als ich: Wenn ich in diesen Spiegel schaue, dann sehe ich darin kein Spiegelbild. Ich bin da und bin nicht da und renne wie von Sinnen in der Folterkammer meiner Einbildungen herum, ich armer, vertrockneter Nosferatu.

Auf einem geraden Stück Straße trat Billy das Gaspedal durch, und wir flogen nur so dahin. Ich saß da und sah zu, wie sich die Landschaft erhob und hastig zu uns kam, und ich trank noch mehr Gin, und mir war ein bißchen übel. Sie schläft unruhig, meine Frau, aber ich habe sie stets um die, wie ich es im stillen nannte, üppige Dramatik ihrer Nächte beneidet, um dieses zähe, mühsame Sich-Hindurchkämpfen durch die Finsternis, von einem Lichtufer zum anderen. Einschlafen konnte sie sofort, oft mitten in einem Satz, und dann lag sie rücklings auf ihrem zerknitterten Laken, das Gesicht zur Seite gedreht, mit offenem Mund und zuckenden Gliedern, wie eine Langstreckenschwimmerin, die strampelnd ins eisige schwarze Wasser gleitet. Sie redete auch im Schlaf, murmelte undeutlich vor sich hin, und dazwischen kamen plötzlich immer wieder schrille Fragesätze. Manchmal schrie sie auf und starrte blicklos ins Dunkel. Und ich lag wach, lag neben ihr auf dem Rücken, steif wie ein Stück Treibholz, wie betäubt von jener obskuren Ängstlichkeit, die mich stets befällt, wenn ich mit mir allein gelassen bin. Und jetzt fragte ich mich, ob wohl ein anderer nachts neben ihr lag, mit trockenem Hals und geschwollenem Herzen, und ihr zuhörte, wenn sie ihren ruhelosen Schlaf schlief: nicht der geile Zentaur meiner Einbildung, sondern genauso ein armer einsamer Sterblicher wie ich, der blicklos ins Dunkel starrt und noch ein bißchen tröpfelt und seinen Tod auf Raten stirbt. Ich glaube, der Zentaur wäre mir lieber gewesen.

»Halt an, Billy!« schrie ich. »Halt an!«

Es fasziniert mich immer, wie die Dinge, die passieren, passieren. Ich meine die ganz normalen Dinge, die kleinen Begebenheiten, die sich permanent zu all dem hinzugesellen, was in der fortlaufenden Gesamtbilanz dessen, was ich mein Leben nenne, vorausgegangen ist. Für mich sind die Ereignisse nicht abstrakt und ohne Zusammenhang; meistens ist da so ein Gefühl, als würde ich ziellos dahintreiben. Natürlich treibe ich durchaus nicht nur so dahin, ich habe bloß das Gefühl: In Wirklichkeit befinde ich mich im freien Fall. Und hin und wieder tippe ich auf dem Erdboden auf, obwohl ich jedesmal überrascht bin, wenn ich dann benommen auf dem harten Grund des Unausweichlichen sitze und mich, wie Tom, der Kater, auf meine Fingerknöchel stütze und die Beine weit von mir strecke und lauter Sterne um meinen armen Brummschädel wirbeln. Als Billy den Lieferwagen zum Stehen gebracht hatte, saßen wir eine Weile da und hörten dem Knacken des Motors zu und dem Gurgeln des Wassers im Kühler, und da war ich genauso wie meine Frau in diesem Hotelzimmer, das ich mir für ihr imaginäres Stelldichein ausgedacht hatte, wie sie sich dort umgeschaut und ihre Verwunderung darüber verdrängt hatte, daß sie war, wo sie war. Es war nicht meine Absicht gewesen, daß wir diese Strecke gewählt hatten, ich hatte es Billy überlassen, wie er fahren und welche Straßen er nehmen wollte; doch jetzt waren wir hier. War das auch wieder ein Zeichen, fragte ich mich an diesem bedeutsamen Tag, der so reich an Zeichen war? Billy sah gelassen auf die Landstraße, die sich vor uns erstreckte, und trommelte mit den Fingern aufs Lenkrad.

»Wo sind wir?« fragte er.

»Daheim.« Ich mußte lachen. Das Wort dröhnte wie ein Nebelhorn.

»Nett«, sagte Billy. »Die Bäume und so.« Und abermals wunderte ich mich darüber, daß er kein bißchen neugierig war. Den kann anscheinend nichts überraschen. Oder irre ich mich wieder mal, wie üblich, in den Menschen und ihrem Verhalten? Was weiß denn ich, vielleicht befindet er sich ja im Angesicht dieser ganz und gar unwahrscheinlichen Welt in einem nimmer endenden Zustand fieberhaften Staunens. Er zuckt viel, und im Gefängnis ist er nachts mitunter schreiend aufgewacht, was freilich nichts besagen will, denn früher oder später wacht jeder von uns nachts schreiend auf. Gleichviel, mag sein, daß ich ihn unterschätze; andere zu unterschätzen, das gehört zu meinen weniger schweren unausrottbaren Sünden. »Deine Familie noch hier?« fragte er. »Deine Eltern?«

Er runzelte die Stirn. Ich sah förmlich, wie er sie sich vorzustellen versuchte, dicke, herrische Leute mit lauten Stimmen, die auf ihren Pferden die Straße entlanggeklappert kommen, ihm ebenso fremd wie die Ritter des Mittelalters in ihren Rüstungen.

»Nein«, sagte ich. »Alle tot, Gott sei Dank. Hier lebt jetzt meine Frau.«

Ich öffnete die Wagentür und schwang die Beine raus und blieb noch einen Moment mit gesenktem Kopf und hängenden Schultern sitzen, die Ginflasche zwischen den Knien. Als ich aufblickte, sah ich hinter der verwilderten Hecke das Dach des Hauses. Ich ertappte mich dabei, wie ich mit dem Gedanken spielte, daß da nichts weiter wäre als dieses Dach, eigens dazu errichtet, mich zum Narren zu halten, wie eine Erscheinung aus *Tausendundeiner Nacht*, und daß ich, wenn ich nur schnell genug aufstünde, unter den Dachtraufen einen verheißungsvollen Streifen seidigen Himmels sähe, an dem wie ein schimmernder Krummsäbel der Mond dahintreibt.

»Du, Billy«, sagte ich, den müden Blick noch immer auf jene wohlvertrauten Schornsteinkappen gerichtet, »hab ich dir eigentlich schon mal was über die Viele-Welten-Theorie erzählt?«

Von den paar naturwissenschaftlichen Kenntnissen, die ich noch im Gedächtnis behalten habe (wir reden immerhin von einem anderen Leben!), ist mir die Viele-Welten-Theorie die liebste. Sie besagt, daß sich das Universum überall und in jedem Augenblick in Myriaden von Wiederholungen seiner selbst spaltet. Wenn zum Beispiel auf dem Pluto ein Zinnaschepartikel mit einem Klumpen Blei zusammenprallt, so entsteht dabei ein neues, kleineres Teilchen, das dann wiederum in alle Richtungen auseinanderfliegt. Und jede einzelne dieser möglichen Richtungen bringt nach der Viele-Welten-Theorie ihr eigenes Universum hervor, das seine eigenen Sterne enthält, sein eigenes Sonnensystem, seinen eigenen Pluto, sein eigenes Du und sein eigenes Ich: also identisch ist mit all den anderen Myriaden von Universen, bis auf dieses einmalige Ereignis, dieses eine ganz bestimmte Partikel, das losschwirrt und seinen ganz bestimmten Weg geht. In dieser vervielfachten Version der Wirklichkeit ist der Zufall ein ehernes Gesetz. Der Zufall. Man stelle sich das vor. O ja, das sind nur Zahlen, ich weiß, nur ein Taschenspielertrick, erdacht, um die Unendlichkeiten erfassen zu können und die Gleichungen aufgehen zu lassen, doch wenn ich so darüber nachdenke, dann rührt sich etwas in mir, irgendein unklares, gefallenes Etwas, das ich für tot gehalten hatte, entfaltet seinen einen ihm verbliebenen, gebrochenen Flügel und gibt ein mitleiderregendes, hoffnungsvolles Piepsen von sich. Denn wäre es nicht denkbar, daß irgendwo in dieser kristallenen Vielfalt von Welten, in diesem endlosen, gespiegelten Rückwärtsgehen, ein Ort existiert, wo die Toten nicht gestorben sind und ich unschuldig bin?

»Was hältst du davon, Billy?« fragte ich. »Das ist die Viele-Welten-Theorie. Na, ist das etwa nichts?«

»Komisch«, sagte er und schüttelte den Kopf oder drehte ihn vielmehr langsam erst zur einen, dann zur anderen Seite, und in dieser Geste lag etwas wie herablassende Nachsicht.

Der Frühling ist doch sonderbar. Dieser Tag sah mehr nach Winteranfang aus, so ein metallisches Funkeln überall, so ein glatter, silbriger Himmel. Die Luft war kühl und klar und roch nach feuchtem Ton. Allmählich breitete sich eine seltsame, irgendwie schwankende Fröhlichkeit in mir aus – wahrscheinlich der Gin.

»Billy, was ist dir als erstes aufgefallen, als du rausgekommen bist?« fragte ich.

Er brauchte kaum zu überlegen.

»Die Ruhe«, sagte er. »Daß die Leute nicht pausenlos schreien.«

Die Ruhe, ja. Und die Weite, der weite Blick nach allen Seiten und das Gefühl, daß dahinter noch weitere und immer weitere Räume liegen. Die Vorstellung machte mich schwindlig.

Schließlich raffte ich mich auf, und während ich ein kleines Stück am Straßenrand entlangging, hörte ich unter meinen Füßen die morastige Erde schmatzen. Ich hatte nichts Bestimmtes im Sinn. Noch hatte ich nicht die Absicht, mich dem Haus zu nähern – das Tor lag in der entgegengesetzten Richtung –, denn im Grunde meines Herzens wußte ich, daß meine Frau recht hatte, wenn sie meinte, ich solle mich besser nicht mehr blicken lassen. Trotzdem, jetzt, da ich hier war, konnte ich der Versuchung nicht widerstehen, noch einmal nach meinem alten Zuhause zu schauen, noch einmal in die alten Fußstapfen zu treten, wie um zu probieren, ob sie noch paßten. Aber das Gefühl, das doch eigentlich in einem aufkommen müßte, wenn man plötzlich den Ort der eigenen Vergangenheit wiederentdeckt, wollte sich nicht einstellen, dieses benommene, tränenschwere Gefühl, das einen im ekstatischen Ansturm der Erinnerung zu überwältigen pflegt, das einem die Brust abschnürt, so daß der Schrei erstickt und man den süßen Schmerz im Herzen spürt, so was in der Art. Nein; was ich empfand, war etwas wie eisige Benommenheit, als hinge ich in einer dünnen, durchsichtigen Lösung, ungefähr so wie die Soleier, die meine Mutter immer eingelegt hat, als ich noch klein war. Das widerfährt einem, wenn man im Gefängnis sitzt, man verliert seine Vergangenheit, sie wird einem weggenommen, wenn man durch das Anstaltstor tritt, zusammen mit den Schuhbändern und dem Gürtel. Es war ganz still hier, natürlich, die alte, dauerhafte Welt, milde und in allen Einzelheiten stand sie jahretief in der ihr eigenen Stille, nur eben unerreichbar für mich, wie weggeschlossen hinter Glas. Es gab sogar ein paar Bäume, die mir bekannt vorkamen; ich hätte mich gar nicht gewundert, wenn sie lebendig geworden wären und mich angesprochen und wie im Märchen die hängenden Äste gehoben und geseufzt hätten. In diesem Moment stand, wie aus dem Nichts und als ob dies hier tatsächlich ein Märchenwald wäre, gleich einem Waldschrat ein braunes Männlein auf der Straße, das an den Füßen riesige Nagelstiefel trug und auf dem Kopf ein Mützchen, und in der Hand hielt es doch wahrlich und wahrhaftig eine Sichel. Der Zwerg hatte lange Arme und einen krummen Rücken und Säbelbeine und einen schlingernden Gang und kullerte sich vorwärts wie ein Reifen. Während wir aufeinander zukamen, musterte er mich scharf mit seinem verschlagenen, ausweichenden, argwöhnischen Blick. Als wir uns direkt gegenüberstanden, griff er sich kurz an die Mütze und krächzte einen unverständlichen Gruß, wobei er aus verschleierten, fast blinden Augen zu mir hochsah. Halb skeptisch, halb spöttisch belustigt, musterte er meinen weißen Anzug; wahrscheinlich hielt er mich für einen Wichtigtuer.

»Herrlicher Tag heute«, sagte ich mit lauter, vor falscher Herzlichkeit triefender Stimme.

»Aber ganz schön eisig«, erwiderte er forsch und zog ein selbstzufriedenes Gesicht, ganz so, als hätte er mich bei einer kleinen Finte ertappt, einem Versuch, ihn hinters Licht zu führen.

»Ja«, sagte ich verlegen, »ganz schön eisig, stimmt.«

Er stand gebeugt vor mir und wiegte sich sachte in den Hüften, als hätte er so was wie eine Feder unten in der Wirbelsäule. Wie eine Prothese baumelte an seinem langen Arm die Sichel. Wir schwiegen einen Augenblick. Ich schaute interessiert zum Himmel, er hinunter auf die Straße unter meinen Füßen. Ich bin keiner, der gerne mal ein Schwätzchen mit den Bauersleuten hält, doch irgendwie, ich weiß selber nicht, warum, widerstrebte es mir, ihn einfach so stehenzulassen. Vielleicht, weil ich in ihm einen weiteren geheimnisvollen Boten dieses Tages sah.

»Und Sie, Sir, sind Sie hier aus der Gegend?« fragte er in jenem einschmeichelnden Ton, den seinesgleichen für Touristen und betuchte Fremde im allgemeinen bereit hat.

Ich antwortete mit einer ebenso ausholenden wie unbestimmten Geste.

»Kennen Sie das Haus da?« fragte ich und zeigte über die Hecke.

Er faßte sich mit der harten braunen Hand ans Kinn, was ein Geräusch wie von Sandpapier machte, und warf mir einen raschen, verschlagenen Blick zu. Seine Augen waren wie Scherben von einem großen, uralten, zerbrochenen Gegenstand, einer Graburne vielleicht.

»Freilich«, sagte er, »sehr gut sogar.«

Und dann fing er an, mir weitschweifig von meinen Verwandten zu erzählen und unsere Familiengeschichte vor mir auszubreiten. Ich lauschte mit ehrfürchtigem Staunen, wie man den alten Göttersagen lauscht. Natürlich war alles reine Erfindung, und selbst die paar Fakten, mit denen er aufwarten konnte, waren auf den Kopf gestellt oder bis zur Unkenntlichkeit verdreht. »Den jungen Herrn, den hab ich auch gekannt«, sagte er. (*Den jungen Herrn?*) »Hab mal gesehn, wie er ein Kaninchen abgemurkst hat. Hat ihm das Genick gebrochen: so hier. War noch 'n ganz kleines. Hat's mit beiden Händen gepackt und –«, er verzog den Mund

und machte ein knirschendes Geräusch, »– hat's abgemurkst. War ja noch 'n junger Bursche damals, wissen Sie, so 'n kleiner Lockenkopf, wo man denkt, der kann keiner Fliege was zuleide tun. O ja, 'n hübscher Spitzbube. Für mich war's beileibe keine Überraschung, wie ich dann erfahren hab, was er getan hat.«

Was war denn das für ein Unsinn? Ich hatte noch nie einem Kaninchen das Genick gebrochen. Ich war das harmloseste Kind, das man sich denken kann, ein armes, zitterndes Wurm, das sich vor seinem eigenen Schatten fürchtete. Warum hatte er sich diese groteske Version von mir ausgedacht? Ich spürte Verwirrung und etwas wie zornige Scham, als hätte mich ein Betrüger auf der Straße ebenso absurderwie unerklärlicherweise beiseite geschubst und behauptet, er wäre ich. Der Alte blinzelte mit schlaffmäuligem Grinsen zu mir hoch und bleckte einen einsamen, langen, gelben Zahn, der wackelig in seinem Oberkiefer saß. »Sie suchen ihn wohl auch, was?« sagte er.

Eine kalte Hand drückte mir das Herz zusammen.

»Wieso?« fragte ich. »Wer sucht ihn denn noch?«

Sein Grinsen bekam einen listig-wissenden Zug. »Ach«, sagte er, »irgendwer ist immer hinter irgend jemand her.«

Er zwinkerte, und dann tippte er sich mit der blasierten, selbstzufriedenen Miene eines Mannes, der einem anderen ordentlich das Maul gestopft hat, abermals an die Mütze und ging schlingernd seiner Wege. Ich schaute ihm nach, doch sah ich nicht ihn, sondern mich selber, einen großen, dicken, abgerissenen, verlotterten Kerl, schwabbelig wie ein Schnabelfisch, sah mich verzweifelt auf der zugigen Straße stehen, als baumelte ich in meinem albernen weißen Anzug an einem unsichtbaren Kran, mit schlaffen Armen, offen klaffendem

Mund und diesen weiten Schlaghosen, die mir um die Beine flatterten, und der Ginflasche, die mir halb aus der Tasche ragte. Ich weiß nicht, warum ich so außer mir war. Und dann überkam mich jenes Gefühl des Entwurzeltseins, das ich in letzter Zeit immer öfter habe und das mir angst macht. Es ist, als ob sich Geist und Körper voneinander losgerissen hätten oder als ob das absolute, essentielle große I, die tragende Säule meines Ich, zu einem Punkt zusammengeschrumpft wäre, als hinge der Rest von mir nun gewaltig durchgebogen da, schwer und dennoch gewichtlos, wie ein abgesägter Baum unmittelbar bevor er umkippt. Ich frage mich, ist das beginnende Epilepsie, oder deutet es auf irgendeine andere Erkrankung des Gehirns hin? Aber ich kann nicht glauben, daß es sich um einen physikalischen Effekt handelt. Vielleicht werde ich am Ende auf diese Art verrückt, vielleicht fliege ich zum Schluß einfach so auseinander und bin mir selbst auf immer verloren. Die Attacke, wenn das kein zu starkes Wort ist, die Attacke endete, wie jedesmal, mit einem Gefühl des Fallens, einer Art von allgemeinem In-sich-Zusammensacken, als ob mir einer einen gewaltigen, weichen, abgepolsterten Schlag versetzt hätte und ich irgendwie aus mir selber herausgefallen wäre, so, wie ich dort stand, ganz verkrampft vor Angst. Ich schaute mich vorsichtig um, ich zwinkerte; mir war, als wäre ich gerade von irgendeinem völlig anderen Ort gekommen und hier gelandet. Alles war noch da, wo es hingehörte, das Dach hinter der Hecke und der alte Mann, der forthumpelte, und im Wagen Billys regloser, seehundschwarzer Hinterkopf, als ob nichts geschehen wäre, als ob sich jene Wunde in der trügerisch glatten Oberfläche der Dinge niemals geöffnet hätte. Aber ich kenne diese Unschuldsmiene, die die Welt aufsetzt, und ich durchschaue sie.

Ich fand ein Loch in der Hecke und zwängte mich hindurch, und meine Schuhe versanken bis zum Rand in erschreckend kaltem Morast. Zweige klatschten mir ins Gesicht, Dornen krallten sich in mein Jackett. Ich hatte vergessen, wie es auf dem Lande zugeht, die ungerührte, gleichmütige Boshaftigkeit von Busch und Dornengestrüpp. Als ich auf der anderen Seite war, keuchte ich. Und wie so oft überkam mich das Gefühl, alles das schon einmal erlebt zu haben. Ich hatte das Haus jetzt vor mir, recht solide und massiv immerhin und stabil bis rauf zum Dach. Und doch wirkte es verändert, kleiner und näher an der Straße, als es hätte sein dürfen, und ich überlegte eine Schrecksekunde lang, ob mich etwa mein Gedächtnis trog und das hier gar nicht mein Haus war. (*Mein* Haus? Ach.) Unter dem großen Fenster an der Giebelseite wucherten noch immer Mutters Rosenstöcke. Sie hatten bereits Knospen. Arme Mama, schon so lange tot, und ihre Rosen waren immer noch da und hielten durch – zäh und träge und unspektakulär, wie eh und je. Ich ging über den Rasen; der aufgeweichte Boden gab unter meinen Füßen nach wie ein Schwamm. Mit jedem Schritt ballte sich die Vergangenheit dichter um mich zusammen, und ich watete hindurch, taub wie ein eingeölter Schwimmer, und wartete, daß ich die Kälte spürte und den trügerischen Sog. Kurz vor der Haustür schwenkte ich ab – ich betrete Häuser nicht mehr wie selbstverständlich durch den Vordereingang – und schlich mich an den Rosenstöcken vorbei und schaute, ob oben hinter den Fenstern ein Lebenszeichen zu erkennen war. Wie mißmutig doch leere Fenster in die Welt blicken – so voll von schwarzem Himmel und seltsam verschlungenem Grün. Hinterm Haus angekommen, drückte ich mich ein Weilchen im lehmfeuchten Gemüsegarten herum und fühlte mich wie der arme Magwitch auf der Flucht. Knorrig wie Wirbelsäulen ragten ein paar große windschiefe Kohlstrünke vom letzten Jahr aus der Erde, und Hühner waren da, die ängstlich vor mir davonstaksten, langsam, wie in Zeitlupe, oder kippelig auf einem Bein standen, die Köpfe schräg zur Seite geneigt, und ihre Kehllappen schüttelten und sich heiser gackernd darüber beklagten, was ich ihnen für einen Schreck eingejagt hatte. (Merkwürdig barocke Geschöpfe, diese Hühner; ich finde immer, sie haben so was Persisches.) Ich hatte nichts Bestimmtes im Sinn. Ich tappte einfach ziellos umher, wie ein Arzt, der tastet, wo es weh tut. Ich wäre froh gewesen, wenn etwas weh getan hätte. Traumverloren ging ich weiter, bewunderte das meergrüne Moos an der Tür zum nicht mehr benutzten Abort, den Fliederbusch, der dort über das verrostete Blechdach flutete. Ein Windstoß zauste die Zweige, und eine Drossel pfiff ihr kurzes, volltönendes Lied. Leicht benommen, blieb ich blinzelnd stehen. Die glitzernde Luft, der Gesang des Vogels, dieses ganz eigentümliche Grün, alles das miteinander trug mich endlich doch einen Lidschlag lang zurück in die ferne, verlorene Vergangenheit, zurück zu einem regennassen, silbergrauen Morgen, so wie dieser hier, vergessen und doch irgendwie erspürt, und ich stand einen Moment lang da, rätselhaft verzaubert, das Gesicht zum Licht emporgereckt, und empfand etwas wie Atemlosigkeit, ein innerliches Straucheln, als hätte mir einer eine riesenhafte luftige Last in die Arme geworfen. Doch das Gefühl war nicht von Dauer; im nächsten Augenblick hatte sich die zarte Bürde, dieses Etwas, was immer es sein mochte, das mir gegeben war, damit ich es festhielt, in Nichts aufgelöst, und der Zauber wich, und ich war wieder genauso taub wie vorher.

Ich ging ganz nahe an das Küchenfenster heran und lugte hinein. Viel konnte ich nicht erkennen, nur Schemen und meine eigenen Augen, die sich im Glas spiegelten, starre, gierige Augen, wie die Augen eines verzweifelten Fremdlings. Und als ich dort stand, gebückt, und mein Atem die Fensterscheibe beschlagen ließ und mir der gallige Geruch der Gosse in die Nase stieg, fühlte ich deutlich den Druck der Dinge hinter mir, des Gartens und der Felder und des fernen Waldes, die sich neugierig in meinem Rücken drängten und einander beiseite stießen, um einen Blick zu erhaschen. Im Freien verspüre ich immer so ein leichtes Unbehagen; ständig rechne ich damit, daß irgend etwas Böses aus der Erde oder aus der Luft kommt und mich niederwirft oder, noch schlimmer, mich hochwirbelt und mich himmelwärts reißt, daß mir schwindelt. Vor dem Himmel habe ich seit jeher ein wenig Angst, so durchsichtig und doch so undurchdringlich, so trügerisch harmlos in seiner sanften Bläue.

Die Hinterpforte war verschlossen. Ich drehte mich um und wollte schon gehen, ich glaube, ich war vor allem erleichtert, doch plötzlich, in einem jähen Anflug von Zorn oder Besitzergroll oder von ich weiß nicht was, machte ich wieder kehrt, nahm den Ellbogen hoch und stieß damit gegen eine der Milchglasscheiben in der Tür. Solche Sachen sind nicht so leicht, wie sie im Kino aussehen: Ich mußte dreimal tüchtig zustoßen, bevor es geschafft war. Das Glas zersprang mit gedämpftem Klirren, und das hörte sich an wie ein schepperndes Lachen, kehlig und grausam, und die Splitter fielen innen auf den Boden, und die Töne, die dabei entstanden, klangen unheilvoll wie Elfenmusik. Ich horchte, wartete. Wie gut ich doch mit den Jahren die verschiedenen Formen der Stille voneinander zu unterscheiden vermag! In dieser hier lag Staunen und warme Furcht und das unterdrückte Lachen eines ungezogenen Kindes. Ich holte Luft. Ich bebte wie eine geschlagene Zimbel. Welch ein finsterer Schauder, eine Glasscheibe zu zertrümmern und durch das schartige Loch in die riesige, kalte Leere auf der anderen Seite zu greifen. Ich stellte mir vor, wie meine Hand dort ganz allein ihre Pirouetten drehte, in diesem erschrockenen Raum, und ihren kleinen *pas de deux* mit dem Schlüssel tanzte, von hinten nach vorn. Und dann sprang die Tür auf einmal auf, und fast wäre ich über die Schwelle gefallen, und es war gar nicht so sehr die Plötzlichkeit, die mich straucheln ließ, als vielmehr die ungeheure Verblüffung darüber, daß ich hier war. Einen winzigen Moment lang sah ich mich wie von einem Blitz erhellt, eine korpulente, gekrümmte Gestalt, lebendig und doch nicht ganz wirklich, eine Emanation meiner selbst, ein Hologramm, glupschäugig und flimmernd. Mit unsicheren Schritten ging ich hinein, und im selben Moment überkam mich mit gespenstischer Unmittelbarkeit die Erinnerung an den feuchtwarm-wolligen Unterarm eines Blinden, dem ich einmal irgendwo über die Straße geholfen hatte, in einer längst vergessenen Stadt, vor vielen Jahren.

Ich zog die Tür hinter mir ins Schloß und blieb stehen und holte abermals tief Luft, wie ein Schwimmer auf der federnden Kante des Sprungbretts. Die Möbel standen herum und taten so, als ob sie mich nicht sähen. Und über allem lag wie eine Staubdecke die Stille. Es war niemand daheim, das spürte ich. Ich lief umher, und meine Schritte machten kein Geräusch. Ich hatte so ein merkwürdiges Gefühl in den Ohren, irgendwie verstopft, als wäre ich in einem U-Boot, tief unter dem Meeresspiegel, rundherum niedergedrückt von der Last des Ozeans. Die Gegenstände um mich herum wirkten abweisend, wie mit einer unsichtbaren Isolierfarbe angestrichen, mit einer dicken, kalten Schutzschicht, glatt wie Emaille, und wenn ich sie berührte, kam es mir so vor, als könnte ich sie gar nicht spüren. Ich sah mich vor mir, einen ernsten kleinen Jungen im angeschmuddelten Pullover mit Stoppelhaar und Falten auf der Stirn und Tintenfingern und wehrlosen, durchsichtigen rosa Ohren, der an einem Winterabend dort an diesem Tisch über seinen Schularbeiten sitzt und von der Zukunft träumt. Kann ich wirklich so gewesen sein? Kann dieses Kind da ich gewesen sein? Irgendwo zwischen jener schuldlosen Vergangenheit und dieser garstigen Gegenwart mußte etwas ausgerastet sein, mußte es einen Bruch gegeben haben, unbemerkt, während ich immer weiter gerannt war und im Rennen mein Knäuel hinter mir abgerollt und begierig die Hände nach all dem Guten ausgestreckt hatte, das, wie ich meinte, auf mich wartete. Ich frage mich, wer aber hat das lose Ende aufgehoben und ist mir geschwind und heimlich kichernd hinterdreingelaufen?

Ich ging in die Halle. Dort stand das Telefon, auf dessen Klingeln sie erst so spät reagiert hatte. Wie eine glänzende schwarze Kröte hockte der Apparat auf seinem Tischchen, gleichsam auf dem Sprung, als ob er darauf brannte, endlich alles zu sagen, alles auszuplaudern, was ihm im Laufe der Jahre anvertraut worden war. Wo steckten die denn alle? Waren sie etwa vor meiner Stimme am anderen Ende der Leitung geflüchtet, hatte sie alles stehen- und liegenlassen und das Kind auf den Arm genommen und war auf die Straße hinausgerannt und mit kreischenden Reifen davongebraust? Jetzt wurde mir klar, woran es lag, daß ich nichts berühren konnte, daß ich die Strukturen der Dinge nicht fühlen konnte: Das Haus war gereinigt von mir, ich war ihm ausgetrieben worden. Ob sie es merken würde, daß ich dagewesen war? Ob sie den Pesthauch spüren würde in der Luft? Ich schloß die Augen, und wieder überkam mich das Gefühl, von mir selber fortgerissen zu sein. Ich bin ja seit jeher der Überzeugung gewesen, daß es irgendwo ein anderes Ich geben muß, mein solideres Ich, das gewichtiger und weitaus seriöser ist als ich und dem es bestimmt sein könnte, große, unvorstellbare Aufgaben zu vollbringen, in einer anderen Wirklichkeit, wo die Dinge wirklich wirklich sind; für ihn dort draußen in seiner einen unter vielen Welten bin ich vermutlich nichts als die Laune eines Sommertags, ein Schimmern am Rande seines Blickfelds, ein flüchtiger visueller Eindruck, wie der Schatten einer Wolke oder ein Windstoß oder das Schweben und jähe Entschwirren einer Libelle über schilfgegürteten, sonnenweißen Untiefen. Und nun, da ich hier stand, inmitten meines eigenen Nichtvorhandenseins, an der Geburtsstätte, die sich meiner so gründlich entledigt hatte, murmelte ich ein kleines Gebet und sprach: Oh, wenn du wirklich da bist, mein wackerer Bruder, in deiner wirklicheren Wirklichkeit, dann denk an mich, lenk all deine ungeteilte Aufmerksamkeit auf mich, und sei es auch nur einen Lidschlag lang, und mache, daß auch ich wirklich sein kann.

(Natürlich gibt es Momente, wo ich dieses andere Ich nicht als meine bessere, sondern als meine schlechtere Hälfte ansehe; wenn er nun der Böse ist, der Teufel, der verlorene Zwilling, was bin dann ich? Das ist ein Gedankengang, auf den ich mich lieber nicht einlassen möchte.)

Ich stieg die Treppe hoch. Mir war komisch zumute, zittrig und forsch zugleich, als hätte ich Metallfedern unten an den Schuhsohlen und müßte ganz schwer auftreten, um nicht übers Geländer katapultiert zu werden. Auf dem ersten Absatz blieb ich stehen und drehte mich nach allen Seiten um, ein armer staunender Minotaurus, und mein Kopf baumelte wie eine große Last an seinen dicken Sehnen, eine bullige Bürde, indes mein feuchter, blutdunkel-finsterer Blick stur nach etwas suchte, nach einer winzigen Spur meiner früheren Ichs, die hier verborgen lagen wie die versteckten Gesichter auf einem Vexierbild. Als Kind war ich sehr gern allein zu Hause; das war, als hielte einen ein geistesabwesender, stummer, schwermütiger Riese locker in seinen freundlichen Klauen. Irgend etwas war jetzt mit dem Licht passiert, es war matter geworden. Kein Regen. Nebel vielleicht; hier in der Gegend kommt mitunter von einer Sekunde zur anderen der Nebel, und genauso schnell verschwindet er auch wieder. Ich weiß jedenfalls noch, daß es auf einmal klamm und grau und dämmerig war. Ich lief den Korridor entlang. Und das war, wie wenn man im Traum geht, ein langsames Vorwärtsstolpern, schwerelos und doch nicht unbeschwert. Am Ende des Korridors befand sich ein Bogenfenster mit bordeauxroten Scheiben, bei dessen Anblick ich immer an alte Kirchen denken mußte und an das Wort *Litanei*. Eine der Zimmertüren war angelehnt; ich stellte mir vor, daß dahinter jemand stand, atemlos lauschend, genau wie ich. Ich zögerte, doch dann stieß ich sie mit einem Finger auf und schob mich hinein und blieb stehen und horchte in die leise stampfende Stille. Der Raum war leer, ein weiter, hoher, weißer Raum mit Kuppeldecke und einem großen Fenster, vor dem schlanke, schattenspendende Bäume aufragten. Es gab weder Möbel noch Bilder an den Wänden, es gab gar nichts. Die Dielen waren nackt. Wessen Zimmer war das gewesen? Ich konnte mich nicht erinnern; diese kunstvolle Decke zum Beispiel, gewölbt und ausgekehlt wie das Innere eines Priesterbiretts: Zu meiner Zeit mußte darunter eine Zwischendecke gewesen sein, die mittlerweile entfernt worden war. Ich blickte hinauf in die weichen Schatten und spürte, wie alles von mir abfiel wie Wasser. Wie kalt und still es hier war, und die Luft, wie reglos. Ich stellte mir vor, wie es wäre, hier zu leben, in dieser knochenweißen Zelle, in dieser Leere, zuzuschauen, wie die Tage heraufzogen und wieder ins Dunkel sanken, das leise Wehen des Windes zu hören, zu sehen, wie das Licht über den Fußboden kriecht und erstirbt. Und dann fortzuschweben, verschwunden zu sein, wie Staub, sich aufzulösen in weite Luft. Nicht zu sein. Einfach nicht zu sein. Hatte ich nicht in den tiefsten Tiefen, tief unter den Träumen, immer nur den einen Wunsch, mich so zu verzehren? Manchmal denke ich, dieser Satyr, wie heißt er doch, hat recht gehabt: besser gar nicht erst geboren werden, und wenn man schon mal geboren ist, zusehen, daß man die ganze Chose so schnell wie möglich hinter sich bringt.

Einem schwarzen Bolzen gleich, schoß ein Vogel aus den Bäumen hervor und krachte gegen die Fensterscheibe.

Da kam mir plötzlich eine Erinnerung, ausgelöst vielleicht durch den Vogel oder durch den Blick auf jene Bäume oder durch das merkwürdige, dunstige Licht im Glas: Einmal, als ich krank war, hatte man mich aus meinem Zimmer in dieses hier gebracht, ich habe keine Ahnung, warum – mag sein, wegen der Aussicht oder wegen der Höhe, ich weiß es nicht. Ich sah wieder das Bett am Fenster, die hohen, gebauschten Halbsäulen der Vorhänge, die sich über mir erhoben, die Kronen der herbstlichen Bäume dort draußen, und das Kind, das ich damals gewesen war, lag ganz still da, mit einem Schal um den Hals und grauer Stirn, die Hände reglos auf dem umgeschlagenen Bettuch, wie ein Miniaturkrieger in seinem Grab. Wie sonderbar angenehm es damals war, krank zu sein. Wenn ich so in der Fieberschwüle dahindämmerte, mit schmerzenden Augen und bleischweren Gliedern, und in den Ohren mein Blut tosen hörte, dann träumte ich mich immer in himmelsferne Welten, wo hoch oben in den Lüften metallisch blitzende Vögel auf glänzenden Drahtschleifen schwirrten und große wolkige Glasschemen klirrend durch die kalte, klare Luft segelten. Vielleicht ist das die Art, wie Kinder sterben; vielleicht, daß sie sich noch nach jenem Vergessen sehnen, aus dem sie doch eben erst aufgetaucht sind, und sich selber vergessen und still davonschweben.

Vor mir im Fensterglas bewegte sich ein verschwommenes Spiegelbild, und als ich mich umdrehte, sah ich meinen Sohn, der in der Türe stand und mich mit mildem, fragendem Lächeln beobachtete. *Ich traf den Tod auf meinem Weg*, dachte ich. Ich setzte mich aufs Fensterbrett. Auf einmal fühlte ich mich schwach.

»Van!« sage ich und lachte atemlos. »Wie groß du geworden bist!«

Ob er mich erkannt hat? Er muß jetzt siebzehn sein oder achtzehn – ich war so durcheinander, daß ich einfach nicht darauf kam, wann er Geburtstag hatte, nicht mal der Monat fiel mir ein. Zehn Jahre hatte ich ihn nicht gesehen. Ob es ihn aus der Fassung brachte, mich hier auf einmal vorzufinden? Wer weiß schon, was ihn aus der Fassung bringt. Vielleicht gar nichts, vielleicht ruht er vollkommen in sich, ist ganz in sich verschlossen. Ich stelle mir ein fernes, weißes Land vor, wo alles flach und konturlos unter einem ausgeblichenen Himmel liegt, hinten am Horizont ein Vogel vielleicht, spielzeugklein auf die Entfernung, der fliegt und fliegt, immer weiter fort. Aber wie riesig er war! – Im ersten Moment konnte ich gar nichts tun, als dazusitzen, vorgebeugt, die Hände auf die Knie gestützt, und ihn anzustarren. Er war gut einen halben Kopf größer als ich, mit gewölbtem Brustkasten, mächtigen Schultern und einer großen, breiten, unangemessen edlen Stirn, wie von einem prähistorischen steinernen Standbild, das schräg auf einem Hügel an der Küste eines abgelegenen, vergessenen Eilands steht. Die blonden Locken, an die ich mich noch erinnerte, waren dicht geworden und hatten einen rostroten Schimmer bekommen; das war mein Erbteil. Sein Teint aber war bräunlich wie der seiner Mutter, und auch die dunklen, ernsten Augen hatte er von ihr. Selbst wenn er einen ganz fest ansah, schweifte sein Blick fortwährend zerstreut zur Seite, was eine sonderbare, flackernde Wirkung hervorrief, als wäre in dieser riesenhaften Gestalt eine kleinere, zartere, ganz leicht zitternde Version seiner selbst verborgen. In meiner Phantasie stemmte ich mich aus mir heraus, wie ein Schwimmer, der aus dem Wasser steigt, ging mit ausgestreckten Armen strauchelnd einen Schritt auf ihn zu und drückte ihn schluchzend an meine Brust. Armer Junge, mein armer Junge. Das ist schrecklich. In Wirklichkeit sitze ich immer noch auf dem Fensterbrett und umklammere mit Händen, deren Knöchel schon ganz weiß geworden sind, meine Knie, schaue zu ihm hoch und lächle ihn tumb und hilflos an; ich bin sonst nicht so fürs Umarmen, das war noch nie mein Fall. Er gab einen Laut von sich, tief aus dem Kehlkopf, fast so etwas wie ein leises Lachen, und kam mit irgendwie schwankenden und unerwartet leichten, beinahe tänzelnden Schritten auf mich zu, betrachtete mit zusammengekniffenen Augen die erschrockene Amsel, die draußen auf dem Fenstersims saß, erstarrt und reglos und ganz aufgeplustert in ihrer Verwirrung und ihrem Schmerz. Von Zeit zu Zeit seufzte sie schaudernd und klappte langsam die Lider zu und wieder auf. Sie hatte Blut am Schnabel. Was mußte das arme Ding für einen Schreck bekommen haben, als sich das, was wie glänzende Luft ausgesehen hatte, plötzlich als festes Glas erwies und die Welt ihr die Tür vor der Nase zuschlug. Ob das das Gefühl ist, das mein Junge stets und ständig hat, daß er gleichsam hilflos gegen dunkel schimmernde, undurchdringliche Oberflächen anrennt? Er zeigte auf den Vogel und warf mir einen beinahe scheuen Blick zu und gab wieder dieses leise Lachen von sich. Ein modriger, leicht süßlicher Geruch ging von ihm aus, der mich an Rollstühle und diese altmodischen Holzkrücken denken ließ, deren Griffe gepolstert und mit Stoff bezogen waren. Der Vogel faszinierte ihn. Ich mußte daran denken, wie ich einmal vor vielen Jahren, als er noch klein war, an einem windigen Herbsttag mit ihm durch einen Park ging, in dem ein großes Haus stand, dessen Besichtigung uns einen Schilling Eintritt gekostet hatte. Irgendwo war dort ein Pfau, wir hörten seinen unheimlichen, klagenden Schrei über die Buchsbaumhecke und den Zierrasen hinweg. Van war außer sich und rannte aufgescheucht hin und her und hatte den Kopf so merkwürdig schräg nach oben gereckt, wie er es immer tat, wenn er erregt war, und wollte sehen, was denn bloß diese außergewöhnlichen Laute von sich gab. Doch wir konnten den Pfau nicht finden, und jetzt kam mir dieser Tag wieder in den Sinn, beschwert von jener kleinen Abwesenheit, jenem unauffindbaren, wundersamen Vogel, und ich spürte den Schmerz von damals, fern und stechend wie der Schrei des Vogels selber.

»Geht's dir gut?« fragte ich. In den Bäumen war dieses eigentümliche, satte Licht und drückte sich wie Gaze an die Fensterscheiben. »Bist du glücklich?«

Was hätte ich sonst sagen können? Seine einzige Reaktion war ein verwundertes, flüchtiges Stirnrunzeln, als hätte er nicht meine Stimme vernommen, sondern nur ein vertrautes und doch, wie stets, unverständliches, von weither kommendes Geräusch, wie das Pfeifen und Zirpen, von dem die Luft in seiner weißen Welt erfüllt ist. Ich habe mich nie davon freimachen können, daß ich die Schuld trage an seinem Zustand, daß ich ihm, schon bevor er geboren war, Schaden zugefügt habe mit meinen Erwartungen, daß meine übertriebenen Hoffnungen ihn dazu gebracht haben, in sich selbst zu verharren, bis es zu spät für ihn war, ganz normal herauszukommen und so zu sein wie wir alle. Und ganz gleich, was ich mir einrede, ich hatte Hoffnungen. Worauf? Daß er mich erlöst, als ob der Sohn durch seine bloße Existenz die Sünden des Vaters auf sich nehmen und ihn lossprechen könnte? Allein schon dieser hochtrabende Name, den ich ihm unbedingt um den Hals hängen mußte – Vanderveld!, du lieber Gott, nach meinen Vorfahren mütterlicherseits –, schon das war eine Last, die ihr Teil dazu beigetragen haben dürfte, ihn in die Tiefe zu zerren. Als er noch ganz klein war, habe ich mir immer vorgestellt, wie wir eines fernen Tages zusammen irgendwo im Süden auf einer sonnengesprenkelten Straße wandern werden, er ein erwachsener Mann und ich wie durch ein Wunder noch immer jugendlich, beide in Weiß, meine Hand leicht auf seiner Schulter und er lächelnd: Vater und Sohn. Doch während ich das Gesicht abwandte und mir diese und andere, nicht minder törichte Idyllen erträumte, hat ihn der Erlkönig geholt.

Plötzlich, als ob nichts passiert wäre, schnellte die Amsel wie die Feder einer Uhr hoch, breitete die Flügel aus und flog geschwind ins wattig-weiße Licht. Van gab ein kleines enttäuschtes Wimmern von sich und drückte das Gesicht an die Glasscheibe und verrenkte sich den Hals, um dem Vogel nachzuschauen, und wie er so dastand, mit dieser Haltung des Kopfes, sah ich einen Moment lang meine Mutter in ihm. Großer Gott, all meine Geister finden sich hier ein.

Was dann kam, ist irgendwie verschwommen und zersplittert, wie durch einen schillernden Tränenschleier gesehen. Ich lief durchs Haus, und Van mit seinem tänzelnden Gang folgte mir leise. Ich schnüffelte in den Schlafzimmern herum, guckte sogar in die Schubladen und in die Schränke, doch es half nichts, ich war nicht imstande, mich den Dingen aufzuprägen, alles wich vor mir zurück, als löste es sich in Rauch auf. Was suchte ich eigentlich? Immer noch mich selber, die eingetrocknete Spur meiner Schritte? Die war hier nicht zu finden. Ich packte ein paar Kleidungsstücke zusammen und holte einen alten Pappkoffer von einem Schrank herunter, um sie hineinzulegen. Mit einem Geräusch wie von Pistolenschüssen sprangen die Schlösser auf, und ich klappte den Deckel hoch, und da schlug mir ein schwacher Geruch entgegen von etwas, das ich fast wiedererkannte, ein Kraut oder ein Duftholz, ein bleicher Seufzer aus der Vergangenheit. Als ich mich umsah, war Van verschwunden und hatte nichts zurückgelassen als ein verblassendes Schimmern in der Luft. Ich sah mich auf dem Boden knien, vor mir den geöffneten Koffer, wie ein Kinderschänder, der sich über sein hingestrecktes Opfer beugt, und ich stopfte das letzte meiner Hemden hinein und klappte den Deckel zu und stand auf und rannte die Treppe hinunter. In die Küche, wo die Hintertür mit der zerbrochenen Scheibe noch immer offen stand; sie hatte etwas Unverschämtes an sich, etwas plump Vertrauliches, wie ein Rowdy, der an der Wand lehnt und mich spöttisch und belustigt von der Seite ansieht. Mißmutig ging ich nach draußen, den Koffer fest an mich gedrückt und rot vor unerklärlicher Scham. Ich werde niemals, niemals mehr hierher zurückkehren. Das ist für mich verloren; ganz und gar verloren. In dem Moment, als ich mich wieder durch das Loch in der Hecke zwängte, spürte ich, wie ich aus etwas heraustrat, als hätte ich einen Teil meines Lebens hinter mir gelassen, als wäre er im Dornengestrüpp hängengeblieben wie ein alter Mantel, und da befiel mich ein greller Schmerz, der so rein, so stechend war, daß ich ihn im ersten Moment für Freude hielt; er wogte durch mich hindurch wie ein brennendes Serum, und als es vorüber war, fühlte ich mich beinahe geläutert, ein heiliger Sünder.

Zu meiner Überraschung wartete Billy auf mich. Nach allem, was ich durchgemacht hatte, dachte ich, er wäre weg, fortgeweht von einem Wirbelwind wie alles, was ich heute, wie mir schien, verloren hatte. Jemand lehnte im Wagenfenster und sprach mit ihm, ein dünner schwarzhaariger Mann, der sich sofort aufrichtete, als er mich sah, und losmarschierte und hastig, mit merkwürdig komischen und irgendwie obszön wirkenden Bewegungen um die Kurve bog, die die Straße dort machte; sein einer Arm baumelte herunter, die andere Hand steckte in der Jackentasche, und die Hosen flatterten ihm um die Beine.

Die Luft im Wagen war verqualmt.

»Wer war das?« fragte ich.

Billy zuckte die Achseln. »Irgendwer«, sagte er, ohne mich anzusehen. Er warf seine Kippe aus dem Fenster und ließ den

Motor an, und dann zuckelten wir los. Als wir um die Kurve fuhren, war dort nichts mehr von dem schwarzhaarigen Mann zu sehen.

»Na, die Familie besucht?« fragte Billy.

»Ich habe dir doch schon gesagt, ich hab keine Familie. Ich hatte einmal einen Sohn, aber der ist gestorben.«

In meiner Phantasie ist diese Fahrt nach Süden so etwas wie eine epische Reise, und ich, ein Odysseus, nunmehr obdachlos, breche noch einmal, ein letztes Mal, aus Ithaka auf. Je weiter wir fuhren, desto leichter fühlte ich mich, desto entmaterialisierter, als hätte ich unterwegs ständig Ballast abgeworfen. Der Lieferwagen hatte eine Panne nach der anderen, und Billy schüttelte jedesmal halb bekümmert, halb belustigt den Kopf und stieg aus und hämmerte unter der Kühlerhaube herum, und ich beugte mich rüber und drückte auf Kommando die Pedale herunter. Es war ein komisches Gefühl, plötzlich so in dieser Stille zu sitzen, mitten im Nichts. Die Gegend um uns herum sah aus, als fühlte sie sich überrumpelt; verkniffen und tadelnd schaute sie uns an, als wären unsere unerwarteten Stopps ein Verstoß gegen eine allgemeingültige Anstandsregel; tiefe Stille lag über den Feldern, und rastlos regten sich die Bäume und raschelten in der milden, wie von Firnis glänzenden Luft mit ihrer seidenen Pracht. Diese liebliche Welt, und wir der einzige Schandfleck in der Landschaft. Wir, oder nur ich? Manchmal ist mir so, als spürte ich förmlich, wie die Welt vor mir zurückweicht, als fürchtete sie sich vor der Berührung mit einem unheimlichen, kalten, klebrigen Ding. Ich weiß noch, als Kind bin ich einmal mit meiner Mutter in ein Hotel in der Stadt gegangen, so eine heruntergekommene alte Nobelabsteige, wie es sie heute gar nicht mehr gibt, und als wir in der Tür zur Lounge standen, da verstummten mit einemmal all die Leute mitten bei ihrem Nachmittagstee. Das war natürlich bloß Zufall, rein zufällig hatten alle im selben Moment aufgehört zu reden, aber ich war fest davon überzeugt, daß ich es war, der dieses fürchterliche Schweigen verursacht hatte, daß ich irgendwie die Luft verpestet und die Leute stumm gemacht hatte, und ich stand da und schwitzte vor Scham und Angst, während dicke Matronen reglos mit den Teekannen in der Hand verharrten und rheumakranke alte Männer verblüfft und zwinkernd um sich blickten, bis im nächsten Moment alles leise wieder zum Leben erwachte und meine Mutter mich bei der Hand nahm und mich unwirsch schüttelte und ich benommen hinter ihr her trottete und hineinstolperte in all den Lärm und all das Licht.

Es wurde schon allmählich dunkel, als wir Coldharbour erreichten, ein auf einer Landspitze gelegenes, buckliges Städtchen, das sich dort mit Blick auf den Atlantik an die Klippen schmiegt. Weiß schimmerten die Häuser im schwindenden Licht, und aus den Schornsteinen kam Rauch, muschelblau vorm blasseren Blau des Abends, und hinter der Hafenmauer wälzte sich schwer die See wie ein Haufen dicker, leerer Eisenfässer, die scheppernd durcheinanderkollern. Mir war, als hörte ich ein Melodeon spielen, es roch nach frischgeräucherten Heringen. Billy parkte vor einem großen Pub, das aussah wie eine Ranch, und wir gingen hinein, um ein Glas zu trinken. In einem niedrigen Raum mit nachgemachten Deckenbalken und qualmvergilbten Wänden setzten wir uns vors Torffeuer und hörten zu, wie das Radio vor sich hin brabbelte. Pferdegeschirre, Efeuranken aus Plastik, in einem Glaskasten ein ausgestopfter Fisch, der uns mit staunenden Augen ansah. Wir waren die einzigen Gäste. Der Wirt, ein dicker, träger Mann, stand hinter der Theke und polierte versonnen ein Bierglas, und dabei legte er geistesabwesend die Stirn in Falten, als versuchte er vergeblich, sich an etwas sehr Wichtiges zu erinnern. Was er wohl von uns halten mochte? Er machte einen anständigen Eindruck. (Aber mitunter mache ja selbst ich einen anständigen Eindruck.) Seine Tochter, ein mageres kleines Ding mit hohlen Wangen und abgeknabberten Fingernägeln und Augen, die denen ihres Vaters glichen, kam, noch in ihrer grünen Schuluniform, die Treppe runter und verkündete, die Mama habe gesagt, er solle ihr bei den Rechenaufgaben helfen. Und während er über ihre Sauklaue meckerte, wobei seine dicke Zungenspitze aus dem Mundwinkel schaute, stand sie an die Theke gelehnt und plärrte ein Lied vor sich hin und strengte sich gewaltig an, nicht zu uns rüberzugucken. Er zeigte ihr die gelösten Aufgaben und redete leise auf sie ein; er zog sie auf, und sie sagte in einem fort »Ach Mann, Daddy!« und seufzte und verdrehte die Augen und machte ein El-Greco-Gesicht. Billy und ich, wir hockten vor unseren Groggläsern und beobachteten sie unauffällig, drückten uns die Nasen platt an jenem Fenster, in dem einen Moment lang all das aufleuchtete, was wir verspielt hatten, und plötzlich begann Billy, offenbar unter dem Eindruck dieses kleinen Familienidylls, zögernd eine Beichte abzulegen. Er habe gar keine Freundin, stammelte er mit gesenktem Kopf und monotoner Stimme, er habe sich das alles bloß ausgedacht, den Frisiersalon, die Hochzeitspläne, eben alles. Und einen Job habe er auch nicht, keinen dubiosen Schwager im Lieferantengewerbe; seit er draußen sei, lebe er von Sozialhilfe. Sogar die Sache mit seiner Mutter sei frei erfunden, sie warte gar nicht zu Hause mit dem Essen auf ihn, sondern liege im Krankenhaus im Sterben – Säuferleber. Und jetzt würde er Ärger mit seinem Bewährungshelfer kriegen, weil er die Stadt verlassen hatte, ohne sich bei ihm abzumelden.

Wir schwiegen eine ganze Weile, saßen da, als lauschten wir auf die Schwingungen nach einem gewaltigen Knall, und dann hörte ich mich mit gepreßter Stimme sagen:

»Und woher hattest du den Gin?«

Nicht gerade eine passende Reaktion, ich weiß, aber es war ein peinlicher Moment. Billy zuckte die Achseln.

»Geklaut«, sagte er.

»Aha.«

Für mich kam das alles nicht überraschend – ich glaube, im Grunde meines Herzens hatte ich die ganze Zeit gewußt, daß er mir etwas vorgemacht hatte –, und ich hatte durchaus nichts dagegen: Warum sollte er sich nicht seine Lebenslüge zusammenzimmern? Trotzdem muß ich zugeben, daß ich ihm böse war, aber nicht, weil er mich belogen hatte, sondern ganz im Gegenteil, weil er sich's anders überlegt und mir reinen Wein eingeschenkt hatte, verdammter Mist. Hatte ich ihn etwa um Ehrlichkeit gebeten? Hatte ich nicht. Ich finde, die Wahrheit, die sogenannte, wird als Variable ganz gewaltig überschätzt. Das Problem ist doch, sie ist endlich: Wenn man die Wahrheit sagt, ist die Geschichte aus; Lügen hingegen verästeln sich nach allen möglichen unerwarteten Richtungen, sie machen die Dinge komplizierter, sie verheddern sich in sich selber und machen das Gewebe des Lebens dicker. Durch Lügen wird eine langweilige Welt interessanter. Lügen ist kreativ. Und außerdem machen Flunkereien mehr Spaß, und im übrigen bin ich der festen Überzeugung, daß Lügner länger leben. Doch, doch, ich bin ein leidenschaftlicher Anwalt des Schwindelns. Aber jetzt hatte dieser blöde Billy auf einmal Skrupel gekriegt, und was, um alles in der Welt, war da zu tun? Bei manchen Dingen gibt es kein Zurück. Wir saßen eine Weile da und starrten finster in die Glut, und abermals herrschte dieses grausige Schweigen, und die Tochter des Wirts ging wieder nach oben, und der Wirt beschäftigte sich wieder mit seinen Gläsern, und dann – o mein Gott, war das erschütternd! – fing Billy an zu weinen. In all den Jahren, die wir zusammen im Knast gewesen waren, hatte ich ihn nie eine Träne vergießen sehen, nicht mal in den schlimmsten Zeiten. Und auch jetzt weinte er eigentlich gar nicht richtig, er schniefte nicht und winselte nicht, was ich mir an seiner Stelle garantiert nicht hätte nehmen lassen, sondern saß einfach mit hängendem Kopf da, und das Wasser quoll ihm aus den Augen, und seine Schultern bebten. Wie peinlich! – Bloß gut, daß außer uns keiner da war. Ich schaute verstohlen zum Wirt hinüber, doch der sah geflissentlich weg, hatte den Mund gespitzt und pfiff lautlos vor sich hin. Keine Ahnung, was der sich gedacht hat, wer wir sind oder was passiert ist. Und dabei war ich mir so sicher gewesen, daß ich derjenige wäre, der an jenem Tag noch einmal anfinge zu weinen. Ich faßte nach Billys Schulter, weniger um ihn zu trösten, muß ich gestehen, als vielmehr um ihm zu zeigen, daß ich fand, er könne sich jetzt wirklich mal wieder zusammenreißen, doch als ich das warme, zitternde Fleisch spürte, zog ich die Hand schnell zurück, denn das rief beunruhigende Erinnerungen an alte Intimitäten in mir wach: Hinter Gittern sucht sich Eros seinen Trost, wo er ihn finden kann. Ich stand auf, trank aus, räusperte mich und sagte mit leiser, tonloser Stimme, die ich kaum als meine eigene erkannte, daß ich mal eben einen Moment raus müsse. Billy nickte, ohne aufzublicken, und ich entfernte mich beinahe auf Zehenspitzen, ein feiger Captain Oates, und ging durchs Klo nach draußen und über einen Hof und landete auf einer Gasse hinterm Pub und blieb ein Weilchen mit geschlossenen Augen in der marineblauen Dunkelheit stehen und atmete ihn tief ein, den Gestank eines neuerlichen, dreckigen kleinen Verrats.

Ich holte meinen Koffer aus dem Lieferwagen und machte mich auf den Weg zum Hafen. Inzwischen war es schwarze Nacht, und ich hatte nichts, das mir den Weg weisen konnte, außer den Sternen am Himmel und dem Kopfsteinpflaster und hier und da einer im Winde fröstelnden Straßenlaterne. Und doch ging ich irgendwie irgendwohin. Meine Füße fanden von selber ihren Weg, eine abschüssige Straße hinunter und dann an der Kaimauer entlang und auf den Pier. Schlingernd lagen ein paar spärlich beleuchtete Schiffe vor Anker, die Masttaue klirrten leise. Habe ich Ihnen schon von *meiner Suche nach Gott* erzählt? Jeder Lebenslängliche begibt sich früher oder später auf diese Suche. Ich habe erlebt, wie selbst die Hartgesottensten da drin, Kerle, die einem, ehe man noch Messer sagen kann, die Kehle durchgeschnitten haben, artig wie kleine Kinder neben ihren Pritschen knieten, bevor das Licht ausging, die Hände gefaltet, die Augen fest geschlossen, und in stummer Zwiesprache mit dem Allmächtigen die Lippen bewegten. Es freut mich, sagen zu können, daß ich nach eigener Einschätzung beachtlich lange durchgehalten habe. Über Religion und dergleichen hatte ich noch nie so richtig nachgedacht; mir ist die diesseitige Welt seit jeher mysteriös genug gewesen, ich brauchte mir keine unbegreiflichen Jenseitswelten zu erfinden (ich weiß, das Adjektiv ist redundant). Freilich hatte und habe ich von Zeit zu Zeit so etwas wie einen verschwommenen Halbglauben an eine allgemeine Macht, ein höheres Böses, das hinter all dem waltet, was wir in dieser Welt für Chaos und Koinzidenz halten. Es gibt sogar Phasen, wo ich mir die Existenz eines personifizierten Gottes vorstellen kann, eines Gottes, wie er in den alten Büchern vorkommt, ER, der lacht, der *deus ridens*. Ich kann mich erinnern, daß ich als junger, leicht zu beeindruckender Mensch in einem Buch etwas über ein Ereignis in der Geschichte der Xhosa gelesen habe, die im östlichen Kapland leben. Sie kennen doch die Xhosa? Das war ein stolzes, schlaues Volk, und obendrein waren sie große Krieger, und doch verloren sie aus unerfindlichen Gründen nahezu einhundert Jahre lang eine Schlacht nach der anderen gegen die Armeen der weißen Siedler. Wieder und wieder waren sie aus dem Busch gestürzt und hatten sich mit dem größten Selbstvertrauen den Kugeln und Bajonetten dieser madenfarbenen Pygmäen in den blutroten Uniformen entgegengeworfen und waren jedesmal wieder zurückgeschlagen worden und hatten entsetzliche Verluste erlitten. Bis eines Tages ein junges Mädchen namens Nongqawuse eine Vision hatte und von den Stimmen ihrer Vorfahren aufgetragen bekam, ihrem Volk zu sagen, es solle alle seine Rinder schlachten und die Landwirtschaft in jedweder Form aufgeben, und wenn diese Opfer dargebracht wären, dann würden die toten Ahnen wieder ins Leben zurückkehren und große neue Herden mitbringen und unermeßliche Maisvorräte und ein unbesiegbares Geisterheer aufstellen, das den weißen Mann ins Meer jagen würde. Die Stammesältesten berieten sich und beschlossen, daß das Volk tun müsse, wie ihm geheißen; selbst der weise König Sandili (sehen Sie, sogar an die Namen kann ich mich noch erinnern), der anfangs skeptisch gewesen war, erklärte schließlich, er glaube an das *neue Volk*. Das Vieh wurde geschlachtet, die Felder brach gelegt, und der Stamm wartete geduldig und gelassen auf den Tag der Tage, der kam und ging, und natürlich erschien kein einziger Geisterkrieger. Es passierte überhaupt nichts. Die Sonne blieb nicht still am Himmel stehen, keine riesigen Herden kamen aus dem Staub geprescht, und in den geleerten Speichern tauchte nicht das kleinste Maiskorn auf. Allein in jenem Jahre 1857 verhungerten siebzigtausend Xhosas. Ich weiß noch, wie ich das Buch sinken ließ und vor mich hin starrte, und für Sekunden flackerte in meinen Augen das irre Leuchten der Bekehrung; ja, dachte ich, ja, es muß doch einen Gott geben, sonst könnten solche Dinge nicht geschehen! Und ich stellte IHN mir vor, einen alten Knacker mit Verbrechervisage, gelbem, verfilztem Bart und Säufernase, der sich auf einer wolligen Wolke herumlümmelt, das Kinn auf die Faust gestützt hat und feixend zusieht, wie diese stolzen Menschen in feierlichem Ritual auf die Felder hinausgehen und ihr Vieh abschlachten und ihre Ernte niederbrennen. Bis die Hungersnot kam, hatte ER wahrscheinlich längst das Interesse verloren, hatte seine Aufmerksamkeit auf etwas ganz anderes gerichtet und die Xhosa sich selbst überlassen, worauf sie sich sprachlos in der ausgetrockneten Savanne aneinanderdrängten und einsam starben. Natürlich gab ich meinem Glauben an diesen Spaßvogelgott mit der Zeit wieder auf und zog es vor, statt dessen an das *große Nichts* zu glauben, das ja, wenn man sich's recht überlegt, selber so eine Art Kraft ist. Doch in einer schrecklichen Nacht im Gefängnis, als ich mich so fern von allem fühlte, so verloren in Angst und Sorge, kam der Moment, da ich merkte, wie ich, einem verlassenen Baby gleich, das flehentlich die Arme aus der Wiege reckt, nach irgend einem Ding oder einem Wesen greifen wollte, das mich tröstete, das mich erlöste von diesen Schrecken. Selbstverständlich war niemand da, jedenfalls nicht für mich. Es war, wie wenn man im Dunkeln auf einem Schlachtfeld zu sich kommt, umgeben von den Schreien und vom sich langsam verziehenden Qualm der Kanonen, und nach einem abgeschossenen Glied tastet. Nie zuvor hatte ich eine so unermeßlich große, tiefe Leere empfunden wie die, der meine suchende Seele in jener Nacht begegnete. Doch fast ebenso schlimm wie dieses Gefühl der Leere war die Tatsache des Verlangens selber, jener blutende Stumpf, den zu berühren ich nicht über mich brachte. Und während ich jetzt auf dem Pier stand und mir den Nachtwind um die Ohren blasen ließ, spürte ich, wie mich das Gewicht einer anderen maßlosen Dunkelheit niederdrückte und eines anderen unstillbaren Verlangens nach etwas, das ich nicht genau beschreiben konnte. Ich blickte zurück zur Stadt. Wie fern sie mir vorkam, wie weit ihre kleinen Lichter fort waren, als hätte ich mich schon auf die Reise gemacht, als wäre ich schon unterwegs. Mir kam der Gedanke, daß ich am Ende von etwas angelangt war, daß dieser lange Tag, der sich seinem Ende entgegenneigte, der letzte seiner Art war, den ich erleben würde. Was also käme als nächstes? Die Stimmen sprachen aus dem Wind zu mir, die toten Stimmen. Ich stand da, unter mir das schwarze, wogende Wasser, und stellte mir vor, wie es sein würde, der Sprung, blindlings in die Tiefe, und dann der Aufprall und die jähe, anschwellende Stille, wenn ich unterginge. Und am Morgen würden sie meinen Koffer auf dem Pier finden, einzigartig und unpassend, eine komische Vorwegnahme meines Grabmals. Seltsam: Ich bin nie ernsthaft auf die Idee gekommen, von selber Schluß zu machen, nicht mal im Gefängnis, wo regelmäßig welche entdeckt wurden, die ihre Bettlaken zusammengeknotet und sich in ihrer Zelle am Wasserrohr aufgehängt hatten. Doch was hatte ich jetzt noch zu verlieren, das ich nicht schon verloren hatte, außer das Leben, und was war mir dieses Leben wert? Feigheit natürlich, ganz banale Angst, eine treue Vasallin, auf die Verlaß war, die mich schon weiterzerren würde, aber manchmal muß sich selbst die Feigheit stärkeren Kräften ergeben, Kräften, denen keiner widerstehen kann, und dann ergibt sie sich. Und doch wußte ich, daß ich es nicht tun würde; nicht einen Lidschlag lang habe ich gedacht, ich könnte es tun. Lag das daran, daß ich in gewisser Weise schon tot war, oder wartete ich auf einen neuen Weg zu Leben und Hoffnung? Leben! Hoffnung! Und dennoch, irgend etwas dieser Art muß es gewesen sein, das mich weitermachen ließ. Unerledigte Angelegenheiten, eine nicht bezahlte Schuld – ja, auch das, natürlich, natürlich, das weiß man ja. Aber es war mehr als das, dahinter war noch mehr, und ich wußte nicht, was es war. Ich hatte das Gefühl, daß es, ganz gleich, was es war – ist! –, daß es einfach dasein mußte, aber so maßlos, daß ich es nicht sehen konnte, so maßlos wie die Luft: jenes Geheimnis, in das alle eingeweiht waren, nur ich nicht. Rückblickend kommt es mir so vor, als wäre alles unvermeidbar gewesen, als läge in dem Ganzen wirklich eine geheime Struktur, die von einer unerkannten und unerkennbaren Kraft festgehalten wurde, so daß sie sich nicht bewegen konnte. Selbst noch das Geringste, was ich im Leben getan hatte, war ein Sandkorn im Strom der Dinge, die sich immer weiter zugespitzt haben, bis zu jenem Augenblick, als ich mich losgelassen hatte, als ich mit großem *Trara* die Tür des Käfigs aufgerissen hatte, damit die Bestie hinausstürzen konnte. Und jetzt bin ich dazu verdammt, hier auf meinem dreckigen Stroh zu sitzen und immer wieder von neuem zwischen den Knochen all dessen herumzustöbern. Ewige Wiederkehr! Das ist es, was mir klar wurde, als ich in der Schwärze jener Nacht auf dem Pier stand, und unter mir die aufgewühlte, verführerische See: daß es kein Ende gibt, nicht für mich; meine Strafe fing erst an. Nur daß das Urteil diesmal Freiheit lautete. Freiheit! Was für ein Gedanke! Allein das Wort machte mich schaudern. Freiheit, ohne Form und nicht zu packen, ja, das war das wahre Wesen meines Urteils. Zehn schreckliche Jahre lang hatte ich mich danach gesehnt, frei zu sein, hatte den Gedanken daran gegessen, geschlafen und getrunken, hatte mit klopfendem Herzen und herausquellenden Augen nachts auf meiner Pritsche gelegen, hatte wie einer, der heimlich masturbiert, jenem phantastischen Moment entgegengekeucht, da das Tor aufginge und man mich freiließe, und nun war er da, der Moment, und ich war entsetzt über die Aussicht. Ich bin frei, sagte ich mir, aber was bedeutet das? Diese ziellose Freiheit ist mir eine Last. Also die Vergangenheit vergessen, alle Hoffnung aufgeben, daß ich meine verlorenen Ichs noch jemals wiederfinden kann, einfach loslassen, einfach alles von mir abfallen lassen? Und dann etwas Neues sein, ein klebriges, durch die Gegend stolperndes Ding mit Augen, die Myriaden von Facetten haben und feuchten Flügeln, ein Erstaunen, das aufsteht in der Welt, sich trunken reckt und streckt, um loszufliegen. War es das, mußte ich mich erst in die eine Existenz hineinphantasieren, bevor ich an die schwierigere Aufgabe gehen konnte, eine andere heraufzubeschwören? Ich schloß die Augen. In meinem armen Schädel wummerte es. Ich wußte nicht, was tun, ob ich zurückgehen sollte oder einfach hierbleiben, irgendwie, für immer. Und im nächsten Moment drehte ich mich um und machte mich wieder auf den Weg in die Stadt, mit schweren Schritten, verwirrt wie stets, verlassen und allein.

Statuen. Ich denke an Statuen. Ich finde sie immer irgendwie unheimlich, diese erstarrten Figuren, wie sie plötzlich so reglos zwischen bewegtem Grün stehen oder hinten am Ende einer Allee und etwas beobachten, das nicht wir ist, das jenseits von uns ist, ein endloses, permanent versteinerndes Schauspiel, das niemand außer ihnen sehen kann. Für sie bewegt sich die Zeit ebenso langsam vorwärts wie die Berge. Ich erinnere mich zum Beispiel an den alten Pierre Atget, diesen großartigen Fotografen, und seine Studien, die er in Versailles und St. Cloud gemacht hat von regenfleckigen Venusfiguren und lachenden Faunen, wie Vertumnus seine Wintermaske ablegt, wie die verzückte Diana mit ihrem Bogen hervorstürzt aus den Sträuchern, mitten hinein ins Sonnenlicht neben dem reglosen Teich; wie lebendig und abgerundet sie durch sein Objektiv erscheinen, wie spannungsgeladen, diese ungestümen verwitterten Geschöpfe, die dastehen, als wollten sie jeden Augenblick von ihrem Sockel herunterspringen und mit großen Schritten fortlaufen und dicke Staubwolken hinter sich aufwirbeln. Diderot hat eine Moraltheorie entwickelt, die auf der Idee der Statue basiert: Wenn wir gut sein wollten, sagt er, müßten wir Bildhauer unserer selbst werden. Die Tugend ist uns nicht angeboren; wir erlangen sie, wenn überhaupt, nur durch eine Art künstlerischen Bemühens, indem wir den Stoff, aus dem wir gemacht sind, behauen und formen, den unnachgiebigen Stein der Selbstsucht, und in unseren eigenen Köpfen und denen der Menschen um uns herum ein idealisiertes Abbild unserer selbst erschaffen und hernach jenem erhabenen Beispiel folgen, so gut wir es vermögen. Ein Gedanke, der mir gefällt. Darin liegt etwas Hehres und Tragisches und im Grunde auch etwas Heiteres. Diderot selbst hatte großen Respekt vor Statuen; für ihn waren sie in gewissem Sinne lebendige Wesen; fremde, einsame Geschöpfe, musterhaft, distanziert, in sich verschlossen und doch gleichzeitig auf ihre stumme, hilflose Weise von dem Verlangen erfüllt, einzutreten in unsere Welt, zu lachen oder zu weinen, Glück und Leid zu erleben, sterblich zu sein wie wir. *Solche schönen Statuen*, schreibt er in einem Brief an Sophie Volland, seine Mätresse, *die sich in den abgelegensten Winkeln verstecken und weit voneinander entfernt, Statuen, die mich rufen, die ich aufsuche oder denen ich begegne, die mir Einhalt gebieten und mit denen ich lange Gespräche führe ...* Ich liebe es, mir vorzustellen, wie der fröhliche Philosoph in St. Cloud oder Marly oder im großen Park von Sceaux mit den Putten auf einer Amphore spricht oder einem steinernen Pygmalion Lektionen über die Überlegenheit der Sinne hält.

Ich frage mich, was für eine Statue meiner selbst ich wohl vor langer Zeit errichtet haben mag? Wahrscheinlich war's ein Wasserspeier.

Hier eine Geschichte. Einer, den ich mal gekannt habe, in Spanien seinerzeit, in einem früheren Leben, ein Maler, kein besonders guter, bekam den Auftrag, ein Porträt von irgend so einem hohen Tier aus dem Dorf zu machen, in dem wir uns damals beide mit Ach und Krach über Wasser hielten. Mein Spezi ging also jeden Morgen zu dem Kerl nach Hause und arbeitete ein, zwei Stündchen an dem Bild, solange die Farbe noch frisch war; mit seinem Spanisch war's nicht weit her, und der Dialekt, der da in der Gegend gesprochen wurde, war ohnehin nicht zu verstehen, so daß sich die Unterhaltung auf das Nötigste beschränkte. Lange kam die Arbeit nicht recht voran. Es war sehr schwierig, eine Ähnlichkeit hinzukriegen. Der Bürgermeister, ich glaube, es war der Bürgermeister, ein häßlicher alter Bauer mit unheimlich großen Händen und einer Stirn wie ein Affe, saß immer stocksteif in seinem blauen Sonntagsanzug in einem weißen Zimmer und starrte wie versteinert vor sich hin, und dabei hatte er so was Gehetztes im Blick, als ob er beim Onkologen wäre, hat mein Freund erzählt, und mit dem Schlimmsten rechnen müßte. Mein Freund hat mir erklärt, es gibt Modelle, die sehen einfach nicht wie sie selber aus; Schüchternheit, Verlegenheit, Unsicherheit, irgendwas zwingt sie, eine Maske aufzusetzen und sich dahinter zu verstecken; sie wollen aussehen wie ihre Mütter, ihre Geschwister, vollkommen Fremde, nur nicht wie sie selbst. An solche Leute muß man sich als Maler langsam herantasten, muß abwarten und sich Zeit nehmen, warten, daß sie sich lockern und sich so lange vergessen, wie sie brauchen, um sie selber sein zu können. So einer war der Bürgermeister. Er saß immer bloß da wie ein ausgestopfter Makake, mit leerem Gesicht, konturlos, völlig verschlossen. Eines Morgens aber kam mein Freund hin und fand ihn verändert; nicht, daß er etwa lebhafter als sonst gewesen wäre, aber plötzlich war zumindest sein Gesicht offen, und nachdem er die Maske abgelegt hatte, trat in jeder Runzel, jeder Delle, ja sogar in den ungepflegten Bartkoteletten sein Charakter zutage – ein gewalttätiger, habgieriger, furchterregender, melancholischer Charakter. Ja, und binnen einer Stunde war das Porträt dann fertig – und es ist verdammt gut geworden, sagt mein Freund –, aber der Bürgermeister blieb einfach weiter sitzen und starrte nachdenklich und ein wenig verwundert vor sich hin. Sie wissen natürlich, was passiert war, Sie haben es kommen sehen, nicht wahr: Der alte Mann war tot, ein paar Minuten bevor der Maler bei ihm erschien, hatte er einen Herzschlag erlitten und war ganz friedlich gestorben. Verstehen Sie, verstehen Sie, was ich meine? Sei dir selber treu, sagt man uns; ja, ein einziges Mal habe ich mir diesen Luxus erlaubt, und nun sehen Sie sich an, was dabei herausgekommen ist. Nein, nein, ich behalte lieber die Maske auf, ich begnüge mich mit dem Unechten, der Böswilligkeit, denn diese Dinge zerfressen nur das Ich und lassen die Welt im großen und ganzen unbeschadet.

Ich lese auch bei Diderot über die Schauspieler und die Schauspielerei. Der wußte, wie vieles im Leben eine Rolle ist, die wir spielen. In seinen Augen war Leben eine Form von notwendiger Heuchelei, jeder Mensch spielt seine Rolle, spielt, er wäre er selbst. Das ist wahr. Was bin ich denn jemals anderes gewesen als ein Schauspieler, und obendrein ein schlechter, hab zu tief dringesteckt in meiner Rolle, zuwenig Distanz, nicht kaltblütig genug. Ja, ja, so ist es. Sie meinen, ich wär kaltblütig? Ich bin es nicht. Grob, das vielleicht, ich mißachte die Anstandsregeln, mache gerne schlechte Witze, aber kaltblütig, das nicht, nein. Ganz im Gegenteil, heiß und verschwitzt in meinem Wams und meiner Kniehose, versuche ich, sie nicht zu sehen, die nach oben gerichteten Gesichter jenseits der Rampe, die Augen, die mich katastrophengeil fixieren, während ich zwischen meinen Mitspielern umherstolpere und meinen unglaubwürdigen Text herunterstottere und die ganzen berühmten Stellen vermassele. Die Leute finden mich merkwürdig. Na schön, ich finde mich ja selber merkwürdig. Ich bin nicht überzeugend, nicht mal für mich. *Muß nicht jeder, der die Menge bewegen will, der Schauspieler seiner selber sein?* Ist es das, ist es das wirklich? Habe ich die Nuß geknackt? Und dabei habe ich die ganze Zeit geglaubt, ich müsse andere mit meiner Phantasie zum Leben erwecken. So so. (Theaterspielen ist Sein, Proben ist Werden: Zitat Felix oder einer von diesen Typen.) Hört sich nach einer großartigen Entdeckung an. Ich bin sicher, das muß ein Irrtum sein.

Hören Sie, wie der Schrei der Möwe durch diese Seiten gellt, wie er seine Weise von Hunger und rauher Gier intoniert? Das ist mein Symbol, mein Wasserzeichen. Am nächsten Morgen war es überall um mich herum, ein entkörperlichtes Wehklagen in der stillen, weißen Luft. Der Wind hatte sich gelegt, und über allem lag ein leichter, gleichsam von innen heraus leuchtender Nebel. Wieder ging ich mit meinem Koffer über den Pier, doch diesmal bei Tageslicht, die Szene ein Abzug vom Herzschmerznegativ der letzten Nacht. Das Schiff war ein einfacher Dampfer mit verrostetem Schornstein und einer schlaffen Flagge, die im Tauwerk hing. Als ich ankam, war die Fracht bereits geladen: Tomaten und Kartoffelchips und Ballen von Toilettenpapier und irgendwelche mysteriösen, höchst komplizierten Maschinenteile, die funkelten und glänzten und verdächtig neu aussahen. Der Käpten, ein dickbäuchiger Mann mit rotem Gesicht, stand gähnend im Ruderhaus. (Wenn ich ein Gast von einem anderen Stern wäre – aber bin ich denn nicht ein Gast von einem anderen Stern? –, ich glaube, diesen Akt der Pandikulation fände ich von all den Schrullen, die die Erdlinge haben, wohl am verblüffendsten und faszinierendsten, dieses langsame Dehnen und dann das lautlose Affengeheul, dem sie sich mit so melancholisch-sehnsuchtsvollem Behagen hingeben.) Außerdem war noch ein Junge da, ein flinkes, O-beiniges Bürschchen mit roten Haaren und vorstehenden Zähnen; er machte die ganze Arbeit, flitzte unten an Deck umher und fluchte deftig vor sich hin, während Bulkington im Ruderhaus ihn halb belustigt, halb liebevoll-verächtlich beobachtete und ab und zu heimlich einen Schluck aus der Flasche nahm, die er unter einem Bord hinterm Steuerrad versteckt hatte. Allem Anschein nach war ich der einzige Passagier. Sobald die Fracht verstaut war, fuhren wir ab. Ich bin immer aufgeregt wie ein Kind, wenn die letzte Leine losgemacht ist und das Schiff stuckernd rückwärts fährt, ablegt vom Pier. Wir steuerten in die Mitte des Hafenbeckens, vollführten einen eleganten Schwenk, fuhren am Leuchtturm vorbei, und dann waren wir auch schon auf dem offenen Meer. Ich stand am Bug und sah zu, wie sich Coldharbour in eine Miniatur seiner selbst verwandelte, mit allem Drum und Dran: rauchende Schornsteine, klirrende Maste und winzige Gestalten, die sich am Kai bewegten. Ich erkannte Billys Lieferwagen, der immer noch vor dem Pub parkte. Der Junge hatte sicher letzte Nacht darin geschlafen, hatte sich hinten auf die Rücksitze gepackt, da, wo diese wabbelnde Feder rausguckte, die Knie hochgezogen bis unters Kinn. Ich hatte die Stunden der Finsternis natürlich auf meine gewohnte Weise verbracht, hatte mit dem Kopf nach unten an der Kneipe gehangen, direkt unter der Dachrinne, die ledrigen Flügel um mich geschlagen.

Der Morgen war ungewöhnlich still und der Himmel reinstes Perlmutt. Hinter uns verschwand die Küste; wenn ich so vom Bug hinübersah, mochten wir an die tausend Seemeilen vom Land entfernt sein. Vor uns erstreckte sich der Ozean, leer, bis auf ein weißes Schiff weit weg am hohen Horizont, scheinbar reglos, unglaublich hoch und wie von unten angeleuchtet, ein schimmerndes Geisterschiff. Ich liebe das Meer; ich habe Angst vor ihm und liebe es dennoch, seine Fremdheit, sein unbeteiligtes Einfach-Da-Sein; bei soviel Weite kann ich eine Zeitlang vergessen, wer und was ich bin. Ein Delphinpärchen brach durch die Wasserfläche und begleitete uns, schwamm kreuz und quer vor unserem Bug und tollte im Kielwasser herum, wie ein Symbol für irgend etwas, und ab und zu, gleichsam aus dem Nichts, erschienen plötzlich braune Vögel mit langen Hälsen, immer einzeln, die tief und gerade und mit großem Tempo überm Wasser flogen. Der Käpten blieb im Ruderhaus, und der Junge saß an Deck und drückte sich ein Kofferradio ans Ohr und vollführte mit leerem Blick rhythmische Zuckungen. Bald wurde der Himmel klar, und ein leichter Wind kam auf, und das Wasser verwandelte sich in einen zersplitterten Saphir. Ich lag auf einem Haufen achtlos übereinandergeworfener Persenninge und döste, eingewiegt von Meeresklängen und kühlen Zephiren, vor mich hin. Ich schlief kurz ein und träumte, daß ich wieder im Gefängnis war und meine Zelle schwankte; dann kam ein Wärter, der eine keck zur Seite geschobene Seemannsmütze aufhatte, und sagte, ich solle mir keine Sorgen machen, und daß sie mich bald rauslassen würden, und dabei lachte er so affektiert und zeigte durch die Gitterstäbe mit dem Finger auf mich.

Ich fuhr hoch und rappelte mich schlaftrunken auf und rieb mir die Augen. Mir war, als wäre ich in einer Welt eingeschlafen und in einer anderen wieder aufgewacht. Die Luft kam mir frischer vor, der Himmel blauer. Das Schiff glitt schnell dahin, angespannt bis in die letzte Planke, leicht und übereifrig, als wollte es sich jeden Moment mit einem gewaltigen, ächzenden Satz in die Lüfte erheben. Mir schwirrte der Kopf; wenn ich hinaussah zum Horizont, dann schien es mir, als schwankte nicht das Schiff, sondern das Meer selber. Trotz der frühen Stunde holte ich die Ginflasche raus, setzte sie verstohlen an und trank einen Schluck, und dann ging ich nach vorn, stellte mich an die Reling und sah zu, wie unsere Bugwelle die Fluten teilte. Wolkenschatten, walblau und geschwind, trieben auf der glitzernden Wasserfläche dahin. Habe ich das nicht alles schon einmal gesagt? Plötzlich kam in mir die Erinnerung an einen bestimmten Tag hoch, als ich noch ein Kind war und mit meinem Freund Horse über Land radelte in Richtung Küste. Mein Freund; ich hatte nicht viele davon, und die, die ich hatte, blieben es nicht lange, auch nicht Horse. An jenem Tage aber befand sich unsere Freundschaft noch in diesem feierlichen, vibrierenden Zustand, der, wie ich manchmal glaube, das einzige ist, was ich von all den Dingen erfahren habe, die anscheinend gemeint sind, wenn von Liebe gefaselt wird. Wir versteckten unsere Räder in einem Graben und gingen zu Fuß weiter, liefen durch ein dichtes, dunkles Wäldchen und kamen an einer Flußmündung heraus, wo wir im Schilf den Stechkahn vertäut fanden, den Horses Vater dort für die Entenjagd liegen hatte. Ein leidenschaftlicher Jäger, der Vater von Horse, ich sehe ihn noch vor mir, einen dicken Mann mit langsamen Bewegungen und glattrasiertem Gesicht, und ich kann mir vorstellen, daß Horse mittlerweile genauso ausschaut. Horse machte das Haltetau los und stakte uns aus dem Schilf, und er tat das so lässig und mit einer solchen Geschicklichkeit, daß ich richtig neidisch war und stolz darauf, sein Freund zu sein. Wie leicht, wie beinahe lautlos der Kahn dahinglitt und die rasche Strömung kaum zu berühren schien. Horse stand über mir am Bug, den Blick zum fernen Horizont gerichtet, und hantierte mit der Ruderstange. Keine Seele weit und breit, als wären wir ganz allein auf der Welt. Ein, zwei Meilen waren wir so gefahren, immer dicht am Ufer entlang, als sich auf einmal Meer und Himmel öffneten und wir eine breite Stelle durchquerten und einen langen, khakifarbenen Küstenstreifen vor uns hatten. Ich sehe es noch vor mir, ich sehe das alles noch vor mir, taghell, der weiße Stechkahn und die im Sonnenschein gleißende Küste und uns beide dort, Horse und mich. Offenbar mündete genau an jener Stelle der Fluß ins offene Meer, oder vielleicht hatte es auch etwas mit der Strömung zu tun oder mit dem Gezeitenwechsel – mit diesen Dingen kenne ich mich nicht aus –, aber wir kamen einen Moment zum Stehen und verharrten reglos auf dem ruhigen Wasser, mitten in einer goldenen Windstille. Die brünierte Wasseroberfläche des Ozeans war hoch und schwer und glatt wie Metall, und wie ein Fischotter tollte nahe dem Strand eine kleine Welle herum und überschlug sich ein ums andere Mal. Die Sonne brannte. Nichts geschah. Wir verharrten einfach nur einen Moment lang dort, gleichsam in der Schwebe zwischen Meer und Himmel, fast so, als hingen wir in der Luft, nein, nicht in der Luft, sondern in einem anderen, unirdischen Element, und mir war, als hätte ich noch nie ein solches Glück empfunden und würde es auch nie wieder empfinden, obgleich Glück nicht das richtige

Wort ist, ganz und gar nicht das richtige Wort. Da möchte ich gern leben, an einem vergessenen Sandstrand, mit dem Rücken zum Land und mit Blick auf den grenzenlosen Ozean. Das wäre Freiheit, in Einsamkeit zuschauen, wie die Tage vergehen, die Jahreszeiten wechseln, im Frühling die Fluten betrachten und die Morgenröte im Herbst, die Sommersonne überstehen und die Winterstürme. Reines Existieren, reines Existieren, nichts weiter.

Und jetzt, als Erwachsener, wie man so sagt, stand ich dort an der Reling, ich weiß nicht, wie lange, und sah zu, wie hinter uns das weiße Wasser strudelte und die kleinen Wolken über uns dahinzogen, und auf einmal vernahm ich das leise tosende Geräusch, das auf uns zukam, und drehte mich erschrocken um, und da war sie, die Insel, lag vor uns mit ihren von Schafen gesprenkelten Hügeln, ihren Spielzeugbäumchen und ihrer schmalen, gewundenen Straße, wie just in diesem Augenblick den Wolken und dem Meer entstiegen. Wir tuckerten in den verlassenen Hafen, vorbei an schroffen, schokoladenfarbenen Felsen, wie sie die italienischen Meister so gern als Hintergrund für ihre Madonnen gemalt haben. Der Rotschopf hatte sein Radio beiseite gelegt und sich wieder an die Arbeit gemacht und hantierte wie ein Wilder mit Tauen und Winden, während der Käpten im Ruderhaus, der seine Flasche unterdessen ausgetrunken hatte, ziemlich aufs Geratewohl und nicht allzu genau am Kurs das Steuer drehte. Ich nahm noch einen Schluck Gin und ließ meine Blicke munter durch den Hafen schweifen und hinauf zum Hügel, und beide stellten sich ordentlich zur Schau und glitten wie auf einer gut geschmierten Drehbühne an uns vorüber, während wir sachte näher kamen.

Wir legten an. Plötzlich war alles still. Der Käpten kam aus dem Ruderhaus und spuckte über die Reling. Der Junge stand bereits auf dem Pier und wickelte ein Tau um einen Poller. Ich folgte ihm, und als ich an Land war, schwankte der Boden noch weiter unter meinen Füßen. Hyperboreischer Apoll, betete ich, eile herbei, mir zu helfen! Und da kam auch schon Mr Tighes Lieferwagen angerattert und hielt schlingernd am Dock, wo der Junge inzwischen dabei war, die Fracht auszuladen. Wie frisch und fröhlich das alles aussah für meine ginbenebelten Augen, der giftgrüne Hügel und das opalisierende Wasser, das im zitronenfarbenen Licht glänzte. Ich ging los, den Hügel hinauf, und im nächsten Moment war Mr Tighe mit seinem vollbeladenen Lieferwagen neben mir und bot mir an, mich mitzunehmen, was ich mit großer Geste dankend ablehnte. Er nickte freundlich und fuhr weiter, und der Wagen furzte benzinblaue Abgasschwaden. Sollen wir ihn jetzt beschreiben? Besser nicht. Mr Tighe und dieser alte Hund, der kommt und geht, und die Pferde, die ich gehört haben soll, aber nie zu Gesicht kriegte; Löcher im Stoff des Bühnenhorzionts, durch die der nackte Himmel funkelt. Als ich mich an der letzten Straßenbiegung umsah, hatte das Schiff schon wieder losgemacht und fierte an der Mole vorbei aus dem Hafen, wie ein Begnadigungsangebot, das schroff zurückgezogen wird. Was hatte ich getan, daß ich an diesen entlegenen Ort gekommen war? Und doch, wie leicht ich mich fühlte, wie flüchtig, als schwebte ich auf Flügeln durch die Luft! Ich ging weiter, und bald entdeckte ich das Haus, das dort in seiner Einsamkeit unterhalb des eichenbewachsenen Kammes kauerte. Der Weißdorn blühte. Hier ist die kleine Brücke. Wind, Glanz, Wolken, die unberechtigten und dennoch nicht zu unterdrückenden Erwartungen des Herzens. Ich bin angekommen.

Wie ich mich da so in meinem staubbedeckten Anzug den steinigen Pfad hinaufmühte, den Kragen hochgeklappt gegen den Wind und in der Hand meinen Pappkoffer, muß ich wohl einer Gestalt aus der Bibel ähnlich gesehen haben. Natürlich hätte ich auf Knien rutschen müssen oder, noch besser, barfuß sein, mit Wanderstab und Falken, wie der bußfertige Pilger, der ich zu sein vorgab. Noch immer spürte ich das Wogen der See und das der anderen See des Gins, die in mir hin und her schwappte, und der Boden unter meinen Füßen hörte nicht auf, ganz beängstigend zu schwanken, wie ein Teppich, unter den der Wind gefahren ist; mehr als einmal stolperte ich, und dann flogen die Steine, und ich bekam Sand in die Schuhe. Ich konnte meinen eigenen Atem hören. Wenn ich meinen eigenen Atem hören kann, weiß ich immer, daß ich betrunken bin; es klang, als würde ich auf meinem Buckel einen dicken, fetten, kurzatmigen Mann mit mir herumschleppen. Am Tor blieb ich stehen und versuchte, meine fünf Sinne zusammenzunehmen, doch davon wurde mir bloß schwindlig, und so ging ich stur weiter, marschierte wie eine Holzpuppe auf die Haustür zu, und dabei schnaufte und brabbelte ich vor mich hin und hatte den Kopf in den

Nacken geworfen und schwenkte meinen freien Arm. Forsch betätigte ich den Türklopfer, und dann drehte ich mich um und betrachtete die Umgebung und schnupperte mit vorgereckter Brust und bebenden Nüstern die Luft.

Ich mußte ein zweites und ein drittes Mal klopfen, bis Lux endlich kam. Er öffnete die Tür einen Spalt und steckte seinen kleinen Kopf heraus und guckte verdrossen an meiner Schulter vorbei, und sein spitzes Näschen zuckte. Ich nannte meinen Namen, und da zog er einen Flunsch und schniefte.

»Ach, Sie sind das«, sagte er. Ich dachte schon, er wollte mir die Tür vor der Nase zuschlagen, doch nachdem er mich einem Moment lang griesgrämig und unentschlossen gemustert hatte, trat er murrend beiseite und ließ mich ein. »Ich bin Lux. Der Professor hat mir gesagt, daß Sie kommen.«

Er schniefte wieder.

Die Halle war hoch und hing voller Schatten. Es war wie ein Schock, ein mysteriöses Wiedererkennen: als ob ich in mein eigenes Inneres eingetreten wäre, in das von Schatten erfüllte Gewölbe meines eigenen Schädels.

»Er arbeitet«, sagte Lux trotzig. »Es ist ein Zimmer für Sie hergerichtet.« Das schien ihn zu amüsieren.

Er schloß die Tür, wobei er sich umständlich am Riegel zu schaffen machte. Ich stand da und atmete; ich merkte, wie mir ein grausiges, trunkenes Grienen entschlüpfte und unbeherrschbar über mein Gesicht kroch. Mir war, als triebe ich in einer schweren, trägen Substanz dahin, einem Toten Meer des Geistes. Ich empfand eine zwar diffuse, aber dennoch heftige Heiterkeit, und in mir wogte und wankte es, als ob sich da drinnen irgend etwas losgerissen hätte und nun wie wild von einer Seite auf die andere schwappte. Lux sah mich immer noch nicht richtig an, sondern starrte wütend auf das Stück Fußboden zwischen uns; er hatte die Lippen geschürzt, seine Hand zuckte in der Tasche, und sein eines Bein zitterte. Immer in Bewegung, immer in Bewegung. Ich wußte nicht, was ich zu ihm sagen sollte. Im Grunde bin ich eine scheue Seele – doch, doch, bin ich wirklich. Sind solche wie ich immer. Wenn ich im Rundfunk einen Bericht über irgend so eine gräßliche kleine Greueltat höre – der blutüberströmte Leichnam, der im Wald entdeckt, der Rentner, der in seinem Bett erschlagen worden ist, die Schwiegermutter, die einer zerstückelt und mit der Abendpost in einem Koffer nach Dundee geschickt hat –, dann denke ich nicht etwa zuerst an das Opfer, obwohl ich weiß, daß ich das müßte, sondern an den anderen, den armen, bibbernden Kerl mit seinen Kopfschuppen und seinem käsigen Gesicht und dem ärmellosen Pulli und den billigen Schuhen und den zitternden Händen und dem gehetzten Blick, der da gefangen ist, erstarrt im Scheinwerferlicht und mit einem flauen Gefühl in der Magengrube begreift, daß er nie mehr auch nur einen Augenblick lang eine Privatsphäre haben wird, nie mehr eine Sekunde, die er sein eigen nennen kann, daß sie ihn piesakken und aufs Glatteis führen und ihn endlos mit Fragen bombardieren werden, um ihn dann lebenslänglich – lebenslänglich! – in jenes Panoptikum zu schicken, wo er nicht mal seine Gedärme wird entleeren können, ohne daß er dabei Zuschauer hat. Und so verlierst du dich dann, so wringen sie das aus dir heraus, wovon du immer geglaubt hast, es wäre dein Ich, und hängen dich an den Haaren auf und rufen die ganze Welt herbei, daß sie sich um dich schare und mit dem Finger auf dich zeige und dich auslache und dich nach Herzenslust verspotte. Und dabei weißt du natürlich die ganze

Zeit, daß du das verdient hast, daß du alles das verdient hast und noch mehr.

»Sie sehen ja entsetzlich aus«, sagte Lux nicht ohne Genugtuung und mußte unwillkürlich grinsen und biß sich auf die Unterlippe. »Sind Sie seekrank gewesen?«

»Nein, nein«, entgegnete ich. »Bloß ein bißchen, bloß ein bißchen ... müde.«

Ich stapfte hinter ihm die Treppe hoch. Je weiter wir nach oben kamen, desto schmaler wurde sie, und unsere Schritte klackten auf den nackten Holzstufen. Mein Zimmer war vollgestopft und niedrig, die Tapete hing in Fetzen von den Wänden, und der Fußboden war gefliest. Jetzt war mir klar, worüber sich Lux so amüsiert hatte. Es gab dort einen Stuhl mit strohgeflochtenem Sitz – eine Reliquie von Sankt Vincent – und eine Frisierkommode aus Fichtenholz und einen Kleiderschrank im Sargformat. Vor dem Bett lag ein verschlissener blau und grau gemusterter Läufer. (Wie viele solcher Zellen ich wohl noch erfinden muß?) Dem Fensterchen fehlte eine Scheibe, und irgendwer hatte das Loch mit einem Stück Pappe geflickt. Tauben waren reingekommen, auf dem Fensterbrett und an den Wänden klebte angetrockneter Kot, ein weißliches, korallenartiges Zeug. Das Fenster bildete den Rahmen für drei Viertel undefinierbaren Grüns und eine Ecke von einem abschüssigen Feld. Ich legte meinen Koffer aufs Bett und sah mich um. In meinem Kopf war ein permanentes pulsierendes Brummen, als wäre da ein ganz genau ausbalanciertes Zahnrädchen ins Eiern geraten.

Lux stand unschlüssig auf der Schwelle, die eine Hand am Türknauf, und starrte versonnen den Kleiderschrank an.

»So«, sagte er, »und Sie sind also auch so ein Experte, ja?«

»Ein Experte?« fragte ich einfältig.

»Für Kunst.« Er kaute genüßlich an dem Wort.

»Nein – nein«, sagte ich, »nein, überhaupt nicht.«

»Gut«, sagte er. »Einer langt nämlich auch.«

Wir standen noch einen Moment da und schwiegen und hingen jeder seinen Gedanken nach. Ich fühlte etwas Schweres in meiner Jackentasche und zog die halbleere Ginflasche heraus. Wir schauten sie beide betrübt an.

»Wie geht es dem Professor?« fragte ich.

Lux faßte mich scharf ins Auge.

»Gut geht's ihm«, sagte er. »Wieso?« Darauf fiel mir keine Antwort ein. Er guckte wieder beiseite und knabberte am Nagel seines kleinen Fingers herum. »Und Sie waren also im Zuchthaus«, sagte er feixend, guckte mich aber gleich darauf wieder mürrisch an. »Und? Wie war's?«

»Wie in der Hölle«, sagte ich. »Sehr warm und sehr voll.«

Er nickte nachdenklich und knabberte weiter an seinem Nagel. Wir hätten genausogut übers Wetter reden können.

»Das wär nix für mich«, sagte er, »Zuchthaus.«

»Nein«, erwiderte ich.

Sein Blick huschte über den Fußboden und verharrte irgendwo neben meinen Füßen.

»War schlimm, ja?«

Ich schwieg. Er aber wartete weiter mit vor boshaftem Eifer blitzenden Augen und schien auf das Ärgste zu hoffen, einen tränenerstickten Schrei oder ein grausiges, keuchend hervorgestoßenes Geständnis. Der Wind in den Schornsteinen, die Möwen, all das: die Fremdheit der Dinge. Die Fremdheit des Hierseins – des Irgendwoseins.

»Wann sind Sie rausgekommen?« fragte er.

»Gestern«, sagte ich und dachte: Gestern!

Lux nickte.

»Ich werde Professor Kreutznaer informieren, daß Sie hier sind«, sagte er. »Um fünf gibt's Abendbrot.«

Er zögerte noch einen Moment, dann murmelte er irgendwas in seinen Bart und machte sich mir nichts, dir nichts davon und zog mit einem gedämpften Knall die Tür hinter sich zu.

Ich setzte mich aufs Bett, legte die Hände in den Schoß und starrte auf den Boden zwischen meinen Füßen und seufzte dabei, erschöpft und auf eine gar nicht so unangenehme Weise niedergeschlagen. So muß dem verlorenen Sohn zumute gewesen sein – zittrig, benebelt, ein bißchen leer im Kopf –, als die Kalbskeule aufgefahren wurde und der wütende Bruder sich fortschlich und an seinen Fingerknöcheln kaute.

Professor Kreutznaer ging mir nicht an die Gurgel. Als erstes, fiel mir auf, wie glaubwürdig er wirkte, wie authentisch, jedenfalls aus höflicher Entfernung betrachtet; gegen ihn kam ich mir wie ein Ding aus Qualm und Lumpen vor, das hilflos mal in die eine, mal in die andere Richtung flattert, je nachdem, woher der Wind weht. Ich war ihm schon einmal begegnet, vor vielen Jahren, in einer goldenen Welt, die nunmehr untergegangen war. Er hatte sich fast überhaupt nicht verändert; ich glaube, er war nie sehr viel anders, als er heute ist. Ich sehe ihn zurückschreitend in verschiedenen Stadien – junger Mann, Knabe, Wickelkind –, die ineinandergeschachtelt sind, eine jede immer kleiner als die nächste, und dennoch alle identisch; alle haben sie denselben großen blutleeren Kopf und denselben starren, verhangenen Blick und dieselbe Miene dessen, der irgendwie abseits steht in der Welt. Gelassen, distanziert, schweigsam, herrscht er über ein

Imperium, das ein klein wenig schäbig ist; in der Kunst ist er, oder war zumindest, eine Legende, die Autorität schlechthin in Sachen Vaublin, in seiner großen Zeit ein häufiger Gast in I Tatti, Mitverfasser – zusammen mit dem unterdessen verstorbenen Konservator der Königlichen Gemäldesammlung – der umstrittenen Poussin-Biographie, Berater aller großen Gemäldegalerien der Welt und geschätzter Ratgeber von privaten Sammlern auf allen Kontinenten dieser Erde. Früher hieß es immer, ein Thyssen oder ein Helmut Behrens würde im Auktionssaal keinen Finger rühren, ohne sich vorher mit Kreutznaer beraten zu haben. Doch als mich Lux dann endlich in den Dunstkreis des großen Mannes scheuchte und mich dort zurückließ, verspürte ich vor allem den Drang zu lachen. Ja, zu lachen, wie ich zum Beispiel in einem Konzertsaal lachen möchte, wenn das Orchester nach und nach verklingt und der Virtuose an seinem Flügel, der wie ein verrückt gewordener Tierarzt vor dem entblößten Gebiß dieser riesigen schwarzen Klangbestie hockt, in hinschmelzender Geste die Arme hebt, um sich in die Kadenz zu stürzen. Natürlich schämte ich mich sogleich, fest davon überzeugt, daß dieser Anflug von banausischem Vergnügen der Selbstschutzreflex des Mittelmäßigen im Angesicht des Erhabenen sein müsse, das schallende Gelächter des Halbgebildeten vor dem Gelehrten. Ich dachte an einen Affen, der zwischen den Palmen herumturnt, wild gestikuliert und kreischt und den berühmten Naturforscher, der in ausgebeulten Shorts, die Nase im Notizbuch, hinter seinen Lastenträgern auf dem Urwaldpfad daherkommt, fröhlich mit Kot bewirft. So war das schon immer bei mir. Selbst in der Phase, die ich heute als die Renaissanceperiode meines Lebens ansehe, als ich ein vielseitig interessierter Mensch und alles nur eine Frage der

Perspektive war, selbst da hatte ich immer Angst, ich könnte in Gegenwart dieses oder jenes großen Weisen plötzlich in brüllendes Gelächter ausbrechen und mich damit als das hoffnungslos seichte Geschöpf offenbaren, das ich bin. Doch manchmal tröste ich mich auch mit dem Gedanken, daß Seichtheit unergründlich ist, wie irgendwer so treffend sagte. Ist es denn ein Wunder, daß ich zu den Bösen gegangen bin?

Da waren wir also im Turmzimmer, rings um uns herum der transparente Morgenhimmel; der Professor saß in seinem Kapitänssessel, ich stand demütig vor ihm, tauschte Artigkeiten mit ihm und bemühte mich, ja keine Miene zu verziehen, während er mit vorgeschobener Unterlippe dahockte und sich wieder und wieder mein Empfehlungsschreiben von der Leiterin der Sammlung Behrens durchlas. Obwohl immer noch dreiviertelbetrunken, spürte ich bereits den heißen Messinggeschmack der beginnenden Ernüchterung im Mund und hörte in der Ferne schon die dumpfen Tamtam-Schläge eines heraufziehenden Kopfwehs. Es war, wie wenn man vor den Kadi zitiert wird – ein Gefühl, das mir doch eigentlich vertraut sein sollte. Aber plötzlich und völlig unerwartet überkam mich eine andere Empfindung, etwas wie ein glühendes Erröten, und es dauerte einen Moment, bis ich erkannte, was das war. Scham. In echt, meine ich: das sengende, brennende, reine, fette, feurige Ding an sich: Scham. Wissen Sie, wie das ist, wenn man innerlich zusammenschrumpft und sich verzehrt, als stünde das eigene Fleisch in Flammen? Nicht jedem ist es gegeben, ohne den Schatten eines Zweifels zu wissen, daß er ein Schurke ist. (Es ist ermutigender, als man meinen möchte, sich selber bei dem Namen zu nennen, den man verdient. Ich kann Ihnen sagen, Sie ahnen ja gar nicht, was einem abverlangt wird, bis man mal so weit ist.) Ich wollte mich vor ihm erniedrigen, wollte schreien und mich verfluchen und mich ihm zu Füßen zu werfen, mit den Fäusten auf den Boden trommeln und weinen oder seine Knie umklammern und lauthals meine Sünden herausschreien und um Vergebung flehen. O ja, ich war wie in einem Taumel. Zum Schluß aber warf ich nur den Kopf zurück und atmete tief durch die Nase ein, wie ein Taucher, wenn er an die Oberfläche kommt, und machte ihn mit einigermaßen feierlicher Miene darauf aufmerksam, daß wir uns schon einmal begegnet waren, als wäre dies die andere Hälfte des kostbaren, entzweigebrochenen Amuletts, die mich trotz meiner Lumpen und meiner Schwären als den so lange verlorenen Sohn des Königreiches auswies. Er erstarrte, oder jedenfalls kam es mir so vor, blickte zu mir hoch und rollte mißtrauisch seine weichgekochten Augen.

»Wir uns begegnet?« sagte er. »Wann soll denn das gewesen sein?«

»In Whitewater«, sagte ich. »Oh, das ist zwanzig Jahre her. Wir waren übers Wochenende eingeladen. Wir sind zusammen durch die Galerie gegangen, das weiß ich noch; Sie haben über Vaublin gesprochen.«

Eine Geschichte aus einem anderen Leben! Die Fenster des großen Hauses erfüllt von grünlichem Sommerlicht, und die Bilder an den Wänden wie hohe Türen in andere, von leuchtenden Gestalten bevölkerte Welten. Auch damals war der Professor in Schwarz; ich möchte fast sagen, er hatte dasselbe an wie jetzt, das abgetragene Samtjackett, die Röhrenhosen, die Stiefel, die so alt waren, daß das Oberleder wie Kreppapier aussah. Ich weiß, daß er mich mit seinem massigen Körper, den kurzen Beinen und dem großen, runden, talgfarbenen Kopf an einen von den großen Deutschen erinnert hatte, Hegel vielleicht, so was in der Richtung jedenfalls, einen von diesen würdevollen, nachdenklichen und ein ganz klein wenig – unbewußt natürlich – lächerlichen Männern. Mir war aufgefallen, daß er bei all seiner Zerstreutheit doch ein äußerst scharfer Beobachter war. Wovon haben wir geredet, während wir über das blankpolierte Parkett jener langen, hohen Galerie schritten und die hellen Flächen durchquerten, die das durch die riesigen Fenster hereinfallende Sonnenlicht auf den Boden malte? Ich weiß es nicht mehr, aber ich sehe uns ganz deutlich vor mir. Der Professor jedoch war mehr als skeptisch.

»Nein, nein«, sagte er schroff, »Sie müssen mich mit irgendwem verwechseln.«

Doch ich blieb bei dem, was ich gesagt hatte, freundlich, aber bestimmt und fest entschlossen, mich auf meine Verbindungen, wie dürftig sie auch sein mochten, zu jener großen Zeit in Whitewater zu berufen, als Helmut Behrens noch lebte und ich meinen Platz im Reich des Lichtes noch nicht verspielt hatte. Ich hätte seine Tochter heiraten sollen, dann wäre ich dort heute Chef und hätte sogar meinen eigenen Vaublin. Whitewater! Ich denke an dauergewellte Mädchen in altmodischen Tennisschuhen und Plisseeröcken und Marlene-Dietrich-Hosen – wissen Sie noch, die Marlene-Dietrich-Hosen? –, und das Gras so grün, wie es nur in der Erinnerung sein kann, und Gin-Tonic auf der Terrasse, und jeder hat geraucht, und den ganzen Tag diese allgemeine Atmosphäre von Müßiggang, durchsetzt mit träger Lüsternheit. Wenn ich an diese Zeiten denke, dann komme ich mir vor wie der alte Adam, der zerquält mit seiner Hacke in der Hand auf dem steinigen Acker steht, gepeinigt von den Bildern einer paradiesischen Vergangenheit, und kaum noch glauben kann, daß es sie je gegeben hat, diese Vergangenheit. Je mehr ich insistierte, desto entschiedener bestritt der Professor unsere frühere Bekanntschaft; das Ganze entwickelte sich zu einem regelrechten Gerangel, bei dem sich natürlich beide Seiten der erlesensten Höflichkeit befleißigten; ich schubste ganz verbissen, er zerrte zähneknirschend. Das war alles nicht gerade geschickt und wurde mit der Zeit schon richtig peinlich. Zu guter Letzt schwiegen wir beide verdrossen vor uns hin und guckten ein Weilchen aus dem Fenster, und dabei spielte er mit den Sachen auf seinem Schreibtisch herum, und ich stand hinter ihm, die Hände tief in den Jackentaschen vergraben; wir müssen wohl wie eine besonders melancholische Skizze von Munch ausgesehen haben. Über dem Meer zog ein Unwetter herauf, die Dünen dort hinten waren kaum noch zu erkennen, und vorm Horizont ballten sich Wolken zusammen, die die Farbe von Holzrauch hatten, und plötzlich schoben sich vor unseren Augen zwei dicke, buttergelbe Sonnenlichtsäulen langsam über die fernen, unbewegten Wogen; manchmal übertreibt es Mutter Natur auch mit ihren Effekten. Der Professor räusperte sich und zog ein finsteres, beleidigtes Gesicht. Er legte den Brief von Anna Behrens aus der Hand und saß da und brütete vor sich hin, wobei er mit Daumen und Zeigefinger an seiner Unterlippe herumknetete.

»Eine ausgezeichnete Sammlung«, sagte er.

»Ja, wundervoll, ganz wundervoll«, erwiderte ich in einem Ton, der sich furchtbar schwülstig und anbiedernd angehört haben muß. »Da ist zum Beispiel dieser Vaublin.«

Er sah mich kurz von der Seite an und räusperte sich wieder. Was hatte ich denn schon gesagt? Er schob seinen Sessel zurück, der leise ächzend protestierte, und stand auf. Mit schwerem Schritt ging er zum Fenster und sah hinaus, stand gebeugt und reglos da, die blutleeren, schwabbligen kleinen Hände fest auf dem Rücken verschränkt, und seine kurzen, dicken Daumen drehten sich beflissen umeinander. Jedesmal, wenn ich an ihn denke, sehe ich dieses Bild, wie er sich auf genau diese Weise von mir abwendet, auf diese verstohlene Art, die er an sich hat, die eine feiste Schulter hochgezogen, den großen runden Kopf gesenkt, wie einer, der ahnt, daß es gleich Ziegelsteine hageln wird. Draußen glitzerten die Regentropfen im Sonnenschein.

»Miss Behrens hat eine hohe Meinung von Ihnen«, sagte er, drehte den Kopf leicht nach hinten und nickte mir fischmäulig zu.

»Sie ist sehr freundlich«, antwortete ich. »Wir kennen uns schon seit vielen Jahren.«

»Aha«, schniefte er.

»Ich hätte ja so gerne noch *Le monde d'or* gesehen«, sagte ich. »Das Herz der ganzen Sammlung, wie Sie wissen.« Tatsache, meine Stimme wurde immer sonorer; langsam hörte ich mich wie der wohlerzogene Fassadenkletterer in den alten Filmen an – fehlten bloß noch das silberne Zigarettenetui, die Lackschuhe und der Kummerbund. Der Professor schniefte wieder, diesmal noch lauter. »Heute«, sagte ich, »würde ich natürlich nicht mehr nach Whitewater fahren. Es wäre wohl kaum …« Mir fiel das rechte Wort nicht ein; die Sprache ist nicht geschmeidig genug, als daß sie einen Begriff enthielte für den Gedanken, daß ich etwa zurückkehren könnte an den – ja, an den Ort des Verbrechens. »Nach Hause kann ich auch nicht«, sagte ich und versuchte es mit einem leicht melancholischen Lachen. »Ich fürchte, ich habe alle Brücken hinter mir abgebrochen.«

Er schien gar nicht zuzuhören, sondern stand reglos dort am Fenster und wandte mir entschlossen den Rücken zu. Nach einer ganzen Weile drehte er sich um und starrte mürrisch und zerstreut auf das Stück Fußboden zwischen uns.

»Es gibt eine Menge zu tun«, sagte er. »Artikel, Anmerkungen ...« Er hob die Hand und zeigte auf das Chaos auf seinem Schreibtisch. »Sekretärsdienste im Grunde. Lux gibt sich die größte Mühe, aber natürlich ...« Er zuckte die Achseln.

»Dann darf ich also bleiben?« fragte ich.

Die Worte brachen aus mir heraus wie ein Feudengeheul. Er schrak zusammen, als hätte sich etwas Großes, Schweres auf ihn gestürzt.

»Ja«, sagte er und zuckte abermals die Achseln, wie um sich aus der wattigen Umarmung meiner Glückseligkeit zu befreien, »ja, ich könnte mir denken, Sie ... ich könnte mir denken ...«

Ich bedankte mich. Mir versagte fast die Stimme, sie klang ganz belegt von all den eingedämmten ungeweinten Tränen; hätte ich sie fließen lassen, der Alkoholgehalt hätte bei vierzig Prozent gelegen. Er blinzelte angesichts meiner überbordenden Dankbarkeit und musterte mich träge und leicht konsterniert und drehte mir dann einigermaßen verlegen wieder den Rücken zu. Sie müssen das verstehen, für mich war das ein Moment von ungeheuer großer Bedeutung, der Beginn meiner Rückkehr aus der Wildnis ins Reich der Menschheit. Ich war hierhergekommen, bereit, mich ihm zu Füßen zu werfen, und nun stand ich immer noch aufrecht. Stellen Sie sich meine Freude vor, in die sich freilich, ich gebe es zu, der heimliche Triumph des Schauspielers mischte, das Publikum zu Tränen gerührt zu haben (ich sagte es ja schon, und ich sage es noch einmal, an mir ist ein großer Mime verlorengegangen). Ich stieg die Stufen hinunter und schloß mich unten auf dem Treppenabsatz in der Toilette ein, und dann saß ich leicht schwankend auf der Kloschüssel und starrte versonnen zwischen meinen Knien hindurch auf den Boden und summte vor mich hin und war ganz in meine euphorisch-verschwommene Selbstbeobachtung versunken. Ich holte meine breitschultrige Trösterin hervor und goß mir noch einen ordentlichen Schluck Gin hinter die Binde. Mir lief die Nase. So was aber auch, ich war kaum einen Tag aus dem Gefängnis raus, und schon war eine Hand aus den Wolken herabgefahren und hatte mich emporgezogen in himmlische Höhen. Wie kam es bloß, daß ich in meiner ganzen Euphorie unterschwellig irgendwie so ein Gefühl hatte, daß mir jemand was anhängen wollte? Sollte diese helfende Hand etwa ein bißchen Dreck unter den Fingernägeln haben, fragte ich mich? O nein, nicht dieses schwarze, schmierige, mit Blut und Haaren vermischte Zeug, das für alle Zeiten unter meinen splitterigen Nägeln klebt, nein, nur den gewöhnlichen Schmutz, der sich von ganz alleine festsetzt, wenn sich die Menschen mit ihren Krallen einen Weg durch diese schmutzige Welt bahnen. Wollte mich der Professor aus mir selber herausholen und mit nach oben ziehen, oder sollte ich ihm beim Abstieg helfen?

Und so war ich denn endlich wieder bei dem gelandet, was ich wohl meine eigentliche Bestimmung nennen kann. Ich fühlte mich schwerelos, als ob ich schwebte, ein Gefühl, das mir vertraut war; so fühle ich mich immer, wenn ich irgendwo neu bin, als würde etwas in mir meiner physischen

Ankunft hinterherhinken, als wäre ein Teil von mir noch gar nicht da, sondern triebe noch draußen auf dem Meer oder oben in der Luft, ganz benommen von dem Tempo und dem Wandel. So muß sich der Engel gefühlt haben, als er zu Maria kam und stammelnd, mit zitternden Knien, die Flügel noch ausgebreitet, in jenem anderen, kompakteren Himmelsblau seine wunderbare Botschaft verkündete. Doch was für eine Verkündigung brachte ich, was für eine groteske Fleischwerdung hatte ich zu vermelden? Was für ein Wort? Was für ein Fleisch?

Wir aßen in der Küche zu Abend; der Professor saß mit finsterer Miene über seinen Teller gebeugt, während Lux mich mit zusammengekniffenen Augen fixierte und leise vor sich hin redete. Ich kam mir wie ein Eindringling vor, und das war ich ja auch. Eindringling: ein treffendes Wort, als hätte ich mich hier eingeschlichen und mich zwischen sie gedrängt. Ich hatte das unangenehme Gefühl, in eine Art altertümlichen Tanz hineingeraten zu sein und lächelnd und zuckend ein ums andere Mal »Entschuldigung« zu stottern, während die beiden bei ihrem ewigen Menuett gleichzeitig aus dem Takt kamen und mit leeren Blicken auf bleiernen Füßen herumwankten.

Und dann konnte Lux nicht mehr an sich halten.

»Warum machen wir nicht gleich eine Herberge auf?« sagte er laut mit zitternder Stimme.

Der ganze Raum schrak zusammen. Der Professor machte ein gleichgültiges Gesicht und sah nicht einmal auf, und Lux, bleich vor Zorn, starrte wütend über den Tisch hinweg auf seinen breiten, kahlen, hängenden Schädel. »Warum verwandeln wir das Haus nicht in eine Absteige?«

kreischte er. »Dann können wir jeden Kesselflicker hier aufnehmen und jeden Säufer, der zufällig des Weges kommt.«

Es folgte ein langes, bedrückendes Schweigen. Lux saß da und starrte blaß und stur geradeaus, hielt mit geballten Fäusten Messer und Gabel umklammert, und seine Fingerknöchel waren schon ganz weiß, und sein eines Bein ratterte unterm Tisch wie eine Nähmaschine und brachte die Essig- und Ölfläschchen zum Klirren.

»Wie war die Überfahrt?« fragte mich der Professor endlich in bemüht verbindlichem Ton.

Die Wirkung des Gins ließ allmählich nach, und das leichte Kopfbrummen des Katers hatte eingesetzt. Meine Augen fühlten sich an wie geröstet, und mein Atem war so heiß, als käme er aus einem glühenden Ofen.

»Und die ganze zusätzliche Arbeit«, rief Lux. »Die Kocherei zum Beispiel. Soll ich das etwa alles alleine machen? – weil, das kommt nämlich überhaupt nicht in Frage.« Er schlug leise mit der Faust auf den Tisch; in seinen Augen standen Tränen, große, glänzende Tropfen, die unter den Lidern hervorquollen. »Nie sagen Sie mir was!« schrie er. »Nie fragen Sie mich um Rat!«

Professor Kreutznaer starrte auf das Tischtuch neben seinem Teller und seufzte.

Ich versank in nachdenkliches Schweigen, wie ich es in Gesellschaft bei derlei Mißhelligkeiten bisweilen zu tun pflege. Wie schüchtern doch die Welt den einen oder anderen Teil von sich enthüllt – ein kleines Stück Hof, das abends durch die offene Tür hereinschaut, Wolken, die sich in einer Ecke des Fensters ballen – als wollten sie sagen: Seht uns an! Wir haben etwas zu bedeuten!

Der Hund kam vom Hof in die Küche getrottet (ja, ja!, gleich wird Mr Tighe in voller Lebensgröße hier erscheinen, Arm in Arm mit Miss Broaders, der Postmeisterin, und über der Halbtür wird der Kopf eines geflügelten Pferdes auftauchen, und dann gibt es keine Geheimnisse mehr). Lux nahm uns unsere Teller weg und stellte sie vor dem Untier auf den Boden, damit es die Reste fraß. Das Untier hieß Patch; bei mir heißen alle Hunde Patch. Dieser hier hatte eine ganz üble Bindehautentzündung. Und während er schlang und schmatzte, redete Lux laut und mit ingrimmiger Heiterkeit auf ihn ein, was wie eine Generalschelte sein sollte, und zauste ihm dabei das glatte Fell und klopfte ihm die Flanken, so daß eine bräunliche Staubwolke hochwirbelte.

Schon wieder ein Gefängnis, sinnierte ich, mit Wänden aus Luft, und das alte Ich in mir knurrt immer noch in seiner weißen Zelle: »Laßt mich raus!«

»Braver Hund«, sagte Lux herzlich. »Braver alter Hund!«

Das bin ich.

Mit der Zeit gewöhnten wir uns natürlich aneinander. Sogar Lux zeigte sich zu guter Letzt wieder versöhnlicher, obwohl er mir im stillen immer noch grollte, weil ich in seine kleine Welt eingedrungen war, und dieser Groll sich auch hin und wieder Luft machte. An jedem anderen Ort hätten sich die Leute gewundert, was für ein merkwürdig zusammengewürfeltes Trio wir waren, hier auf der Insel aber, mit ihrer langen Tradition von Inzucht und regelmäßig ausbrechenden Blutsfehden, war man an solche seltsamen, zufallsbedingten Hausgemeinschaften wie die unsere gewöhnt. Wir waren wie eine Familie von verwaisten und zusammen alt gewordenen Geschwistern, die die Ressentiments und die Rivalitäten der Kindheit verkalkt wie Gallensteine in sich tragen. Wenn ich so darüber nachdenke, staune ich, mit welcher Dreistigkeit ich mich dort eingeschlichen habe – das ist sonst nicht meine Art, ganz und gar nicht –, aber es ist nun einmal so, daß nicht wußte, wo ich sonst hätte hingehen sollen. Das Haus, der Professor, die Arbeit an Vaublin, all das war für mich die letzte Bastion an der Grenze, hinter der die wilde, wasserlose Wüste lag, in der kein Mensch, ja nicht einmal ein Unmensch überleben konnte.

Nach und nach fand sich auch das Haus selber in seiner arroganten Art damit ab, daß ich da war, obwohl es immer noch Momente gab, wo alles hier gleich einem Spinnennetz unterm Gewicht meiner ungewohnten Schritte zu erzittern schien. Ich glaube, es waren gar nicht die Geräusche, die ich machte, ganz im Gegenteil, das Beunruhigendste war meine auf gespenstische Weise geräuschlose Gegenwart. Ich habe mich schon immer behutsam, vielleicht sogar übertrieben behutsam, zwischen dem Lebensmobiliar der anderen bewegt, aber nicht etwa aus Angst zu stören, sondern aus einer obskuren Furcht heraus, daß man mich womöglich auf frischer Tat ertappte, mich überraschte in überraschten Räumen. Mitunter bildete ich mir ein, ich könnte hören, wie auf einmal, ohne besonderen Grund, alles erstarrte und horchte, was ich tat, und dann erstarrte ich natürlich auch und stand da und hielt den Atem an und wartete angestrengt horchend, ohne zu wissen, worauf, und so zog und zog sich das Schweigen, bis es die Spannung nicht mehr aushielt und von ganz allein in sich zusammenfiel, wenn eine Diele knarrte oder der Wind eine Tür zuschlug. In solchen Augenblicken empfand ich Mitleid mit den angestammten Bewohnern, die dann wie angewurzelt stehenblieben, Lux in der Küche und der Professor in seinem Turm, und wider Willen alle Sinne schärften, um den leichten Mißklang meiner Anwesenheit wahrzunehmen. Für sie muß es so gewesen sein, als wäre ein großes, leise umhertappendes Tier ins Haus gekommen, das sich irgendwo versteckt hielt, unterm Bett, wo es dunkel war, oder hinter einer nur angelehnten Tür, und atmete und wartete, halb wütend, halb ängstlich. Besonders Lux kann es sich nicht verkneifen, nach mir zu horchen, das geht morgens los, sobald ich aufwache, und dauert bis tief in die Nacht, wenn ich mich in meine Kammer hinaufschleppe. Er möchte bestimmte Dinge von mir erfahren, das ist mir schon klar, aber er weiß nicht, wie er die Fragen formulieren soll. Er ist wie ein Kind, das unbedingt hinter all die prickelnden, schmutzigen Geheimnisse der großen weiten Welt kommen will. Er horcht auf jede Regung der Bestie und wittert Blut.

Der arme Lux. Irgendwie kann ich seinen Namen nicht ohne dieses Adjektiv sagen. Er sorgt immer dafür, daß er beschäftigt ist; das ist sein Ziel, immer beschäftigt zu sein, als habe er Angst, daß sich alles auflösen, daß auf einmal alles auseinanderfallen könnte, wenn er auch nur einen einzigen Moment lang aufhört, wie wild durch die Gegend zu rennen. Er klammert sich an die Lehre von der Vollkommenheit des Menschen und unterzieht sich mit großer Begeisterung irgendwelchen Selbstverbesserungsprogrammen. Er läßt sich Sachen schicken, für die in der Zeitung Reklame gemacht wird, Küchengeräte, Wanderstiefel, Patentrezepte für diese oder jene Mangelerscheinung im Blut oder im Gehirn; er besitzt Bücher und Nachschlagewerke zu allen möglichen Themen – Anleitungen zum Windmühlenbau oder zur kommerziellen Pilzzucht, zum Malen und Zeichnen, zur Korbflechterei; er hat einen ganzen Stapel Heftchen über

Bienenzucht, Weinkelterei, sparsame Haushaltsführung, und bei allen sind die ersten paar Seiten beflissen mit Eselsohren versehen, während der Rest noch wie neu ist. Er schreibt auch Briefe an Zeitungen, antwortet auf Fußballpreisfragen und brütet tagelang über Kreuzworträtseln, bei denen es etwas zu gewinnen gibt. Immer beschäftigt, immer in Bewegung, tritt er wie ein Verrückter die Sprossen in seinem Hamsterrad. Auch die äußere Hülle wird nicht vernachlässigt: Morgens und abends zieht er sich regelmäßig bis aufs Unterhemd und die lange Unterhose aus, und dann macht er eine Dreiviertelstunde lang bedächtig seine Kniebeugen, winkelt zackig die Arme an und reißt sie schwungvoll auseinander und tippt sich mit den Fingerspitzen an die Zehen; wenn ich im Garten bin und zum Haus hinüberschaue, sehe ich ihn manchmal in seinem Zimmer bei diesen zittrigen Freiübungen, sehe sein kleines weißes Gesicht gleich einem langsamen Jojo hinter dem schattigen Fensterglas auf- und untergehen wie einen traurigen Mond. Sein Ziel ist es, in Form zu bleiben, sagt er. Aber ich frage mich, was das für eine Form sein soll. Ich habe den Verdacht, er ist, genau wie ich, der Überzeugung, daß es noch großer Anpassungsleistungen bedarf, bis er sich als vollends ausgereiften Menschen betrachten kann.

Jeder von uns hat seine Rituale. Der Professor zum Beispiel sein nächtliches Bad, das jedesmal das weihevolle Gepränge einer königlichen Salbung hat. Ich höre ihn in dem höhlenartigen Badezimmer in der Flurnische im zweiten Stock; zuerst wird heftig geplanscht und geprustet, und dann kommt eine lange Phase der Stille, die nur ab und zu vom Schwappen des Wassers oder dem jähen Echo eines dikken Tropfens unterbrochen wird, der ihm vom Kinn oder vom angewinkelten Ellbogen herunterrinnt. Ich stelle mir vor, wie er gleich einem großen gefleckten Frosch in der Wanne sitzt, einfach nur dasitzt, von Dampf umwallt, ganz still, wasserrunzlig, kaum atmend, und manchmal klappen seine Lider unvermittelt über den kleinen schwarzen Glupschaugen zu, um dann ebenso unvermittelt wieder aufzuklappen. Hinterher finde ich seine feuchte Spur auf der Treppe, die hantelförmigen Fußabdrücke, die dunkel im Mondlicht schimmern und sich, komisch und doch auch bedrohlich, breit nach oben ziehen, bis in die geheimnisvolle Festung seines Schlafgemachs.

Seltsam, wenn ich jetzt so darüber nachdenke, wie viele Rituale in diesem Haus mit Wasser zu tun haben; wir sind ein richtiges kleines Venedig hier, unser eigenes kleines Wasserreich. Da müssen zum Beispiel die Pflanzen gegossen werden, auf dem Herd muß ständig der Kessel für die Unmengen Tee brodeln, die bei uns getrunken werden, dann der Abwasch, die Wäsche. Ich wasche unsere Sachen, die des Mädchens und meine eigenen, in einer alten Zinkbadewanne in der Spülküche; es gibt auch eine uralte Waschmaschine, die ich benutzen könnte, aber ich habe nun einmal, wie alle Lebenslänglichen, meine festen Gewohnheiten. Zu Anfang hängte ich die Wäschestücke zum Trocknen einfach nacheinander aus meinem Kammerfenster, bis sich Lux beschwerte (»Hören Sie mal, wir wohnen doch hier nicht in einer Mietskaserne«), und da spannte ich dann in einer Ecke des Gartens eine Leine. Aber auch davon war Lux nicht begeistert – ich glaube, es schmerzt ihn, wenn er sieht, wie aufgeregt meine Hemden den Slip des Mädchens umflattern. Ich gebe zu, daß es mir insgeheim durchaus ein gewisses Vergnügen bereitet, ihn zu ärgern; das ist nicht nett von mir, ich weiß, aber irgendwie fordert er einen regelrecht dazu heraus, grausam zu ihm zu sein. Er behandelt mich von oben herab und meint, mein Ruin gäbe ihm das Recht, mir gegenüber den Boß zu spielen. Mir altem, mottenzerfressenen Löwen macht das nichts aus, und so reiße ich gehorsam meinen großen, zahnlosen Rachen auf und lasse ihn den Kopf so tief und so lange hineinstecken, wie er möchte. Er vertraut mir, wider Willen, auch wenn er sich nach außen hin aufplustert und eine grimmige Miene zieht, die weder mich noch ihn selber überzeugt, und erzählt mir, wie ihn dieses Leben hier ankotzt mit seinen Härten, seiner Abgeschiedenheit. Die Leute im Dorf lachen ihn aus; Mr Tighe legt ihn mit der Lebensmittelrechnung rein, Miss Broaders hört heimlich mit, wenn er aufs Postamt geht und telefoniert. Er gesteht mir, daß er auch das Haus haßt, sagt es mit abgrundtiefem Ekel in der Stimme, zischt die Worte wütend heraus, als hätte er Angst, daß die Wände Ohren haben; er fühlt sich hier wie auf einem großen alten Schiff, dessen betagtes Gebälk bebt und zittert; er sehnt den Tag herbei, da es endlich untergeht. Er ist sich sicher, daß es ihm alle möglichen Streiche spielt. Leblose Dinge bäumen sich plötzlich vor ihm auf, stellen ihm ein Bein, rutschen ihm unter den Füßen weg, fallen ihm auf den Kopf. Er stellt irgend etwas an einen bestimmten Platz, und wenn er nach einer Stunde wiederkommt, ist es weg. Türknäufe brechen ab, wenn er sie anfaßt, Vorhänge stürzen auf einmal als rauschende Kaskaden aus Staub und klirrenden Messingringen herab, wenn er sie zuziehen will. Er rächt sich, indem er es durch die offenen Fenster hereinregnen läßt, tatenlos zuschaut, wie sich der Dreck in den verborgenen Winkeln in der Küche häuft, Dinge einfach so lange ignoriert, bis sie zerbrechen oder verbrennen oder überlaufen. Er träumt davon zu fliehen, eines Morgens, noch ehe es hell wird, aufzustehen und sich einfach fortzuschleichen wie ein Hotelgast, der die Zeche prellt. Er hat keine Ahnung, wo er hin soll, doch die Flucht, das Fliehen an sich, ist für ihn ein Dauerthema, ist gleichsam der dunstverhangene, blaugoldene Hintergrund für alles, was er tut. Ich könnte ihm etwas von der Freiheit erzählen, aber das bringe ich nicht übers Herz; soll er träumen, soll er nur träumen.

Wie doch ein Wort auf einmal alles ins Wanken bringen kann, so daß das ganze Muster in sich zusammenfällt und sich aus den alten Teilen ein neues bildet. Ich war schon eine ziemliche Weile hier, als ich erfuhr, daß das Haus gar nicht Professor Kreutznaer gehört, sondern Lux. Das war eine große Überraschung. Ich hatte es, natürlich, will mir scheinen, für selbstverständlich gehalten, daß der Professor der Besitzer ist und Lux nur sein Vasall, doch weit gefehlt; in Wahrheit ist der Professor auch bloß ein Parvenü, genau wie ich. Lux wohnt seit seiner Kindheit hier – gut möglich, daß er sogar hier geboren wurde. Ich hätte nie geglaubt, daß er ein Einheimischer ist, verstehen Sie, er hat wenig gemein mit dem knorrigen, wettergegerbten Typus des klassischen Inselbewohners. Seine Mutter war offenbar sehr früh verwitwet; ich hatte sie mir immer als ein zerstreutes, vogelhaftes Wesen mit wirrem weißem Haar und irrem Blick vorgestellt, gleichsam eine vom Altersschwachsinn gezeichnete, geschlechtslose Ausgabe ihres Sohnes, doch dann zeigte mir Lux ein Bild von ihr, und siehe da, sie war das ganze Gegenteil: ein großer, strammer Hausdrachen mit starren, unnachgiebigen Augen und einem Bizeps wie ein Boxer. Mir ist nicht ganz klar, wann sie gestorben ist, oder ob sie überhaupt tot ist; ein mir selber nicht begreifliches, aber absolut zwingendes

Taktgefühl verbietet es mir, allzugenau nachzufragen. Was weiß ich, womöglich hält er sie im Keller versteckt oder in einem Bretterverschlag oben auf dem Speicher. Wenn er, was selten vorkommt, von ihr spricht, dann mit der erschrockenen Miene eines Mannes, der mit klopfendem Herzen, vor Anstrengung verzerrtem Gesicht und angstvoll-verzweifelt gesenktem Blick über eine klaffende Felsspalte hinwegsteigt, die sich plötzlich, mitten auf der Straße, vor ihm aufgetan hat. Doch ganz gleich, für welche Art des Abgangs die Gute sich entschieden haben mag, sie muß schon ziemlich lange weg sein, soviel ist klar, jedenfalls seit damals, als der Professor aufgetaucht ist und, gleich mir, Obdach gesucht hat. Wie's aussieht, ist er mit dem Schiff gekommen und hier heraufgeklettert und hat um Unterkunft gebeten, und dann ist er einfach geblieben. Hat sich vom Leben zurückgezogen, genau wie ich.

Und so vergingen die Tage, die Wochen. Ich streifte über die Insel, tröstete mich mit Dingen, die ich am Wege fand – eine rote Geranie in einem blauen Fenster, ein weißes Segel in der Bucht, ein Bussard, der reglos in der Luft stand und dann jählings herabstürzte. Abends lag ich in meiner Kammer auf dem eisigen Bett, den Rücken an die Wand gelehnt, die Hände hinterm Kopf verschränkt, und sah zu, wie vorm Fenster das Zwielicht dunkler wurde und die Welt dort draußen die Farbe wechselte, wie sich das Grün in Grau verwandelte und schließlich in schimmerndes Schwarz. Ich fühlte nichts, fast nichts. Mein ganzes Leben lang war ich unterwegs gewesen, irgendwohin, woanders hin, hatte die Gegenwart gehaßt und immer in die Zukunft gedrängt, hatte das nächste haben wollen, immer das nächste; jetzt war ich endlich zur Ruhe gekommen, wenn man es so nennen kann, wie manches Mal in meinen Träumen, wenn ich nach einem langen, taumelnden, angstklammen Sturz durch Leere und Dunkelheit ganz unerwartet sanft lande. Ich habe mich eingeschifft und kam nach Kythera. Soviel kann ich sagen. Jetzt wartete ich. Die Tage vergilbten und flatterten zu Boden wie die Blätter eines Abreißkalenders; ich schrieb meine Anmerkungen, erfüllte meine Pflichten, aß, schlief, existierte. Und dann, eines Tages, es war ein Tag wie jeder andere in jener Phase zwischen den Jahreszeiten, zwischen den atemlosen Verheißungen des Frühlings und der ersten goldenen Üppigkeit des Sommers, schaute ich aus dem Fenster und sah unten auf der Straße jenes Grüppchen von Schiffbrüchigen, das sich dem Hause näherte, und da öffnete sich eine Tür zu einer anderen Welt. Oh, es war nur eine kleine Tür, kaum hoch genug, daß ich hindurchkriechen konnte, aber immerhin eine Tür. Und dort draußen, an jenem neuen Ort, würde ich erlöschen und einer von ihnen werden, würde ein anderer sein, nicht mehr der, der ich war – oder würde vielleicht sogar gänzlich aufhören zu sein. Nichtsein, Nichtsein: der alte Schrei. Oder so wie sie sein, lieber das: wirklich und doch nur Fiktion, Träume, die man zwangsläufig träumt, wenn man auf einem schmalen Bett liegt, zusieht, wie das vergitterte Licht über eine graue Wand gleitet, und sich dabei Felder vorstellt, Eichen, Möwen, Gestalten, die sich bewegen, eine von Menschen bevölkerte Welt. Ich denke an ein Bild am Ende einer langen Galerie, etwas, das plötzlich da ist, völlig unerwartet, auf den ersten Blick ein weiches Ineinanderfließen verschiedener Grün- und Goldtöne in der stillen, sprachlosen Luft. Sehen Sie doch nur, dieses Blattwerk, diese Wolken, die Struktur dieses Gewandes. Man hat den

Eindruck von Musik, minutiös, exakt und fröhlich. Das ist das Ende einer Welt. Unsichtbare Vögel tirilieren in den Zweigen, irgendwo scheint die Sonne, in der Ferne schimmert das blaßblaue Meer, die Galiote wartet. Wenn sich die Gestalten überhaupt bewegen, dann bewegen sie sich wie in einer Abfolge von Szenen, die sie dadurch definieren, daß sie da sind, sie, die alles beherrschen. Ohne sie nur Wildnis, grüne Rebellion, Tumult des Winds und die verrückt gewordene Sonne. Sie formulieren die Fabel und bevölkern sie und erfüllen sie mit Stoff. Sie sind das menschliche Moment.

3

Er steht vor uns wie unser eigenes verzerrtes Spiegelbild, bekannt und dennoch fremd. Was tut er hier, auf diesem erhabenen Boden, in diesem goldenen, unerklärlichen Licht? Er steht abseits von den anderen Figuren, die hinter ihm aufgereiht sind, in der Schwebe zwischen ihrer Welt und unserer, ein einsamer Mann. Ist er vom Himmel gefallen oder emporgestiegen aus der Unterwelt? Er mutet uns wie eine düstere Apotheose an. Die Arme sind leicht nach vorne geschoben und hängen an den Seiten herunter, die Füße sind auf eine Art gespreizt, die offenbar die affektierte Haltung eines Fürsten oder Kriegsherrn parodieren soll, der für ein Heldenporträt posiert. Er sieht aus wie einer, der in der Tinte sitzt, wie von unsichtbaren Zwängen niedergedrückt. Er könnte Spielschulden haben oder Schlimmeres. Wir bemerken die mit Pfeifenton geweißten Tanzschuhe, die riesigen schlaffen Schleifen aus karminroten Bändern, die weitgeschnittene Satinhose, die ihm zu kurz ist, den viel zu großen Rock aus weißem Köper mit den sechzehn Knöpfen und den faltigen Ärmeln, die so voluminös und überlang sind, daß darin reichlich Platz für ein Paar Affenarme wäre. Wer mag ihn so herausgeputzt haben, wer hat ihn wohl in diese

Clownsmontur gesteckt? Denn wirklich, er sieht aus, als hätte ihm jemand dieses Kostüm übergestülpt und ihn ohne viel Federlesens auf die Bühne geschubst, und da steht er nun mutterseelenallein und weiß nicht, was er sagen soll, fühlt sich gedemütigt, wagt nicht, sich von der Stelle zu rühren, aus Angst, das unsichtbare Publikum könnte in brüllendes Gelächter ausbrechen; und doch, auch wenn es ihm vorerst die Sprache verschlagen hat, haben wir trotzdem das Gefühl, daß er jeden Moment herausplatzen kann, und dann wird er reden, reden, reden wie ein Wasserfall. Er trägt eine schlaffe Halskrause aus weißer Spitze, ein Schädelkäppchen, oder vielleicht ist es auch ein Stirnband, und einen Hut mit breiter kreisrunder Krempe, den er ganz weit zurückgeschoben hat. Der Kopf selber ist oval, die Stirn breit, das Kinn fliehend. Sein Blick ist abwesend und durchdringend zugleich, die Augen grünlichbraun. Sein Haar, oder was wir davon sehen können, ist schwarz oder vielleicht rot. Er wirkt erschöpft. Lider, Lippen und Nasenlöcher sind rosa getönt und sehen entzündet aus; hat er geweint? Doch sein fleischiger Mund ist zu einer Art Lächeln verzogen, einem distanzierten, womöglich schmerzlichen Lächeln, in dem keine Wärme liegt. Auf uns macht das den Eindruck von vergangenem Leid und gegenwärtiger Empfindungslosigkeit. Hinter diesem versonnenen Lächeln lacht er uns womöglich aus.

Auf dem Röntgenbild sieht man unter seinem Gesicht ein anderes Gesicht, vielleicht von einer Frau. Die Pentimenti lassen sich ja nicht verbergen. (Siehe Abb. I, Sammlung Behrens, Neuerwerbung.)

Der Pierrot ist aus dem Pedrolino und dem neapolitanischen Pulcinella hervorgegangen, zwei Figuren der italienischen Commedia dell'arte. Etwa um 1680 durch des Königs Comédie Italienne auf die Pariser Jahrmärkte gelangt, hatte sich aus diesen beiden zu Beginn des achtzehnten Jahrhunderts, also kurz bevor Vaublin aus seiner holländischen Heimat nach Paris kam, die bekanntere französische Spielart der Lustigen Person entwickelt, so daß der Maler den Pierrot bereits in der Comédie Française sehen konnte, wo die Rolle unter anderem von dem großen Biancolelli verkörpert wurde. Pierrot, der sich hinter seinem Kostüm versteckt und sein wahres Wesen verbirgt, ist der Kind-Mann, das Mann-Kind. Traditionell trägt er, so wie hier, ein Stirnband oder ein Schädelkäppchen und eine plissierte Halskrause, weite Seidenhosen und einen weißen, geknöpften Rock aus Seide oder Köper mit langen, weiten Ärmeln sowie weiße oder schwarze Tanzschuhe. Er tritt mit weißgeschminktem Gesicht auf, aber nicht immer. Nicht immer. Manchmal wird er mit Buckel und Hühnerbrust dargestellt, was uns daran erinnert, daß zu seinen Ahnen auch der Kasper zählt, jener derbe Bösewicht, der seinerseits bis zu den circensischen Spielen im alten Rom zurückverfolgt werden kann. Normalerweise hat er keinen Knüppel in der Hand; hier aber hat er einen.

Es ist ein großformatiges Werk, gut zwei Meter hoch. Der Pierrot ist etwas überlebensgroß. Durch diese Disproportion und die leicht erhöhte Stellung – man meint, die Figur schwebe in der Luft – bekommt die ansonsten eher unauffällige, ja sogar lächerliche Gestalt eine geradezu erdrückende Schwere. Bemerkenswert auch, daß der Pierrot, obschon der konzeptionelle Mittelpunkt des Bildes, nicht in die Mitte gesetzt, sondern etwas nach links gerückt ist; diese kleine Verschiebung ruft eine unterschwellig verwirrende Wirkung hervor, die wohl kaum unbeabsichtigt sein dürfte. Ja: hier ist eine subtile Harmonie am Werke, die mit unseren Erwartungen an Symmetrie und Gleichgewicht Schabernack treibt; sollte sich etwa in der gesamten Anlage des Bildes eine geschickte Parodie auf die Gesetze des Goldenen Schnitts verbergen? Schwer zu sagen, welche Effekte hier beabsichtigt und welche zufällig sind.

Die ganze Komposition des Gemäldes, die merkwürdige und doch auch merkwürdig wohltuende Asymmetrie in der Anordnung der Figuren innerhalb des sie umgebenden Rahmens der Bäume, der Wolken und des in der Ferne schimmernden Meeres, die der Betrachter als beliebig und gleichzeitig als unumgänglich empfindet, erzeugt eine geheimnisvolle Atmosphäre, vor der die Frage in den Hintergrund tritt, was da eigentlich geschieht und wen oder was die Figuren darstellen sollen, außer daß sie der Commedia dell'arte entstammen. Ähnliche Behandlungen solcher Sujets bei diesem Maler, wie auch bei anderen (Pater, Lancret, insbesondere Watteau), sind zwar im Hinblick auf den *Plot*, wenn der Begriff in diesem Zusammenhang angewendet werden kann, mindestens ebenso verblüffend, wurden aber nicht, wie dieses Werk, Gegenstand fortgesetzter, zumeist durchaus sinnreicher, wenngleich in aller Regel fruchtloser Spekulationen. Offenbar handelt es sich hier um eine Allegorie, und da scheint es von Symbolen nur so zu wimmeln, wobei die Szene selbst mit einer unerklärlichen Bedeutsamkeit befrachtet ist, die in keinem Verhältnis zu irgendeinem denkbaren Programm oder verborgenen Diskurs steht. In erster Linie ist dies ein Meisterwerk der reinen Kompositionskunst, der architektonischen Anordnung von Licht und Schatten, Himmel und Erde, von Präsenz und Nichtpräsenz, und doch kommen wir nicht umhin, uns die Frage zu stellen, wodurch die Szene eigentlich ihre geheimnisvolle Atmosphäre erhält, ihre so gewichtige und dabei gleichzeitig spielerische Bedeutsamkeit. Wer sind diese Menschen? fragen wir uns, denn es scheint nicht darauf anzukommen, was sie womöglich tun, sondern was sie sind. Und vor allem, wer ist dieser Pierrot? Er wird uns aufrecht stehend in der sich verdunkelnden Luft gezeigt, wie eine Gestalt aus einem Spiel Tarotkarten, ertrinkend in seinem zu großen Kostüm, stumm und einsam, kummervoll, lächerlich vielleicht und doch unvermeidbar, kaum präsent und zur selben Zeit ganz und gar, geradezu spürbar *da*, scheint er im Besitz eines geheimen Wissens zu sein, unser Opfer oder unser Richter, dem wir nicht entrinnen können.

Wer ist er? – wir werden es nie erfahren. Das, wonach wir suchen, sind die Beweise für seine Herkunft, der Wille und die Tat, die hervorbringen, was uns als Identität erscheint. Wir werden sie nicht finden. Dieser Pierrot, unser Pierrot, kommt aus dem Nirgendwo, von einem Ort, wo sonst niemand lebt; und er geht auch nirgendwohin. Fast möchte man meinen, er habe nur den einen Daseinszweck, gemalt zu werden; er ist ganz Pose, und wir kommen uns vor wie die Zuschauer bei einer melancholischen Komödie. Sehen Sie doch nur, wie fremd er sich in seinem Kostüm ausnimmt; es scheint, als hätte er es gar nicht richtig an, sondern stünde nur dahinter, wie eine ausgeschnittene Papierpuppe. Schauen Sie, wie klein der Kopf ist im Verhältnis zum Rumpf, die unnatürlich langen Arme, die sehr breiten Hüften, die übergroßen Füße. Er ist fast schon deformiert – fast schon, wenn wir ihn nur lange genug ansehen, ein Krüppel. Er schaut aus wie jemand, dem etwas Grauenhaftes passiert ist oder der etwas

Grauenhaftes getan hat, etwas, dessen Auswirkungen auf sein Wesen durch diese deutlichen und doch gleichzeitig subtilen Übertreibungen im Körperlichen angedeutet sind. Was? Was hat er getan, welchen Verbrechens hat er sich schuldig gemacht? Und vor wem versteckt er sich, falls er sich versteckt? Dieser hämisch grinsende Harlekin auf dem Esel scheint die Antwort zu kennen. Hat etwa er dem Pierrot seinen Knüppel geliehen?

Wie tief blicken wir hinab in diese Tiefen? Womöglich hat das, was wir sehen, kein Ende. Nehmen Sie doch nur diesen Himmel. Angeblich ist er blau; wir sagen: *Pierrot steht deutlich hervorgehoben vor einem blauen Himmel.* Tatsächlich aber ist das, was dort wie Blau wirkt, eher ein verblaßtes, bläuliches Grün, und durch eine hauchdünne Schicht von hellen, ins Ocker spielenden Rottönen wird die Wirkung noch mehr gedämpft; weiter unten rangieren die Nuancen von Türkis über ein wäßriges Mauve bis hin zum tiefen Indigo am kaum noch wahrnehmbaren Meereshorizont; wie so oft auf den Werken dieses Meisters zieht der Abend herauf, steigt wie ein violetter Dunst aus der Erde empor. Besonders kunstvoll ist die Wolkenmasse rechts hinter den Bäumen ausgeführt, eine mattierte, weißlichgoldene Zusammenballung, dicht und prall. Wir könnten beinah denken, das hier wäre so ein hoher, rauchig-goldener Himmel, wie man ihn von den ersten Tagen im Oktober kennt, wären da nicht das zarte Laub der Bäume und diese allgemeine Aura von Bewegung und Erwartung. Es ist natürlich Frühling, ein kalter, rastloser Abend im späten Frühling. Wir sehen das dämmerige, rötlichgelbe Licht, die sich leicht verdichtenden Schatten; wir spüren den Wind in den Bäumen, in den Wolken, und merken, wie die Erde sich regt, wie die grünen Triebe hervorkommen und die festen Knospen sich bereitmachen aufzubrechen. Das hier ist nicht der Frühling der Feste und der Jahrmärkte und fröhlich herumtollenden Milchmädchen, sondern eine wildere Jahreszeit, die um das dunkle, schmerzensreiche Ringen des Gebärens weiß.

Das üppige Durcheinander von Bäumen – Eichen, Pappeln, Pinien – deutet auf einen Park oder einen Lustgarten am Meer hin. Ist das wohlabgewogene Ironie, eine spöttische Geste mit Blick auf unsere törichten Vorstellungen von ländlicher Idylle? Wenn wir nämlich genauer hinsehen, kommt das Wilde dieser Szenerie zum Vorschein. Der Wind weht, die Wolken taumeln, die Bäume zittern vor der herandrängenden Dunkelheit, und die Statue des finster dreinblickenden Satyrs – wohl Pan oder Silen? – blickt versteinert auf die Vorgänge herab und schürzt verächtlich die fleischigen Lippen. Und dieses lohfarbene Licht ist vielleicht gar nicht das Licht des Abends, sondern des Gewitters; und wenn dem so wäre, ist das Unwetter dann schon vorüber, oder zieht es erst herauf? Und woher kommt dieses feurige Leuchten, das direkt auf Pierrots Brust fällt und seinen weißen Kittel in einen glänzenden Harnisch verwandelt? Es ist, als wäre eine strahlende Wesenheit vom Himmel herabgestiegen und hätte sich hinter uns niedergelassen, um Pierrots Gestalt in den Glanz ihrer schimmernden Flügel zu tauchen.

Eine häufig gestellte Frage ist, ob die Figuren hinter dem Pierrot der Phantasie des Künstlers entstammen oder ob es Porträts von wirklichen Menschen sind, Schauspielern der Comédie Française vielleicht, oder als Clowns und typische Karnevalsgestalten verkleidete Freunde und Bekannte des

Malers. Ihre Präsenz ist flüchtig und zugleich beständig. Sie wirken gelöst, fast schon schläfrig, doch bei näherem Hinsehen erkennen wir, wie angespannt sie sind vor lauter Selbstbeherrschung. Wir haben das Gefühl, daß sie merken, wie man sie beobachtet auf ihrem Weg den Hang hinunter, hin zu jenem rätselhaft schwerelos wirkenden, mit Amoretten geschmückten Schiff, das mit gehißten Segeln an der bernsteinfarbenen Küste auf sie wartet. Der Junge am Ende der kleinen Prozession runzelt verwundert die Brauen, während sein noch winzigerer, leicht verwelkt wirkender Gefährte von einer gleichsam grollenden Sehnsucht erfüllt scheint. Die schwarzgekleidete Frau wirft einen wehmütigen, aber auch resignierten Blick zurück. Die Stimmung, die sie vermittelt, ist zwiespältig; es scheint, als wäre sie schon unterwegs zu einem erhabeneren Anderswo und doch noch ganz von Mitleid mit der Welt der Kreaturen erfüllt, aus der sie sich entfernt. Sie hat etwas Göttliches an sich. Wenn dies die Goldene Welt ist, oder der letzte Rest davon, ist sie dann vielleicht Asträa, die sich voller Mitleid in den unschuldigen Himmel zurückzieht? Und gilt ihr letzter, lang verweilender Blick dem Pierrot oder etwas oder jemandem in seinem Rücken, das oder den zu sehen uns nicht vergönnt ist?

Das kleine Mädchen mit dem geflochtenen Haar, das die Frau an der Hand führt, hat es eilig fortzukommen; was bedeutet ihr die Insel der Aphrodite, was weiß sie bereits von den Qualen der Liebe? Das andere Extrem jener kleinen Menschenkette von Jugend und Alter ist der alte Mann mit dem Strohhut, der den Blick von uns abgewandt hat und sich umschaut, als hätte jemand aus dem Schatten unterhalb der Bäume nach ihm gerufen.

Viele Kenner wundern sich über die Anwesenheit des Esels. Dieses Geschöpf zählt zu den geheimnisvollsten und zugleich unmittelbarsten in der Gruppe, und das, obwohl wir von ihm nicht mehr als einen Teil des Kopfes und ein gespitztes Ohr sehen und, natürlich, dieses eine sanfte, kastanienbraune, unbeirrbare Auge. Was nur schaut uns hier an? In seinem Blick ist Neugier und ahnungsvolle Furcht und etwas wie ehrfürchtiges Staunen. In diesem unerschütterlichen Blick sehen wir den zugigen Stall und die steinige Straße, das erste Licht des Tages auf dem vereisten Hof und das regengepeitschte Stück Feld am Abend; wir fühlen den Hunger und die Schläge, den Moment von rauher Wärme im Kuhstall, wir schmecken das grobe Stroh im Winter und das süße Gras auf den Sommerwiesen. Es ist das Auge der Natur an sich, das uns hier mit gleichsam stoischem Staunen anblickt – uns anblickt, das lachende Tier, das wahnsinnige Tier, das unerklärliche Tier.

Und zu dem hämisch grinsenden Harlekin, der auf dem Esel sitzt, wollen wir uns nicht äußern. Nein, dazu werden wir uns nicht äußern.

Am Fenster jenes fernen Turms – dafür werden wir wohl eine Lupe brauchen – hält eine junge Frau Ausschau, wartet vielleicht darauf, daß eine Gestalt aus einer alten Rittersage kommt, um sie zu retten.

Was geschieht, ist nicht wichtig; der Augenblick ist alles. Das ist die goldene Welt. Der Maler hat seine kleine Gruppe auf dieser sturmgezausten Lichtung versammelt, hat sie in dieses zarte, künstliche Licht getaucht und sie als Engel und als Clowns gemalt. Es ist eine Welt, in der nichts verloren ist, wo alles einen Grund hat und die Dinge dennoch ihr Geheimnis behalten, eine Welt, in der sie, wie kurz, wie dürftig auch immer, leben können im schwindenden Lichte am Abend des Ich, einsam und zugleich gemeinsam, hier, an diesem Ort, sterbend womöglich, und doch für immer festgehalten in einem leuchtenden, endlosen Augenblick.

4

Ich gebe zu, ich bin ihnen den ganzen Tag ausgewichen. Ich weiß, ich habe mir vorgemacht, ich würde in ihnen das erkennen, worauf ich gewartet hatte, seit ich hier bin, das bunte Völkchen, das mich in seine Mitte nehmen und zum Manne machen würde, aber die Wahrheit ist, ich hatte Angst vor ihnen. Ich bin durchaus nicht hart und weltgewandt. Man braucht Mut, um sich dem auszusetzen, was die Welt an Möglichkeiten bietet, und ich bin kein mutiger Mensch. Ich will nur Bequemlichkeit, das Quentchen Bequemlichkeit, das man diesem Leben auf einem Planeten abringen kann, für den ich mich noch nie so recht gewappnet gefühlt habe. Ihr Kommen bedrohte das zarte Gleichgewicht, das ich mir mühsam aufgebaut hatte. Ich war wie eine hungrige alte Spinne, auf die sich plötzlich ein furchterregender Schwarm von riesigen Flugobjekten stürzt. Das Netz bebte, und ich mit meinen schlenkernden Beinen und meinen Stielaugen krabbelte fort und suchte Schutz unter den Blättern. Ich sah, wie der alte Croke den Hügel hochlief, und sah auch, wie er vom Strand zurückgestolpert kam und hinter ihm die Jungen. Ich beobachtete aus meinem Versteck, wie Sophie sich aufmachte in die Berge, um die

Ruinen zu fotografieren, derentwegen sie hier war. Ich war Zeuge, wie Felix, eine Hand in der Brusttasche, in der Sonne auf dem Rasen auf und ab ging und einen Stumpen rauchte. O ja, ich habe mich verdrückt. Und als ich mir am späten Nachmittag ein Herz faßte und mich wieder ins Haus wagte, schien es fast so, als wäre ich der Eindringling.

Die Küche war verlassen. Auf dem Tisch standen noch die Trümmer von ihrem Mittagessen; ein beunruhigender Anblick, wie nach einer Orgie. Ich goß die schalen Reste von Lux' Hühnersuppe in ein Schälchen und löffelte es gleich dort am Herd im Stehen aus. Jetzt müßte einer von ihnen reinkommen und mich hier finden, wünschte ich mir. Dann würde ich freundlich nicken und vielleicht eine Bemerkung übers Wetter machen und mich mit meiner demonstrativen Lockerheit als echten Bewohner dieses Hauses zu erkennen geben, ganz im Gegensatz zu ihnen, die ja nur Durchreisende waren. Doch es kam niemand, und außerdem, wenn wirklich einer gekommen wäre, hätte ich vermutlich vor lauter Angst mein Suppenschälchen fallen lassen und Fersengeld gegeben. Ich habe seit jeher die betrübliche Neigung, daß mich meine eigenen Ängste und Einbildungen in Panik versetzen, übrigens eine Schwäche, die, wie mir scheint, allen Egomanen eigen ist. Es gibt Momente von Stille und Abgeschiedenheit, da spüre ich deutlich das leichte, permanente Zittern der Hysterie, die in mir auf der Lauer liegt und die womöglich eines Tages ausbricht und ganz und gar von mir Besitz ergreift. Was ist ihre Quelle? Die alte Leere, nehme ich an, das schwarze Vakuum, in das sich das Ich immer wieder hineinstürzt, ohne es je ausfüllen zu können. Ich bin sicher, es gibt dafür eine Formel, irgendeine simple, elegante Gleichung, die die Balance hält zwischen der Leere auf der einen

Seite und dem endlosen innerlichen Rotieren des Wesentlichen auf der anderen. Meine Vorstellung von mir selber ist die, daß ich mich bei lebendigem Leibe auffresse, mich fortwährend verzehre und doch nie verzehrt bin.

Auch eine Inkarnation. Ich habe nichts erreicht, gar nichts. Ich bin, was ich schon immer war, allein wie eh und je, eingesperrt ins selbe alte gläserne Gefängnis meines Ich.

Wie kommt es wohl, daß mich sonnige Nachmittage stets an die Kindheit erinnern? Sollte es etwa einen wunderbaren Augenblick des Glücks gegeben haben, der mir entfallen ist, einen Moment von Stille und Glanz, wo das verzückte Kind innehielt auf dem waldigen Pfad, während sein zweites Ich aus ihm heraustrat und blindlings vorwärtsstürmte, mitten hinein in die Wirren der Zukunft? Lange blieb ich im altmodischen Licht der Halle stehen, schaute hinauf in die sich auf der Treppe drängenden Schatten, horchte, was sie taten, lauschte dem Klang ihrer Stimmen, dem Leben, das weiterging. Ich weiß nicht, was ich erwartet habe: Schreie vielleicht, Streit, Schluchzen, wildes Gelächter. Ich war die Normalität nicht mehr gewöhnt, wissen Sie; da Leben das war, was die anderen taten, konnte es doch nur aus Angst, Konfrontation und Zuspitzung bestehen. Ich hörte nichts oder, genauer gesagt, nicht nichts, sondern nichts als jenen schwachen, durchdringenden Druck in der Luft, jenes lautlose Summen, das die Anwesenheit von Menschen verrät. Wie gründlich das Haus sie absorbiert hatte, ganz so, als wären sie die wahren Bewohner, als wären sie heimgekehrt.

Flora wartete auf dem Treppenabsatz hinten in der schattigen Ecke zwischen dem Fenster und der Kammertür. Sie hatte sich eine Decke um die Schultern gehängt, die sie krampfhaft vorn zusammenhielt, wie ein Leichentuch. Ihr volles, dunkles Haar war wirr und feucht, die Augen verquollen. Durch das Fenster hinter ihr sah ich in der Ferne, draußen auf den Feldern, einen Spielzeughund, der um eine Herde Spielzeugschafe herumsprang. Flora mußte sich erst einmal räuspern, bevor sie sprechen konnte.

»Ich hab gedacht, Sie sind Felix«, sagte sie.

Und lächelte beinahe.

Lux hatte sie in meine Kammer gesteckt; ich nehme an, er fand das witzig. Verblüffend, welchen Wandel ihre Anwesenheit bereits bewirkt hatte: Eigentlich war nichts verändert, und doch hätte ich den Raum kaum noch als meinen wiedererkannt. Es war sehr warm, und ihr Geruch hing schwer in der Luft, der Modergeruch ihres Haars und ihrer heißen Haut. Ich zog die Tür hinter mir zu. Sie trat ans Fenster und schaute hinaus in den vergehenden, von schrägem Sonnenlicht gleißenden Nachmittag. Obwohl das ganze Zimmer zwischen uns lag, spürte ich sie ungewöhnlich lebhaft, wie sie dort stand, die Schulterblätter ausgebreitet, und die Arme um den Oberkörper schlang, barfuß, in ihrer ganzen bleichen, kniekehlenzarten Zerbrechlichkeit. Normalerweise kümmere ich mich nicht um andere Leute – eine von meinen schwerwiegenderen Schwächen, wie ich bereits erwähnt habe –, und wenn ich doch einmal meinen Kopf unter dem Panzer hervorstrecke und jemanden genauer ins Auge fasse, dann staune ich immer wieder, wie anders als ich die anderen doch sind, und dabei, trotz allem, wie ähnlich. Ich laufe herum und halte mich für einzigartig, eine Laune der Natur, eine Art Tumor, der auf der Welt wächst, und plötzlich tritt mir jemand in den Weg: Da schau her, nicht ich, sondern ein anderer, und doch besteht er, ebenso wie ich, aus Haut und

Haar und bekleideten Knochen. Das ist sehr rätselhaft. Des Rätsels Lösung ist angeblich Sex, aber das stimmt nicht, jedenfalls nach meiner Erfahrung (wobei ich freilich heutzutage allenfalls noch ein paar höchst verschwommene Erinnerungen an dieses Allheilmittel habe). Vielleicht ist das überhaupt das einzige, was ich jemals wollte, den Panzer des anderen aufbrechen und hineinklettern und die Klappe mit ihren schrecklichen Stacheln und so weiter über mir zuschlagen. Welch eine Möglichkeit, mit allem Schluß zu machen.

»Wohnen Sie schon lange hier?« fragte Flora.

Mir war auf einmal übel. Ich hatte feuchte Hände, meine Eingeweide stülpten sich träge um, als ob da drinnen etwas lebte. Mir war, als ob ich schwankte, als wäre ich ungeheuer in die Höhe geschossen, als überragte ich den ganzen Raum, ein großes, fettes, waberndes Etwas, ein prall mit Sporen vollgestopfter Bovist auf zwei Beinen. Ich hatte vor mir selber Angst. Nicht viele Menschen wissen, wozu sie imstande sind; ich schon. Und jetzt wollte ich diese Kleine da in die Arme nehmen, wollte sie hochheben und sie stürmisch ans Herz drücken, die fragilen Knochen ihrer Fesseln und ihrer Handgelenke spüren, das zarte Ei ihres Schädels in meiner Hand wiegen, ihr Blut riechen und den silbrigen Schweiß schmecken, den sie absonderte. Wie spröde sie mir vorkam, wie leicht zu zerbrechen. Das ist es, wovon der arme Riese in den alten Märchen niemals sprechen darf, daß es für ihn am köstlichsten ist, wie zerbrechlich seine Opfer sind, wie zart sie zwischen seinen Zähnen knacken und dabei ihre leisen Schreie ausstoßen, wie Liebende auf dem Gipfel der Leidenschaft. Er wird niemals erfahren, was er so über alle Maßen gern erfahren würde, was das für ein Gefühl ist, so klein zu sein wie sie, so lustig und so lustig lasterhaft und voll von Furcht und Plänen, die zerplatzen müssen. Er frißt ja nichts als nur die Menschenwelt. Doch ach, sie nährt ihn nicht.

Am liebsten, sagte sie, würde sie hierbleiben, auf der Insel, wenigstens ein Weilchen. Sie sei krank, sie sei ganz sicher, daß sie sich eine Grippe geholt habe. Sie hielt kurz inne, runzelte die Stirn und biß sich auf die Unterlippe. Die Sache sei die, sagte sie, sie habe einen Fehler gemacht, und jetzt habe Felix eine falsche Vorstellung, und sie fürchte sich vor ihm.

»Er sagt, er bleibt hier«, sagte sie. »Hier im Haus. Er weiß irgendwas über diesen alten Mann da, hat er mir erzählt.«

Sie stand mit dem Gesicht zum Fenster, und trotzdem beobachtete sie mich. Mir war immer noch übel. Ich fühlte mich schwach und auf eine, wie ich glaubte, fast weibliche Weise weinerlich.

»Was denken Sie, ob er *mir* erlaubt zu bleiben?«

Sie meinte den Professor.

»Ja«, sagte ich, »wenn ich ihn darum bitte.«

Ich meinte Lux.

»Wenn Felix weg wäre«, sagte sie.

»Ja«, erwiderte ich mit einer Entschiedenheit, die mich selber überraschte, »ja, Felix wird gehen.«

Sie nickte und kaute weiter an ihrer Unterlippe.

»Ich will nicht mehr zurück ins Hotel«, sagte sie und kniff die Augen zusammen. »Die sind da überhaupt nicht nett zu mir. Die kommandieren mich bloß dauernd rum. Die Eltern erwarten sonstwas von mir, und die Chefin ist ein Aas.«

Halt! wollte ich sagen, halt! Sie verderben ja alles. Man sagt, ich soll das Leben teuer schätzen, doch mir genügt allein das Reich der Kunst.

Sie ging zum Bett und setzte sich hin und wickelte sich noch fester in die Decke und starrte ihre nackten Füße an. Ein Mädchen, einfach bloß ein Mädchen, gierig und unbefriedigt, eine kleine Intrigantin, die die Welt verachtet und alles, was sie ihr nicht gewähren will. Aber das war nicht, was ich sah, nicht, was ich sehen wollte.

*Mélisande, Mélisande!*

Ich mußte, nein, ich muß noch viel lernen. Ich merke, daß ich erst am Anfang dieser Geburtsgeschichte bin.

Ich stieg die Treppe hinunter und hatte meine liebe Not, sie hinter mich zu bringen in meinem neuen, angeschwollenen Zustand als keuchendes Scheusal, das gleich einer riesigen, prall mit einer trägen, fettigen Flüssigkeit gefüllten Harnblase von Stufe zu Stufe kullert. Und immer noch fühlte ich mich elend, immer noch war ich den Tränen nah, nein, nicht den Tränen, sondern einem gewaltigen Überquellen, einer nicht einzudämmenden Flut von Galle und Ausfluß, mein ganzes Leben rann in einer letzten, stinkenden Rückstauung aus mir heraus. Auf dem Treppenabsatz blieb ich stehen und hielt mich am Fensterbrett fest, um einen Augenblick zu verschnaufen. Wie schnell sich die Dämmerung verdichtete, ein austerngrauer Fleck, der sich vom Meer her landeinwärts ausbreitete, eine Dunkelheit, die träge und unaufhaltsam herabstieg.

Irgend etwas war geschehen in jener kleinen Kammer dort oben, bevor sie meine wurde und nun ihre war, mir war eine feierliche Vollmacht erteilt worden, und mehr denn je kam ich mir wie ein Held in einer Rittersage vor, dem es aufgegeben ist, ein Werk der Rettung und Versöhnung zu vollbringen. Da waren sie, der alte Mann im Turm mit seinen Büchern, das Fräulein im Verlies und der finstere Gesell, mein finsterer Bruder, und warteten darauf, daß ich, der Ritter vom Rosenkreuz, ihm den Fehdehandschuh hinwarf.

Ich lachte ein tonloses Lachen und ging weiter, immer weiter abwärts.

Sie waren in der Halle, bereit zum Aufbruch. Sie drehten sich um und sahen mich an. Was mögen sie in mir gesehen haben?

Der Spielzeughund, die Spielzeugherde.

Unterm weiten, leichten Dom des Himmels, wo Venus aufgestiegen war, gingen wir im blauenden Abend die Hügelstraße hinunter. Rechts und links von uns die Felder wurden immer dunkler, und unter uns glitzerte die Bucht. Jeder hatte etwas, das er vorher nicht gehabt hatte. Croke den unsichtbaren Gefährten, der sich mit ihm aus dem Sand am Meeresstrand erhoben hatte und nun auf Schritt und Tritt an seiner Seite war, Sophie ihre Fotos, die morgen in ihrer roten Kammer schwimmen würden wie Wassergeister, die Jungen jenes listige Gespenst, das hurtig angerannt gekommen war und sich zwischen sie gedrängt hatte, als sie miteinander rauften, und das nie mehr verschwinden würde, Alice ihr Bild von einem Mädchen, das sich im Sonnenschein auf einem Bett zurücklegt.

Ein Falter kam aus dem Dunkel geflattert, und da war das Gefühl von etwas, das fiel und fehlschlug, und mir war, als spürte ich den feinen Staub von Flügeln niederrieseln. Der Gott nimmt viele Formen an.

Die Straße machte eine Biegung, und dahinter war ein kleines Gebüsch, und ein Flüßchen führte daran vorbei, und dort fanden wir Felix, der im Dunkeln auf einem kleinen Wall aus Feldsteinen hockte, die Arme um die Knie geschlungen, das Gesicht zum Himmel gewandt. Die andern gingen weiter, wie eine schweigende Prozession, Sophie, Arm in Arm mit Croke, hielt Alice an der Hand, und die Jungen trabten hinterher und traten nach den Steinen. Verstehen Sie? Sie haben ihre Partygeschenke, und jetzt gehen sie heim, nach dem langen Tagewerk, Sophie zum Entwickeln, Croke zum Sterben, die Kinder, damit sie erwachsen werden und andere Menschen. Das ist, was geschieht. Was aussieht wie ein Ende und doch beileibe noch kein Ende ist.

»Sie haben mir ja einen schönen Schreck eingejagt«, sagte Felix liebenswürdig zu mir, »hier einfach so aus dem Dunkeln aufzutauchen. Ich hab doch glatt gedacht, Sie sind der Gottseibeiuns.«

Es war, als wären wir die ganze Zeit nebeneinander hergegangen, mit etwas zwischen uns, einer Barriere, dünn und glatt und trügerisch wie ein Spiegel, die nun entzwei war, und plötzlich war ich eingebrochen in seine Welt und er in meine, oder wir hatten beide einen dritten Ort betreten, der weder ihm noch mir gehörte. Er zündete sich einen von seinen Stumpen an, senkte den Kopf und hielt sein schmales Gesicht in den Lichtkreis der Streichholzflamme, um die er schützend die Hände wölbte. Eine Rauchwolke in der Gestalt des afrikanischen Kontinents entschwand im Laubwerk über ihm. Und durch den Tabakgeruch hindurch stieg mir – fast nur wie eine Ahnung – sein eigener unappetitlicher, schaler Gestank in die Nase. Irgendwie hatte ich Mühe, daß er mir nicht entglitt. Er verschwamm mir vor den Augen; mal sah er aus wie eine aus einer schmutzigen Glasplatte herausgeschnittene zweidimensionale Figur, dann wieder war er überwältigend präsent und drängte sich mit schrecklicher Vertraulichkeit an mich, bedrückend körperlich, ganz

Fleisch und Atem und jener schale Gestank nach etwas Verfaultem. Er begann leise vor sich hin zu singen, krächzend, mit beschwingter Stimme.

*Hallo, hallo, wer is 'n deine Braut,*
*Wer is die süße Kleine, mit der ich gestern nacht dich sah?*

Er überlegte kurz und starrte angestrengt in die sich dichter und dichter zusammenballenden Schatten.

»Ich kann kein Schiff betreten«, sagte er, »ohne an diese Fahrt damals zum eisigen Nordpol denken zu müssen. Waren Sie eigentlich schon mal da oben? Die Tundra und die aufragenden Eisberge, die Sonne, die nie untergeht: die Einsamkeit!, die Kälte! Und doch, wie schön es ist, dies Land aus Eis! Wir sind in Archangelsk in See gestochen und dann gen Norden, den ganzen Tag, die ganze Nacht, wochenlang. Und eines Morgens, als ich an Deck stand, sah ich etwas vollkommen Unglaubliches: eine Gestalt, in der Ferne, auf einem Schlitten, ein riesiger Mann, wie es schien, mit Peitsche und Hunden, der in hohem Tempo auf dem Treibeis nordwärts fuhr, genau wie wir. Und noch ein zweiter –« Er hielt inne, und dann sagte er: »Aber ich glaube, die Geschichte ist nicht neu für Sie, oder doch?«

Über uns in den Zweigen regte ein schlaftrunkener Vogel den Flügel. Der Fluß murmelte vor sich hin. Felix hatte den Kopf schräg zur Seite geneigt und musterte mich.

»Sagen Sie mal«, sagte er, »kennen wir uns nicht? Ich meine von woanders her. Ihr Gesicht kommt mir bekannt vor.«

Das letzte Licht stieg zum Zenit empor. Die Sterne schwärmten aus. Ein großer weißer, niederträchtig grinsender Mond hatte sich aus den samtenen Höhen hinter uns gehievt.

»Ich glaube, es wird Zeit, daß ich gehe«, sagte er. »Ich hatte eigentlich vorgehabt, ein Weilchen zu bleiben, aber jetzt, wo Sie hier sind, ist das nicht mehr nötig. Entschieden *de trop*, wie?« Er senkte fast schüchtern die Wimpern und lächelte ein schmallippiges Lächeln, und das sah aus, als würde er an einem winzigen Samenkorn herumknabbern. »Sei's drum, Sie laden mich ein zu verschwinden, nicht wahr? *Luxe, calme et volupté*, nicht wahr?«

Die Bäume im sich verdichtenden Dunkel lispelten wieder und wieder dieselbe verschliffene Weise. Felix entknotete seufzend seine Beine und erhob sich von dem Steinwall. »Zeit, daß ich verschwinde, ja«, sagte er, indem er sich den Staub abklopfte und sich bei mir unterhakte, und dann gingen wir zusammen den Hügel hinunter zur Bucht. Am Rande des Abhangs blieb er stehen und schaute sich um und lachte und winkte noch einmal und rief leise:

»Lebt wohl, ihr Felder der Glückseligkeit!«

Nichts war so gewesen, wie ich es mir vorgestellt hatte. Ich weiß nicht, was ich erwartet hatte – eine Rauferei oder so was, nehme ich an, einen Wettkampf auf der Straße, vielleicht sogar Fausthiebe, und daß er lauthals protestieren würde, wenn ich ihn aufs Schiff schubste, mit blutender Nase und heraushängendem Kragen und staubbedeckten Stiefelabsätzen. Was hatte ich denn geglaubt, wer ich bin, der Racheengel des Herrn? Nein, Felix würde nicht kämpfen, er würde ganz ruhig gehen oder doch so tun als ob. Die Sorte kenne ich, die kenne ich nur allzu gut.

»Und Sie, Sie bleiben also hier?« fragte er. »Sie haben alles bis ins kleinste geplant?« Er lachte in der Finsternis. Unter uns sahen wir die Lichter des Hafens und den an der Mole kauernden, schwarzgrauen Schemen des wartenden Schiffs. Wir hörten das Geräusch, das die Insel macht, jenen tiefen, dunklen Ton, der durch die Schatten steigt. Wir blieben stehen und lauschten, und Felix warf sich in Positur wie ein Schauspieler, neigte das Ohr und deklamierte leise und mit schaurig hohler Bühnenstimme, als riefe es uns jemand aus unendlich weiten Fernen zu:

*»Thamous! Thamous! Der große Pan ist tot!«*

Und lachte.

Wir gingen weiter.

»Sie wissen, daß auch ich den Professor vor langer Zeit gekannt habe?« sagte er. »O ja. So wie heute Sie, war einstmals ich sein Freund, sein Intimus.« Er drückte meinen Arm an sich, und ich fühlte die Rippen in seinem mageren Brustkorb. »Sagen Sie mal«, sagte er in vertraulichem Ton, »haben Sie eigentlich Respekt vor ihm? Ich meine, ist er wirklich so ein großer Mann, was denken Sie? Ich habe das nämlich am Anfang geglaubt. Ja, ja, wir haben eben alle unsere Schwächen. Sie haben gemerkt, daß das Gemälde eine Fälschung ist? Ich fürchte, das Ganze ist mehr Vergoldung als Gold. Die arme Miss Behrens ist reingelegt worden. Ach, die kennen Sie auch? Na, so ein Zufall! Sie weiß nicht, daß sie eine Fälschung gekauft hat. Vielleicht werd ich's ihr sagen, vielleicht auch nicht. Was meinen Sie? Was ist besser, Unwissenheit oder Aufklärung? Der Professor hat das Bild verifiziert. Und sich daran zu Tode verdient. Und das nicht zum erstenmal.« Er kicherte. »Komischer Ausdruck, finden Sie nicht auch – sich zu Tode verdienen?«

Wir waren im Hafen angekommen und gingen nun, noch immer Arm in Arm, den Pier entlang. Das Schiff schwankte sanft an den Tauen, und aus dem verrosteten Schornstein pufften leise Rauchwölkchen. Der Käpten war in seinem erleuchteten Ruderhaus, die anderen standen draußen an Deck, graue Schatten ihrer selbst, wie die schwärzlichen, schon schwindenden Gespenster der Pequod. Am Bug hing eine Sturmlaterne und warf ihr schwaches, aprikosenfarbenes Licht, um das herum die Nacht sich gleichsam zusammenballte und kurz Konturen bekam. Felix blieb am Dock stehen und gab meinen Arm frei, um im nächsten Moment mit beiden Händen nach meiner Hand zu fassen.

»Alsdann, alter Freund«, sagte er in seinem Schauspielerton mit einem falschen Schluchzen in der Stimme, »passen Sie mir ja gut auf das Mädchen auf, versprechen Sie mir das? Sie hat es gern ein bißchen grob, aber so was kann auch zu weit gehen, wie Sie wissen.«

Ich hätte zusehen sollen, wie er geht. Ich hätte warten sollen, bis er garantiert an Bord war und das Schiff ablegte. Als ich den ganzen Weg über den Pier zurückgegangen war und mich umdrehte, stand er immer noch so da, wie ich ihn verlassen hatte, und winkte langsam mit einer Hand wie eine Aufziehpuppe. Lächelte er etwa?

Kein Entrinnen vor ihm.

Flora hat beschlossen, daß sie wieder gesund ist. Sie bereitet sich innerlich darauf vor zu gehen. Ich spüre die Veränderung, die mit ihr geschehen ist. Sie plustert ihr Gefieder auf, testet die Tragfähigkeit der Luft. Ich werde froh sein, wenn ich sie gehen sehe – das heißt, froh, wie die Hand froh ist, wenn der Pfeil vom Bogen fliegt. Wenn sie geblieben wäre, ich hätte ihr ja doch nur das Leben vergräut. Lieber das, werden Sie sagen, als wenn ich's ihr verrötet hätte, doch darum geht es nicht. Es ging von vornherein darum, daß ich sie aufmunterte und sie dann ziehen ließ; was sonst hab ich denn hier getan, als zu versuchen, ob ich ein Mädchen zeugen kann? Lux wird es natürlich das Herz brechen. Wir werden auf der windigen Landzunge stehen, Lux und ich, gemeinsam trauern und zuschauen, wie sie auf den Wellen davontreibt. Der Professor wird kaum merken, daß sie weg ist. Ich glaube, in Wirklichkeit ist er derjenige, dem es das Herz bricht. Ich sage nichts zu ihm über die Goldene Welt und ihre nebulöse Herkunft; wir haben uns beide daran zu Tode verdient, er auf seine Weise, ich auf die meine; das kann man nicht vergleichen. Eine Frage beschäftigt mich noch immer: Wenn jenes Bild eine Fälschung ist, wie wäre dann das echte? Und wenn Vaublin es nicht gemalt hat, wer dann? Wer war *sein* dunkler Doppelgänger? Vielleicht wird's mir der Professor erzählen, wenn er findet, es sei an der Zeit; ich meine, in den letzten Tagen so etwas Spekulatives in seinem verhangenen Blick entdeckt zu haben, und ich befürchte ein Geständnis auf dem Sterbebett. Womöglich hat er es gar selbst gemalt? Er hat durchaus Züge von einem alten Meister; ich kann ihn mir richtig vorstellen, wie er mit Samtkappe und Halskrause aus dem Nebel der Jahrhunderte herausschaut, mit einem trüben Dickhäuterauge, das den Betrachter durch den ganzen Raum verfolgt bis durch die vergoldete Tür: *Selbstbildnis im Kostüm eines Holländers*. Nun. Er spricht nicht von Felix, mit keinem Wort. Alles geht so weiter wie bisher, als wäre nichts geschehen. Ich bin beinahe fertig mit meiner Schrift: Vaublin soll leben! Wenn Sie das Leben nennen. Auch er war ja nichts weiter als nur eine Kopie, von seinem eigenen Ich. So wie ich eine bin, von meinem.

Nein: kein Entrinnen.